Eleanor Lian

SIGILLUM MAXIMUM

il sigillo dei sette segreti

"Sigillum Maximum – Il Sigillo dei Sette Segreti"
di Eleanor Lian

prima edizione: dicembre 2025

Copertina e illustrazione di Michael Harrington

©ROBERTO CALVO PRODUCTIONS LTD (RCP)

ROBERTO CALVO PRODUCTIONS LTD
71-75, Shelton Street, Covent Garden, London
WC2H 9JQ, UNITED KINGDOM
info@robertocalvoproductions.com
www.robertocalvoproductions.com

Il male è solo un bene che ha perso la strada.
ANTOINE DE SAINT-EXUPÉRY

*Alla mia Mamma, il mio Angelo in Terra
al mio Papà, il mio Angelo in Cielo...
e a Sofia, che per prima
ha letto e amato questa storia.*

PREFAZIONE

Ci sono storie che non aspettano di essere scritte:
accadono. Arrivano come un richiamo silenzioso,
come una forza che ti attraversa e ti chiede soltanto
di essere accolta. Sigillum Maximum è una di queste.
Quando ho letto per la prima volta le sue pagine, ho
capito che non stavo aprendo un libro, ma un varco:
una soglia luminosa verso un mondo vasto, vivo,
costruito con una profondità rara. Aileen, i personaggi
e i popoli del Mondo Settenario non erano figure
immaginate: erano presenze. E in quell'istante ho
compreso che questa è una storia destinata a restare.
In queste pagine si combatte e si ama con la stessa
intensità; si cade, si sbaglia, si tradisce, si perdona.
Si scopre che l'oscurità più temibile nasce quando ci
allontaniamo da ciò che siamo e che la luce, quella
vera, richiede coraggio, scelta, responsabilità.
La missione di Aileen non è soltanto un atto narrativo:
è un simbolo necessario. Un simbolo di rinascita, di
unità, di forza fragile e invincibile insieme.
Un'esperienza. Un richiamo antico che parla alla
parte più luminosa e più vulnerabile di noi.

Eleanor Lian ha creato un universo che emoziona, ferisce, guarisce, dove ogni personaggio porta un frammento della nostra umanità e ogni magia ricorda che cambiare è possibile. In questo universo troverete luce e ombra, amicizie indistruttibili, segreti che mutano i destini, amori che salvano e amori che spezzano.
E troverete, soprattutto, un cuore: quello dell'autrice, una presenza preziosa nel Mondo delle Emozioni.
Questo libro è un viaggio da vivere. A chi sta per attraversare questa soglia, dico soltanto: lasciatevi toccare. La storia farà il resto.

Con gratitudine e profonda emozione,
Roberto Calvo, Editore.

1.

LA NUBE NERA

La Regina Eloria non riusciva a smettere di camminare avanti e indietro per la Sala del Trono.

Era inquieta.

«Perché non è ancora rientrata?» chiese a Re Eadwig, suo marito.

L'uomo scoppiò in una sonora risata.

«Oh, beh, starà giocando! Stai tranquilla, cara. Vedrai che Aileen tornerà presto.»

Entrò correndo un omino davvero molto piccolo, agile e secco, con un buffo naso lungo e orecchie a punta che spuntavano prepotenti da un cappellino appuntito.

«Sire! Mia Regina!» esclamò Helbert, il Folletto Consigliere del Re.

Era molto agitato e sbracciava come impazzito indicando l'esterno.

Il Re si allarmò. Da quando si conoscevano, era la prima volta che si comportava così.

«Helbert, che succede?»

«U... una nube nera! Si sta avvicinando! Sta... sta arrivando! È sempre più vicina!»

Re Eadwig corse alla finestra e la vide: una nube smisurata di un nero cupo e compatto, si stava estendendo minacciosa su tutto il territorio.

Impallidì.

«Impossibile...» mormorò. «Non esistono nubi nere qui a Nuvolandia!»

«Non vi mentirei mai, Sire! Dobbiamo fare presto. Il Regno è in pericolo!»

«Aileen! Dov'è?» chiese la Regina, scossa.

«Non lo so, mia Regina, non l'ho vista!»

«Presto, Eadwig, dobbiamo trovarla!»

La Principessa Aileen, tredici anni, dal carattere allegro e avventuroso, aveva grandi occhi color ambra tendenti al verde e una lunga cascata di morbidi capelli castani.

Tra essi si intravedeva una ciocca biondo oro che, scendendo su un lato del viso, luccicava a ogni suo più piccolo movimento.

L'incarnato, delicato e roseo, splendeva di un leggero bagliore dorato che la accomunava a tutti gli abitanti del Regno di Nuvolandia.

Del tutto ignara di ciò che stava accadendo a palazzo, si trovava nel suo rifugio preferito: una casetta luminosa con una porticina a forma di cuore intagliata nella Pietra di Luna, piena di cuscini e colorate nuvole d'arredo.

Re Eadwig l'aveva fatta costruire con grande cura per lei, sopra l'albero preferito della moglie, un enorme salice piangente che tuffava le sue foglie in un torrente luccicante.

Dalla piccola abitazione, delimitata da una siepe di nuvole colorate e splendenti, Aileen amava guardare il Regno su cui, un giorno, avrebbe governato.
Era secondo solo al Regno della Grande Luce, il luogo in cui si diceva si ritirassero gli Immortali Sovrani del Grande Regno Universale quando giungeva il tempo di lasciare il trono ai propri successori.
Nuvolandia era fatta di soffici, morbide nuvole, di una vegetazione fitta e profumata e di casette iridescenti costruite in Pietra di Luna e raggi di Sole.

Gli abitanti del regno erano in contatto telepatico continuo con le nuvole.

Con il solo uso del pensiero, potevano parlarvi e dar loro le forme che più desideravano per giocare, studiare, svolgere le attività quotidiane, proteggere i propri sogni e persino i desideri più profondi.

Mentre faceva merenda, Aileen era intenta a fare uno dei giochi più amati dal suo popolo: modellare le nuvole con il pensiero.

Vicino a lei, una nuvola lilla a forma di ancella si prodigava a porgerle un'altra nuvola vassoio azzurra, carica di mandorle alle nuvole con cui accompagnare il suo decotto preferito a base di petali di rose bianche, rosa e anice stellato.

«Va bene così, grazie» disse assaporando il sapore della tisana e rivolgendosi all'ancella e al vassoio. «Dopo la merenda giocheremo al tiro con l'arco. Tu sarai l'arco, tu il bersaglio, io l'arciere!» decretò.

La presero subito in parola! L'ancella divenne l'arco e il vassoio il bersaglio. Aileen scoppiò a ridere.

«Non adesso, è troppo presto!»

Le nuvole ripresero la forma precedente e la ragazzina bevve un'altra generosa sorsata.

D'improvviso, l'interno della casetta si fece buio.

«Cosa...» si chiese, turbata.

Lasciò la tazza e si affacciò: una nube nera si avvicinava rapida verso i pennoni del castello. Aveva una velocità innaturale e le trasmetteva una sensazione di inquietudine.

La Principessa corse alla porta e la spalancò.

«Salice, fammi scendere!»

Due fronde dell'albero si mossero, formando un'altalena; la ragazzina ci salì e, in un attimo, fu a terra.

Senza indugiare oltre, si diresse a passo svelto verso la residenza reale.

«Andrà tutto bene, Eloria, vai a cercare Aileen. Helbert, tu vieni con me.»

Stavano per uscire dalla sala quando, davanti a loro, comparve un Cavaliere a cavallo.

Interamente ricoperto da una lucida armatura nera, la sola cosa che si poteva scorgere in lui erano gli occhi, tanto scuri e minacciosi da sembrare senza pupille. Persino il suo destriero era tutto nero.

Helbert gli si parò coraggiosamente innanzi.

«Chi siete? Che cosa volete?»

Il Cavaliere non rispose.

Lo sollevò per la divisa con la lancia e lo scagliò con violenza contro la parete.

Il folletto crollò al suolo, tramortito.

Una macchia di sangue si allargò sotto la sua testa, lenta e vermiglia.

«Helbert!» urlarono all'unisono i due Sovrani.

D'istinto si mossero verso di lui per tentare di soccorrerlo, ma il Cavaliere spronò il cavallo e si frappose tra loro e il Consigliere.

«Non un passo di più» disse glaciale.

Il Re lo fissò astioso, il dolore e la preoccupazione per il suo piccolo amico trasformati in una sorda rabbia.

«Che cosa vuoi?» sibilò.

«La Pergamena d'Oro, il *Sigillum Maximum*.»

«Non puoi averlo.»

Eloria rilevò che nessuno la guardava.

Con uno scatto repentino si lanciò fuori dalla stanza. Il Cavaliere la notò.

Girò il cavallo e partì all'inseguimento della Regina.

«Pensi davvero di potermelo impedire?» tuonò.

Eadwig, adesso preso dal panico, li rincorse.

«Eloria! No!» urlò. «Guardie! Accorrete, presto. Guardie!»

Il clangore delle armature non si fece attendere.

Un manipolo di soldati lo raggiunse...

«Difendete il castello! Cacciate quel Cavaliere!»

...e partì all'inseguimento.

Il Cavaliere galoppava nervoso per i corridoi alla ricerca della regina.

Di lei non c'era traccia.

Con in testa il solo obiettivo di trovare la figlia e metterla in salvo, Eloria era corsa nella Camera Reale e aveva spostato un arazzo che copriva la parete.

Schiacciato con la mano un punto ben preciso, aveva aperto un passaggio segreto che solo lei e il marito conoscevano.

Si era assicurata di aver chiuso tutto e di non aver lasciato tracce. Poi era discesa rapidamente per una lunga scala di pietra e aveva imboccato un cunicolo sotterraneo che sbucava nel parco.

Correndo a perdifiato, aveva raggiunto l'uscita.

Non le restava che cercare Aileen.

Re Eadwig, intanto, stava avanzando per i corridoi con la testa e il cuore in subbuglio.

Attraversato dalla preoccupazione di non sapere dove fossero la moglie e la figlia, non riusciva a togliersi dalla testa il corpicino del povero Helbert accasciato sul pavimento della Sala del Trono.

Era stato il suo fido Consigliere e il suo più grande amico per tutta la vita; quell'atto meritava vendetta.

Inoltre, che il Sigillum finisse nelle mani del Cavaliere oscuro era inaccettabile.

Quel sottile foglio di filigrana d'oro era l'antico sigillo su cui si reggeva la sicurezza di tutti i sette regni del Grande Regno Universale.

Doveva fare l'impossibile per preservarlo!

Da lontano, Eadwig scorse il Cavaliere.

Gli mancò il respiro.

Dietro di lui, le guardie erano riverse a terra prive di vita, come a formare un lugubre mantello.

I suoi soldati, i suoi ragazzi.

Li conosceva a uno a uno.

Li aveva formati, addestrati, visti crescere...

Si sentì assalire da una furia cieca.

Prima di diventare Re aveva giurato che non avrebbe mai più ceduto all'istinto. Un Re non uccideva, un Re ponderava. Ma quella carneficina gridava vendetta. Intravide il Cavaliere Nero.

Privo di controllo, si guardò attorno.

Sfoderò la spada dell'armatura da esposizione più vicina e, con abilità, si scagliò urlando contro di lui.

Il sovrano si sentì investire da un silenzio assordante e avvolgere da una foschia innaturale.

I sensi bloccati, perse la presa sulla spada.

Gli cadde di mano con un rumore sordo.

Il suo corpo venne sollevato per aria, le braccia e le gambe spalancate e bloccate da qualcosa di impalpabile.

Il Re lanciò un urlo di frustrazione.

Cercò di divincolarsi, ma era inutile.

Provò a urlare... nemmeno un suono gli uscì dalla bocca.

Il Cavaliere brandì la spada pronto a trafiggerlo.

Un avanzare trafelato di passi svelò l'arrivo di altre guardie, interrompendolo.

Attirati dalle urla dei compagni e dall'ampliarsi della nube nera che ormai aveva oscurato l'intera Nuvolandia, tutte le guardie erano entrate nel palazzo, pronte a lanciarsi contro il nemico.

Il Cavaliere non si scompose.

Allungò un braccio sopra la testa e ruotò il polso.

Un enorme globo nero energetico avvolse lui e il cavallo.

Protetto, fece un massacro.

Non una delle guardie rimase viva.

Solo il Re venne risparmiato.

Doveva vedere ogni attimo di quella strage, soffrire per ogni gemito, ogni occhio saltato, ogni gola recisa, ogni arto mozzato.

Re Eadwig era rabbioso. Incapace di muoversi, aveva gli occhi lucidi di disperazione.

Il Cavaliere gli si avvicinò, gli pose la punta della spada sulla giugulare.

Un rivolo di sangue scese sul collo del sovrano.

«La Pergamena, Re. Ho già perso fin troppo tempo.»

Il Cavaliere prese di peso l'inerte sovrano e lo lanciò sul cavallo alla stregua di un sacco.

«Indicami la via» disse e fece un gesto.

Re Eadwig, gli occhi spalancati dal terrore, si accorse che la sua mano destra si muoveva da sola, indicando la strada per la sala in cui era custodito il *Sigillum Maximum*.

La Regina si avvide della figlia che avanzava verso di lei.

La raggiunse di fretta.

«Meno male, eccoti qui, tesoro. Vieni con me, veloce!»

Eloria la afferrò per un braccio e la trascinò con sé.

«Mamma, che fai? Non correre, vengo! Cos'è successo?» le chiese Aileen senza capire.

La madre mollò la presa, ma non si fermò.

«Ti spiego dopo, seguimi!»

Aileen non aveva mai visto la madre in quello stato. Era pallida, con le gote arrossate per la fatica.

Davanti alla parete di roccia della parte settentrionale del castello si fermò, chiuse gli occhi e impose le mani.

«Rivelati, roccia antica, e proteggi il mio dono più prezioso!» disse con energia.

Il terreno tremò.

Aileen, incredula, vide la roccia aprirsi svelando un'ampia grotta.

«Mamma, cosa...»

Eloria non le permise di fare domande; la spinse dentro.

«Questa è la porta d'ingresso per il Regno degli Elfi. Se dovesse succedermi qualcosa, cerca Aeltiàfisar.»

La ragazzina si agitò.

«Cosa dovrebbe succederti, mamma? Chi è Ael...»

Eloria la interruppe, non c'era tempo da perdere.

«Il Cavaliere della Luce Dorata. Un elfo molto potente. Lui ti aiuterà, vedrai.»

«A fare cosa?» chiese ancora la figlia, sentendo l'urgenza della madre crescere in lei.

«Tesoro, non posso spiegarti adesso. Rimani qui. Stai ben nascosta! E non uscire per nessun motivo!»

Eloria le diede un frettoloso bacio sulla fronte alla figlia e uscì.

Non appena mise piede fuori dalla grotta, il suo corpo si bloccò, immobile.

Un rumore strano, simile a un crepitio, rieccheggiò nell'aria.

Nel cielo, la nube sembrava incombere addosso alla terra come a volerla divorare.

«Mamma!» urlò Aileen spaventata.

Stava per raggiungerla, quando le parole della madre le tornarono in mente e si fermò.

Davanti ai suoi occhi il corpo della Regina si tramutò in una statua di ossidiana. Lucida e nera.

Cadde il silenzio.

Nessun cinguettio, né alcun mormorio del torrente che sgorgava lì accanto.

Una spessa lastra di pietra, identica a quella che ricopriva Eloria, rivestì ogni cosa a Nuvolandia: alberi, fiori, frutti, prato, persone, animali, case e castello.

La Pietra di Luna splendente di cui era fatto il Regno

era scomparsa; le nuvole si erano dissolte.

Aileen non riuscì più a rispettare la raccomandazione della madre e le andò incontro.

«Mamma, mamma! Ti prego, mamma, rispondi!» Era disperata.

Eloria non rispose.

Aileen le sfiorò delicatamente i capelli.

Quando realizzò che anche al tatto sua madre era di pietra, quando si guardò intorno e capì che tutto era di pietra, si sentì assalire da una paura intensa.

Il primo pensiero andò al padre.

«Papà... papàààà!» urlò.

Terrorizzata, si precipitò verso il castello.

Il suo sguardo si posava su ogni cosa che incontrava. Non c'era più nulla che non fosse diventato una statua.

Il panico la invadeva a ogni passo.

Infine, attraversò l'ampio portone d'ingresso.

«Papà!» urlò di nuovo.

La sua voce rimbombò come se si trovasse in una caverna.

La sensazione fu così strana e disturbante che le serrò la gola.

Smise di correre e avanzò lungo i corridoi, piano, timorosa di veder spuntare un nemico dietro a ogni angolo.

Intorno a lei, un informe cimitero di statue.

Non riusciva a crederci: gli allievi cavalieri del campo d'addestramento erano tutti lì, sdraiati a terra nelle pose più inconsuete, con squarci terribili ovunque, accomunati da un'espressione di puro terrore sul volto.

Vicino a loro, spade, lance e scudi di pietra abbandonati.

Sul pavimento erano sparse macchie di sangue pietrificato.

Aileen, la verità crudelmente palesata davanti a lei, era stordita: chiunque fosse stato responsabile della pietrificazione, sembrava essersi divertito a uccidere, spaventare, distruggere.

Di fronte alla Sala del Trono, entrò.

«Papà?»

Suo padre non c'era, ma in fondo alla stanza vide...

«Helbert! Cosa ti hanno fatto? Rispondi, Helbert!» urlò disperata, cullando tra le mani il folletto.

Helbert era l'unico a non essere diventato di pietra, l'unico che forse poteva sapere.

Provò a toccare il fragile corpo nella speranza che rinvenisse.

La piccola creatura non diede segni di vita.

Aileen capì presto che non c'era più niente da fare e desistette.

Mentre una lacrima le rotolava sul volto, con delicatezza chiuse gli occhi del suo amico.

Qualcosa in lei cambiò. Spinta dalla dolorosa consapevolezza che si faceva strada dentro di lei, venne assalita da una calma che non le apparteneva.

Uscì, e riprese a percorrere i corridoi, a scansare i soldati pietrificati.

Finse che fossero davvero statue e procedette, alla ricerca del padre.

Lo trovò all'esterno della Sala del Tesoro.

Inginocchiato per terra, le mani legate dietro la schiena, il volto stravolto da una smorfia di dolore. Anch'egli era diventato una statua.

Aileen si soffermò a guardarlo per un attimo.

Cercò di liberarlo, ma comprese ben presto che era impossibile slegare un blocco di pietra.

Desistette.

Solo allora notò che la porta della sala era spalancata, ed entrò.

La teca che aveva contenuto la Pergamena d'Oro era stata distrutta.

Del Sigillum Maximum non restavano che polvere

sottile e frammenti di lamine nere sparsi a terra.

Si piegò e ne raccolse uno.

Un senso di spaesamento profondo la colse.

Sentì le gambe cedere e si sedette a terra.

Circondata dal silenzio più assoluto, sentiva soltanto il battito accelerato del cuore.

Le vennero in mente le parole della madre.

«Questa è la porta d'ingresso per il Regno degli Elfi... Il Cavaliere magico della Luce Dorata... un elfo molto potente... Cercalo... Ti aiuterà...»

Aileen non aveva mai incontrato un elfo, non sapeva come fossero fatti.

Se sua madre le aveva suggerito di cercarlo, tuttavia, lo avrebbe trovato. A ogni costo. Forse lui l'avrebbe aiutata a riparare tutto quello sfacelo, a riportare in vita la sua gente e la sua famiglia.

Con rinnovata determinazione, si alzò e uscì dal castello.

Arrivata all'imboccatura della grotta, si fermò a guardare la madre.

«Ti riporterò da me, Mamma.»

Fece un profondo respiro, poi entrò.

Come se la grotta avesse atteso la sua decisione, la pietra d'ingresso che Eloria aveva fatto apparire scomparve.

Aileen si trovò immersa nell'oscurità.

Non poteva più tornare indietro.

Qualcosa era cambiato per sempre; la sua strada era segnata.

2.
L'ERRORE DI DORCHA

Il Cavaliere Nero avanzava deciso nell'alto e ampio cunicolo scavato nella roccia, rischiarato da fiaccole smisurate, appese alle pareti.

La sua ombra, allungata e maestosa, dava di lui un'impressione ancor più ferale.

Si fermò davanti a un portone altissimo con la sommità ad arco ovale.

Era decorato da incisioni che raffiguravano una B e una U intarsiate di fiamme.

Ai lati del portone c'erano due guardiani, tre volte più alti del Cavaliere.

Il loro aspetto era inusuale.

Il corpo nerboruto era ricoperto da peli scuri tanto fitti da sembrare una seconda pelle; gli occhi erano prominenti e il naso grassoccio.

Dorcha era talmente abituato a loro che non li considerò.

Poco più in là rispetto al portone si trovava un tavolo di pietra.

Dietro, vi era seduto un Elfo: corpo allungato e agile, orecchie a punta, occhi intelligenti.

Fu a lui che Dorcha si rivolse.

«Annunciami. Il Re mi sta aspettando.»

Re Bàistec, seduto sul suo scranno, muoveva senza tregua il piede.

Di tanto in tanto lanciava un'occhiata verso

l'esterno, e ogni volta si sentiva più inquieto.

Il Regno della Tempesta non era certo conosciuto per le sue giornate splendenti di sole, ma che il sole non sorgesse affatto non era mai successo.

Doveva per forza esserci una spiegazione.

Dopo un leggero e inascoltato bussare, l'Elfo entrò e si fermò per un attimo a guardare il Re.

Quando era così nervoso, parlare con lui era sempre una sfida.

«Sire?» lo chiamò titubante, pronto a scappare.

«Sì!»

Re Bàistec odiava essere interrotto nel bel mezzo dei suoi pensieri.

Baelnes degluti.

«Vostro figlio è arrivato, Vostra Maestà.»

«Fai passare e sparisci!» sbraitò l'orco.

L'Elfo si catapultò fuori dalla sala, ben felice di potersi dileguare.

"Come vorrei non essere costretto a lavorare per quest'Orco rozzo, maleducato e maleodorante!" pensò.

Imbambolato nei suoi pensieri, si sentì strattonare per una manica.

«Oh, orecchie a punta! Svegliati! Cosa ti ha detto?! Posso entrare o no?»

«Eh... oh, sì sì... chiedo, chiedo scusa Principe. Prego, prego...» rispose sprofondando in un inchino, e sentendosi profondamente umiliato.

Non appena il Cavaliere fu entrato nella sala del Trono, Baelnes chinò per l'ultima volta il capo, poi si girò e tornò alla sua postazione.

Non ce la faceva più a tollerare quella vita.

Non sapeva come, ma le cose dovevano cambiare.

Il Cavaliere Nero entrò con passo deciso.

«Padre...» esordì con una leggera riverenza al Sovrano.

Il Re gli andò incontro.

«Eccoti finalmente! Allora, Dorcha, che notizie mi porti?»

«Ottime, Padre. La Pergamena d'Oro è stata distrutta!» annunciò con orgoglio, alzando il volto per guardarlo.

Bàistec sembrò impallidire per un attimo.

Dopo un breve silenzio esplose.

«Idiota! Chi ti avrebbe detto di distruggerla? Non dovevi distruggerla! Dovevi portarmela!!!»

«Ma... Padre...»

«Per il Saggio Universale! Ecco perché siamo al buio!»

Dorcha si agitò.

«Non può essere per questo, Padre!»

Lo sguardo di Bàistec gli gelò il sangue.

Il ragazzo era imbarazzato, confuso, incapace di capire.

«La Pergamena era il nucleo vitale dei Regni che compongono il nostro mondo! Senza, non posso più prendere il potere assoluto! E come se non bastasse, siamo rimasti al *buio*!... Tua madre ha proprio ragione, sei un inetto!»

«Ma... ma no, non è possibile!»

«Non è possibile?! Eccome se lo è! Hai forse dimenticato le parole dell'Eterno Conciliabolo? *La pace nel Grande Regno permarrà, sol se la Pergamena d'Oro esisterà. Poiché nel sigillo celeste riposa il suo fato, in un Regno di Luce dovrà stare affinché il Giusto Sovrano possa regnare.* E il piano era esattamente questo: rubare la Pergamena, diventare il nuovo Giusto Sovrano e portare la luce anche nel Regno della Tempesta! La luce! Non il buio, Dorcha. Non era così difficile da capire!»

Dorcha, mortificato, aveva gli occhi bassi. Ciononostante, era tale il livore per quel trattamento, che si azzardò a rispondere.

«C'è una piccola falla nel piano, Vostra Maestà. Voi non siete *giusto*.»

A queste parole, l'orco si infuriò.

«Come ti permetti, ingrato! Io sono più che giusto, sono giustissimo! Se qualcuno uccide, lo faccio uccidere. Arruolo nel mio esercito gli affamati per dar loro da mangiare in cambio della loro abilità come soldati. Faccio imparare agli Orchetti l'uso di fango e pietre perché possano costruire edifici nuovi e magnifici per ampliare la mia corte e la mia dimora! Chi, chi è più giusto di me?»

Dorcha strinse i pugni, e trattenne il respiro.

«Nessuno, mio Signore. Avete ragione» sibilò.

«Certo, io ho sempre ragione. Ora basta con le sciocchezze e spiegami meglio: il Re, la Regina, la Principessa di Nuvolandia e il loro impertinente folletto da compagnia, che fine hanno fatto?»

«Il folletto è morto, l'ho ucciso.»

«Bene, una scocciatura in meno.»

«Il Re è rimasto pietrificato come tutti gli altri abitanti del castello e dell'intero Regno.»

Bàistec lo guardò scioccato.

«Pietrificato? Lo hai fatto tu?»

«No...»

L'orco fissò per un attimo il vuoto, perso nei suoi pensieri.

«Allora anche questo dipende dalla distruzione del *Sigillum*... Vale anche per la Regina e la Principessa?»

«Non le ho viste ma... credo di sì.»

Il Re avanzò minaccioso verso di lui.

Con un dito lo sollevò a sei metri da terra e lo portò davanti al naso.

L'odore greve del suo alito lo investì, intontendolo.

«Credi? Tu... credi?! Credo non è una certezza, sciocco! Andiamo dalla Veggente Reale. Muoviti!»

Così dicendo lo posò con mala grazia per terra e

inforcò l'uscita.

Dorcha, pur dolorante per la caduta, si alzò e lo seguì.

Re Bàistec e Dorcha scesero nei sotterranei, il regno indiscusso della Regina Urchoicha.

I passi dell'orco, ritmati e veloci, rimbombavano come le onde del mare in tempesta che si infrangono contro le mura.

Il sovrano era impaziente.

Grazie ai poteri di strega e veggente, sua moglie era l'unica che avrebbe potuto rischiarargli la mente.

Come ogni volta che la vedeva, quando Bàistec entrò nel laboratorio e se la trovò davanti i suoi occhi luccicarono: orchessa di bell'aspetto, alta poco meno di lui, un fisico largo e imponente, e la pelle verdognola che sottolineava i lineamenti duri era intrigante, intelligente e abile.

Per Bàistec era il miglior braccio destro che avesse mai potuto desiderare.

Il laboratorio rendeva onore alla sua proprietaria; lo spazio smisurato era colmo di alambicchi, libri, erbe e pentoloni ammassati alla rinfusa.

"Certo che la mia mogliettina non ha il dono dell'ordine", pensò prendendo al volo un calderone vuoto che aveva appena scontrato.

«Vi aspettavo» disse lei senza preamboli.

Poi si volse verso Dorcha. «Non avresti dovuto distruggere il Sigillum Maximum. Ormai è inutile illudersi. Per colpa tua... siamo alle soglie della guerra.»

Dorcha rimase esterrefatto.

Tutto si sarebbe aspettato, ma non questo.

«Guerra?» ripeté, frastornato. Per quanti sforzi facesse, non riusciva a credere a quello che aveva appena sentito. Possibile che quello che aveva fatto fosse così grave?

«In guerra, sì. Hai capito perfettamente» continuò Urchoicha.

Dorcha sembrava così confuso che Urchoicha si avvicinò a una lavagna e, con la bacchetta, iniziò la sua "lezione".

«La Pergamena era l'anello di congiunzione del nostro Universo. Immagina... una raggiera, hai presente? Un fascio di raggi che si dipartono tutti da un unico punto: la Pergamena rendeva il Regno che la possedeva, il punto focale intorno a cui ruotavano tutti gli altri Regni. Donata dal Regno della Grande Luce, spandeva il suo potere su tutto il nostro mondo, partendo da quello che la custodiva e che, di diritto, entrava a far parte del Nucleo della Luce. Ci sei fin qui?» gli chiese, fermandosi a guardarlo.

Il ragazzo annuì.

«Ora, secondo te, cosa succede se il punto di unione viene a mancare e un equilibrio del genere viene rotto?»

«Che... i raggi si disperdono?» azzardò timidamente.

«Esatto! I raggi non possono fare altro che disperdersi! E a quel punto scoppia il caos. Ecco perché il nostro mondo non può esistere senza il Sigillum. I popoli che lo compongono sono saggi ma, senza di essa, presto si dimenticheranno delle radici della loro sapienza e faranno prevalere orgoglio e vanità. L'unico obiettivo diventerà per tutti il potere, il comando sugli altri Regni. Esattamente come accadde nell'ultima guerra.»

«Non riesco a capire... A cosa stiamo andando incontro esattamente? Al collasso universale?» chiese spaventato Dorcha.

«Non proprio. Però... rischiamo qualcosa di altrettanto grave. Andiamo incontro alla dispersione totale del nostro mondo e al suo inglobamento in universi a noi totalmente sconosciuti. Chissà dove ci perderemo, che popoli incontreremo».

Negli occhi del Re si accese un lampo di avidità.

«Potrebbe non essere male questo! Potrei sottomettere altre specie viventi, altri popoli, diventare il Sovrano dei Regni Universali...»

Urchoicha lo interruppe inviperita.

«Smettila di dire sciocchezze! Questo non è un gioco! Il nostro mondo è già in serio pericolo per la tua stupidità! Vuoi dominare? Inizia a circondarti di gente sveglia, non di inetti e, soprattutto, inizia a pensare da RE!» urlò sputando in faccia al marito.

Dorcha e Re Bàistec ammutolirono.

La Regina respirò profondamente per calmarsi, poi continuò.

«Ora state zitti. Muti!»

Era circondata da una luce violacea e sembrava concentratissima.

I due si posero in attesa.

Era evidente che Urchoicha aveva le idee molto più chiare di quanto non le avessero loro.

«Secondo i miei calcoli noi siamo stati i primi e per ora gli unici a venire colpiti dal buio...» disse finalmente la Regina. «Non ci vorrà molto, tuttavia, perché si estenda anche agli altri regni. Tra sette mesi magici esatti, a partire dalla distruzione della Pergamena, saremo tutti al buio per sempre e inizierà la dispersione universale.»

«Sette mesi... magici?» chiese Re Bàistec.

La Regina annuì.

«Il tempo è un concetto estremamente relativo. Non si tratterà di sette mesi, così come siamo abituati a considerarli. La mancanza della Pergamena trasformerà ogni mese in un anno, ogni settimana in una stagione, e un'ora... in circa tredici ore. Invecchieremo tutti molto più in fretta. La nostra percezione vitale rimarrà identica, come se un'ora rimanesse tale... ma vedremo le stagioni avanzare con una velocità impensabile. Sarà il loro avvicendarsi a darci la vera misura del tempo. Questo significa che sette mesi corrisponderanno a sette anni effettivi.»

«Stai scherzando!» tuonò il Re scioccato.

«No, affatto. Te l'ho detto sin dall'inizio che era una pessima idea cercare di appropriarti del Sigillum, stupido testone! Adesso ci troviamo di fronte a un'unica soluzione: ricreare la Pergamena dal nulla.»

«Allora è semplice!» esclamarono in coro padre e figlio, adesso fiduciosi.

La Regina li guardò come se avesse a che fare con due orchetti che giocavano con le ruote dei carri.

«Se fosse semplice... lo avrei già fatto, non credete?!» sibilò tentando di non perdere la pazienza. «La Pergamena era un antico foglio in filigrana d'oro, consegnato al nostro mondo secoli fa. Traeva la sua potenza e la sua magia dai sette Segreti Magici, i sette fondamenti di vita di ognuno dei Sette Regni.»

«Quindi?»

«Quindi niente. Noi non possiamo fare nulla. Solo un detentore del *Segreto Sommo* può riuscire nell'impresa. L'unica speranza che abbiamo è che la Regina o almeno la Principessa di Nuvolandia non siano state pietrificate. Se così fosse, saremmo perduti perché io, purtroppo, non ho il potere di sciogliere l'incantesimo di difesa del sigillo e di liberarle.»

«Di difesa? Quindi la pietrificazione...» azzardò Dorcha.

«... serviva a impedire che qualcuno facesse l'idiozia che hai fatto tu. Esatto. Ma sei stato persino più veloce della magia stessa! Accidenti a te!» sbottò la Regina. «Adesso zitti, devo vedere...»

Urchoicha divaricò le gambe, strinse le braccia al petto, inclinò la testa e chiuse gli occhi iniziando a dondolare ritmicamente su se stessa.

Dopo un po' alzò il viso e spalancò gli occhi.

«È viva! La Principessina Aileen è viva, ed è in viaggio verso il Regno delle Verdi Foreste! Di sicuro conosce tutta la storia. Bene, se è così non ci rimane che tenerla d'occhio e aspettare. Quando avrà di nuovo ricreato il Sigillum, non dovrete fare altro che rubarlo.»

Presa da un dubbio improvviso, si abbassò verso Dorcha.

Poi scosse la testa.

«È facile. Puoi riuscirci persino tu.»

Il Sovrano e il Principe degli Orchi tornarono in silenzio verso i loro alloggi.

Entrambi erano molto scossi da quanto appreso.

Bàistec, prima delle rivelazioni di Urchoicha, non aveva davvero capito fino in fondo la reale portata di quello che era successo.

Dorcha si sentiva impotente e colpevole.

«Figlio, ho un compito per te» gli disse il padre.

Il ragazzo, ormai convinto che dopo quanto accaduto il padre non gli avrebbe mai più affidato un incarico, lo guardò incredulo.

«Aileen è una Principessa giovane e inesperta, non può riuscire in quest'impresa da sola» continuò Bàistec. «Ma deve farlo, ed entro la fine dei sette mesi magici. Seguila, spiala, proteggila se serve. Supportala in tutto e per tutto, ricorri alla magia. Non importa come, fingiti suo amico se devi. È una ragazzina senza esperienza, non ti sarà difficile ingannarla. Stalle vicino senza rivelare chi sei e rubale la Pergamena prima che possa farlo chiunque altro.»

«Sì, Padre» scattò sull'attenti Dorcha senza obiezioni.

«Vedi di non deludermi questa volta» concluse Bàistec, chiudendosi nella propria stanza.

Dorcha restò fermo a guardare l'enorme porta e assentì.

Questa volta, non avrebbe fallito.

3.
ADALBERTO, IL NARVÀLO ELFICO

Aileen avanzava lenta e a tentoni nella grotta che, umida e buia, si faceva sempre più stretta.

Gradualmente la vista si stava abituando all'oscurità, ma l'aria era diventata pesante, opprimente fin quasi a toglierle il respiro, via via più corto.

La ragazzina era allo stremo: il volto stravolto, i capelli bagnati, le gocce di sudore che scendevano sul viso e lungo il collo, le gambe sul punto di cedere.

Camminava da così tanto tempo che iniziò a dubitare di poter uscire da lì.

Si chiese se sua madre si fosse sbagliata; forse non avrebbe mai trovato l'ingresso per il Regno degli Elfi.

Se questo fosse accaduto, però, non se lo sarebbe perdonata.

Trovare quell'Elfo era la sola speranza che aveva di liberare il suo popolo e i propri genitori dalla pietrificazione.

"La mamma era sicura che Aeltiàfisar mi avrebbe aiutata, ma... se non lo trovo? Se ci riesco ma non è capace come pensa lei? Se fosse così, che cosa faccio?"

Erano queste le domande che continuava a porsi.

Mentre avanzava imperterrita, senza riuscire a darsi una risposta, Aileen si sentì di colpo più grande.

Il tempo dei giochi era finito senza preavviso, sostituito da quello della lotta per amore della sua famiglia e del suo popolo.

Alzò il viso.

Sopra di lei, il buio era ancora più fitto.

Sollevò il braccio e toccò il soffitto, sempre più basso, sempre più incombente.

Il panico la assalì e il cuore si mise a battere frenetico. Si fermò per riprendere fiato.

"Non voglio morire qua dentro... mamma, papà, aiutatemi... voglio salvarvi... la nostra gente ha bisogno di me."

Ricordò i loro volti sorridenti. Loro non si sarebbero mai arresi.

Si fece coraggio e continuò ad avanzare.

Dopo un tempo che le parve infinito, un refolo d'aria fresca le sfiorò la pelle.

Speranzosa, si bagnò un dito e lo alzò davanti a sé. Proveniva da un cunicolo non lontano da lei.

Vi si avvicinò.

Era angusto e basso, ma doveva andare avanti. Carponi, vi si inoltrò.

I minuti si trascinavano lenti come ore, in quel luogo buio e opprimente.

Infreddolita e spaventata, iniziava a disperare.

"Se solo avessi un po' di luce..."

Si ricordò di Fayrin, la Fata-sitter che si era presa cura di lei fino a pochi mesi prima. Era solita usare una formula per accendere il fuoco. Anche se lei non ci aveva mai provato, quello era il momento di farlo.

«Se vuoi che la magia accada, devi volerlo» le diceva sempre la fata. *«Libera la mente, svuotala di tutto come a farla diventare una nuvola bianca, concentrati e chiedi!»*

Aileen si fermò, chiuse gli occhi e svuotò la mente. Si focalizzò su un bel fuoco, caldo, scoppiettante e luminoso...

«Piccola fiamma... risplendi!» urlò.

Nell'aria apparve una fiammella sospesa, che

sembrava galleggiare come una ninfea sull'acqua.

Il buio intenso del cunicolo si rischiarò di una luce tenue.

«Ce l'ho fatta...» sussurrò incredula.

Immersa nel soffuso bagliore e avvolta in quel piacevole tepore, avanzò ancora finché la sua attenzione non venne attirata da un gocciolio cadenzato.

Acqua! Forse ci siamo! Dove c'è acqua, c'è anche un'uscita!

Rapida, seguì il suono.

Dopo pochi passi, il soffitto iniziò ad alzarsi, lo spazio ad allargarsi e un odore penetrante di salsedine la raggiunse, accompagnato da un leggero sciabordio d'acqua.

In lontananza brillava una luce intensa: l'uscita della grotta.

Finalmente!

Aileen si alzò di scatto e corse in quella direzione.

Appena fu fuori, chiuse d'istinto gli occhi.

Ci volle qualche istante perché si abituassero alla luce. Non appena riuscì a metterli a fuoco, rimase senza fiato. Si trovava in un altro spazio roccioso, del tutto diverso dai precedenti. Questo, con pareti altissime a strapiombo su un mare interno, era avvolto da una luminescenza lattescente e sembrava sconfinato.

Oltre alla roccia e al mare, però, pareva non esserci altro.

Era forse quello il Regno dell'Elfo?
C'era solo un modo per scoprirlo.

«Ehi! C'è nessuno?» urlò.
L'acqua si increspò come smossa da una corrente sotterranea, ma nulla apparve.

«Ciao, chi sei?» chiese dopo poco una voce dalla provenienza sconosciuta.

Era strana, grossa, nasale, con un tono gorgogliante che la faceva sembrare intrisa d'acqua.

Aileen scrutò l'ambiente: di qualcuno doveva pur essere.

«Sono qua sotto, bambina, guarda in giù.»

Un altro movimento d'acqua, questa volta più forte, come se un remo l'avesse colpita.

Aileen si avvicinò con prudenza alla riva e si affacciò a guardare il mare sottostante.

Vide una caverna sottomarina di un intenso azzurro, rischiarata da una fonte luminosa.

Al centro, si trovava un enorme cetaceo: lungo minimo cinque metri, il muso doveva essere di almeno altri tre!

Non appena la ragazzina si avvicinò, il cetaceo tirò fuori la testa spandendo ovunque luccicanti schizzi d'acqua.

Fu così veloce che Aileen cadde a terra per lo spavento.

Si rialzò e lo osservò incredula: quel grosso animale aveva il capo arrotondato, due grandi occhi neri dolci e curiosi, pinne piccole e tondeggianti. Sul muso sfoggiava un corno a spirale ed era di un bianco abbacinante, quasi argenteo.

«E tu... chi sei?» gli chiese avvicinandosi a bocca aperta.

«Ma come siamo curiose, tale e quale a tua madre. Sei la Principessa Aileen, vero? Le assomigli. Quante ne abbiamo passate io e il caro Eadwig... Mi presento: io sono Adalberto.»

«Piacere... sei un Elfo tu?» chiese stupita.

Il cetaceo strabuzzò gli occhi e rise.

«Oh, no! Io appartengo al popolo degli Elfi, ma sono un narvàlo elfico, non un Elfo!»

«Oh... ed è lontano il loro Regno?»

«Affatto. Il *Regno delle Verdi Foreste* è proprio sopra

di noi.»

Aileen ebbe un guizzo; ora sapeva dove cercare l'elfo che le serviva!

«Oltre al mare, c'è un altro modo per arrivarci?» indagò.

«No, bambina.»

Venne presa dallo sconforto.

«Come no... allora come lo raggiungo? Mica sono un pesce, io!»

«Oh, beh, nemmeno io. In ogni caso, che cosa ci sto a fare qui? Monta sul mio corno, ti porterò dall'altra parte in un battibaleno!»

«Ma io non so respirare sott'acqua, morirò!»

«Non ti preoccupare, ti dico. Fidati.»

Con un impercettibile movimento delle pinne, Adalberto avvicinò il suo lungo e largo corno alla riva e mosse lievemente il capo, invitandola a montare.

Titubante, la ragazzina usò il corno come scalino e si accomodò sull'ampio dorso dell'animale; in quell'esatto istante, un bagliore azzurrino l'avvolse riscaldandola piacevolmente.

Stupita, si guardò i piedi.

Nonostante fossero a penzoloni dentro l'acqua, non ne percepiva il contatto: era come se una parete invisibile circondasse il suo corpo.

«Pronta?» le chiese Adalberto.

«Pronta!» rispose lei.

«Bene, andiamo! Tieniti!»

«Aspetta, aspetta!»

«Che c'è?»

«Sei proprio sicuro che non affogherò?»

«Ma no, andiamo!» rispose Adalberto ridendo.

E, in un lampo, si immerse.

Aileen gli si aggrappò con tutte le forze, trattenendo il respiro e chiudendo forte gli occhi.

«Puoi aprirli, sai, bambina?» le disse il narvalo elfico dopo un bel po' di secondi. «E, già che ci sei, puoi anche respirare e allentare un po' la presa!»

Aileen realizzò di aver conficcato le unghie nel dorso del povero animale.

«Scusa, scusa!» rispose d'istinto.

Fu allora che si avvide che l'acqua non le entrava in gola come aveva temuto.

«Respiro come sulla terraferma!» gridò entusiasta.

Ora più tranquilla, si incantò a osservare il paesaggio che le passava accanto.

Più si inabissavano, più il fondale marino diventava ai suoi occhi un mondo incantato.

C'erano così tante cose meravigliose di cui non aveva mai sospettato l'esistenza.

Alghe che si muovevano dolcemente come impegnate in una sinuosa danza, fiori, stelle marine, piccoli cavallucci che le si avvicinavano per giocare, branchi di pesci argentati che si rincorrevano e coralli rossi come ciliegie!

Avrebbe desiderato scendere e fare una passeggiata in mezzo a loro.

«È tutto così bello...» disse a un certo punto.

Adalberto sorrise.

«Lo è, bambina, lo è. Tieniti ben salda adesso, siamo quasi arrivati!»

Repentino, salì verso l'alto.

Più si avvicinavano alla superficie, più l'acqua si rischiarava, illuminata dal forte chiarore che veniva dall'esterno.

Poco dopo, emersero.

Aileen spalancò gli occhi per la meraviglia.

Davanti a loro si apriva una distesa sconfinata di scintillante sabbia dorata, circondata dagli alberi più vari, belli e variopinti che Aileen avesse mai visto.

Lì non c'erano le sue amate nuvole, ma tutto era

colorato e splendente, senza neanche un'ombra di ossidiana.

«Eccoci, bambina, questa è la Spiaggia Cristallina. Per trovare gli Elfi non devi fare altro che inoltrarti nella foresta. Puoi scendere.»

«Grazie Adalberto, grazie di cuore!»

Aileen si lasciò cadere sulla sabbia e schioccò un bacio sul corno del grande cetaceo.

Il suo muso divenne rosso.

«Che fai? Ti emozioni?» lo prese in giro la ragazzina, divertita.

Imbarazzato, Adalberto rise con lei; poi si fece serio.

«Ma dimmi un po': io ti ho portata volentieri, ma perché sei venuta fin qui?»

Lo sguardo della Principessa cambiò, diventando d'improvviso più serio e maturo.

Anche il tumulto che le aveva agitato il cuore tornò a farsi sentire.

«Ehi, bimba, tutto bene?» le chiese il suo nuovo amico, preoccupato.

Aileen lo guardò dritto nei grandi occhi e gli raccontò ogni cosa.

«...così mi sono messa alla ricerca di Aeltiàfisar, ed eccomi qua» concluse.

«Lo conosco bene.»

«Veramente? Dimmi allora, com'è fatto? Come faccio a riconoscerlo in mezzo a tanti Elfi? È diverso da loro?»

«Non ti sarà difficile. Nel suo Regno non c'è anima che non lo conosca. Vive in un posto che splende, come il suo nome.»

«Oh, ho capito. Allora... vado. Grazie, grazie infinite!»

«Buona fortuna, bambina. Stai attenta e, se mai dovesse servirti il mio aiuto nel mare, chiamami!»

Il narvalo si girò e si inabissò nel suo elemento naturale.

Aileen sentì un tuffo al cuore: adesso era di nuovo

sola.

Diede le spalle al mare e iniziò a camminare verso la folta distesa verde.

4.
BACCHE D'ABRO

Giunta al limitare della spiaggia, Aileen si trovò di fronte a un sentiero luminoso, ombreggiato ai lati da due schiere di alberi ad alto fusto.

Senza esitare, vi si addentrò.

Quel luogo era un tripudio di piante, fiori e colori di ogni genere.

Nell'aria si respirava un profumo inebriante.

Aileen procedeva tra i sentieri incredula, non aveva mai visto nulla del genere.

Nella foresta c'era una pace quasi innaturale, così come insolita sembrava la placida quiete degli animaletti che osservavano il suo passare.

Mentre camminava, la ragazzina cercava di trovare segni che indicassero la presenza degli Elfi o di qualcosa di splendente, come aveva detto Adalberto.

Quando scese la sera, non ne aveva ancora scorto la minima traccia e il buio rese la foresta più cupa.

Si sentivano versi striduli, rumori strani. Aileen iniziò a sentirsi a disagio.

Era stanca, affamata e sentiva il freddo nelle ossa.

Decise di mettersi in cerca di qualche frutto da mangiare e di un nascondiglio dove passare la notte.

Non trovando nulla lungo il sentiero, si inoltrò tra i cespugli.

Stava ancora cercando quando, in lontananza, scorse un chiarore: una luce fluttuante e intermittente che cambiava colore di continuo, passando dal bianco all'azzurro, al rosa.

"*Non può essere una lucciola...*" rifletté. "*È troppo grande, e ha troppi colori. Ma allora cos'è?*"

Incuriosita, si dimenticò del motivo per cui si era inoltrata nel fitto della vegetazione e affrettò il passo. Voleva raggiungerla a ogni costo!

D'improvviso, il punto luminoso scomparve.
Aileen si girò su se stessa spaesata.
"*Ehi, dov'è finito?*" ... «Torna qui! Fatti vedere, torna!» urlò.
I suoi occhi sembravano annebbiati, così come la sua mente. Doveva trovarlo, e in fretta!
Si mise a correre senza una meta, si tuffò giù per le scarpate, si ferì in mezzo ai cespugli di rovi e venne graffiata più e più volte dai rami, inciampò, cadde, si rialzò, si strappò i vestiti. Ma mai, nemmeno per una volta, interruppe la sua folle corsa verso il nulla.
Quando ormai, ferita e stanca, era sul punto di perdere le speranze, il puntino luminoso riapparve luccicando come impazzito. Verde, viola, blu, arancione, lilla, bianco. Sembrava volerla chiamare.
La sua vista la tranquillizzò e, con più calma, riprese a seguirlo... ma il punto luminoso di nuovo scomparve!
Questa volta, Aileen sembrò diventare folle.
Si muoveva con furore nel folto degli alberi, senza sapere dove fosse. Quello non le importava nemmeno più; dove si trovasse, perché o come ci fosse arrivata erano pensieri che si erano persi in un buco nero nella sua mente. Non sentiva più il dolore per le ferite, il morso della fame, l'obnubilamento del sonno.
Sapeva solo che doveva trovarlo, ma il fuoco fatuo non sembrava avere intenzione di tornare a farsi vedere, e lei aveva perso il poco senso d'orientamento che aveva.

Poi, lo vide di nuovo: questa volta splendeva sopra un cespuglio di bacche! Grosse, succose, con la punta nera e un acceso rosso aranciato.

Davano l'idea di essere deliziose.

Lo stomaco le brontolò rumorosamente.

«Lo sapevo che dovevo seguirti! Volevi farmi trovare la cena! Grazie lucina!»

Il punto luminoso pulsò ancora una volta, poi sparì definitivamente.

Questa volta, la ragazzina non lo cercò più ma assalì il cespuglio di bacche.

Se ne riempì le tasche e, quando ne ebbe messo insieme una cospicua manciata, cercò un posto riparato dove passare la notte.

Lo trovò nel tronco cavo di un albero gigante.

Era così spazioso, la soluzione ideale per lei.

Vi si accomodò e addentò la sua cena.

«Mhmm... che fame...» mormorò.

Le bacche che aveva raccolto non erano affatto gustose come si era aspettata; ma era tanta la fame che se le fece piacere a tutti i costi e le mangiò quasi tutte. Poi, cadde addormentata.

Aileen galleggiava in un luogo senza tempo, in uno spazio di colore rosso fuoco.

Non c'erano punti di riferimento intorno a lei; si sentiva completamente persa.

«C'è nessuno?» chiedeva. «C'è nessuno?».

La sua voce rimbombava solitaria.

Con l'ansia che cresceva, si muoveva alla ricerca di una strada, di una persona.

Poi vide i corpi delle guardie, di Helbert, di suo padre, di sua madre. Non erano di pietra ma trapassati da squarci terribili in tutto il corpo, erano morti.

«No!... Non è vero, no...» ansimava, avanzando tra loro. Si abbassò per abbracciare la madre, era così leggera.

Mentre la stringeva, si trasformò in un numero incalcolabile di mostriciattoli neri con bocche enormi dai denti aguzzi che le si scagliarono contro!

Aileen urlò, ancora e ancora, sempre più forte. Nessuno poteva sentirla.

Le sue grida di terrore si perdevano inascoltate in quel luogo ovattato.

Iniziò a provare dolore, così tanto che pensò fosse arrivata la fine.

Sentiva i denti affilati di quegli esseri penetrarle nella carne, spezzarle le ossa, incidere le sue vene.

Urlò ancora, con tutto il fiato che aveva in gola.

«Ehi, calma... calma, va tutto bene!»

Aileen si svegliò di soprassalto, tentando di cacciare i mostri nella sua testa con le mani.

Madida di sudore, avvertiva fitte lancinanti allo stomaco.

Braccia forti e calde le cinsero le spalle, mentre una ciotola le veniva accostata alle labbra.

«Ti sei fatta una scorpacciata di una delle bacche più velenose che ci siano, sai? Sono cinque giorni che dormi. Tra un paio, sarai come nuova! Bevi ancora un po'...» le disse una voce maschile.

Aileen si girò e rimase senza parole.

Non aveva mai visto un ragazzo tanto bello: di qualche anno più grande di lei, era alto, con un fisico prestante e soffici boccoli biondi a incorniciargli il viso.

Gli occhi, neri come la notte, avevano un'espressione dolcissima.

C'era solo una nota stonata, qualcosa che non le tornava.

L'ombra di un bagliore oscuro.

"Andiamo... non può essere. Mi sta curando! Cosa vado a pensare?"

Prese la ciotola tra le mani e osservò il luogo in cui si trovava: una bella grotta, calda e accogliente.

Lei era adagiata su un giaciglio di fieno.

Ci mise un po' per realizzare che non era più a Nuvolandia.

«Sei un Elfo? Uff, mi fa male tutto» disse con voce fioca, puntando i gomiti sul pagliericcio per sorreggersi.

«No, non lo sono. Stavo cavalcando quando ho sentito che ti lamentavi. Ti ho trovata in un tronco. Se fossi arrivato un po' più tardi saresti morta.»

Il ragazzo la guardò, d'improvviso molto serio. «C'erano delle bacche di abro vicino a te. Volevi morire?»

«Morire? Ma sei matto? Perché dovrei voler morire? Ho cose ben più importanti da fare!»

«Allora perché hai mangiato l'abro?»

«Avevo fame! Ero convinta che fossero bacche di ribes o qualcosa del genere!... Non lo sapevo che erano velenose» replicò Aileen sentendosi avvampare dalla vergogna.

«Ribes... certo. Se viaggi per posti come questo, non ti farebbe male imparare a conoscere i frutti e le radici.»

Aileen arrossì ancora più forte. Va bene, aveva sbagliato. Doveva durare ancora molto quella ramanzina?

«Già... comunque... grazie. Piacere, io sono Aileen.»

«Dorcha. Riposa ancora un po', ne hai bisogno.»

Aileen bevve ancora un sorso della bevanda che Dorcha le aveva preparato e, obbediente, sprofondò nel sonno.

Il ragazzo non dormì affatto quella notte.

Continuava a osservare quella ragazzina e a chiedersi se davvero sarebbe riuscito a portare avanti la sua missione senza svelarsi.

Si sentiva inquieto: poco prima lo aveva guardato in un modo strano, come se, anche solo per un attimo, non si fidasse.

Forse non era così ingenua come appariva.

Avrebbe dovuto stare attento, cominciare a poco a poco e insinuarsi nel cuore di lei come un serpente.

Mai come in quella situazione, gli insegnamenti di Urchoicha e Bàistec gli sarebbero venuti utili.

5.
IL REGNO DELLE VERDI FORESTE

Un raggio di sole si posò sugli occhi di Aileen, svegliandola. Si stirò.
In una nicchia scoppiettava un bel fuoco.
Su un improvvisato tavolino, Dorcha stava terminando di apparecchiare un'invitante colazione: un profumato infuso di erbe, un panino fragrante e un mucchietto di noci, nocciole e mandorle spellate.
La ragazzina, grata, saltò su dalla sua alcova e corse a schioccare un bacio sulla guancia del ragazzo.
Poi, senza fare complimenti, si accomodò e iniziò a mangiare.
«Grazie, ho una fame!» esclamò a bocca piena.
Dorcha, che non era avvezzo a slanci di affetto, la guardava massaggiandosi la guancia.
Era stupito.
«Mi pare che tu stia meglio stamattina.»
«Uhm... oh, a proposito, come sei arrivato qui? Pensavo di essere la sola superstite del mio Regno.»
Dorcha la guardò perplesso.
«Del... tuo regno?»
«Sì. Perché, non sei un Nuvolano anche tu? La tua pelle non brilla ma...»
«Nuvolano? Io? No! È vero che sono stato adottato appena nato, ma i miei genitori sono Orchi.»
Aileen spalancò gli occhi per quella notizia inaspettata.
«Orchi? Uao!... Ma allora non è vero che hanno la pelle verde e che... sono alti come montagne?!»

«Ah, no, cioè… sì, è vero. Io no, certo, sono un po’ diverso, l’unico così diverso a dirla tutta. Ehm… comunque… proprio come montagne… magari è un po’ esagerato.»

«Ma, se sei del *Regno della Tempesta*, cosa ci sei venuto a fare nel Regno degli Elfi?»

Ecco, era arrivato il momento della verità.

Adesso doveva vedere se la storia che si era preparato avrebbe convinto la giovane Principessa.

«Sono in viaggio» rispose.

«Per dove?»

“Uff, quante domande che fa questa…”

«Per la mia terra. Per dove sennò?» chiese, spazientito.

Aileen continuò a sbocconcellare una noce, poi lo guardò con occhi dolci.

«Non ti sei offeso, vero? Scusa, lo so che faccio sempre troppe domande, ma sono curiosa! Siamo amici ormai, vorrei conoscerti meglio.»

Lui la guardò torvo, poi accennò un leggero sorriso.

«Va tutto bene, sono solo un po’ preoccupato.»

«Uh? Per cosa?»

«Quando nei giorni scorsi la terra ha tremato, stavo studiando delle erbe… mi sono preso uno spavento! E adesso sono in ansia per la mia famiglia. Qui sembrava una scossa leggera, quindi forse… è successo qualcosa nel mio regno.»

Lo sguardo di Aileen divenne cupo.

Lui la guardò, interrogativo.

«Non nel tuo regno, nel mio. Nuvolandia si è pietrificata» disse a bruciapelo Aileen.

Sul volto di Dorcha si dipinse un’espressione di incredula confusione.

«Pietrificata? Che significa?»

«Che tutto è diventato di pietra: cose, vegetazione, animali e persone. Ma non credo sia successo anche da te. Le montagne che collegano Nuvolandia con il

Regno della Tempesta erano normali quando sono partita. Comunque... come mai un nuvolano è stato adottato dagli orchi?»

«Ancora con questa storia. Perché mai dovrei essere un Nuvolano?»

«Non c'è un perché, ma lo sei. Senza dubbio. Hai detto che non sei un elfo, giusto? Sei alto ma non come un Troll o un orco, hai un bel corpo slanciato, colori chiari e non hai le ali. Quindi, cos'altro potresti essere? Penso che tu sia... un predestinato. Come me.»

Il ragazzo la guardò, questa volta sinceramente sorpreso.

"Un nuvolano, un predestinato? Questa è tutta matta..."

«Cosa vuoi dire, non capisco.»

«Ti spiego meglio...»

La ragazzina decise di fidarsi e raccontò al suo nuovo amico tutto quello che le era accaduto prima del loro incontro.

Dorcha era sulle spine; aveva paura di tradirsi. Aileen fraintese il suo sguardo di preoccupazione e, intenerita, lo abbracciò di slancio.

«Coraggio, ce la faremo. Sono sicura che i tuoi genitori stanno bene. Te l'ho detto, la montagna era normale! E poi, Aeltiàfisar sa di sicuro come fare. Li salveremo tutti! I miei, e se ce ne fosse bisogno, anche i tuoi!»

L'entusiasmo di quella ragazzina era contagioso.

Dorcha, per la seconda volta, provò uno strano e sgradevole senso di oppressione al petto.

Si scosse interdetto.

Non era abituato a simili pensieri.

Era evidente che Aileen barcollasse nel buio, così decise di spiegarle a grandi linee la questione.

«Da piccolo sentii una leggenda. Diceva che, se mai un giorno il sigillo del Regno Custode fosse stato distrutto, allora il regno stesso sarebbe rimasto pietrificato. E da quello che mi hai raccontato...»

Aileen rimase in silenzio per qualche istante, poi lo guardò allibita.

«Ha senso! Il Sigillum Maximum è diventato polvere!»

Dorcha annuì, serio.

«Secondo il racconto, dalla distruzione della Pergamena il mondo avrebbe avuto solo altri sette mesi magici di vita. *Ogni settimana una stagione, ogni mese un anno intero*: queste erano le parole chiave. Però... diceva anche che c'era una speranza!»

«Quale?» gli chiese Aileen.

«Che uno dei custodi ridesse vita al sigillo entro la scadenza prevista.»

Aileen era rimasta spaesata.

«Un attimo... stai dicendo che tra sette mesi io avrò vent'anni?... E tu?»

«Ventiquattro.»

«Assurdo... Ma chi è il custode che può ricreare il sigillo? Dove lo troviamo?»

Dorcha la guardò incredulo. Davvero non c'era arrivata?

«Non so... Va bene, senti, devi cercare questo Aeltiàfisar, no? Lui senz'altro ti schiarirà le idee. Ormai, stai bene; forse è il caso di incamminarsi. Il sole è già alto.»

«Sì, hai ragione» disse Aileen.

Quando si affacciò all'esterno, sul suo volto si dipinse un'espressione di totale incredulità.

Lentamente si volse verso Dorcha.

«Quella storia dev'essere vera... Soltanto ieri c'era un freddo gelido, oggi sembra già primavera!»

Il ragazzo uscì di corsa.

«Non c'è tempo da perdere allora, andiamo!»

«Perché? Vieni con me?»

«Sì. Hai detto che la montagna è normale, no?»

Aileen annuì.

«Quindi, i miei genitori stanno bene. Tu, al contrario, ti sei appena ripresa... e non mi sembri troppo pratica di fiori, bacche, alberi e radici. Se vuoi trovare l'elfo, è bene che ti accompagni.»

Lo sguardo della ragazzina si illuminò.

«Grazie!» esclamò entusiasta.

Si misero in cammino e, dopo poco, erano già tornati sul sentiero principale.

La vegetazione era rigogliosa e splendente ma Aileen, concentrata com'era sulla missione, non sembrava accorgersene e camminava spedita.

Dorcha la seguiva, seccato.

Le aveva offerto di salire sul proprio cavallo, ma lei si era rifiutata: «La strada può essere lunga; il povero Hercules si affaticherebbe troppo» aveva detto, chiudendo la questione.

A nulla era valso ribadire che il suo giovane stallone era fortissimo, e che i cavalli non faticano a portare le persone... per lei i cavalli erano creature da trattare come amiche, non da stancare col proprio peso.

Aveva insistito così tanto che il ragazzo, per quieto vivere, aveva accettato di proseguire a piedi.

Mentre camminava forte e sicura davanti a lui, Dorcha non poteva fare a meno di osservarla.

Così piccola, eppure già così determinata.

"Chissà come mi sarei comportato io, se fossero rimasti pietrificati mio padre e la mia matrigna..." si chiedeva.

«Cosa sai esattamente di quest'elfo?» le chiese a un certo punto, interrompendo il silenzio.

«Nulla. Solo che si chiama Aeltiàfisar e che viene chiamato...»

«... il Cavaliere della Luce Dorata. Sì, questo me lo hai già detto. E poi?»

«Nient'altro. Solo che dovrebbe vivere qui da qualche parte; in un *posto che splende*, ha detto Adalberto. Dove si trovi questo posto però...» disse Aileen, facendo spallucce.

«Stupendo, grande indicazione! Sarà semplicissimo trovarlo! Speriamo almeno che gli Elfi siano ospitali!» esclamò Dorcha iniziando a innervosirsi.

«Oh sì! I miei genitori mi hanno detto un sacco di volte che con gli Elfi hanno sempre avuto uno splendido rapporto. Non avremo problemi, vedrai.»

Re Bàistec fremeva dalla voglia di sapere come se la stesse cavando Dorcha.

"La sua prima missione importante..." pensò con orgoglio.

Ricordò, con nostalgia, la prima spada di legno che gli aveva messo tra le mani da bambino.

Al primo allenamento la teneva in mano disorientato mentre i suoi compagni orchetti, molto più alti e grossi di lui, lo prendevano in giro.

Bàistec se ne era accorto e, forse, proprio da lì era iniziato tutto.

Non poteva certo permettere che suo figlio, il *Principe degli Orchi*, soccombesse!

Così aveva iniziato ad addestrarlo lui stesso.

Giorno dopo giorno, i lacrimoni negli occhi del piccolo erano diventati fiamme lampeggianti; la timidezza si era tramutata in forza; la paura, in coraggio.

Nessuno aveva più provato a deriderlo, e Dorcha era diventato il guerriero più temuto e rispettato dell'intero regno.

Non era stato facile agire sulla sua indole a tratti delicata; Urchoicha aveva dovuto fargli assorbire una generosa dose di filtri condizionanti...

Alla fine, però, Bàistec aveva avuto il figlio che aveva sempre desiderato e gli si era legato anima e corpo.

Non erano mancate le sfuriate della moglie, contraria sin dall'inizio ad adottarlo.

«Non mi farò mai chiamare Madre da un Nuvolano! Mai!» tuonava spesso con disprezzo.

Ma non avevano altri figli, e Bàistec non intendeva rinunciare a lui.

Così, con piglio deciso e abnegazione, l'aveva convinta a permettergli di tenerlo e di crescerlo come proprio braccio destro.

Col tempo l'orchessa aveva ceduto e, con non poca fatica da parte del marito, aveva persino accettato di insegnargli l'uso delle erbe e della magia.

Convinta che il principino fosse del tutto negato per cose simili, non ne era stata felice; ma quando si era accorta del legame istintivo che Dorcha aveva col fuoco; quando aveva visto con i propri occhi che solo rivolgendo il palmo della mano verso qualcosa era in grado di appiccare un incendio incontenibile... a quel punto non ne aveva più potuto fare a meno e, suo malgrado, aveva iniziato a provare per lui qualcosa di molto simile all'affetto.

Bàistec, impaziente, entrò nel laboratorio della moglie.

«Allora, come procede?»

Urchoicha continuò a osservare la bacinella piena d'acqua.

Era visibilmente preoccupata.

«Uhm, non lo so... non mi piace. Sembra che si stia rammollendo» disse. Poi si girò di colpo e gli fece cenno di avvicinarsi. «Guarda lì!»

«Attenta!» esclamò Dorcha lanciandosi fulmineo sopra ad Aileen, mentre Hercules si impennava nitrendo come impazzito. «Stavi per essere infilzata. Stai giù!»

Una freccia si era appena conficcata su un ramo a mezzo centimetro dalla testa di Aileen.

Un canto melodioso, amplificato e dolcissimo, si levò

nell'aria.

Hercules sembrò calmarsi.

«Elfi... e meno male che dovevano essere pacifici!» sbottò Dorcha guardando Aileen furioso.

«Chi ti dice che non lo siamo? Dipende con chi...»

I due ragazzi alzarono lo sguardo.

Appollaiato sul ramo di un albero, c'era un giovane elfo. Era alto, dalla pelle diafana e la corporatura flessuosa, con orecchie a punta e capelli verde smeraldo liscissimi alle ginocchia.

«Nalar, vieni qui. Ci sono due nuvolani con uno splendido stallone nero!» disse.

«Fammi vedere, Inmus!»

Vicino a lui atterrò dolcemente una ragazza molto simile, solo con i capelli di un verde più scuro che le cadevano in un'infinità di codini a bolle sino ai piedi.

Erano entrambi vestiti con curiosi abiti intrecciati con le foglie e uno strano tessuto marrone molto morbido.

Ambedue muniti di archi e frecce, mostravano un sorriso incuriosito e amichevole.

«Ciao...» azzardò Aileen.

«Ciao!» risposero in coro, lanciandosi giù dal ramo con una elegante ed elaborata capriola.

«Uao! Come fate?»

Aileen era affascinata da quei due.

Al contrario, Dorcha le si era parato davanti pronto a combattere.

«Chi siete?» chiese duro a Inmus.

«Non lo hai forse già detto tu, prima? Chi siete voi, piuttosto» replicò l'elfo.

«Stiamo cercando Aeltiàfisar!» rispose di getto Aileen, guadagnandosi un'occhiataccia da parte di Dorcha.

Gli occhi dei due si ridussero a fessure.

«Perché lo cercate?» chiesero sospettosi.

«Ecco... è un po' lungo da spiegare...» disse Aileen.

«... ma dalla nostra storia dipende il futuro del nostro mondo» concluse Dorcha.

Inmus e Nalar si guardarono, negli occhi la stessa decisione.

«Ne parlerete col nostro sovrano, allora. Sarà lui a dirvi se e come potrete incontrare il Cavaliere della Luce Dorata.»

Inmus e Nalar presero ai fianchi Aileen e Dorcha e, del tutto incuranti del loro disorientamento, li sollevarono come niente fosse.

Poi emisero un fischio particolare per farsi seguire da Hercules, e saltando da un ramo all'altro li condussero a Bealist, il loro villaggio.

La prima propaggine del Regno delle Verdi Foreste si presentava come un agglomerato di case ben camuffate tra le fronde superiori degli alberi, ed era così esteso da non riuscire a vederne la fine.

Aileen e Dorcha si ritrovarono a pensare che, probabilmente, l'ingresso al Regno iniziava proprio dalla Spiaggia Cristallina e rimasero sconcertati dall'idea di non essersene accorti prima.

«Nessuno di voi può trovarci se noi non vogliamo» disse Nalar, interpretando i loro sguardi.

I due elfi si fermarono sopra il terrazzamento di un'alta quercia.

«Vado ad annunciarvi» continuò l'elfa. «Aspettate qui. Inmus, fai in modo che non si mettano nei guai.»

Aileen rimase impressionata dall'autorità di Nalar.

Sembrava poco più che un'adolescente, ma il suo era l'atteggiamento di una donna adulta.

«Lo è» disse Inmus, prendendola alla sprovvista. «Nalar è mia madre. Ha centoquarant'anni, io solo novanta.»

La ragazzina lo fissò incredula, poi scoppiò a ridere.

«Sì, certo! Sei bravo a prendermi in giro.»

Inmus si seccò per quell'affermazione.

«Non ti sto deridendo! Noi Elfi siamo immortali. Io e mia madre siamo praticamente dei ragazzini alla vostra stessa stregua. Re Baelkers e il Principe Aeltiàfisar hanno molte migliaia di anni. Adesso sedetevi e aspettate. In silenzio.»
Con un gesto secco, Inmus fece cenno ad Aileen e a Dorcha di accomodarsi su una panchina rialzata. Obbedienti lo fecero e guardarono giù.
Da lì si vedeva tutto il regno, che non era solo sconfinato ma anche ricco di vita e di attività: c'erano bambini che correvano in ogni direzione, graziose fanciulle intente a preparare il pranzo, ragazze e ragazzi guerrieri che si sfidavano con spade e frecce esibendosi in complicate evoluzioni, in aria e a terra.
Nessuno di loro dava l'idea di essere veramente adulto, tanto i loro volti erano delicati e senza tempo.
Contrariamente ad Aileen, Dorcha non sembrava affatto impressionato da tutto questo.
«Sua Maestà si è detto disposto a ricevervi» annunciò Nalar, apparendo silenziosa come un felino.
Insieme a Inmus, li scortò poi verso una piccolissima apertura interna al tronco.
«Prego» dissero, indicandola.
Aileen e Dorcha li guardarono come se si stessero burlando di loro.
«Come dovremmo riuscire a entrare in quel buco?» chiese Dorcha.
Nalar sorrise.
«Non vi siete accorti di esservi rimpiccioliti, adesso che vi trovate qui sull'albero?»
I due ragazzi la osservarono straniti.
Rimpiccioliti? Possibile?
Tutto era esattamente della loro misura... se non fosse stato per il fatto che, in effetti, gli alberi sembravano dieci volte più grandi del normale, e così anche i fiori, i sassi, gli insetti e qualunque altra cosa li circondasse!

Inmus, accortosi del loro spaesamento, si affrettò a dar loro una spiegazione.

«Noi Elfi siamo un tutt'uno con la natura, per questo riusciamo ad adattarci così bene a essa. Chi sta con noi ottiene gli stessi privilegi. Per entrare in quel *buco*, come lo chiamate voi, non dovete fare altro che volerlo.»

Aileen e Dorcha, un po' più convinti, si posero di fronte alla piccola apertura.

Chiusero gli occhi e si concentrarono.

Senza accorgersene diventarono grandi come una formica e, nella loro nuova veste, entrarono.

Nalar e Inmus li lasciarono da soli; il loro compito era finito.

6.
POTERE NEL SANGUE

«Siete arrivati, dunque!»

Una voce antica li accolse dal fondo del tronco.

Aileen si sporse verso il buio, per cercare di vedere a chi appartenesse.

«Vieni, vieni avanti, Principessa Aileen. Non essere timida. E anche tu, Principe Dorcha» disse ancora la voce.

Sorpresi, avanzarono.

A mano a mano che l'ambiente si schiariva, scorsero la figura di un elfo anziano.

Aveva una chioma argentea che arrivava fino ai piedi.

Sulla testa faceva bella mostra una delicata corona di platino, con incisi fiori costellati da piccoli diamanti. La lunga tunica, di un bianco splendente, aveva incisi, sapientemente ricamati con fili d'oro, i simboli dell'aria, dell'acqua, del fuoco, del tuono e della terra.

La sua figura incuteva timore e rispetto: era potente.

«... Aeltiàfisar?» azzardò Aileen.

«No, Principessa. Io sono Baelkers, sovrano del popolo degli Elfi. Il Principe Aeltiàfisar è mio fratello maggiore. Per quale motivo desiderate parlare con lui?»

La ragazzina era rimasta così stupita, che si prese un attimo per rispondere.

«... come fate a sapere chi siamo?» chiese poi.

Baelkers, leggermente turbato, ponderò con attenzione le parole.

«Sei... la reincarnazione spirituale di Aer.»

Baelkers sospese le sue parole per un istante, guardandola intensamente.

«Sì... come immaginavo. In te risplende anche una scintilla del piccolo Lanitae.»

«Aer? Lanitae?» chiese Aileen, confusa. «Chi sono?»

Baelkers, perso nei ricordi, accennò un lieve e malinconico sorriso.

«Aer era una Nuvolana, come te. Nel tempo lei e mio fratello si innamorarono profondamente e si sposarono. Diedero alla luce Lanitae, un bambino dai poteri inimmaginabili. Purtroppo, né lui né Aer vivono più tra noi; da tempo immemore sono nel Regno della Grande Luce.»

«Non riesco a capire... Aer e Lanitae sono morti centinaia di anni fa, giusto?»

«Migliaia. Ma non è questo il punto, giovane Aileen.»

La sua voce si fece più profonda, il suo sguardo divenne un lago in cui la ragazzina per un attimo temette di perdersi.

«Non si eredita il sangue, si eredita la luce. Tu sei la memoria di Aer e, come ti ho detto, porti in te anche una parte del potere spirituale di Lanitae, suo figlio, tuo antico fratello d'anima. Sei la sola Nuvolana talmente pura da poterne accogliere luce e potere nel cuore.»

Aileen socchiuse gli occhi, cercando di comprendere fino in fondo le parole dell'elfo.

«Quindi... se io sono la reincarnazione spirituale di una Nuvolana e di un Elfo Nuvolano, allora io...»

Baelkers le sorrise gentile.

«...non sei né una cosa né l'altra, eppure sei entrambe. Sei come solo tu puoi essere.»

«Un attimo... ma vostro fratello? Anche lui si trova nel Regno della Grande Luce? Se è così, come facciamo a raggiungerlo?»

«No, non è così. Lui... non ha potuto.»

«Perché?»

«Fai troppe domande giovane Aileen.»

«Vero? Lo penso anch'io» la canzonò Dorcha.

«Ah, che ridere...»

Aileen si era sentita punta sul vivo ma sapere che una sua ava si era sposata con un elfo l'aveva elettrizzata!

«Perché, però, se sono in parte un'elfa ho spesso difficoltà con la magia?»

«La magia bisogna volerla e spesso tu non desideri abbastanza ciò che vuoi.»

«Non è proprio così» replicò seria. «Se io decido, ad esempio, di trasformare...»

Aileen cercò qualcosa con cui fare un esperimento, poi decise di usare lo stesso Dorcha.

«...lui, ecco, in una rana... anche se mi concentro, non accade niente! Guardate!»

Mentre l'anziano elfo la osservava divertito e Dorcha quasi disgustato, Aileen alzò solennemente le braccia al cielo, si concentrò e diresse l'energia delle sue mani verso il ragazzo.

Dopo un po' aprì un occhio per sbirciare se fosse accaduto qualcosa ma, come ben aveva pronosticato...

«Visto? Non è successo niente. Eppure, lo volevo davvero! Non ci riesco proprio.»

Baelkers, nel vedere l'espressione sconsolata di Aileen, rise di gusto immaginando la faccia del fratello quando l'avrebbe conosciuta.

«Certo che non ci riesci, questa non è magia. Perché non chiedi a Dorcha di mostrarti la *vera* magia?»

Dorcha trasecolò, sentendosi scoperto.

Non aveva mai pensato al fatto che un altro mago potesse percepire le sue abilità; adesso non avrebbe più potuto nascondere la sua natura.

«Sai usare la magia? Davvero! Fammi vedere dai, ti prego!»

«Io, veramente...» provò a deviare Dorcha.

«Senza paura» continuò l'elfo, incoraggiandolo. «Non c'è giudizio, qui.»
Dorcha acconsentì.
Allungò il braccio in direzione di un braciere spento e il fuoco iniziò a scoppiettare allegro.
«Interessante, sai governare il fuoco... ma sai fare anche altre cose, vero?»
Lo sguardo del sovrano era così intenso e indagatore, che Dorcha si sentì nudo davanti a lui.
Quanto sapeva? Quanto avrebbe potuto celargli?
Gli venne in mente la sua matrigna.
«Sei solo presunzione e nulla più! Davanti a un vero mago saresti spacciato! Impegnati di più!» gli diceva spesso.
Se l'avesse ascoltata...
«Oh, non molto in realtà» tentò di sminuire. «Qualche magia di difesa e... ecco, sì, conosco bene le erbe!»
«Nel vostro viaggio, queste tue conoscenze vi saranno utili. Bene, mi avete detto di voler parlare con Aeltiàfisar. Non sarà semplice. Da quando Aer salì nel Regno della Grande Luce, mio fratello ha affidato la propria essenza alla custodia degli Elfi dei Sogni. Solo di rado vi rinuncia. Nalar vi accompagnerà alla Radura delle Sequoie, è là che dimora. Una volta arrivati, vi lascerà da soli. Dorcha, a quel punto dovrai immaginare in modo chiaro che Aileen venga avvolta da una nuvola. Il resto lo faranno loro. Se Aeltiàfisar accetterà di ricevervi o meno, però... beh, questo non posso assicurarvelo. Andate ora.»
Il Re li congedò con un lieve cenno della testa e tornò a meditare nella parte in ombra del tronco.

La *Radura delle Sequoie* era un grande spazio circolare, circondato da antiche sequoie ad alto fusto, tutte vicine tra loro.

Al centro della radura si trovava un roseto profumato, un ampio cerchio dotato di una piccola apertura per entrare.
Dorcha vi condusse Aileen.
«Siediti.»
Lei lo guardò con un velo di ansia.
«Tranquilla, non c'è nulla di cui aver paura.»
Rassicurata, la ragazzina si sedette a gambe incrociate sull'erba.
Dorcha le si accomodò di fronte nella stessa posizione.
Poi le impose le mani.
Dopo pochi attimi, Aileen ebbe la sensazione di fluttuare…

Si trovava all'interno di una soffice nuvola azzurra, illuminata da lucine a tratti intermittenti.
Provenivano da bambini molto piccoli, vestiti da capo a piedi di verde, con cappelli e scarpe a punta: gli Elfi dei Sogni.
Con le loro voci sottili, giocavano a scambiarsi di posto a grande velocità.
Dietro di loro si spandeva una scia luminosa.
Aileen non riusciva a fare a meno di guardarli e presto si ritrovò a muoversi nello stesso modo.
Ma i loro movimenti, e adesso anche i suoi, erano così rapidi che le iniziò a vorticare la testa.
Cercò di fermarsi, di smettere di schizzare nello spazio come una freccia impazzita.
Non ci riuscì.
Non aveva alcun controllo su quello che faceva.
Come in un gorgo senza uscita, sentì un insopportabile senso di claustrofobia.
Poi, uno di quegli esserini si staccò dagli altri, le si pose di fronte e la prese per mano interrompendo la sua corsa sfrenata.

Aspettò che per lei il mondo smettesse di girare e, infine, la condusse in una danza smodata e antica.
Mentre volteggiavano, le si avvicinò all'orecchio, apparentemente senza parlare.
Nella testa di Aileen, però, rimbombò una frase:
"La soluzione è dentro di te... cercala nei tuoi sogni."

Aileen si ritrovò al centro del grande spiazzo verde, in testa l'eco delle parole che le erano state dette.

Dorcha la guardava, curioso e teso.

«Allora?»

«Devo dormire...»

«Dormire? Andiamo, non vedi che il tempo è di nuovo cambiato? È quasi passata un'altra stagione da quando siamo partiti! Bah, torniamo indietro, mi racconti per strada!»

Dorcha le afferrò la mano e iniziò a trascinarla.

Lei fece resistenza e gli strattonò bruscamente il braccio perché la lasciasse andare.

«No, non hai capito, fermati, fermati, ho detto!» gridò.

Lui si fermò e si girò a guardarla, strafottente.

«Cos'è, la principessina è stanca? Non può fare un passo in più?»

«Perché non mi ascolti mai? Non ho detto che *devo dormire* perché ho sonno! Lo devo fare perché l'indicazione che mi hanno dato gli Elfi è *"cerca nei tuoi sogni"*! Capisci? E come faccio a sognare, se non dormo?!» terminò incrociando le braccia.

Era così buffa con quella faccia imbronciata che a Dorcha venne da sorridere.

Era ammirato nel vederla così decisa.

«Ti porgo le mie scuse, allora. Le accetti, Principessa?»

Aileen gli rivolse ancora un breve broncio, ma in realtà le era già passata.

«Certo. A patto che ora mi aiuti a cercare un posto tranquillo dove sognare.»

Dorcha realizzò che, per aiutarla davvero, avrebbe dovuto manifestarsi per quello che era fino in fondo.

La copertura sarebbe saltata del tutto ma, in fondo, non era già in gran parte successo al cospetto di Baelkers?

«Va bene, lascia fare a me. Seguimi.»

Raggiunsero di nuovo il centro del roseto e si fermarono in piedi, l'uno distante dall'altra.

Mentre Aileen lo guardava, curiosa e perplessa, Dorcha alzò le mani sopra la testa.

Girandosi ogni volta in direzione diversa, invocò i quattro elementi.

«*Acqua, Aria, Terra, Fuoco!*» urlò al cielo.

Poi, con le mani, delineò un cerchio vorticante, «*Perché possa trovare il luogo del Grande Cavaliere, la vostra protezione Aileen dovrà avere!*»

Dalle estremità del cerchio, si formò un globo verde trasparente che lo inglobò.

Aileen lo vide svanire nel nulla.

Il cuore le balzò in gola.

«Dorcha... Dorcha, dove sei!?!» chiese, agitata.

Il ragazzo si avvicinò a una delle estremità interne del globo, aprì un piccolo varco con le mani e uscì facendole cenno di entrare.

La ragazzina era scioccata.

«Tu... io... ma...»

«Vieni, non temere.»

La prese per mano e, con delicatezza, la tirò a sé. Pochi istanti dopo, entrambi erano nel globo e Dorcha, con un breve movimento della mano, lo richiuse.

Fuori, nessuno avrebbe potuto vederli.

«Cosa significa...» chiese Aileen con un fil di voce, guardandosi intorno.

Era un posto caldo, ampio e accogliente.

Dorcha, non si sa come, era riuscito a far apparire un letto comodo, somigliante a quello che Aileen aveva al castello.

«Baelkers ti ha detto che sono un po' mago, no? Qui siamo al sicuro e puoi dormire senza pensieri. Inoltre, qualunque cosa sognerai in questo globo non la dimenticherai.»

«E tu cosa farai?»

«Io veglierò sui tuoi sogni. Siamo al sicuro, ma gli Elfi sono imprevedibili, non si sa mai. Forza, sdraiati.»

Non appena la ragazzina si sedette sul letto, venne colta da un sonno improvviso e irresistibile. Si stese e si trovò catapultata nel mondo dei sogni.

7.
NELLA QUERCIA DI CRISTALLO

Aileen era sola, lungo un sentiero illuminato da una luce tenue e pullulante di fiori di ogni tipo.

Lo percorse.

In fondo, c'era un albero.

Ricordava una quercia fatta di piccole foglie di cristallo, pendule e colorate.

Emanava un bagliore fortissimo, quasi accecante.

Intorno, miriadi di farfalle variopinte svolazzavano briose.

La più grande tra loro le si posò su una mano, piegò le proprie ali all'indietro, e le si rivolse con fare solenne.

«Cosa ti porta qui, piccola Nuvolana?»

Aileen si soffermò a guardarla meglio: sembrava una piccola fata più che una farfalla.

Portava un vestitino vaporoso fatto di foglie di sottile cristallo e la osservava con occhi intelligenti e curiosi.

«Ho bisogno di parlare con Aeltiàfisar.»

La fata non rispose.

Si librò in volo, invece.

Girò più volte intorno al corpo della giovane ospite, a tratti sfiorandola, a tratti annusandola.

«La vibrazione del sangue di Aer ti scorre nelle vene... la tua anima splendente, il tuo cuore puro. E sia...»

La fata le soffiò forte sul volto.

Aileen fu avvolta in un vortice d'aria e risucchiata dall'albero.

Lì dentro, il vuoto.

Sembrava un mondo a parte.

Non c'era nulla intorno a lei, solo colori lucenti che si alternavano a ripetizione, come in un'oscillazione continua.

La ragazzina ne era affascinata.

«Ti piace la mia dimora?» le chiese una voce profonda alle sue spalle.

Aileen si girò di colpo e si trovò davanti un Elfo sorridente.

Era anziano, simile nei lineamenti a Baelkers.

Alto e longilineo anch'egli come tutti coloro che appartenevano alla sua specie, indossava una tuta bianca composta da pantaloni larghi e una casacca morbida, stretta in vita da un alto cinturone. A esso era legata una spada di metallo intarsiato, recante sull'elsa l'immagine di un imponente drago.

I capelli, d'argento anche quelli, ondulati e lunghissimi, erano legati a coda di cavallo e scendevano ordinati lungo la schiena.

Ai lati del volto, sovrastato da occhi di un blu profondo, facevano bella mostra le inconfondibili orecchie a punta della sua razza.

Aileen, nel guardarlo, si trovò a fare pensieri curiosi per lei.

"Sembra quasi non appartenere al nostro mondo... come se fosse oltre la vita, ma anche oltre l'ineluttabilità della morte."

Aveva ragione.

Quell'elfo aveva passato centinaia di anni ad agognare il Regno della Grande Luce... ma, in fondo, che cos'era quel luogo in cui si era ritirato, se non il regno stesso della morte?

"Eppure sento che non è tutto. C'è altro."

Doveva essere quell' "altro" ... che lei percepiva trovarsi nell'"oltre".

Dorcha, dentro al globo verde, non si dava pace. Camminava senza sosta, lanciando continui sguardi carichi di preoccupazione ad Aileen.

Profondamente addormentata ormai da molte ore, non tradiva alcuna espressione; il suo volto era immobile, il respiro profondo e leggero.

Probabilmente stava andando tutto bene ma... come poteva esserne sicuro?

Non gli era mai capitato di vedere qualcuno perdere i contorni della figura durante il sonno.

Era come se Aileen fosse diventata una presenza eterea, quasi un'immagine sospesa.

Si trattava di magia antica. Elfica.

Dorcha sentì un nodo alla gola.

Se le fosse successo qualcosa, dubitava che sarebbe riuscito ad aiutarla.

Non gli restava che attendere.

Al cospetto dell'elfo, Aileen si sentiva parte di qualcosa di molto più grande di quanto potesse immaginare.

«Allora?» ripeté bonariamente Aeltiàfisar. «Ti piace la mia dimora?»

Annuì, quasi imbambolata.

I pensieri le vorticavano in testa veloci e confusi, al punto di non ricordare nemmeno perché fosse lì.

Lui le si avvicinò lentamente, per non spaventarla. Poi, le labbra gli si schiusero in un tenero sorriso.

«Sei così simile ad Aer... stesso sguardo vivace e penetrante, stessi occhi, stessa ciocca bionda luminescente.»

La ragazzina continuò a fissarlo intimidita, senza proferire parola.

«Mi spiace che il mio richiamo abbia finito col metterti in pericolo. Non era mia intenzione.»

Finalmente Aileen reagì.

«Il tuo richiamo?» mormorò tra sé facendo correre i pensieri. «Il tuo... richiamo... Ma certo, il puntino luminoso!»
Poi sollevò lo sguardo su di lui, con aria bellicosa.
«Siete stato voi? Che pessima idea! Stavo per morire per colpa del vostro richiamo!» disse piccata.
Intenerito, l'elfo rise di gusto.
«Tale e quale ad Aer. Quando partiva... chi la fermava più?» disse commosso.

Dorcha, il viso segnato da profonde occhiaie, osservava inquieto il sonno di Aileen.

Erano due giorni che dormiva e non dava cenno di svegliarsi.

Si sedette al suo capezzale e provò a toccarla, ma la sua mano sprofondò nell'impalpabilità del corpo di lei.

La ritrasse di scatto, quasi avesse il timore di farle male.

Se le fosse successo qualcosa, non solo Bàistec e Urchoicha sarebbero stati incontenibili, ma il senso di colpa che avrebbe provato per aver distrutto definitivamente il Grande Regno Universale lo avrebbe travolto.

A ben vedere, non si trattava solo di quello.

C'era un'altra sensazione con cui stava facendo i conti. Nuova e inspiegabile.

Era difficile ammetterlo persino a se stesso, ma la vivacità di quella ragazzina gli mancava terribilmente. Se non si fosse più svegliata...

Cercò di scacciare il pensiero, ma non vi riuscì e questo, per lui, era strano, molto.

Non aveva mai conosciuto il senso di perdita, di abbandono... non si era mai soffermato a pensare a una sensazione simile. Adesso, tuttavia, quei pensieri traditori assalivano la sua mente, facendogli attorcigliare lo stomaco in un modo nuovo, inatteso.

Aileen era affascinata da quell'avo entrato nella sua vita in modo così inaspettato, e pendeva dalle sue labbra.

L'elfo si sedette a gambe incrociate e le fece segno di mettersi al suo fianco. Lei accettò di buon grado e gli si accomodò vicino.

«So bene perché sei qui, Aileen. Forse già saprai che il solo modo per riportare Nuvolandia ai suoi albori, salvare i suoi abitanti e il nostro mondo, è ridare vita alla Pergamena Dorata.»

Aileen lo ascoltava attenta.

"Ridare vita alla Pergamena Dorata... ricrearla dal nulla... anche Dorcha mi ha detto una cosa simile. Ma come?"

Aeltiàfisar continuò.

«Per riuscire in questa difficile impresa, c'è una sola strada: recuperare i singoli Segreti Magici che ognuno dei sette regni del nostro mondo custodisce. Uno per regno. E ottenere un simbolo di Luce. Attraverso un potente incanto, l'unione dei sette Segreti Magici e del simbolo di Luce, farà rivivere il Sigillum Maximum.»

La ragazzina era silenziosa. La sua mente fibrillava di mille pensieri e ancor più domande.

Alla fine, si decise a porre quella che più la preoccupava.

«Come faccio a trovare questi Segreti Magici? Immagino che, se sono segreti, saranno ben custoditi... E il simbolo di Luce? Cos'è, dove si trova?»

Aeltiàfisar le si rivolse serio.

«Dovrai diventare un'abile combattente e imparare a usare la magia.»

Aileen rimase sgomenta.

Non che si aspettasse di ottenere dall'elfo una pozione magica da versare sul terreno di Nuvolandia e risolvere tutto così, ma addirittura dover imparare a combattere e a usare la magia era troppo!

«Ma... ma non c'è un altro modo? Cioè, la magia... il combattimento... Non sono proprio cose che fanno per me!»

Aeltiàfisar le pose una mano sulla sua e la guardò dritto negli occhi.

«Il potere che ti scorre nelle vene è estremamente potente. Aer e Lanitae lo erano, tu non sei da meno. Non ti sei mai chiesta perché la tua ciocca di tanto in tanto si illumini, Aileen?»

«La mia mamma ha detto che lo avrei scoperto da grande.»

«Ormai lo sei, ed è mio dovere dirtelo. Questa ciocca...» disse, sfiorandola con amore, «racchiude il tuo potere e quello di tutte le tue antenate. Se saprai farlo emergere, scoprirai quanto tu sia potente.»

Aileen si toccò la ciocca bionda e li guardò... il suo potere...

«Ad esempio... cosa potrei saper fare?»

L'elfo sorrise bonario.

«Ad esempio... potresti andare da un luogo a un altro solo immaginando di spostarti.»

«Sul serio? Sarebbe un bel risparmio di tempo!»

«Sì, ma quella è solo una piccola cosa. Ce ne sono molte altre che puoi fare se ti impegni. Saranno Dorcha e mio fratello Baelkers a insegnarti. Il ragazzo ti insegnerà a combattere, mio fratello a fare tua la magia.»

«Tu... conosci Dorcha?»

«Oh, io sì. È lui che deve ancora scoprire chi è... ma tu questo non dirglielo, d'accordo?» aggiunse, facendole l'occhiolino. «Dopo che avrai imparato quanto necessario, inizierà la vostra ricerca. Il primo dei sette Segreti Magici lo custodisco io. Potrò dartelo solo se supererai la prova a cui ti sottoporrò.»

«Prova? Che prova?»

«I Custodi dei Segreti possono donarli solo a chi dimostra di esserne degno. Vai, esercitati. Hai due mesi *magici di tempo.»*

8.
INACCETTABILE RIVELAZIONE

Non appena Aileen si svegliò, il globo verde si dissolse e si ritrovò seduta sull'erba.

Era pallida e sembrava sconvolta.

Dorcha la raggiunse agitato, toccandole braccia, gambe e viso per accertarsi che stesse bene.

«È tutto a posto?» le chiese.

Lei lo guardò. Poi, come un fiume in piena, gli raccontò ogni cosa, senza tralasciare nemmeno il più piccolo dettaglio.

«Due mesi? Stai scherzando?!» urlò Dorcha, quasi sconvolto, appena Aileen ebbe finito.

«No... però sono magici. In due mesi passeranno due anni.»

«Ma noi li percepiremo comunque come fossero solo due mesi! L'unica differenza è che la nostra età evolverà di un anno al mese... e questo non so fino a che punto possa essere un vantaggio!»

Aileen gli rivolse uno sguardo tanto afflitto che gli fece male al cuore.

Suo malgrado, il ragazzo si intenerì.

«Senti, non ti preoccupare. Ce la faremo!»

«Dici?»

«Dico.»

«Tra due mesi avrò quasi sedici anni.»

«Sì, e io quasi venti. Tu saprai combattere e usare la magia, io sarò allenatissimo! Saremo imbattibili!»

«Torniamo al villaggio degli Elfi, così ci facciamo dare

una mano.»

«E a cosa serve? Aeltiàfisar ha detto che devo essere io a prepararti.»

«Tu, e Baelkers! Ma non capisco... tu non sei un guerriero.»

Lo disse ingenuamente, convinta, e questo fu un'inconsapevole stilettata per Dorcha.

Se solo avesse saputo...

"Tanto non lo scoprirà mai", pensò e, risoluto, fece apparire dal nulla una spada.

«Dici?»

La lanciò ad Aileen, poi, fulmineo, sguainò la sua. «Iniziamo.»

Aileen era scioccata.

La lama l'aveva mancata di un soffio e si era conficcata a terra; mai aveva avuto a che fare con un'arma e l'idea di afferrarla al volo non l'aveva neanche sfiorata.

«Ma sei impazzito? Volevi ammazzarmi?!?»

Dorcha, sconfortato, si coprì gli occhi con la mano libera.

"Saranno due lunghi mesi..."

Chiedere un aiuto agli Elfi non gli sembrò più una cattiva idea.

«Bàistec! Bàistec! Corri! Subito!» gridò allarmata Urchoicha.

Il Re degli Orchi si svegliò di soprassalto con la voce della moglie che gli rimbombava nelle orecchie.

Vista l'incapacità del marito di comunicare col pensiero, Urchoicha aveva fatto installare un minuscolo ma funzionale condotto, terminante in un imbuto, tra il suo laboratorio e ogni stanza del castello.

In questo modo poteva chiamarlo ogni volta che ne aveva necessità.

Quello era uno di quei momenti.

Bàistec saltò giù dal letto e, ancora in vestaglia, corse fino al laboratorio della moglie.

«Urchoicha, cara, che succ...?»

«Dorcha sta insegnando a quella stupida ragazzina a combattere, e a usare la magia!» disse tutto d'un fiato.

Bàistec la guardò incredulo.

«Ma no, non può essere. Ti sarai sbagliata.»

«Io non mi sbaglio mai. Guarda.»

L'orchessa si volse verso il suo pentolone. Dentro ribolliva una sostanza che rilasciava fumi viola scuro.

Bàistec si avvicinò.

Nel fumo si disegnarono le figure di Dorcha e Aileen.

Bàistec scoppiò a ridere.

«Cosa vuoi che le insegni? Non ci riuscirà, non vedi che la bambina non sa neanche tenere in mano una spada?» commentò.

La Regina divenne ancora più furiosa.

«Non capisci. Ma del resto non mi stupisco, non hai mai capito niente di quel ragazzo. Guardami e ripeti con me: lui *non deve* imparare a essere altruista o gentile, non deve assolutamente imparare ad amare!»

Il marito iniziò a intuire la gravità della situazione.

«I filtri che gli ho imposto non contemplano alcuna forma di affetto. Il ragazzo sta cambiando, e vicino a quella Nuvolana lo sta facendo troppo in fretta! Rischiamo che il mio incanto si annulli.»

L'orchessa inspirò lentamente.

«Se la ragazzina riesce a far riemergere la sua vera essenza... Dorcha tornerà in sé. E noi lo perderemo.»

Bàistec sentì un'onda di calore investirlo seguita da una goccia di sudore che gli scendeva sul viso.

Deglutì. Spaventato più di un'altra cosa dall'idea di perdere il suo unico figlio.

«Che facciamo, allora?»

«Non posso richiamarlo con la magia: la terra di quei

maledetti Elfi è schermata. Manda là uno dei tuoi servitori. Il più fedele, veloce, spietato. E fallo riportare qui!»

«Ma... e se non volesse tornare?»

Urchoicha gli si avvicinò lenta. Gli occhi di quando stava per lanciare un potente anatema.

«Tornerà. Vivo... o morto. Non deve stare in quel posto un secondo di più.»

Bàistec trasecolò.

«Vivo o morto? Cara...»

La moglie rimase rigida, fredda.

«Subito» scandì.

Il Re tentò ancora una volta di farla ragionare.

«Ma... la Pergamena...»

«Se lui torna alla sua natura originaria, Bàistec, la Pergamena è perduta. Il nostro Regno lo è. Vai.»

Il Re degli Orchi, senza parole, prese assorto la via delle scale in direzione del campo d'addestramento.

Quando arrivò nella conca interna alla montagna in cui si addestravano i suoi soldati, la strana e dolorosa oppressione al petto che lo aveva accompagnato per tutto il tragitto era ancora ferma al suo posto.

"Come posso togliere a mio figlio la fiducia che gli ho dato..." continuava a ripetersi.

Dentro di sé sentiva che non era giusto, ed era proprio questo a tormentarlo di più.

Averlo visto concentrato a insegnare a combattere, lo aveva riempito di orgoglio.

Era come ai tempi della battaglia, gli anni in cui lui aveva lottato per un ideale più alto che non regnare sul mondo.

Si riscosse, quei pensieri non erano utili. Sua moglie aveva ragione.

L'orgoglio per le azioni di Dorcha non gli avrebbe fatto ottenere il potere assoluto sul Grande Regno.

Lanciò lo sguardo per il campo e, infine, individuò il

suo soldato migliore.

«Grogher, vieni qui!» lo chiamò.

Grogher si girò e lo raggiunse.

Non era un orco, non era un Troll, non apparteneva a nessuna delle specie conosciute per quanto ne sapesse Bàistec.

Alto quasi tre metri, aveva il viso che ricordava il muso di un cinghiale, braccia lunghe e gambe corte. Leggermente gobbo, alla stregua di uno scimpanzé, aveva un fisico agile e una forza sorprendente.

Sulla sua intelligenza il Re aveva qualche dubbio, ma in fondo doveva solo andare a dire a Dorcha di tornare a casa.

«Ho una missione da affidarti, devi partire.»

Dorcha infine aveva capitolato.

Lui e Aileen erano così tornati al villaggio degli Elfi per confrontarsi con Baelkers.

«Di nuovo qui?» chiese Inmus, andando loro incontro.

Dorcha lo fronteggiò.

«La nostra presenza ti disturba?»

Aileen si fece al suo fianco.

«Inmus... perdonaci, ma non abbiamo molto tempo. Dobbiamo conferire con Sua Maestà.»

Prese Dorcha per mano e, senza aggiungere una parola, andò verso l'albero del Re.

Il ragazzo la guardò ammirato.

«E questo piglio, da dove viene?»

«Libera ispirazione materna» rispose lei, sorridendo.

Quando arrivarono di fronte all'albero, trovarono Baelkers ad attenderli.

«Ben tornati. Pronti a cominciare?»

Dorcha rimase sbalordito dalla tranquillità con cui l'elfo si stava offrendo di istruirli entrambi.

Urchoicha gli aveva sempre parlato degli Elfi come

di un popolo borioso, arrogante, geloso del proprio sapere.

Baelkers, invece, non un Elfo qualunque ma il Sovrano degli Elfi, era disposto a mettere tutto il sapere della propria stirpe a loro disposizione.

Dorcha voleva capire meglio.

«Maestro Baelkers, posso chiamarvi così? ... Non avete paura a diffondere la conoscenza del vostro popolo?»

L'elfo lo guardò pacato.

«Perché mai? La conoscenza non deve essere ostacolata. Farlo significherebbe impedirle di evolvere. Sarebbe un vero peccato, non trovi?»

Il ragazzo annuì, immerso nei suoi pensieri.

Che visione curiosa del sapere, così diversa da quella che gli aveva tramandato la sua matrigna.

Si soffermò a osservare l'elfo. Gli ispirava così tanto potere e saggezza, che decise di fidarsi.

Baelkers sembrò accorgersene.

Con un semplice movimento del dito fece apparire dal nulla tre sedie, un tavolino con sopra tre fumanti tazze di infuso e dei pasticcini. Quindi, li invitò ad accomodarsi.

«Servitevi, sarete affamati.»

Attese che si rifocillassero, poi iniziò.

«Allora, partiamo dai rudimenti. Molte cose, tu, Dorcha, ovviamente le sai già, ma un bel ripasso non fa mai male. Cominciamo dal dire questo: magia e combattimento non sono poi così diversi. Entrambi vanno praticati per coltivarsi e per imparare a difendersi, non per arrecare danno agli altri. Entrambi necessitano di concentrazione, saggezza, rispetto per se stessi e per l'avversario, nonché di sangue freddo. Non si può fare una magia con il timore di non riuscirvi, così come non si può combattere contro qualcuno facendosi trasportare da sentimenti di rabbia o di odio. In entrambi i casi, sarebbe un fallimento. Per quanto riguarda la magia poi, c'è un altro fattore che dovete considerare...»

«Quale, Maestro?» chiese Aileen curiosa.

«Noi Elfi lo chiamiamo *Dlì nà cruinne...* la legge dell'Universo. Non esiste azione magica, buona o cattiva, che non richieda il suo pegno, tornando indietro nei modi più disparati. Per questo è meglio non fare che fare e, in ogni caso, mai per il male.»

«E se qualcuno ci vuole uccidere?» chiese Dorcha rapito.

«Se qualcuno vi vuole uccidere, difendetevi. Possibilmente, però, non uccidetelo. Mai.»

«Ma come *mai*? Non ha senso. Se fossimo in guerra?»

«Anche in quel caso non è poi così diverso. Gli occhi di qualcuno che sta per essere ucciso, racchiudono così tanto orrore e disperazione... il ricordo dei cari che sta per lasciare, rammarico, dolore... Pensi davvero che sia giusto farlo?»

Dorcha insorse, quest'ultima affermazione era impossibile da accettare per lui.

«Nella vita vera non è così! Se stai combattendo e hai la meglio sul tuo nemico, lo uccidi e basta! Non hai il tempo di fantasticare su quello che prova o altre simili banalità; rischieresti di farti trafiggere da qualcun altro! C'è gente che vive per uccidere. Un assassino è un assassino» replicò veemente, sicuro di ciò che diceva.

Lui non era forse un assassino?

Era stato cresciuto proprio per quel motivo, *viveva* per uccidere.

Baelkers non si scompose.

Lo osservò e rimase in silenzio per qualche istante.

Il ragazzo ebbe l'impressione che lo scrutasse nel profondo, come se gli stesse leggendo l'anima.

«I tuoi genitori sono stati uccisi. Ma neanche un

dolore così grande giustifica l'uccisione di altre creature viventi.»

Per Dorcha fu una rivelazione sconvolgente.

«I miei genitori... sono stati... uccisi?»

Questo, a Dorcha non era mai stato rivelato.

L'elfo annuì.

«Davanti ai tuoi occhi. Eri così piccolo... ma posso ancora vederlo nei tuoi ricordi, quegli stessi che hai rimosso perché troppo dolorosi. Non sarà la vendetta a riportarli in vita, non sarà il male che hai abbracciato a vendicarli. La vendetta non esiste, Dorcha, è solo un'illusione. Vivi. Vivi per te, per come sei veramente, per come eri. Non per come ti hanno fatto diventare.»

Dorcha rabbrividì e iniziò a tremare senza controllo.

Gli occhi gli si riempirono di lacrime, la bocca dello stomaco divenne fuoco puro.

Non aveva nessuna intenzione di continuare ad ascoltare le parole di quel vecchio pazzo.

Si alzò e fece un fischio.

Hercules apparve maestoso tra gli alberi e gli si fermò davanti.

Gli saltò in groppa e lo lanciò al galoppo attraverso la foresta.

Aria.

Aveva bisogno di prendere aria e di pensare, e nessuno, nessuno avrebbe mai dovuto vederlo piangere.

«Dorcha!» gli urlò dietro Aileen, che non aveva capito che cosa fosse successo.

Fece per inseguirlo, ma una mano importante prese con tenerezza la sua, piccola e minuta.

«No, Aileen... non ora. Ha bisogno di restare da solo.»

Dorcha galoppò per ore, gli occhi accecati da lacrime di rabbia e frustrazione, il cuore in tumulto.

I suoi veri genitori... uccisi. Da chi?

Gli avevano sempre raccontato che la madre era morta dandolo alla luce; che suo padre, spaventato dall'idea di dover crescere un bambino da solo, aveva preferito affidarlo ai due Sovrani per cui lavorava da tutta la vita; che una volta affidato il bambino, il dolore per la perdita della moglie lo aveva spinto al suicidio. E questo era tutto. Tutto!

Adesso, invece, doveva affrontare questa nuova verità: li avevano uccisi. E lui era assalito dai perché. Perché erano stati uccisi, perché gli avevano mentito per tutta la vita.

Inesauribili domande si facevano strada nella sua mente, ma le parole di Baelkers risuonavano più forti.

Si ripetevano all'infinito, insistenti come il battito incessante di un martello.

Non uccidere. Mai. Mai. Mai.

Lui non solo aveva ucciso, lo aveva fatto su richiesta di Bàistec una moltitudine di volte... e gli era piaciuto.

Non si era mai soffermato a guardare gli occhi supplicanti della vittima. Ogni volta, aveva piuttosto provato una scarica di adrenalina pura che lo aveva fatto sentire invincibile.

Mai si era chiesto cosa fosse il rispetto per la vita. Se la commissione era *uccidi*, uccideva; se era *tortura*, torturava; se era *imprigiona*, imprigionava... e di suo arbitrio aggiungeva punizioni di ogni tipo, tanto crudeli quanto ingiustificate.

Forse aveva ragione l'anziano elfo quando diceva che aveva abbracciato il Male... ma cos'era il Male?

Dorcha aveva sempre pensato che gli ordini di Bàistec fossero la sola cosa giusta da seguire. Ora, scopriva che non era così.

Ma se si poteva agire non per eseguire la richiesta del proprio Sovrano, se veramente esisteva una scelta...

No, non poteva essere.

Solo il pensiero era inaccettabile!

C'era stato un periodo, molto lontano, in cui si era chiesto se uccidere fosse giusto, ma ogni volta che ne aveva parlato con il padre, aveva sempre avuto la stessa risposta, ripetuta di continuo come un mantra: «Dorcha, uccidere è un piacere, ne devi essere fiero. Tu sei un assassino. Non c'è niente di più bello e corroborante dell'odore del sangue, vero figlio mio?»

E lui, convinto, a quel punto rispondeva di sì, ottenendo in cambio la sola, piccola gratificazione che tanto desiderava: uno dei rari abbracci di quel padre gigantesco, che lo coccolava solo quando uccideva o torturava.

Perché adesso avrebbe dovuto essere diverso? Veramente tutto quello che gli era stato insegnato, ciò a cui aveva creduto per la sua intera, giovane vita, era sbagliato?

Si era sempre votato a eseguire le richieste del Re degli Orchi e della sua Regina, nient'altro contava.

Anche quella missione in cui era impelagato era iniziata così: spogliarsi della sua armatura e fingere di essere chi non era. Ingannare, poi tradire.

Era un ordine.

E lo aveva eseguito.

E adesso... stava scoprendo che, per tutta la vita, non aveva fatto altro che negare a se stesso la sua vera essenza. Quindi... chi era veramente? A quale razza apparteneva? Avevano davvero ragione gli Elfi e quella ragazzina, quando sostenevano senza indugio che fosse un Nuvolano?

Perché in quella missione, nel suo dover ingannare Aileen, adesso gli sembrava che ci fosse qualcosa di tragicamente sbagliato?

Senza capirne fino in fondo il motivo, si sentì d'improvviso sporco: una pedina nelle mani dei genitori adottivi, niente di più.

Solo pochi giorni prima, l'idea di essere un'arma era stata quella certezza che gli aveva garantito la considerazione di Bàistec; ma in quel momento, persino il soprannome che gli aveva dato il Re Orco non aveva più importanza ai suoi occhi.

«*Da oggi, ti nomino Cavaliere Nero*» gli aveva detto fiero quando, qualche anno prima, era riuscito a sconfiggerlo in un duello a due.

Il *Cavaliere Nero*... nient'altro che un servo al suo servizio.

Ora lo sapeva.

Tuttavia, se quello era stato da sempre il suo destino, perché avrebbe dovuto cambiare ora?

Dorcha scese da cavallo quasi senza accorgersene, tremando ancor più convulsamente di quando vi era salito.

Scosso da un pianto incontrollato, con la testa che gli scoppiava, febbricitante e fremente di rabbia, si accasciò sull'erba urlando e dando sfogo a tutto il suo dolore.

Infine, si addormentò.

9.
DOVE SI ROMPE IL DESTINO

Un tocco delicato gli sfiorò il viso.

Dorcha aprì gli occhi confuso. Appoggiato a un albero, aveva addosso una coperta calda e morbida che non ricordava di avere mai visto.

Mise la vista a fuoco e si accorse che Aileen era al suo fianco.

Silenziosa, lo guardava con tenerezza.

Hercules, mollemente sdraiato vicino a loro, riposava.

«Ben svegliato!... Come stai?» azzardò Aileen.

Dorcha non rispose.

Si sentiva confuso... e pieno di vergogna.

Prima di addormentarsi aveva realizzato che, se le cose stavano come aveva detto Baelkers, la sua anima era cupa come la pece. Quindi, quella di lei non poteva che essere splendente come la luce.

E se lei era luce e lui pece, se lei era la rappresentazione del Bene e lui del Male, se ingannare era davvero sbagliato... allora lui avrebbe dovuto starle il più lontano possibile.

Così, per reazione, l'aggredì.

«Sei di nuovo qui? Lasciami in pace!» urlò, lanciando via la coperta.

Un fischio leggero. Hercules si alzò sulle zampe e, in un attimo, il ragazzo vi montò.

Aileen gli toccò una gamba.

«Dove vai? Non ricordi? Oggi iniziamo

l'addestramento.»

«Cosa c'entro io? Dovevi trovare quell'Elfo e ti ho aiutato a farlo. Fine. Me ne torno a casa.»

«Ma... Nuvolandia è pietrificata. Il tempo corre veloce, e bisogna ricostruire il sigillo! Io sono ancora piccola, inesperta, non posso farcela senza di te. Aiutami, ti prego!» disse strattonandogli il pantalone.

Lui la allontanò con un gesto sgarbato.

«Smettila! Non me ne importa nulla di tutta questa storia. Stammi lontana.»

«Allora vengo con te» replicò ancora, cercando di issarsi sul cavallo.

Al ragazzo questo tentativo di avvicinamento non piacque.

«Togliti di qui, ho detto!»

La spinse con forza e Aileen cadde all'indietro.

«Ahi...» si lamentò.

Furioso, Dorcha scese da cavallo e, non appena lei fu di nuovo in piedi, la afferrò rudemente per un polso e la tirò a sé.

«Ahia! Ma che ti prende?!? Smettila, mi stai facendo male! Lasciami!»

«Ascoltami bene» le ringhiò all'orecchio, «io non sono normale, sono un'arma da guerra. Mi chiamano il Cavaliere Nero! Sono stato cresciuto con una spada in mano e un solo obiettivo: uccidere. Quindi, se non vuoi che te lo dimostri, vattene. Stai lontana da me e non provare a cercarmi. Mai più.»

Detto questo, la spinse lontano, in mezzo all'erba.

La ragazzina gemette, poi lo guardò smarrita.

Nei suoi occhi si rincorrevano e intralciavano mille domande inquiete cariche di perché e frustrazione. Tuttavia, non disse nulla.

Si rialzò con fatica, dolorante.

Gli volse un ultimo sguardo, poi se ne andò lasciandolo solo nel bosco.

Dorcha la vide scomparire tra gli alberi.

Gli occhi gli pizzicarono come la sera prima. Con un gesto di stizza, se li asciugò.

Un rumore di fronde e rami spezzati lo fece girare di scatto.

Stava arrivando qualcuno.

Sguainò la spada che portava sempre al fianco; di chiunque si fosse trattato, non gli avrebbe mai permesso di raggiungere Aileen.

Fulmineo e silenzioso si nascose dietro il tronco di un albero e azzerò il rumore del respiro, facendolo diventare un tutt'uno con quello delle foglie mosse dalla leggera brezza del mattino.

Poi rimase in attesa, pronto a scattare.

Pochi istanti dopo, dalla macchia verde comparve Grogher. Portava una sciabola legata alla cintura, in mano aveva un mazzafrusto.

Qualcuno dai lineamenti e dalle forme così particolari non si dimentica. Proprio per questo Dorcha, appena lo vide, ebbe la sensazione di conoscerlo, anche se non riusciva a ricordare dove lo avesse già visto. Di certo, non dagli Elfi, e dava tutta l'idea di essere pericoloso.

«O esser senziente, arrestati!» urlò Dorcha sbucando da dietro l'albero.

Gli arti dell'Orcotroll si bloccarono all'istante.

Cercò di divincolarsi, ma per quanti sforzi facesse non un solo arto gli rispondeva più.

Dorcha fece un minimo gesto della mano e la mandibola del suo prigioniero si sciolse.

«Chi sei?» gli chiese.

«Grrr.... Grrr... Grrrogherrr» disse con fatica, rivelando un accento tipico del Regno della Tempesta basso.

«Grogher...»

A Dorcha venne in mente un'immagine nitida di

quando era bambino.

Avrà avuto sei, forse sette anni, e si trovava in una gola montuosa. Si era perso. Davanti a lui, un animale dal corpo allungato e la testa prominente, con la bocca zannuta e importanti ali sulle scapole, lo stava minacciando. Era stato Grogher a salvarlo e, subito dopo, a insegnargli a usare la particolare arma che portava sempre con sé.

Gli occhi di Dorcha si illuminarono.

«Ma certo! Come ho fatto a non riconoscerti! Scusami, amico.»

D'improvviso, gli arti di Grogher tornarono a muoversi liberamente.

«Grazie padrrroncino» disse, sgranchendosi.

Il Principe degli Orchi rispose con un semplice cenno del capo.

«Come mai qui? Porti ordini dal nostro Re?»

L'Orcotroll annuì.

«Devo riporrrtarvi a casa padroncino. Re Bàistec non vuole che continuiate il vostrrro viaggio. Dice che adesso vi siete... ecco... rrr...rrr... rrrammollito.»

«Rammollito?»

«Indebolito, ecco» cercò di spiegare imbarazzato Grogher, mentre avvampava.

Il Cavaliere Nero sarà anche stato il suo padroncino, ma non era certo qualcuno con cui si potesse scherzare impunemente.

Dorcha, dal canto suo, era rimasto basito. *"Rammollito?"*

Un modo come un altro per dire che non aveva fiducia in ciò che stava facendo e nel come lo stava facendo.

Si sentì invadere da un profondo senso di delusione, una spezzatura se possibile peggiore di quella del giorno precedente.

Era proprio vero: lui non era suo figlio di sangue. Per

quanti sforzi avesse fatto, non lo sarebbe mai stato. Non era diverso da Grogher o dagli altri soldati; cambiava il suo rango ma, a ben vedere, non era che un passivo esecutore di ordini.

Qualcosa si mosse dentro di lui. Un senso di ribellione e di rivalsa.

Capì di trovarsi davanti alla sua prima scelta importante: seguire Grogher e, come da ordine ricevuto, tornare indietro arrendendosi a una vita che non sarebbe mai cambiata, o rimanere, rischiare, e combattere per se stesso e per scoprire chi fosse davvero.

«Padrrroncino, state bene?» gli chiese l'OrcoTroll, preoccupato nel vederlo immobile, con lo sguardo nel vuoto.

«Non so cosa fare» mormorò il ragazzo.

La risposta di Grogher fu immediata e decisa: c'era un ordine, cos'altro avrebbe dovuto fare?

«Dovete venire con me.»

Dorcha si scosse e pose gli occhi su di lui.

«No, questa volta non obbedirò.»

«Non obbligatemi a usare la forza, padrrroncino.»

Dorcha gli rivolse un sorriso sbilenco.

«Andiamo, pensi davvero che riusciresti a vincere contro di me? Non ho più sei anni.»

«Ma...»

«Grogher, non mi sto impuntando a vuoto. C'è in ballo qualcosa di molto importante. Lascia che ti racconti, te ne prego.»

L'Orcotroll lo guardò stupito.

Era la prima volta che veniva messo a parte di una motivazione da un membro della famiglia reale.

Dorcha si accomodò sotto un albero facendogli segno di imitarlo. Grogher lo raggiunse e lo fissò, curioso.

Il ragazzo lo mise al corrente di tutto quello che era

accaduto, senza tralasciare nulla.

Si infiammò, si intristì. Il suo cuore passò dalla pace alla rabbia, dal rancore più profondo allo sconforto fino a una serena tranquillità.

Nel suo racconto venne investito a tal punto da emozioni che non sapeva neanche di avere, da far connettere Grogher col suo cuore.

«Questo è quanto», disse infine. «Allora Grog? Tu che faresti?»

Non era un quesito semplice.

Gli aspetti da valutare erano tanti e, in qualche modo, lui stesso si sentiva di condividere un'esperienza simile.

A causa della sua condizione di ibrido, non aveva avuto una vita facile.

Diversamente dalla grande maggioranza degli Orchi e dei Troll, lui era di indole buona, delicata, gentile e riflessiva; questo lo aveva sempre fatto considerare da tutti un povero stupido.

Sapeva di non esserlo nel suo intimo, ma quante volte si era sentito *sbagliato*...

«Sai perché io combatto, padrrroncino?» esordì dopo una profonda riflessione.

«No...» gli rispose Dorcha, perplesso.

«Perché non ho mai potuto sceglierrre. Sono figlio di un'Orchessa e di un Troll. Quando sono nato io, un miscuglio di due razze, entrambi i popoli grrridarono all'abominio. Volevano uccidermi. I miei genitori mi nascosero, e vennero perseguitati nei modi più cruenti e terrrribili.»

Gli occhi di Grogher divennero lucidi, e si prese un attimo per continuare. L'emozione era troppo forte. «Una mattina, all'alba, dei soldati sfondarono l'ingrrresso di casa nostra. Mio padrrre fece di tutto per difenderrrci, ma era da solo. Io ero troppo piccolo, mia madre troppo spaventata. Da solo contro quindici trrroll... papà si batté come un eroe. Ma non bastò. Un Troll gli staccò la testa con un morrrso. Morì sul colpo. Io e mia madrrre fummo fatti prigionieri e, poiché lei era un'orchessa, ci mandarono dagli orrrchi. Lì, fu resa schiava della Regina Urrrchoicha. Sua Maestà non sopportava che si fosse accoppiata con un Troll e, per punirla, la condannò a vita a portarrre una palla di piombo a entrambe le caviglie.» Grogher sembrava sul punto di piangere ma si fece forza e continuò. La sua voce tremava.

«Ogni giorno, a ogni ora, la vedevo trascinarsi in girrro per tutta la montagna, con le caviglie maciullate e piene di sangue. Faceva i lavori più umili e inutili. Lavava persino la pietra della montagna dopo che aveva piovuto.»

Dorcha era incredulo e, a modo suo, dispiaciuto. Vedendo quanto dolore costasse a Grogher parlare, gli mise una mano sul braccio per farlo fermare, ma lui scosse la testa e andò avanti.

«Io la dovevo assisterrre, la mia mamma. E anche se non avessi dovuto, volevo farlo. Non volevo lasciarla da sola, volevo che potesse condividere il suo dolore almeno con me. La Regina non sopporrrtava il mio amore per la mia mamma, così un giorno mi scagliò contrrro un incantesimo. Venni sollevato per arrria e sbattuto a terra. Poi la mia lingua uscì dalla bocca come tirata fuori da qualcosa e iniziò a strisciare sul pavimento della Sala del Trrrono. Faceva male, sanguinavo, non riuscivo a respirrrare. Mia madrrre corse da me urlando e trascinando le due palle di ferro, mi afferrò e mi strinse forrrte a sé. Era difficile, la magia cercava di strrrapparmi dal suo abbraccio. Era come se una forrrza invisibile la colpisse. Le spuntavano lividi ovunque, ma non mi lasciò e supplicò la Regina.»

Grogher si interruppe, la voce d'improvviso più

rauca e profonda, lo sguardo attraversato da un lampo di ferocia.

«Per proteggermi finì per leccare il pavimento di tutto il palazzo reale al mio posto! Quando ebbe finito mi separarono da lei e mi buttarono nelle segrrrete. Ero inutile, e una distrrrazione troppo forte per mia madrrre, Nella prigione era pieno di topi. Ma andava bene. Errrano il mio solo cibo. Pensavo che sarei marcito lì per tutta la vita. Ma un giorrrno Re Bàistec venne da me e mi disse che, se avessi servito la corona, avrebbe restituito la libertà a mia madrrre. Un'orchessa fiacca e debole era solo un peso inutile. Potevo scegliere: se avessi detto di no, ci avrebbero uccisi entrambi.»

Un tremito carico d'odio lo attraversò.

«A me di morire non importava, ma accettai. Lo feci per la mia Mamma, e il Re mantenne la parola. La vidi partire, tutta sola su un carrro, mentre il popolo degli Orrrchi la insultava e le sputava contro. A lei non importava di quello. Voleva solo vedermi un'ultima volta, mi cercava con lo sguarrrdo. Ci riuscimmo, di sfuggita, da lontano…Da allora non l'ho vista mai più. Non so dove sia andata, non so se sia ancorrra viva. Quello che so, padrrroncino, è solo che io non ho potuto scegliere. Voi, invece, potete. E allora fatelo, scoprrrite chi siete. È questa la cosa giusta, io tornerò a casa e dirrrò di non avervi trrrovato.»

«La Regina sa ogni cosa, forse anche che adesso stiamo parlando. Quando tornerai, ti uccideranno.»

«Cosa cambierrrebbe? Non ho mai vissuto veramente. Morire sarebbe un regalo prezioso. Sono stanco di viverrre come un emarrrginato.»

Dorcha si prese un attimo per riflettere.

Il racconto di Grogher lo aveva scosso nel profondo, mai avrebbe immaginato che avesse un simile passato.

Ed ebbe paura.

Quella storia, se non avesse agito, avrebbe potuto diventare anche la sua.

D'improvviso, capì quale fosse la cosa migliore da fare.

«Non morirai invece. Verrai con me. Sei uno dei soldati più abili che conosca, mi aiuterai ad addestrare Aileen.»

«Quella bambina avrà il terrrrore di me quando mi vedrrrà; gli Elfi non mi faranno neanche avvicinare.»

«Questo è quello che pensi tu. Andiamo. Da adesso in poi siamo compagni d'avventura. Quindi, basta formalità.»

Dorcha montò in groppa ad Hercules e fece salire Grogher dietro di sé.

«Al villaggio.»

Ora che la sua mente si era rischiarata, finalmente sapeva cosa fare.

La prima cosa sarebbe stata chiedere scusa ad Aileen.

Aileen si sentiva triste, abbattuta, tradita senza motivo.

Quando entrò nella stanza, Baelkers se ne accorse subito.

«È andata male?» si informò.

Lei alzò lo sguardo su di lui con gli occhi colmi di lacrime.

«Mi ha cacciata! Mi ha trattata malissimo. Mi ha persino spinta, e mi ha detto cose orribili. Sembrava impazzito!»

«Era solo scosso. Credi che sia facile per lui affrontare la verità sul suo passato?»

Aileen sospirò.

«No...»

«Prova a metterti nei suoi panni... cerca di capirlo. Tornerà.»

La sola prospettiva che potesse essere vero la riempì di gioia; subito oscurata, però, dalla delusione.

«Voglio proprio sentire le sue scuse quando tornerà!» Baelkers sorrise tra sé e sé.

«Nell'attesa iniziamo a studiare un po' di magia, vuoi?» le propose l'elfo.

«Oh sì!» scattò su allegra. «Iniziamo!»

Urchoicha irruppe nella Sala del Trono come un turbine, interrompendo senza riguardo una riunione tra Re Bàistec e i Consiglieri del Regno della Tempesta.

«Bàistec! Bàistec!»

Era trafelata e stravolta in viso, pallida.

Il marito stentò quasi a riconoscerla.

Abituato a vederla sempre posata e sicura di sé, trovava quella nuova veste inconsueta.

I Consiglieri scattarono sull'attenti e si inchinarono al suo cospetto.

«Ossequi, Vostra Maestà!»

Lei non li degnò di uno sguardo.

«Ti devo parlare. Da sola. Ora. È urgente!»

Il Sovrano, preoccupato, congedò gli uomini con un cenno del capo; aspettò che fossero tutti usciti, poi si rivolse alla moglie.

«Che cosa è successo? Riguarda Dorcha?» le chiese allarmato.

«Non riesco più a vederlo.»

«Come non riesci più a vederlo, che significa? E la Principessa? E Grogher?»

«Nessuno di loro, Bàistec! Come se si fossero volatilizzati. Come se fossero morti!»

Bàistec ebbe un mancamento.

Lei riuscì ad afferrarlo al volo.

«Non è il momento di svenire come un Orchetto, riprenditi!»

L'orco, con fatica, si scosse.

«Dorcha... Dorcha non è morto, non... non è possibile... vero?» rantolò.

«Certo che non è possibile, sciocco di un Orco! Ne capterei la variazione energetica! È vivo, così come sono vivi quella dannata ragazzina e quell'altro tuo inutile e orrendo servo! Ma per qualche motivo che non comprendo, non li vedo e non riesco neanche a capire dove accidenti possano essere!»

«Ed è... grave?»

«Certo che è grave, pusillanime di un idiota! Prima di tutto perché significa che a causa della distruzione della Pergamena i miei poteri stanno diminuendo! E poi perché in questo modo non posso più controllarlo, ogni mia influenza su di lui è vana!»

«E quindi adesso?»

«Adesso niente. Non possiamo neanche mandare un altro soldato a cercarlo perché non sarei più in grado di pilotarne la direzione, si perderebbe. Non so nemmeno se Grogher li abbia raggiunti! Entrato nel Regno degli Elfi, ho perso le sue tracce praticamente subito!»

Urchoicha si interruppe un attimo, nel tentativo di riprendere il controllo di sé.

Più calma, fissò il marito negli occhi.

«Possiamo solo aspettare che Dorcha porti a termine la missione e augurarci che non torni in sé.»

«Se succedesse riacquisterebbe la memoria del tutto?»

«Uhm. Senti, non so che cosa accadrà al suo ritorno, ma ho parlato con la Regina dei Troll; Badney mi ha detto che il marito sta valutando di addestrare le truppe per ogni evenienza e mi ha chiesto se intendiamo farlo anche noi.»

«Le truppe! Ma siete impazziti tutti e tre? Cosa potrebbe mai fare un ragazzino accompagnato da una bambina? Interi eserciti contro di loro?! Dorcha sarà anche bravo, ma da solo... lei, poi! Non è neanche in grado di tenere in mano una spada!»

«Sei sempre il solito superficiale. La Principessa di Nuvolandia ha anche qualcosa di elfico che le scorre nelle vene, lo sento! E questo crea un legame ancora più pericoloso! Davvero credi che Aeltiàfisar e quell'altro suo geniale fratello non le risveglieranno i poteri?! Illuso! Inoltre, qualcosa non mi è chiaro. Se fossi in te, non aspetterei un secondo di più e mi alleerei con i Troll.»

«... non è che abbiano molto cervello...»

«Ma sono più forti di noi, Bàistec, possiamo aiutarci gli uni con gli altri!»

Bàistec si prese qualche istante per riflettere.

«E sia. Seguirò il tuo consiglio e darò disposizioni.»

10.
DUE ANNI IN DUE MESI

Dorcha e Grogher arrivarono in vista del villaggio degli Elfi quando il sole era ormai sul punto di calare.

Questa volta fu Nalar ad andar loro incontro.

«Finalmente sei tornato. L'addestramento è iniziato da un pezzo. E tu? Chi saresti?»

Grogher avvampò, incerto su cosa dire, ma Dorcha lo trasse subito d'impaccio.

«Un mio amico. Andiamo, Baelkers ci aspetta.»

«Sua Maestà Baelkers, per te» lo apostrofò Nalar seccata. «Venite.»

Dorcha entrò nella stanza proprio mentre Aileen stava tentando di lanciare un incantesimo di levitazione su un vaso di fiori.

Fu rapido col braccio a deviarlo, facendolo frantumare contro la parete.

Aileen fece finta di non vederlo. Si volse piuttosto verso Baelkers.

«Chiedo scusa, Maestro. Non padroneggio ancora bene l'incantesimo. Posso riprovare?»

«Al tempo, Aileen, non c'è fretta» le rispose l'elfo strizzando l'occhio a Dorcha. «Se l'intuito non mi inganna, Dorcha ha necessità di parlarti. Da solo, dico bene? Nel frattempo, io ne approfitterò per conoscere meglio il nostro nuovo amico. Benvenuto, Cavaliere Grogher.»

L'elfo fece un leggero inchino del capo verso di lui, in segno di accoglienza, poi gli fece cenno di seguirlo.

Grogher rimase spiazzato, proprio non se lo aspettava.

Tuttavia, lo seguì.

Ora che erano rimasti da soli, Dorcha non aveva idea di come iniziare il discorso.

Aileen si era seduta contro una parete, le gambe incrociate, gli occhi chiusi.

Il ragazzo si sentiva a disagio, ma sapeva che era colpa sua e che non poteva sfuggire alle sue responsabilità.

Così, le si sedette vicino.

«So che mi stai ascoltando. Lo ammetto, mi sono comportato in modo ignobile.»

Aileen si girò verso di lui di scatto.

«Lo credo bene!» disse. «Ma cosa ti è saltato in mente?! Avresti anche potuto farmi male, lo sai?»

«Non ti farei mai del male!» le rispose di getto. «È che... ero confuso. Ti prego, scusami.»

«Confuso... perché? Perché non sai ancora chi sei? Credi forse che io lo sappia? Pensi che per me tutto questo sia facile? Fino a qualche giorno fa andava tutto bene, mentre adesso sono qui a giocare a fare l'eroina! Mio padre forse è morto, mia madre è una statua. Devo imparare a combattere. Sai cosa vuol dire? Che rischio di morire. Ma con questo, non mi è mai venuto in mente di trattarti come tu hai fatto con me!»

«Hai ragione, è tutto vero. Ma per me è diverso.»

Aileen saltò in piedi. Era arrabbiata. Più di prima.

«E perché sarebbe diverso, sentiamo! Perché hai scoperto che la tua vita è una menzogna? Beh, lascia che ti dica una cosa: se i tuoi genitori adottivi ti hanno mentito, probabilmente avevano le loro ragioni! Di fatto, ti hanno cresciuto! E crescere qualcuno è una bella responsabilità! La verità è che sei solo un viziato! Per te è più facile scappare che combattere!»

«Cosa? Tu farnetichi! Io sono un Cavaliere! La mia vita è combattere!»

«Ah, certo!» sbottò lei, le mani sui fianchi. «Se tu fossi veramente un Cavaliere, daresti la giusta priorità alle cose e non avremmo già perso una notte e un giorno intero di lavoro! Un giorno e una notte, Dorcha! In un mese magico. Devo fare io i conti per te?»

Dorcha ammutolì.

Aileen gli appariva sempre più sotto una veste inaspettata.

Non era più la ragazzina spaventata che aveva soccorso nel bosco qualche giorno prima, quella che non sapeva riconoscere una bacca da un'altra.

Ora poteva vedere in lei la Principessa che era.

E aveva ragione.

Non c'era tempo, non più.

Anche lui si alzò e la guardò dritta negli occhi.

«Aileen... so di aver sbagliato. Me ne prendo tutte le responsabilità. Ti chiedo solo di ridarmi fiducia. Vuoi?» chiese, avvicinandosi un po' di più.

Lei, per tutta risposta, lo abbracciò, spiazzandolo.

Un istante, un po' più lungo del normale. Poi sciolse l'abbraccio.

«Chiamiamo il Maestro, è ora di continuare.»

Baelkers entrò nella stanza seguito da Grogher, Inmus e Nalar.

«Non serve chiamarmi, sono già qui. Bene ragazzi, cominciamo. Grogher, come ci siamo detti prima, tu addestrerai Aileen al combattimento. Studiala a fondo e cerca di capire quale possa essere l'arma in cui eccelle. Inmus, Nalar, voi allenerete Aileen e Dorcha nei salti. Devono diventare agili e veloci come noi Elfi. Io continuerò a insegnare la magia ad Aileen e potenzierò ulteriormente quella di Dorcha. Poi, parlerò loro di strategia, e supervisionerò l'avanzamento. È tutto chiaro?»

«Sì!» risposero tutti insieme.

«Perfetto, venite con me.»

Baelkers, Inmus e Nalar scortarono Aileen, Dorcha e Grogher nel campo di addestramento degli Elfi e gli allenamenti ebbero inizio.

Dalla magia al combattimento, dai salti alla strategia, i giorni si susseguirono veloci e frenetici, impegnativi e stimolanti.

Baelkers aveva dilatato il tempo di ogni giorno in modo che, nonostante si trattasse solo di due mesi magici, Dorcha e Aileen avessero la percezione del passare di due anni effettivi.

L'arte del combattimento e della magia si presentarono alla ragazza come un mondo tutto nuovo. Inaspettato, difficile, ma anche affascinante.

All'inizio le fu molto difficile concentrarsi, ma quando ci riuscì scoprì di avere un potere mentale smisurato che mai avrebbe osato anche solo immaginare.

La concentrazione, per lei, era la chiave di tutto. Grogher aveva inoltre scoperto che l'arma con cui eccelleva era la lancia.

Base perfetta per i salti, in cui mostrava un'abilità che la accomunava agli Elfi forse grazie alla sua eredità spirituale mista, la lancia si rivelò non solo un'ottima arma da difesa, ma anche un mezzo eccezionale per colpire il nemico.

Unico problema: l'eventualità di doverla usare, un giorno, per uccidere, la atterriva.

Ma cercò di non rimuginarci sopra.

In fondo, come diceva Baelkers, non era detto che ce ne sarebbe mai stato bisogno.

Mentre Aileen scopriva quel mondo così nuovo per lei, Dorcha intuiva la vera grandezza del potere. Giorno dopo giorno, comprese che la magia era molto diversa da come Urchoicha gliel'aveva insegnata.

Necessitava di una profonda conoscenza di se stessi e di un rispetto viscerale per la natura e per tutte le altre creature del mondo.

Dorcha inoltre comprese che se era finalizzata a costruire invece che a distruggere, amplificava notevolmente la sua potenza e che il *Dlì nà cruinne*, di cui gli aveva parlato Baelkers, ne costituiva davvero l'essenza.

Imparò, così, a sentire col cuore, a percepire e a vedere con i sensi dilatati al massimo, come e più di quelli di un animale.

Aileen, Dorcha e Grogher iniziarono a conoscersi nel profondo anche tra loro, a capire i punti di forza e le debolezze gli uni degli altri, a spalleggiarsi, ad apprezzarsi.

Finivano ogni giorno per perdere la cognizione del tempo protraendo gli allenamenti a oltranza, ma nessuno di loro sembrava farci caso.

Adesso che erano mossi da uno scopo, questa era l'unica cosa davvero importante.

La sera del sessantesimo giorno, Baelkers concluse l'ultimo allenamento radunandoli davanti agli alloggi.

Li osservò a uno a uno con uno sguardo indecifrabile, poi si fermò su Aileen.

«Con oggi, i due mesi sono scaduti. Domani è il giorno della prova per ottenere il nostro Segreto Magico. Aileen, mio fratello verrà a prenderti al campo al sorgere del sole. Sii puntuale.»

Baelkers non aveva detto nulla di strano, eppure un tono insolito aveva accompagnato le sue parole.

Per la prima volta, Aileen lo aveva trovato inquietante.

11.
LA PRIMA GRANDE PROVA

Quella mattina, quando il sole rilasciò i primi raggi sulle fronde degli alberi, Aileen era già sveglia da parecchio.

Per tutta la notte non aveva fatto altro che ripassare formule e movimenti in preda all'ansia.

Dorcha, seduto vicino a lei, aveva già indosso la nuova armatura di cui gli avevano fatto dono gli Elfi.

Leggera e sottile, era del colore dell'argento più puro e splendente, con fini intarsi d'oro a impreziosirla.

Il giovane Cavaliere era molto concentrato.

Come prima di ogni missione importante, stava lucidando la sua spada.

Vicino a lui faceva bella mostra la lancia, già lucidissima, della ragazza.

Quando ebbe finito, posò lo sguardo su di lei e si accorse che era terrea.

Si alzò e la obbligò a fermarsi.

«Stai tranquilla. Andrà tutto bene.»
Aileen annuì, rassicurata dalla fiera tranquillità dello sguardo di Dorcha.
Senza una parola, indossò l'armatura. Leggera e argentea, quasi bianca, mostrava sul petto il simbolo di Nuvolandia: una nuvola squarciata da un fiotto di luce dorata.
I capelli, generalmente lunghi e ribelli, erano nascosti sotto l'elmo, che lasciava libero il volto e gli occhi ambrati della ragazza.

Quando fu pronta, si avvicinò all'uscita.

«Andiamo, sono pronta» disse risoluta.

Dorcha la affiancò e presero il sentiero che conduceva al campo d'addestramento.

Quella mattina, nel bosco, c'era un silenzio quasi innaturale.

Aileen era pensierosa al punto che sembrava non farci caso. Non così Dorcha, che invece aveva i sensi all'erta.

Arrivati in prossimità del campo, le allungò un braccio davanti per farle segno di fermarsi.

Lei trasalì e lo guardò spaventata.

«Che succede?»

Il ragazzo scosse la testa, concentrato, e si volse sicuro verso la schiera di alberi alla loro sinistra.

«Un'energia potente... e oscura.»

La voce di Aeltiàfisar rimbombò nell'aria.

«Venite avanti.»

Aileen e Dorcha si guardarono, indecisi su cosa fare.

«È solo Aeltiàfisar» decise lei. «Andiamo.»

Aileen avanzò decisa.

Al primo passo, Dorcha percepì l'energia oscura intensificarsi.

Si buttò su di lei per impedirle di avanzare ma una forza invisibile lo privò di ogni potere e lo sollevò in aria.

Aileen si girò di scatto.

«Dorcha!»

Spesse liane, colme di aculei, si erano staccate da alcuni alberi e lo stavano stritolando in una morsa mortale.

«Scappa, scappa!» urlò il ragazzo.

Non fece in tempo a dire altro che una terza liana gli bloccò la bocca.

Dagli occhi sgranati per il dolore iniziarono a scendere lacrime incontrollate, mentre rivoli di sangue gli colavano sul viso.

Il ragazzo tentò di liberarsi, ma ogni sforzo era vano. A ogni tentativo le liane si avvinghiavano sempre di più al corpo, mentre aculei via via più grossi e acuminati attraversavano la cotta di maglia come chiodi nella carne, facendolo sanguinare copiosamente.

Aileen era sconvolta.

Dorcha le stava morendo davanti e lei era incapace di fare qualsiasi cosa.

"Cosa dovrei fare adesso? Come lo aiuto?! Niente! Non ho imparato niente!" pensò travolta dall'ansia e dalla paura.

Una risata spietata si levò nell'aria e Aeltiàfisar si palesò.

Il volto trasfigurato, la bocca deformata da un ghigno feroce, gli occhi privi di pupille.

Dorcha, terrorizzato per la prima volta in vita sua, tentò ancora una volta di liberarsi.

Non poteva nemmeno immaginare che potesse succedere qualcosa del genere anche ad Aileen.

Ma gli aculei gli penetrarono ancor più in profondità, distruggendo completamente l'armatura e trapassandogli gli arti.

Il suo volto divenne pallido, i sensi iniziarono a cedere. Svenne.

Paralizzata dal terrore, ma sentendo l'urgenza di agire, la Principessa afferrò la sua lancia.

L'elfo fece un gesto lento, quasi distratto.

Dorcha rinvenne per un attimo e iniziò a mugolare spaventosamente.

Il sangue sgorgava a fiotti.

Era allo stremo.

Aileen agì.

Senza riflettere corse verso un ramo spiovente ed elastico, fece leva sul terreno con la lancia per raggiungerlo e, usandolo come una fionda, si scagliò sull'elfo.

Aeltiàfisar scomparve.

Con lui, Dorcha.

E il paesaggio intorno a lei.

Cadde nel vuoto e urlò con tutto il fiato che aveva in gola.

Non sapeva per quanto tempo avesse continuato a precipitare, ma dopo un'infinità di secondi, minuti, forse ore, sprofondò in una sostanza rosso cupo, vischiosa e dall'odore metallico.

Tentò di riemergere, ma il liquido, denso come melma in superficie e di un rosato trasparente al di sotto, la tratteneva trascinandola giù.

Aileen, impacciata nell'armatura, agitò forte braccia e gambe nel tentativo di risalire ma, nel farlo, scontrò qualcosa.

Girò la testa: era il cadavere di Killian, uno dei soldati più giovani e promettenti di suo padre.

Poco distante c'erano Jels, Crandon, Korfen... erano pieni di tagli profondi. Il sangue sembrava uscire dai loro corpi ormai asciugati, svuotati, quasi ischeletriti.

Dal basso, vide una figura salire veloce verso la superficie.

Cercò di scansarsi, spaventata, con parchi risultati.

Poi una voce le rimbombò nella mente.

"Cosa pensi di fare, Aileen? Non ti ho cresciuta per farti diventare un'assassina come chi ci ha uccisi."

Aileen si girò lentamente, incredula.

Era suo padre, che la guardava triste.

Anche sua madre e il piccolo Helbert lo raggiunsero, sovrapponendo le loro voci tra loro come una sola.

"Principessina, non puoi farcela, scappa!"

"Cerca Aeltiàfisar! Lui ti aiuterà, amore mio."

Poi, come erano arrivati, si inabissarono e scomparvero sommersi dal sangue.

Aileen sentì una pressione insostenibile al centro del

petto. L'orrore e la paura stavano per soggiogarla, quando le venne vivida in mente l'ultima immagine di Dorcha.

Doveva muoversi o sarebbe morto anche lui come i soldati che la circondavano, e non voleva che accadesse!

Con tutta se stessa, cercò di ricordare gli insegnamenti di Baelkers.

«In una situazione estrema, il segreto per non soccombere è svuotare la mente e calmarsi» le aveva detto.

Era difficile, ma ci provò con grande impegno.

Infine, ci riuscì. Il battito frenetico del cuore sembrò rallentare, il fiato risultò più semplice da trattenere. A quel punto, quando ormai il liquido melmoso stava per inghiottirla, riprese a scalciare e a sbracciare e, un solo attimo prima di soffocare, riuscì a riemergere.

Respirò tutta l'aria che poté.

Poi, continuando a fare leva con le gambe per non sprofondare di nuovo, cercò di capire dove fosse finita.

Era finita in un tunnel di pietra.

Le pareti erano lisce, senza appigli evidenti.

Solo molti metri più in là rispetto a lei, c'era uno spazio sottile, una sorta di piccolo passaggio su cui avrebbe potuto issarsi e camminare.

Sentì delle urla.

Era la voce di Dorcha! Era ancora vivo e doveva essere vicino.

«Ma certo! La levitazione!» esclamò.

Si fece coraggio e si concentrò.

A poco a poco, il suo corpo si sollevò.

«Sì! Ci sono riuscita!»

L'entusiasmo la distrasse, e ripiombò di peso dentro alla sostanza vischiosa, sprofondandovi fin sopra la testa.

Questa volta, già stanca e provata, fu uno sforzo

immane uscirne fuori.

Dopo innumerevoli tentativi ce la fece e, con una nuova determinazione, tornò a concentrarsi.

Quando stava per disperare, le urla di Dorcha tornarono a rimbombare nella grotta; più ravvicinate, intense, cariche di dolore.

In Aileen sorse una potenza insospettata.

Un altro urlo, estremo.

Poi, il silenzio.

Il panico la invase.

«Dorcha! Per tutte le nuvole! Resisti, Dorcha!» urlò.

In quel tempo dilatato, aveva avuto modo di conoscerlo bene, scoprendo che la sua resistenza al dolore era molto alta.

Per gridare così, quindi, la sofferenza che gli stavano infliggendo doveva essere insostenibile.

Non c'era tempo, doveva sbrigarsi!

Visualizzò il sottile lembo di terra che doveva raggiungere.

Con un'ultima spinta, vi atterrò. Poi, incurante del sangue che le colava addosso, si mise a correre!

Veloce, il fiato spezzato per la fatica, la milza che le pungeva. Ma non si fermò.

Salvare Dorcha era la sua unica priorità.

Aveva la sensazione che i suoi passi, alimentati dall'eco della grotta e dalla pesantezza dell'armatura, facessero un rumore quasi intollerabile.

Tuttavia non sapeva come fare ad attutirlo per non farsi sentire.

«Davvero ci speri, sciocco ragazzino? Non ce la farà...» chiosò una disgustosa voce gutturale.

Aileen si bloccò.

A pochi passi da un androne, proveniva un bagliore tremolante; sulla destra, c'era una caverna piccola e buia. Si infilò lì dentro e si appiattì contro la parete. C'era una piccola fessura da cui poteva spiare dall'altra parte della roccia.

Si avvicinò per guardare e impallidì.

Dorcha era nudo, legato mani e piedi a un palo con lo stesso tipo di liane acuminate che aveva usato Aeltiàfisar. Il viso era sfregiato da tagli; la schiena, le natiche e le gambe, erano martoriate da bruciature e squarci profondi.

Il capo reclinato di lato, sembrava quasi non respirare più.

Davanti a lui c'era un elfo che non conosceva. Non molto alto, aveva un colorito grigiastro che metteva in risalto il giallo senape dei suoi occhi.

I capelli, di un bianco sporco, lunghi e mal tenuti, incorniciavano un volto pieno di cicatrici e un fisico appesantito.

Fermo di fronte al suo prigioniero, stringeva in mano una liana incandescente piena di pungiglioni.

Lo guardava fisso, con un'espressione crudele e compiaciuta.

Aileen ebbe un brivido.

«Non... verrà... a salvarti. Ormai... sarà morta. Annegata» disse, scandendo ogni parola con piacere.

Il tono era crudele, e secco.

Dorcha, allo stremo, senza fiato, trovò la forza di rispondere.

«Ti ucciderà.»

«Sì?» rispose l'elfo divertito. «Non vedo l'ora.»

Poi fece vibrare la liana e, con un colpo poderoso, gli frustò ancora una volta il petto.

Gli aculei crearono altri tagli sulla carne del ragazzo, mentre il materiale arroventato la bruciava. Il corpo di Dorcha ebbe un sobbalzo.

Nell'aria si levò un odore di carne carbonizzata, e un nuovo urlo, più potente dei precedenti, fece rimbombare l'androne.

Dopo aver gridato, la voce del ragazzo si spense.

Per la seconda volta, quel giorno, svenne.

Aileen, agitata come non ricordava di essere mai stata, con gli occhi vitrei di lacrime, la pelle e l'armatura ricoperte di sangue in parte già secco, trattenne a stento il grido di frustrazione che stava per lanciare.

Ma lo smarrimento si dissolse presto.

Subentrò il bisogno di salvare Dorcha.

«Ti ucciderà», aveva detto all'elfo.

Aveva dimostrato di fidarsi di lei.

Lei era la sua unica possibilità, e non l'avrebbe sprecata.

Con tutto il coraggio che aveva, si avvolse in una barriera protettiva.

Con un movimento fluido fece apparire dal nulla una liana e la potenziò con un incantesimo mentale. Infine, attenta a non far rumore, uscì dal suo nascondiglio.

Fece roteare la liana in aria e la lanciò, allacciando al volo quella tenuta in mano dall'elfo.

Poi tirò con tutte le sue forze.

D'improvviso privato della sua arma, l'elfo si girò spaesato.

«Eccoti qui, sei arr...» provò a dire. Ma non fece in tempo.

Aileen si sollevò in aria brandendo la sua lancia e, con tutta la forza che aveva, si scagliò contro di lui trapassandogli il cuore da parte a parte.

L'elfo stramazzò a terra, agonizzante.

«Maledetta...» sbiascicò.

Aileen, tesa e concentrata, era pronta a riprendere il combattimento.

Si guardò intorno, per vedere se ci fosse qualcun altro nell'ombra.

Fredda, afferrò la lancia e, con uno strattone, la liberò dal corpo dell'elfo.

Con un suono straziante, gli occhi gialli si

riversarono all'indietro e morì.

Aileen tornò in sé, sussultando. Non avrebbe mai voluto ucciderlo, ma era la sola alternativa.

La terra iniziò a tremare forte, il terreno a spaccarsi.

Aileen, di nuovo presente, si girò verso Dorcha e lanciò la lancia contro le liane che lo legavano, liberandolo.

Il ragazzo cadde a terra come un sacco.

Lei provò ad afferrarlo ma era troppo pesante.

Si ritrovarono entrambi a terra, mentre cercava di tenergli sollevata la parte alta del corpo e di scuoterlo leggermente.

«Dorcha! Svegliati Dorcha, ti prego!» urlò in preda alla disperazione.

Il ragazzo grondava sangue da ogni ferita inflittagli nel corpo e non sembrava in grado di svegliarsi.

Aileen iniziò a temere che fosse morto ma non aveva il tempo di accertarsene.

Intorno a loro stava crollando tutto, dovevano uscire di lì!

Lo prese sotto le ascelle e iniziò a trascinarlo di peso, appena in tempo.

Il soffitto era crollato a pochi passi da loro. Cercando di non arrecargli altro dolore, lo appoggiò nell'anfratto di roccia dove lei si era nascosta poco prima.

Il terreno smise di tremare.

Nel nulla, divampò un bagliore talmente intenso da costringerla a ripararsi gli occhi.

Quando riuscì finalmente a riaprirli, vide al centro della luce uno scrigno rosso dalle bordature dorate.

Timorosa, si avvicinò e, usando la lancia per precauzione, lo aprì.

Dentro, un piccolo frammento di Pergamena in filigrana d'oro si staccò dal cuscino e galleggiò davanti a lei.

"Il segreto?" si chiese.

Memore di ciò che le aveva detto il Maestro Baelkers, lo prese e, ancora tremante, lo lesse ad alta voce:
«*Non stancarti mai di abbracciare quella verità, che permette di vedere la vita nella sua profonda realtà*».

Perplessa, lo ripose con cura nello scrigno, lo richiuse e fece il gesto di metterlo in una tasca immaginaria.

D'incanto, le si formò intorno al polso un braccialetto d'oro con una piccola pietra verde incastonata.

Guardandola ebbe quasi la sensazione che la sua immagine venisse catturata da quella pietra splendente, ma durò solo un attimo.

Poi tornò in sé.

Il Primo Segreto era stato recuperato.

Aileen sentì la tensione di quello che era appena successo travolgerla e, per un attimo, le gambe le cedettero.

Era sfinita e provata, ma non poteva permettersi di fermarsi, non ancora: Dorcha aveva bisogno di lei.

Si sentiva colpevole di averlo spinto a combattere al suo fianco.

Se non avesse insistito, adesso lui non sarebbe stato in bilico tra la vita e la morte.

Il minimo che poteva fare era portarlo in un posto sicuro lontano da lì e da quegli Elfi traditori, cercare di curarlo e fare in modo che tornasse a casa sua.

Si voltò verso di lui.

Era sparito, non c'era più.

Venne presa dal panico.

Il volto era stravolto dall'ansia.

Doveva ritrovarlo.

Tornò verso la grotta ma c'erano solo segni di distruzione e brandelli del cadavere dell'elfo che spuntavano in mezzo alle macerie.

Di Dorcha nessuna traccia.

Sconvolta, le lacrime che stavano affiorando con prepotenza, lasciandola senza respiro, corse verso la direzione da cui era arrivata, ma tutto iniziò a perdere i contorni ricreandone di nuovi.

Aileen si ritrovò nella stanza di Baelkers, di fronte a una parete d'acqua che rifletteva la grotta dove si trovava fino a poco prima.

Applausi entusiasti e scroscianti la accolsero.

Si girò, esterrefatta.

Aeltiàfisar, Baelkers, Grogher, Inmus e Nalar si stavano spellando le mani.

Dorcha, senza nemmeno un graffio, la guardava orgoglioso, con un misto di rispetto e una luce negli occhi nuova.

Gli si avvicinò, sbalordita.

«Stai bene...?» chiese, stupita.

«Sei stata brava» rispose lui, sorridendo.

Quel sorriso le fece male, così come il caos rumoroso dei festeggiamenti.

Ancora emotivamente immersa nell'esperienza più traumatica della sua vita, realizzò che avevano visto tutto e che c'era qualcosa di sbagliato. Si sentì tradita... e ferita.

«Che significa?» urlò, tremante di rabbia, sovrastando le voci di tutti.

Baelkers e Aeltiàfisar si guardarono.

Comprendevano bene la confusione che le ribolliva dentro.

Aeltiàfisar si fece avanti, e le pose una mano rassicurante su una spalla.

«Significa, Aileen, che hai superato la prima grande *prova*, quella *dell'Illusione*. Quello che hai vissuto, era un'allucinazione antica, creata per proteggere il primo Segreto. Vivida, popolata dalle tue paure e dai tuoi dubbi, ma anche dalle tue speranze. La tua più grande paura era il rischio di dover uccidere. L'illusione ti ha portata a farlo. Ma non è mai accaduto nella realtà. Eri spaventata dall'idea di non aver imparato nulla in questi due mesi magici, e invece, come hai visto, hai imparato molto. Infine, Aileen, tu hai il timore, nel profondo, che Dorcha soffra e non riesca a trovare se stesso. Le liane che lo legavano con le spine rappresentano il modo in cui tu vedi la sua sofferenza. E nel tuo cuore, oltre al desiderio di trovare tutti i sette Segreti, c'è anche quello di aiutare lui a ritrovarsi.»

Aileen, esterrefatta, si volse verso Dorcha.

«Quindi non hai mai subito alcuna tortura?!»

«No Aileen. Come vedi sto bene.»

«Ma stamattina, quando sei stato rapito...»

«Aileen...» intervenne Baelkers, «questa mattina, Dorcha non si trovava al tuo fianco. Lui è qui, con tutti noi, da ieri notte. La prova era già cominciata.»

Aileen li guardò uno per uno, attonita.

Il sollievo di aver superato la prova stava lasciando spazio alla rabbia e alla stanchezza. Si sentiva così ingenua, e stupida.

Senza aggiungere altro, uscì dalla stanza.

Dorcha ebbe l'impulso di seguirla, ma Baelkers lo fermò.

«È il suo turno di stare da sola.»

Aileen si era inoltrata nel fitto della foresta.

Camminava senza meta, la mente ingabbiata nei ricordi terribili degli ultimi avvenimenti.

Più realizzava che era tutto finito e che nulla era stato reale, più la tensione le stringeva il petto.

Avrebbe voluto sfogarsi, piangere, ma la delusione che provava era tanto forte da non permetterlo.

Dorcha non aveva ascoltato Baelkers.

Ormai aveva imparato a conoscere bene Aileen e

sapeva che, in quella situazione, restare sola non l'avrebbe aiutata.

Era sicuro che avesse invece urgenza di confrontarsi, di capire... Anche lui ne aveva bisogno.

Silenzioso, le comparì alle spalle e la prese per un polso.

Lei si girò fulminea e si liberò di scatto.

«Lasciami!».

Ma lui le afferrò entrambe le braccia.

«Lasciami, ti ho detto! Lasciami!»

Non le servì a nulla divincolarsi.

Dorcha la teneva stretta, guardandola con dolcezza.

«Lasciami sola, vattene! Mi hai ingannata. Mi avete tutti ingannata! Ti detesto, ti odio! Non voglio vederti mai più!»

Lui non la ascoltò e, invece di andarsene, la abbracciò forte.

Bastò per farla scoppiare in un pianto dirotto.

Tutto il dolore trattenuto si sciolse.

Dorcha continuò a tenerla stretta, sapeva quanto ne avesse bisogno.

«Sono qui. Va tutto bene, sono qui» le sussurrava di tanto in tanto.

Quando si accorse che si era calmata, le sollevò il viso. Con infinita delicatezza le asciugò le ultime lacrime e la accarezzò.

«Va meglio?» le chiese poi.

Lei lo guardò.

Qualcosa era cambiato.

La ragazzina si era trasformata in una giovane donna, più adulta, più consapevole.
Dorcha pose le sue labbra su quelle di lei.

In quell'istante, i suoni della natura che fino ad allora sembravano essersi fatti da parte per accogliere il dolore, tornarono a farsi sentire.

Gli uccellini si esibirono in canti festanti, il ruscello

scrosciò allegro, il vento delicato li coccolò col suo fruscio.

Accompagnata da quella delicata sinfonia, intorno ad Aileen e a Dorcha apparve una nuvola dorata splendente.

Li avvolse e li sollevò sopra la foresta.

Loro, nemmeno se ne accorsero.

Erano nate due anime, unite in un'eterna promessa.

12.
LA NUVOLANA SENZA PATRIA

Quando Dorcha e Aileen arrivarono al villaggio, rimasero per un attimo piacevolmente disorientati.

Le case e le vie erano illuminate a festa da migliaia di luci colorate e di lucciole pulsanti.

L'aria profumava di zucchero candito.

Ovunque c'erano bancarelle colme di vestiti, monili, giochi e ogni genere di piatti e dolci profumati tipici della cucina elfica.

Gli Elfi ballavano e cantavano gioiosi, alcuni già brilli di idromele.

Vicino agli striscioni d'ingresso alla festa, era stata posta una statua che raffigurava Aileen tra Dorcha e Grogher.

Aeltiàfisar e Baelkers avevano voluto rendere merito ad Aileen, perché aveva trovato il coraggio di affrontare la sua prima, grande prova; a Dorcha, perché stava accogliendo il cambiamento; a Grogher, perché lui, che si era sempre sentito un reietto, stava iniziando a capire che è il modo in cui agiamo e affrontiamo la vita a dare agli altri la misura di quello che siamo veramente.

Non appena Inmus si accorse dell'arrivo dei ragazzi, suonò un piccolo corno.

Tutti si girarono a guardarli, e un emozionante applauso li accolse.

Quando il suono iniziò a diminuire, due Elfi bambini si avvicinarono e posero sulle loro teste delle sontuose corone di fiori.

Dorcha e Aileen, increduli ed emozionati, incrociarono presto gli sguardi di Grogher, Aeltiàfisar e Baelkers.

Quanto orgoglio c'era in tutti loro quando gli andarono incontro.

Sembrava che la prova terribile vissuta solo poche ore prima non fosse ormai che un lontano ricordo.

La fine della festa era ormai vicina.

Alcune luci si stavano spegnendo, i bimbi erano per lo più addormentati in braccio ai genitori, le bancarelle erano ormai vuote.

Aileen, appollaiata su un masso, guardava pensierosa la luna piena sopra di lei.

Si sentiva grata per quanto vissuto nel mondo degli Elfi e non riusciva a negare a se stessa che l'idea di doverlo lasciare per affrontare le altre prove l'atterriva.

Seduto su una panchina con un bicchiere di nettare in mano, Aeltiàfisar la notò.

Una fitta di nostalgia lo colse.

Quello sguardo... Aer.

Anche lei quando era pensierosa si soffermava a guardare il cielo notturno; era come una tradizione prima di un evento importante, un modo tutto suo per calmare il cuore e mettere in ordine i pensieri.

Aileen gliela ricordava così tanto...

Sarebbe stato difficile, il giorno dopo, lasciarla andare.

Appoggiò la bevanda e la raggiunse.

«Allora» le chiese avvicinandosi, «ti sei divertita?»

Lei non si girò.

Aveva gli occhi lucidi e non voleva che lui la vedesse.

«Mi mancherete...» sussurrò.

Aeltiàfisar sentì un dolore antico stringergli la gola.

«Non è un addio. Seguirò ogni tuo passo, te lo

prometto.»

Aileen lo abbracciò forte, nascondendogli il viso nel petto. L'elfo ricambiò. Stettero così, in silenzio, finché i cuori non si furono acquietati. Poi Aileen si staccò e lo guardò, seria.

«Dorcha mi ha detto che la distruzione del sigillo potrebbe far scoppiare una guerra. È davvero possibile?»

Aeltiàfisar si prese un po' per rispondere.

«Sì, potrebbe accadere. Del resto di guerre il nostro mondo ne ha già viste tante. Una delle più terribili scoppiò proprio a causa mia e di Aer.»

Aileen lo guardò colpita.

«Non ci credo, è impossibile.»

«Eppure... accadde. Anche se, forse, è più corretto dire che noi rappresentammo la scusa ideale per farla scoppiare. Oh, ormai sono passati così tanti secoli... non ha nemmeno più senso parlarne.»

«Ce l'ha invece! Raccontate, ve ne prego. Magari la vostra storia potrà aiutarci!»

Dorcha arrivò alle loro spalle e si accomodò vicino ad Aileen.

«Sì, Maestro Aeltiàfisar, dite.»

Aeltiàfisar soppesò a lungo gli sguardi dei due ragazzi, poi cominciò.

«Bene, come volete... Per farvi entrare nella mia storia... devo partire da quando non ero che un tenero elfetto. È allora che io e Baelkers la incontrammo per la prima volta: Aer, una bambina terrestre, ma con l'incredibile e inusuale dono di sentire la natura in ognuna delle sue forme, e di vedere tutti gli abitanti del Grande Regno Universale.

Io e mio fratello avevamo creato un bel gruppo, con Fate, Gnomi, Elfi, Folletti, Orchi, Troll. Tutti noi la rispettavamo e la amavamo.

Era una bimba vivace, dall'animo buono.

Nessuno aveva paura di lei, la consideravamo una preziosa compagna di giochi.

Io e lei ci eravamo legati in modo diverso... dapprima migliori amici, poi innamorati.

Ma i miei genitori non volevano che il figlio primogenito, Principe Ereditario del Regno delle Verdi Foreste, frequentasse un'umana. Il pensiero che lei un giorno potesse diventare la futura Regina degli Elfi per loro era inaccettabile!

Vedendo che io non ascoltavo ragioni, risolsero a modo loro: le lanciarono addosso un incanto che non le permise più di vedermi.

Quando ce ne accorgemmo fu un duro colpo. Per entrambi. L'incantesimo non le aveva fatto perdere il suo dono, riusciva ancora a vedere tutti... tranne me.

Io la vedevo, le parlavo, ma lei non poteva sentirmi, né accorgersi della mia presenza silenziosa.

I nostri amici non potevano rivelarle la verità e, imbarazzati, a poco a poco si allontanarono da lei. Non tutti. Rimasero Fheall, una giovane Gnoma a cui eravamo molto legati, e mio fratello.

Cercarono di tranquillizzarla a modo loro, ma lei si convinse che mi fossi offeso per qualche motivo e che quindi, stanco di lei, l'avessi abbandonata.

Abbandonata... come avrei potuto? L'amavo con tutto me stesso. Incapace di arrendermi al volere dei miei genitori, nonostante non mi potesse più vedere, non mi arresi e continuai a passare le mie giornate al suo fianco. Come un'ombra silenziosa e amorevole, cercai di aiutarla e proteggerla in ogni situazione.

Ma lei non capiva. Non poteva capire...»

L'anziano elfo si interruppe, immerso nei ricordi. Dorcha e Aileen non dissero nulla, aspettarono finché non riprese.

I suoi occhi erano lucidi.

«Pianse tanto. Troppo. Così tanto che io non riuscii

a sopportarlo e tentai in ogni modo di far ragionare i miei genitori! Mi sarei fatto da parte! Avrei sacrificato il mio amore se solo ci avessero permesso di rivederci! Ma la paura che i sentimenti che provavamo, prevalessero sulle promesse di un momento di disperazione era troppo forte. Sordi a qualunque supplica, divennero ancor più irremovibili.»

Aileen e Dorcha si guardarono, un lampo di comprensione negli occhi.

«E poi?» chiese la ragazza senza più riuscire a trattenersi.

Lui alzò lo sguardo su di lei.

Il suo sguardo era ferito al punto che i ragazzi ebbero la sensazione di trovarsi di fronte a quel giovane elfo sofferente di migliaia di anni prima.

«Ero così abbattuto; mi sarebbe bastato rassicurarla, dirle che non mi aveva fatto niente, che non era colpa sua.

Invece non potevo fare nulla. Potevo solo continuare a starle vicino. E così feci. Chiesi ai nostri amici di tornare, di non abbandonarla. E loro accettarono, regalandole un apparente ritorno alla normalità. Quando giocava con loro, mi sedevo su un albero e la guardavo; quando dormiva mi appollaiavo fuori dalla finestra della sua stanza e la vegliavo.

Gli anni passarono. Aer diventò una splendida ragazza, dal sorriso radioso e l'animo splendente.

Solo i suoi occhi stonavano in quel volto, ombreggiati da un profondo dolore mai sopito.

Un giorno, nel bosco confinante con la sua casa, visse una brutta avventura...

Nessuno di noi riuscì ad aiutarla.

Era rimasta così traumatizzata, che i suoi genitori, per proteggerla, decisero di trasferirsi in un'altra città.

Lì conobbe due bei giovanotti: Edmund e Joyce.

Joyce aveva un carattere dolce. Era romantico e

premuroso. Edmund era il suo opposto. Scontroso, solitario, abituato a ottenere quello che voleva con la forza.

Entrambi si innamorarono perdutamente di Aer, che sembrava avere una predilezione per Joyce.

Un giorno, Edmund, stufo della loro complicità, decise di separarli.

Ebbe un'idea terribile, che nella sua ottica sarebbe stata però risolutiva: avrebbe fatto in modo che Joyce morisse in un incidente a cavallo.

Questo avrebbe fatto senza dubbio soffrire Aer e, a quel punto, lui le si sarebbe avvicinato per consolarla finendo, giorno dopo giorno, per conquistarla.»

«Ma è folle! Quindi Aer è morta!» esplose Aileen, scioccata.

Dorcha le diede un colpetto sulla testa.

«Se fosse morta, come avrebbe fatto a mettere al mondo Lanitae? Sciocchina» le fece notare bonariamente Dorcha.

L'elfo non disse nulla. Solo, continuò.

«Edmund coinvolse gli amici in una gita a cavallo e, la notte prima, si recò nella stalla dove erano custoditi i due cavalli che avrebbero montato Joyce e Aer. Aspettò che Joyce preparasse i cavalli per la sellatura e, non appena lo vide rientrare a casa, si affrettò a posizionare una spina sotto uno degli zoccoli del suo cavallo.

Era messa in modo che l'animale non potesse sentirla subito ma gli si conficcasse nella carne a poco a poco, andando a toccare un nervo che, Edmund ne era certo, lo avrebbe fatto imbizzarrire dal dolore.

A pochi minuti dall'alba, Edmund si nascose a distanza di sicurezza in groppa al suo cavallo.

Voleva seguirli da lontano per godersi la scena, ma nemmeno nelle sue fantasie più elaborate avrebbe mai potuto immaginare quello che invece successe.

Come aveva previsto, la spina fece imbizzarrire il cavallo di Joyce ma, quando accadde, quello di Aer si spaventò e scattò in un galoppo sfrenato.

Joyce, esperto cavallerizzo, riuscì a calmare il proprio destriero e a saltare giù.

Aer, del tutto impreparata a una reazione simile, cadde e batté la testa su un tronco spezzato che le trapassò il collo con i suoi artigli di legno.

Mi precipitai verso di lei, ma non potei far nulla. Il suo corpo era già immobile.

La cosa che mi colpì furono i suoi occhi. Erano spalancati dalla sorpresa e dal dolore, e riflettevano un ramo fiorito. Che beffa, vero?»

«Allora avevo ragione...» mormorò Aileen, asciugandosi gli occhi, mentre Dorcha ora guardava Aeltiàfisar senza capire.

«Il dolore più grande fu non poterla nemmeno abbracciare; ero impalpabile vicino a lei.

Guardai Edmund con odio: me l'aveva portata via!

Joyce tremava. Con un sangue freddo invidiabile riuscì a disincastrarle il collo dal tronco, ma ogni suo tentativo di rianimarla fallì.

Edmund, apparso da dietro le fronde per portare aiuto, quando vide Aer riversa al suolo comprese la gravità del suo gesto. Soffriva. Terribilmente. Come e forse più di Joyce.

Distrutto dalla disperazione, tornai nella foresta per avvertire gli altri. La mia Aer... ero certo che non l'avrei mai più rivista. E invece...»

Aeltiàfisar si interruppe, perso in un languido ricordo.

«E invece?» chiese curiosa Aileen, ridestandolo.

«Invece accadde una cosa sorprendente. Quando io e gli altri tornammo da lei, i due ragazzi stavano ancora piangendo inconsolabili al suo fianco. Poiché non potevano vederci, la accerchiammo. Volevamo infonderle luce, ringraziarla per il tempo condiviso, darle una sepoltura spirituale. Non appena allungammo le nostre mani su di lei, l'anima di Aer si staccò dal suo corpo e assunse la consistenza di una nuvola. Pochi istanti dopo, era di nuovo di fronte a noi.»

«Come può essere accaduto, Maestro?» domandò Dorcha, che non aveva mai sentito parlare di un fenomeno simile.

«Accadde perché Aer non era morta, aveva solo cambiato tipo di energia. Nella sua trasformazione era diventata uno spirito elementale. Nello specifico, una Nuvolana. Io, mio fratello, i nostri amici... nessuno riusciva a crederci. Ricordo il battito del mio cuore. Pulsava così forte da farmi male. Ma non me ne curai. Ero così sopraffatto dalle emozioni da non riuscire a ragionare.

Continuavo a chiedermi senza sosta se fosse vero, se avrebbe aperto gli occhi, se avrebbe potuto vedermi.

E, poco dopo, la risposta alle mie domande, arrivò.

Non appena si destò nella sua nuova essenza e mi vide davanti a lei, mi abbracciò con trasporto.

Era tanta l'emozione che ci baciammo.

Gli altri avrebbero voluto stringerla a loro volta, ma furono discreti e ci lasciarono il nostro tempo.

Aer sembrava del tutto dimentica e ignara di quanto le era successo, finché mi guardò, si guardò... e comprese.

In quell'attimo ci arrivarono il pianto e le grida rabbiose di Joyce ed Edmund, e assistemmo alla loro feroce lotta.

Edmund, preso dal rimorso, aveva confessato.

Joyce, cieco dal dolore per la perdita della ragazza che amava, aveva deciso di vendicarla a ogni costo. Anche a costo di uccidere l'amico.

Aer li guardò carica di compassione e mosse la mano, come a porre tra loro una barriera immaginaria che li allontanasse. La sua ciocca bionda brillò... e accadde.

Non appena abbassò il braccio, il suo corpo svanì nel nulla e, Edmund e Joyce, si dimenticarono della sua stessa esistenza.

Incapaci di ricordare per quale motivo si trovassero nel bosco, tornarono a casa chiacchierando amabilmente.

Rimasi sbalordito.

Poteri simili non erano comuni, ma mi disse che non le costavano alcuno sforzo. Quello che pensava, accadeva. Semplicemente. Anche tu puoi farlo Aileen.»

Aileen lo guardò concentrata, desiderosa di carpire ogni informazione che potesse aiutarla.

«Il tuo potere Aileen, è il suo, unito a quello di nostro figlio. Devi solo imparare ad usarlo al meglio, ma è molto forte. La tua ciocca bionda ne è l'essenza, così come lo era per lei.

Quando Aer tornò da me... è difficile dirvi quanto fossimo felici. Pensavo che il cuore mi sarebbe scoppiato per la gioia! Non solo. Adesso che non era più un'umana ed era diventata una di noi, di sicuro i miei genitori non avrebbero avuto più nulla da ridire.

L'avrei portata da loro, l'avrei sposata e saremmo vissuti insieme per l'eternità.

Questo era il piano. Ahimè, mi sbagliavo.

I nostri genitori avevano previsto regole molto rigide per me e mio fratello; la possibilità che potessimo sposarci con ragazze non appartenenti alla razza elfica non era contemplata.

Dal loro punto di vista già era discutibile il fatto che Aer non avesse una famiglia d'appartenenza nel nostro mondo; il fatto poi che fosse diventata una Nuvolana era inaccettabile.»

«Per quale motivo? I Nuvolani sono da sempre il Regno più potente; non a caso detengono il Sigillum da millenni. Sbaglio?» chiese Dorcha.

«In linea teorica, no. Tuttavia, all'epoca, il mio regno era in forte competizione con Nuvolandia; i loro Sovrani avevano creato delle leggi universali a cui tutti i regni erano stati sottoposti, e questo da tutti gli altri regnanti non era stato accolto molto bene.»

«Perché a noi, e non a voi, o a qualunque altro regno?» domandò Aileen.

«Giusta domanda, e cercherò di rispondervi nel modo più chiaro possibile. A ben vedere, erano due i motivi per cui il Grande Saggio Universale aveva dato ai Sovrani di Nuvolandia questa enorme autorità.

Il primo era più strutturale ed energetico, se così si può dire: l'energia di Nuvolandia attrae e concentra su di sé anche quella degli altri Regni.

Il secondo aveva invece a che fare con il modo di gestire dei Sovrani di Nuvolandia. Saggi e giusti, erano riusciti a instaurare un rapporto pacifico con tutti gli altri popoli, ritenendo che chiunque dovesse avere gli stessi diritti e gli stessi doveri a prescindere dalla razza. Grazie a loro la Pace regnava indisturbata. Questa fu la ragione principale della scelta.»

«Beh, mi sembra giusto» commentò di slancio la ragazza.

«Sì... eppure, nelle altre terre serpeggiava l'invidia. Perché solo Nuvolandia? I vari Sovrani non capivano né condividevano le ragioni del Grande Saggio perché, secondo il loro modo di pensare, se il potere doveva essere tenuto solo da uno dei regni, tra tutti, allora ognuno avrebbe dovuto detenerlo a turno.»

«In effetti non sembra un ragionamento così sbagliato» valutò Dorcha.

«Chissà. In ogni caso, io avrei dovuto tenere conto di questo prima di fare quello che feci... ma ero ancora troppo giovane e ingenuo per riuscire a immaginare quali sarebbero state le conseguenze della mia scelta.»

La luna era ormai alta nel cielo. Non c'era più nessuno in giro, erano rientrati tutti nelle proprie abitazioni.

Il solo suono che si sentiva era il crepitio del fuoco che Dorcha, nel frattempo, si era premurato di accendere.

I due ragazzi guardavano l'elfo, impazienti di sapere come continuasse quella storia.

Aeltiàfisar aggiunse un nuovo ciocco, poi continuò.

«Aer, da quando si era trasmutata, era rimasta senza famiglia. In attesa di sposarla, cosa che volevo fare a ogni costo nonostante il divieto dei miei genitori, decisi di trovargliene una.

Sapevo che i Sovrani di Nuvolandia non avevano figli. Sarebbero stati la scelta perfetta. Se l'avessero accolta, Aer sarebbe diventata a sua volta una Principessa Ereditaria e forse, a quel punto, i miei genitori si sarebbero decisi a farmela sposare.

O almeno questa era la mia speranza.

In qualità di Principe Ereditario degli Elfi, mi presentai così al cospetto di Re Gràsol e della Regina Lasrà.

Mi accolsero bonariamente.

Li misi al corrente della situazione e chiesi loro di prendere Aer come figlia.

Accettarono la mia richiesta con gioia.

La amarono sin dal primo istante in cui la videro e Aer divenne, di diritto, la futura sovrana di Nuvolandia.

Sin da subito si dimostrò più che adatta al suo futuro ruolo.

Imparò le leggi del Regno e, nel giro di poco, conquistò l'amore di tutti gli abitanti del Regno Dorato.

Secondo le leggi di Nuvolandia, al suo ventunesimo anno d'età Aer avrebbe dovuto convolare a nozze con un nuvolano.

Io non lo ero ma i Sovrani avevano imparato a

conoscermi. Si fidavano di me e, inoltre, avevano capito quanto ci amassimo.

Poiché i miei genitori non avevano mostrato di voler cambiare opinione rispetto alla nostra unione, Gràsol e Lasrà intercedettero per noi col Grande Saggio.

Lui, che tutto sa, era al corrente del nostro amore. Sapeva anche che nel mio cuore non albergava smania di potere e che non avrei mai portato Nuvolandia su una cattiva strada. Acconsentì così di buon grado al nostro Matrimonio: il primo tra razze diverse dei sette regni.

Si scatenò l'inferno!

Nessuno credette che fosse un'unione nata dall'amore; Gnomi, Sirene, Fate, Folletti, orchi, Troll... tutti considerarono la nostra unione un tentativo subdolo da parte dei miei genitori di sovvertire l'ordine dei Regni e di prendere il potere.

Dal loro punto di vista non poteva che essere così poiché io, un elfo, sarei diventato Re di Nuvolandia. E quindi... il loro Grande Re.

Era inaccettabile!

Oggi mi viene da sorridere. Se solo avessero saputo che il mio popolo, mio padre, mia madre, tutti, dopo aver saputo del matrimonio mi avevano ripudiato per tradimento!

Che io diventassi o meno il Grande Re era l'ultimo dei loro pensieri.

All'inizio solo Baelkers fu dalla mia parte.

Quando gli Elfi si sentirono accusati ingiustamente per qualcosa che non avevano fatto, però, si schierarono con noi.

A quel punto era diventata una questione di principio, e io venni reintegrato in famiglia.

Qualunque tentativo di mediazione da parte dei Sovrani di Nuvolandia e degli Elfi con gli altri regni fallì. Venne indetto persino un Consiglio Generale tra potenze. Non servì a nulla. In pochi giorni scoppiò una guerra terribile; la più lunga e sanguinosa che il nostro mondo avesse mai conosciuto.

Ogni regno diventò un campo di battaglia.

Dopo non molto il nostro schieramento si trovò in seria difficoltà e dovemmo abbandonare il castello e il Regno di Nuvolandia per trasferirci, con l'intero esercito, qui, nel Regno delle Verdi Foreste, il nostro nuovo quartier generale.

Mentre io e i guerrieri addestrati facevamo avanti e indietro, gli Elfi che non combattevano potevano vivere abbastanza serenamente aiutati dalle protezioni magiche.

La guerra si protrasse per anni.

Eravamo così stanchi... Ma la determinazione a difendere la nostra dignità di popolo era più forte.

Inoltre, potevamo contare su una strategia vincente.

La Gnoma Fheall, nostra amica d'infanzia storica, aveva deciso di credere in noi e si schierò a combattere dalla nostra parte.

Era un Generale incredibile, dall'astuzia fine; le truppe guidate da lei erano le più forti, imprevedibili e temute.

Io, Baelkers e lei... sembra davvero ieri, eppure... quando solcavamo i cieli in groppa ai nostri draghi, i nemici si paralizzavano. Noi tre, sempre insieme, conosciuti da tutti come i *Tre Cavalieri della Luce Dorata*: io, Fheall e Baelkers. Spesso aiutati dalla magia mentale di Aer, che ogni volta che poteva saliva dietro di me sul mio drago e combatteva coraggiosamente al nostro fianco!»

«Drago?» chiese affascinata Aileen.

«Oh sì... drago.»

«E... dove sono adesso questi draghi?»

«Nel Regno dei Due Arcobaleni, in una immensa vallata incantata.»

«Era difficile combattere in groppa a loro?»

«No, anzi. Era un grande aiuto. Per fortuna, però, non c'erano solo lotte e combattimenti, c'erano anche amicizia e amore.

Nel bel mezzo dei combattimenti, ci fu un giorno che non scorderò mai.

Quel giorno Aer non era venuta con noi, la mattina aveva detto di non sentirsi molto bene.

La sera, quando tornammo, la vidi venirmi incontro con un sorriso raggiante: era in attesa del nostro bambino! Non posso descrivervi la felicità che provai! Mi passò ogni stanchezza. La sollevai in aria, la feci roteare, la baciai! Lei rideva. Che bella risata che aveva. Qualche mese dopo il nostro bimbo nacque. Lo chiamammo Lanitae: occhi azzurro cielo, boccoli verde smeraldo, viso paffuto. Era bellissimo. E possedeva dei doni rari: una levitazione naturale, il potere mentale innato della madre, l'agilità e la magia tipiche del sangue elfico.

Per i Nuvolani e gli Elfi quel giorno cambiò per sempre qualcosa: per la prima volta i nostri due popoli si sentirono uniti.

Fu un periodo di rinascita. Nonostante la stanchezza della battaglia eravamo felici.

Non durò molto.

Una notte i nemici ci attaccarono di sorpresa. Violenti, feroci, senza scrupoli. Ci trovarono intorpiditi dal sonno e impreparati; in un attimo resero inoffensivo me e uccisero Aer e il nostro piccolo davanti ai miei occhi. Purtroppo... io non morii.»

Aeltiàfisar fece una pausa.

Respirava male, con l'affanno, come se tutto il dolore di quei giorni fosse ritornato a bussare con prepotenza.

Aileen gli appoggiò una mano sulla spalla, ma la tolse quasi subito.

Sentiva quello che provava, e sapeva che a quel

dolore non ci sarebbe mai stata alcuna consolazione.

Anche Dorcha rimase in un rispettoso silenzio.

Dopo un attimo, Aeltiàfisar si ricompose e riprese.

«Quando mi ripresi e vidi davanti ai miei occhi i corpi senza vita di mia moglie e di mio figlio impazzii. Venni assalito da un odio viscerale. La mia missione divenne una sola: uccidere. Per vendicare. Anche se ormai non serviva più a niente, riuscii a trovare gli assassini e li trucidai. Poi iniziai a sopprimere, sterminare, massacrare chiunque incontrassi sulla mia strada.

Per mesi uccisi tutti i nemici che mi capitavano sottomano. Lo facevo senza pietà.

Risparmiavo gli anziani, le donne e i bambini, ma come riuscissi a distinguerli rimane per me ancora un mistero. Ero diventato una furia inarrestabile. Finché non attaccai persino mio fratello. E rischiai di ucciderlo.

A quel punto tornai in me. Mi abbandonai finalmente al dolore e capii che continuare a uccidere senza tregua non avrebbe mai riportato in vita né Aer né Lanitae.

Quel giorno il Grande Saggio Universale ebbe pietà di me. Mi permise di entrare nel suo Regno e lì, mi regalò pochi istanti di pura gioia.

Potei incontrare Aer e Lanitae... Li strinsi a me disperatamente, versando tutte le lacrime non piante, sfogando tutto il dolore trattenuto.

Pregai di poter restare con loro, ma mi venne negato.

Il Grande Saggio Universale mi disse che, prima di potermi riunire a loro, avrei dovuto abbandonare l'odio in virtù della comprensione e del perdono e sostituire la vendetta con l'Amore. Se ci fossi riuscito, allora un giorno il mio tempo sarebbe giunto e avrei potuto salire di nuovo lassù, questa volta per restare.

Quando dovetti separarmi da loro fu terribile... la prova più ardua di sempre. Ma adesso avevo un obiettivo. Vero, importante.

Prima di farmi tornare, il Grande Saggio mi fece dono della *Conoscenza del Cuore*. Da quel momento potei conoscere esperienze, glorie, gioie e dolori di ogni essere dei sette Regni.

Come ben potete immaginare, combattere con quel dono era impossibile. Affidai così il comando del popolo a Baelkers e a Fheall e mi allontanai.

Da allora mi chiusi nella Pianta di Cristallo.

Improntai la mia vita nel perseguire i compiti che mi erano stati affidati, nella crescita spirituale e nell'aiutare coloro che ne avessero bisogno.

Il conflitto continuò a sterminare.

Anche i miei genitori vennero uccisi, crudelmente sgozzati a colpi d'ascia dai Troll.

Baelkers reagì in modo molto diverso da come avevo fatto io.

Andò a parlare col Grande Saggio Universale e, insieme, diedero vita al Sigillum Maximum, una pergamena dorata che avrebbe contenuto sette segreti magici, ovvero la somma degli insegnamenti più importanti che ognuno dei sette popoli aveva ricevuto durante quella infinita guerra.

L'affidarono in custodia ai Sovrani del Regno Dorato.

La sua creazione provocò una radiazione luminosa impensabile, che spazzò via tutto ciò che di male si era creato e che non accennava a finire.

I sette Regni implosero esplodendo, e vennero ricreati all'istante più belli che mai.

I pochi abitanti che si erano salvati, poco prima dell'esplosione, vennero protetti in una grande bolla e, alla fine di tutto, riportati ognuno nel proprio Regno di appartenenza.

Fu una grande lezione per tutti.

Da quel giorno, la Pergamena divenne il simbolo e l'essenza dei nostri popoli.

A ogni Regno venne dato il proprio Segreto Magico.

La Pergamena Dorata creata da Baelkers e dal Grande Saggio divenne il memoriale storico del nostro mondo; l'unione delle esperienze e degli errori di tutti noi, il ricordo della nostra crescita, sia di vita che spirituale. Alla Pergamena venne tuttavia dato un ulteriore potere: avrebbe sostituito la naturale forza di unione dei sette regni, e ne sarebbe diventata il Nucleo. Se la Pergamena fosse stata distrutta, avrebbe voluto dire che gli insegnamenti del passato erano andati definitivamente perduti.

Sette anni, condensati in sette mesi, sarebbero stati concessi ai Regni per rimediare al male fatto. Dopodiché... tutto sarebbe finito. Per l'eternità. Il solo regno a salvarsi sarebbe stato quello di Nuvolandia che sarebbe diventato una cosa sola con il Regno della Grande Luce. Oggi... eccoci di nuovo qui.»

Aeltiàfisar si volse verso i due ragazzi.

Dorcha era smarrito, Aileen preoccupata.

L'anziano elfo, intuendo i loro pensieri, li guardò comprensivo.

«A tutto c'è rimedio, ragazzi. I sette mesi magici non sono ancora finiti. Avete entrambi un grande potere, non solo magico. Possedete una luce interna molto intensa. Fate affidamento su quella: vi guiderà.»

Aileen annuì.

Dorcha lo fissò perplesso.

Quale luce interna avrebbe mai potuto avere lui? Lui che era la causa di quel nuovo sfacelo?

"Se lo dice il Maestro... forse un giorno lo scoprirò", si disse.

«È tardi adesso. Andate a riposare. Per il viaggio avrete bisogno di abiti comodi. Troverete nelle vostre camere dei completi adatti.»

13.
PARTENZA!

Sdraiati nei loro letti, Aileen e Dorcha non riuscivano a prendere sonno. Il ricordo della storia di Aeltiàfisar vivo dentro di loro.

Quella notte, per la prima volta e questa volta per davvero, entrambi avevano capito l'importanza e la pericolosità della missione che stavano affrontando.

Dorcha si sentiva strano.

Percepiva al punto l'urgenza del tempo che scorreva troppo in fretta, che la vita passata nel Regno della Tempesta sembrava quasi non appartenergli più.

Dentro di sé percepiva che tutti i tafferugli, le prese di posizione, la smania di potere... di fronte alla salvezza del proprio mondo non avevano alcun significato.

Si girò verso Aileen.

Girata su un fianco, sembrava respirare profondamente.

Avrebbe voluto guardare il suo viso, ed ebbe quasi l'impulso di alzarsi. Tuttavia, si fermò.

Il ricordo del loro primo bacio gli dava un piacevole sfarfallio nello stomaco, ma ogni volta che la guardava veniva attraversato da un senso di inquietudine. Tremava al pensiero che potesse scoprire che era stato proprio lui la causa di tutto. Le sue stupidità, presunzione, cattiveria gratuita, i suoi impulsi... se fosse successo, come avrebbe potuto giustificarsi?

L'avrebbe persa, e questo gli faceva male.

Aileen non stava dormendo.

Percepiva che nemmeno Dorcha lo stesse facendo, ma aveva bisogno di ascoltare il battito del proprio cuore in silenzio.

Erano successe così tante cose quel giorno.

La prova terribile in cui aveva creduto che lui fosse morto e di aver ucciso un elfo; il bacio, tenero e dolcissimo; la festa... e infine quella storia che mai avrebbe dimenticato.

Quella del loro mondo e di Aeltiàfisar, Aer e Lanitae.

Sentiva addosso il peso della missione, si chiedeva se sarebbe stata davvero in grado di affrontare le prove. Poi pensò a Grogher... e a Dorcha.

Il volto del ragazzo sembrò avvicinarsi e il cuore accelerò di nuovo in battiti.

Era solo un ricordo, ma l'emozione era stata così forte... così tanta... così...

Le pulsazioni si erano presto calmate, diventando ritmiche e quasi grevi.

Con un sospiro leggero finalmente si abbandonò al sonno.

«Prrronti ragazzi?» chiese Grogher, facendo capolino sulla porta dell'alloggio.

«Pronti!» risposero in coro Aileen e Dorcha, raggiungendolo.

L'alba era spuntata da poco, ma entrambi erano già vestiti di tutto punto.

Indossavano degli abiti pratici e confortevoli, creati con tessuti camaleontici, termici, morbidi e resistenti: un regalo del popolo elfico, realizzato apposta per loro dalla sartoria reale.

I due ragazzi, accompagnati da Grogher, uscirono nella fredda alba di un fine autunno.

Davanti a loro, Re Baelkers, il Principe Aeltiàfisar, Inmus, Nalar e tutti gli altri Elfi con cui avevano stretto amicizia durante quei mesi erano lì per salutarli.

Re Baelkers fece un passo davanti a tutti e li guardò con intensità.

«Avete poco più di quattro mesi magici per concludere la vostra missione. Non sono molti. Pertanto, io e mio fratello ci siamo permessi di farvi questi piccoli doni sperando che possano tornarvi utili: Aileen... lui è Raertha.»

Baelkers fece un cenno e, davanti a lei, comparve un bellissimo unicorno bianco.

Aveva ali maestose e luccicanti bordate di azzurro, e la criniera d'argento splendente.

Al cospetto della ragazza, l'unicorno abbassò lentamente il capo in segno di saluto.

Lei sorrise, grata, incredula, felice e subito gli fece una carezza sul muso.

L'animale nitrì di piacere.

«Raertha è un unicorno guaritore, capace di curare le ferite più profonde. Abbine cura, ti aiuterà.»

«Grazie» rispose commossa.

Aeltiàfisar affiancò il fratello e porse a Dorcha una spada. Era lunga, dritta, con la lama suddivisa in due parti, una più scura e una più chiara.

L'elsa, ampia e maneggevole, era formata dall'effigie di Gultar, Primo Re di Nuvolandia, con la schiena arcuata e le braccia tese e unite sopra la testa. Erano ricoperte di piume di oro splendente, contornate da luminescenti fili diamantati.

«Principe Dorcha, questa è per te. È una spada speciale, che permette di riconoscere i sentimenti di tutte le creature, di discernere il Bene dal Male, di distruggere l'oscurità e portarla alla luce.»

Dorcha era emozionato ma un lampo di paura gli passò nello sguardo.

Smarrito, guardò l'elfo.

«Come potrò io, che ho l'oscurità dentro di me,

maneggiarla?»

Aeltiàfisar sorrise.

«Fidati di me. Non sbaglio in queste cose.»

Dorcha deglutì, ammirandola come un tesoro prezioso.

Poi, quasi tremante, con estrema reverenza, la prese.

La spada emanò un forte bagliore che si estese lungo il braccio del ragazzo. Una sensazione di pace e calore lo avvolse e ogni paura si quietò.

«Grazie, Maestro.»

Aeltiàfisar gli rivolse un leggero sorriso, poi si girò verso Hercules.

«Hercules... a te il dono del volo. Da adesso e per sempre anche tu, se lo vorrai, potrai volare.»

Il cavallo nitrì sgroppando e, dapprima spaventato, poi euforico, si lanciò in volo, galoppando felice sopra le loro teste.

Re Baelkers appoggiò una mano sulla spalla di Grogher. L'Orcotroll lo guardò.

«È il tuo turno. Ecco...»

Davanti a lui si materializzò un immenso leone bianco alato, maestoso abbastanza da poterlo portare in groppa.

«Si chiama Sidae. È il nostro dono per te. Anche lui è speciale. Sa leggere nel cuore delle persone... sa leggere nel tuo. Lui, Grogher, non ti abbandonerà mai.»

Grogher pianse lacrime giganti. Era incredulo, scosso, sconvolto da una gioia che non sapeva si potesse provare.

Sidae non era solo un nuovo amico, ma il primo regalo ricevuto fin dalla nascita.

«Grrr... grrr... grrrazie! Grrrazie di cuorrre!» disse, senza riuscire a controllare le sue erre.

Guardò tutti coloro che aveva intorno.

Per la prima volta, da quando era stato separato dalla sua famiglia, si sentiva parte di qualcosa di grande. Aileen, Dorcha, Hercules, Raertha, Sidae, i due Elfi anziani, tutti gli Elfi: li avrebbe difesi uno a uno per sempre. A qualunque costo, anche della propria vita.

Commosso e un po' timoroso, si avvicinò al leone, che si alzò sulle due zampe posteriori e lo abbracciò con quelle davanti. Poi si esibì in fusa tanto rumorose da scatenare l'ilarità generale di tutti, Grogher compreso.

Aeltiàfisar li riportò al presente.

«Dovete andare adesso.»

Aileen abbandonò ogni etichetta e si tuffò sui due Elfi anziani di slancio, abbracciandoli fortissimo senza dire una parola.

Poi montò su Raertha, sentendo le lacrime che pulsavano per uscire.

Anche Dorcha e Grogher salirono sulle loro cavalcature.

Tutti e tre si girarono un'ultima volta verso gli Elfi per un ultimo saluto.

E partirono.

Fu strano, dopo tanto tempo, abbandonare il Regno degli Elfi. Si sentivano come se stessero lasciando indietro la loro famiglia.

Per tutti e tre, la cosa che faceva più paura era che non ci fosse una vera garanzia di ritorno. Se non fossero riusciti a ridare vita alla Pergamena... probabilmente non li avrebbero rivisti mai più.

Il viaggio procedette immerso nei pensieri di ognuno; silenzioso, tranquillo, spedito.

Solo a sera decisero di fermarsi.

Erano arrivati sulla punta di un pianoro a strapiombo sul vuoto.

Dall'altro lato si ergeva una rupe alta, scoscesa e ripida, priva di appigli.

Per raggiungere il Regno dei Due Arcobaleni non

c'erano altre strade che quella.

Fu allora che compresero i doni ricevuti dagli Elfi: senza le loro cavalcature alate non sarebbero mai riusciti a passare quella barriera naturale.

I tre amici si guardarono tra loro.

"Oh beh..." pensò Aileen un po' impaurita. *"Prima o poi dovremo farlo, perciò..."*

«Bene, che aspettiamo? Andiamo!» disse con tutta la determinazione di cui era capace.

Ma Grogher la fermò.

«Meglio di no» disse, deciso.

Dorcha, che era già sul punto di dare il comando a Hercules, si fermò.

Grogher era un guerriero molto esperto; se li aveva bloccati, doveva esserci un motivo.

«Perché?»

L'Orcotroll scese dal leone.

«È buio, e non sappiamo se ci siano guarrrdie dall'altra parte. Meglio affrrrontarle con la luce del sole, che non in piena notte in un posto che non conosciamo!»

«In effetti...» valutò Dorcha.

Aileen non era della stessa idea.

«Ma è tardi. Le guardie degli Gnomi avranno smontato ormai, non credete? Prima che arrivino quelle del turno di notte non ci conviene andare? In volo è un attimo, e domani saremmo in forte vantaggio nel trovarci già sul posto!»

«È troppo rischioso. Grog ha ragione. E poi non sappiamo quali siano i loro orari di cambio turno. I nostri, ad esempio, sono diversi dai vostri.»

«Tu come lo sai?» gli chiese stupita.

Dorcha si sentì mancare l'aria; si era tradito, ora cosa le avrebbe detto? Fu Grogher a venire in suo aiuto.

«Il Regno degli Orrrchi sorge tra le montagne. I ritmi

di sonno e veglia sono diverrrsi perché da noi c'è più buio e meno luce. Non può che esserrre così.»

Dorcha lo guardò, grato, e riprese colore.

«Eh, appunto sì, è così. Non lo sapevo, ma sono abbastanza sicuro che sia così. Accampiamoci qui, domani all'alba ripartiremo.»

Aileen li scrutò entrambi, poi fece lo stesso con gli animali. La stavano guardando tutti, in attesa.

«E va bene» acconsentì scendendo da Raertha.

A quel punto si stirò e si girò verso Grogher.

«Ottima idea, General Grogher! Quindi? Che cosa mangiamo? Ho una fame!»

Grogher e Dorcha la guardarono e scoppiarono a ridere.

«Di sicuro, non bacche!» la punzecchiò Dorcha.

Lei gli lanciò uno sguardo di fuoco. Lui rise.

«Cosa vorresti, Aileen?» le chiese Grogher aprendo la sporta che gli aveva dato gli Elfi prima di partire.

Era carica di ogni delizia.

La ragazzina, entusiasta, si avvicinò e rubò subito un pezzetto di frutta candita.

Poi, mentre Dorcha accendeva il falò e Grogher cucinava, preparò i giacigli per la notte.

Dopo tanto cavalcare, la cena fu deliziosa e allegra.

Pane caldo ad accompagnare un'ottima zuppa di cereali, patate e legumi, un bel pezzo di formaggio, filetti di carne secca e due o tre pezzi ciascuno di frutta caramellata.

Il tutto rallegrato da chiacchiere, scherzi e battute.

Mangiarono a sazietà, ma ben presto la stanchezza del giorno si fece sentire.

Grogher fu il primo a crollare.

Non fece in tempo ad appoggiarsi al suo giaciglio, che già dormiva. Sidae gli si acciambellò vicino.

Dorcha aveva appena finito di sistemare gli avanzi nella sporta, quando si accorse che Aileen era ancora seduta davanti al falò.

Stava rimirando le stelle, pensierosa.

«Tutto bene?»

«Uh-uhm...»

«Uhm... non va tutto bene. Dimmi la verità. Cos'hai?»

«... paura.»

Aileen si girò verso di lui. Aveva gli occhi lucidi.

«Pensavo all'illusione creata dalla prima prova. Quando ero lì, convinta che tutto fosse reale, e ti ho visto nudo, ferito, impotente, in fin di vita... mi sono sentita morire dentro. È stato come se mi avessero staccato un pezzo di cuore. Nelle prossime prove sarà tutto reale. Se mai dovesse succederti qualcosa...»

Il ragazzo la abbracciò di slancio.

«Non succederà. Mai. Io sarò sempre al tuo fianco e, te lo giuro, non permetterò mai che qualcuno faccia del male a te, a Grogher o ai nostri animali. Aileen...» aggiunse fissandola negli occhi, «... sei diventata così importante per me.»

Dorcha affondò il viso nei suoi lunghi capelli e iniziò a cullarla piano.

Si sdraiarono lì dov'erano, vicino al fuoco e, così abbracciati, si addormentarono.

Raertha ed Hercules si sdraiarono ai loro fianchi come guardiani silenziosi.

14.
IL SEGRETO DELLA DINASTIA

La partita di Pallafiocco era nel vivo!

La Principessa Majory, Làidir, Bumbling, Greanny, Beagy e Milly, ansanti e con le guance rosse per la fatica, erano concentrati più che mai.

La squadra capeggiata da Maya, con la presenza di Assho, Yosho e Gready, era un osso davvero duro da battere.

Questa volta, però, mentre guardava gli avversari dalla sua postazione sopra la trave, Majory era certa che avrebbe condotto i propri giocatori alla vittoria.

A ben vedere, erano in vantaggio.

Nonostante la perdita del primo tempo, avevano vinto il secondo e, adesso, nel terzo, la squadra avversaria aveva totalizzato solo due punti. Inoltre, Donny era stato eliminato dalla Pallafiocco pesante che Bumbling gli aveva lanciato contro con un precisissimo colpo diretto.

Loro invece non avevano ancora subito nessuna ammonizione né eliminazione.

Làidir e Majory avevano già realizzato due magnifici fiocchi a doppio nastro da due punti l'uno; il giudice aveva valutato i virtuosismi pressoché perfetti delle evoluzioni di Làidir come meritevoli di ulteriori due punti! In più, Greanny aveva appena portato a termine un fiocco standard!

Ancora tre punti e avrebbero conquistato la vittoria!

Yosho e Assho erano sul punto di lanciare.

Yosho era preciso al millimetro.

Assho non era meno temibile.

Le loro capacità di far passare la Pallafiocco oltre l'anello e di incrociarla con quella del compagno erano così uniche da non lasciare spazio a errori, e la loro mira non era da meno.

Majory non poteva permettere che riuscissero di nuovo a colpirli come nel primo tempo!

Da Capitano, guardò gli altri facendo un cenno inequivocabile: avrebbero usato la loro formazione preferita.

Yosho e Assho, capendo che c'era qualcosa di strano, lanciarono.

Con lucidità, attese ancora una frazione di secondo, poi Majory urlò:

«Ora!»

Lei e Greanny schivarono le due Pallefiocco strisciate lanciate dagli avversari! Altri due punti!

Un boato!

Ancora uno... solo uno!

In una sincronia perfetta, i gemellini Beagy e Milly corsero verso gli anelli della squadra avversaria.

Erano i più piccini del gruppo, ma anche i più rapidi.

Nell'aria si respirava il silenzio rarefatto dell'attesa.

Se ce l'avessero fatta, avrebbero vinto il campionato amatoriale!

Agili e veloci, i due Gnomi si diedero una spinta levitazionale e, sospesi a mezz'aria, si lanciarono, ognuno con la propria Pallafiocco.

Beagy si tuffò in mezzo all'anello in movimento della squadra avversaria; Milly, più veloce e precisa di un falco, riuscì a slanciarsi nel momento esatto di passaggio dell'anello centrale e a spingerlo verso quello del fratello!

I loro nastri, passando attraverso gli anelli, si incrociarono.

Mentre i due cerchi si sfioravano tintinnando, Beagy e Milly crearono un fiocco meraviglioso che iniziò a scintillare!

Dal pubblico si levò un fragore di urla e di applausi!

I due piccini strinsero il fiocco con entrambe le manine, illuminati da un sorriso splendente!

Ce l'avevano fatta, avevano vinto!

La Principessa Majory non riusciva a contenere la gioia!

Vincere proprio il giorno del suo compleanno aveva reso quella giornata ancora più meravigliosa.

Mentre divorava con i suoi amici un pezzo di torta alla glassa d'arcobaleno, le venne un'idea.

«Scendiamo nei sotterranei?» chiese euforica.

Gli altri la guardarono titubanti.

«Ma... sei sicura che possiamo?» le chiese Làidir.

«Ma certo! Oggi ho compiuto sedici anni! Sono maggiorenne e, per me, sarebbe davvero il regalo più... non so descriverlo! Ci tengo così tanto, ho sempre voluto farlo. Allora, venite?»

Beagy le prese una mano, poi cercò quella della sorellina. Infine, guardò seriamente tutti gli altri e...

«Andiamo!» esclamò.

«Siiiiiiiiiiii!!!» urlarono entusiasti in coro gli altri prendendo coraggio.

Dopo aver controllato che nessuno degli adulti li notasse, con una circospezione degna di una fata dell'oscurità si avviarono verso i famosi e inesplorati sotterranei del castello.

Non appena ebbero imboccato la parte di scalone che conduceva verso i sotterranei ed essersi lasciati le prigioni alle spalle, i ragazzi si quietarono.

Le guardie erano tutte alla festa, nessuno avrebbe dato loro fastidio; eppure, forse perché andare in quel luogo gli era sempre stato proibito, o perché i loro passi rimbombavano troppo forte sul pavimento in pietra, non si sentivano tranquilli.

Quando arrivarono di fronte a una grande porta di legno massiccio decorata con un delicato intarsio fiorito, Majory si fermò.

«Eccoci, siamo arrivati» annunciò.

Girò la grossa chiave nella toppa e la spinse; con un cigolio che sembrò a tutti troppo forte, si aprì.

I dodici amici varcarono la soglia.

Non appena anche l'ultimo l'ebbe passata, il portone si chiuse di schianto con un rumore sordo.

Si girarono lentamente, con gli occhi sbarrati.

I due gemellini si strinsero alla gonna di Majory.

«Che succede?» mugolò la piccola Milly, spaventata.

Il buon Làidir le accarezzò la testa.

«Stai tranquilla, va tutto bene. Si è solo chiusa la porta ma tanto Majory ha le chiavi, vero Meg?»

«Certo, tesoro» la rassicurò la Principessa.

«Anzi, meglio se la porta si è chiusa. Così nessuno ci verrà a infastidire!» aggiunse lo scherzoso Greanny facendo l'occhiolino a Beagy, perché lo aiutasse a fare il solletico alla sorellina.

Lei scoppiò a ridere.

«Va bene, va bene, basta. Andiamo» si convinse.

Beagy le strinse di nuovo la mano e le sorrise.

«Sì sorellina, andiamo.»

I sotterranei non erano poi eccitanti come i giovani Gnomi si erano immaginati.

Erano bui, umidi, con qualche goccia d'acqua che di tanto in tanto cadeva dai muri e qualche torcia da accendere qua e là.

Avevano sperato in una piccola avventura, invece... il suono dell'eco dei loro passi era stata l'unica cosa diversa dal solito; affascinante e quasi paurosa all'inizio ma, dopo non molto, aveva perso ogni attrattiva.

Majory si arrestò e li guardò.

«Bene, direi che ce ne possiamo andare. Grazie per avermi accompagnato, e scusate per avervi trascinato fin qui. Ero curiosa perché mi hanno sempre proibito di venirci. Anche se non capisco perché; non c'è niente a parte il freddo.»

Majory aveva colto i pensieri di tutti.

«Andiamo a finire la torta allora!» rispose pimpante il goloso Gready.

Gli altri risero, approvando.

Affamati e infreddoliti ripercorsero il corridoio al contrario.

Poco dopo si trovarono di nuovo davanti al portone.

Majory prese le chiavi e fece per inserirle nella fessura, ma si discostò, turbata.

«Ragazzi... la toppa della chiave... non c'è più.»

Yosho, vedendola pallida, la scostò con delicatezza.

«Come non c'è più? È impossibile, fa' vedere.»

Il ragazzo osservò attentamente ogni punto del legno con grande attenzione... Majory aveva ragione: della toppa nessuna traccia.

Sconcertato, si girò verso gli altri.

«Non... non capisco. Noi siamo entrati da lì con la chiave!»

«Avremo sbagliato porta» si intromise Assho. «Cerchiamo quella giusta» stabilì pratico, allontanandosi.

Ma Milly lo rincorse e lo afferrò per i pantaloni.

«Non è vero, siamo entrati proprio da qui!» intervenne la piccola. «Guarda. Il portone era l'unica porta con i disegni dei fiori... e questa ce l'ha.»

«La mia sorellina ha ragione» sottolineò Beagy, adesso inquieto.

Fealsy cercò di stemperare gli animi.

«Ragazzi, ragazzi, va tutto bene, non agitatevi. Non serve discutere.»

«Ha parlato il filosofo!»

«Donny, smettila! Non cominciare!» lo redarguì Làidir.

Nonostante l'altezza vertiginosa di Làidir, Donny gli si fece sotto.

«Perché, se no che mi fai?»

Làidir non si fece intimorire e abbassò lo sguardo su di lui, fissandolo minaccioso.

La tensione era palpabile.

«Ehi! Basta dai, non è il caso di fare così. Siamo solo un po' nervosi» disse Majory tentando di calmarli.

Ma Donny non ne aveva alcuna voglia, anzi.

Come ogni volta che aveva paura, aveva bisogno di tirare fuori la parte peggiore di sé.

«Ai vostri ordini, *Principessa...*» la canzonò.

Gready alzò il pugno e gli si avvicinò bellicoso.

«Se non la finisci, io ti...»

Donny lo fissò, gelido.

«Tu cosa, palla di lardo!? Avanti, fammi vedere che cosa sai fare. Continua!»

Bumbling afferrò Donny per le spalle.

Yosho affiancò Gready, stava per finire male.

«ADESSO BASTA!»

I due gemellini si pararono in simultanea davanti a Donny con un tono che non ammetteva discussioni.

«Invece di dire cattiverie come tuo solito...» iniziò Beagy, «...aiutaci a trovare una soluzione!» terminò Milly.

Donny tacque e fece spallucce, come se non fosse successo niente.

In realtà non aveva alcuna voglia di litigare.

Era stanco, quella giornata era stata interminabile. Voleva solo andarsene a dormire.

«Propongo di cercare un'altra strada. Troveremo di

certo un nuovo passaggio» ragionò Fealsy.

«Va bene, vado avanti io» propose Majory.

I ragazzi la seguirono.

I sotterranei si rivelarono un labirinto fatto di sole mura, costellato di stanze piccole e asfittiche, e senza uscita.

Ogni volta che i giovani Gnomi vedevano una porta un po' più alta e massiccia delle altre correvano speranzosi, ma o si mostrava priva di serratura o dava sull'ennesima stanza vuota.

Non esistevano passaggi segreti o uscite nascoste; andarsene da lì sembrava impossibile.

Dopo ore di ricerca avevano perso del tutto l'orientamento; nessuno ricordava la strada per tornare al punto di partenza.

Erano stremati e sull'orlo di una crisi di panico, quando Maya urlò piena di speranza.

«Laggiù! Guardate! Forse ci siamo!»

In fondo al corridoio che stavano percorrendo si intravedeva, di là di un arco di pietra ad ampia volta, una sala molto diversa dagli spazi visti fino a quel momento.

Col cuore in tumulto, si addentrarono.

Sulla parete centrale, zampillava una fontanella che si tuffava in una conca in roccia e muratura dai bordi rialzati.

Bevvero a più non posso.

Dopo essersi rifocillati, iniziarono a tastare i muri.

«Se c'è una fontana, dev'esserci anche un'uscita» aveva detto Fealsy.

Ma, di nuovo, rimasero delusi.

Sfiniti, si sedettero a terra, in silenzio.

Nessuno aveva la forza di dire qualcosa.

Majory, oltre a essere stanca, si sentiva in colpa per l'idea scriteriata che aveva avuto.

Se solo avesse deciso di andare lì sotto da sola senza coinvolgere nessuno, adesso i suoi amici non si sarebbero trovati in quella situazione assurda.

Annientata da questo pensiero che già da parecchio serpeggiava nella sua mente, scoppiò in un pianto dirotto.

Gli altri si girarono a guardarla.

Non ce l'avevano con lei.

Beagy e Milly le corsero in braccio nel tentativo di confortarla, ma Majory pianse ancora più forte.

Maya, che aveva sempre provato un pizzico di gelosia per quell'amica che aveva avuto la fortuna di nascere Principessa, sentì che non poteva abbandonarla al dolore. Così, cercò di scuoterla.

«Proprio un comportamento regale, Meg, non c'è che dire...» disse, sperando segretamente che Yosho potesse sentirla.

... ma che fine aveva fatto?

Majory si asciugò le lacrime e tentò di ricomporsi.

«Ehi, guardate qui!» esclamò Fealsy, catturando la loro attenzione.

Majory si alzò e lo raggiunse.

Stava fissando con grande curiosità un punto della fontana dove si trovava una targa talmente piccola da essere quasi invisibile a occhio nudo.

Si avvicinò seguita dagli altri e rimase sbalordita.

Sopra c'era una filigrana con il suo ritratto.

Subito sotto, riportava scritto il suo nome: Principessa Majory Mcyea.

«Sembra un po' più grande di te... e i vestiti sono molto diversi da quelli di oggi. Ma, caspita, sembrate sorelle!» esclamò Bumbling.

«Sarà una mia ava» considerò Majory.

«Pfiuuuuu, per fortuna...» sospirò Beagy. «Pensavo che fossi vecchissima!»

Lo disse con una tale convinzione che, dopo averlo

guardato per un istante, tutti, Majory compresa, scoppiarono a ridere.

Yosho arrivò trafelato, sventolando agitato un enorme libro antico.

«Guardate! Guardate cos'ho trovato!» urlò. «Magari qui c'è scritto come uscire!»

I ragazzi si rianimarono.

Yosho posò con solennità il tomo per terra e vi si sedette di lato; gli altri si accomodarono a loro volta vicino a lui, formando un cerchio con al centro il libro. Majory prese posto nell'unico spazio che le avevano lasciato libero: davanti a esso.

«*Il libro della Dinastia...*» mormorò, aprendolo.

Doveva essere davvero antico.

Le pagine, gialle e consunte dagli anni, erano così sottili...

Majory, per paura di rovinarle, le sfogliò con estrema delicatezza.

«Questa immagine... non è lo stesso dipinto di prima? E questa... è la fontana!» notò Fealsy.

Majory annuì.

«Leggi cosa c'è scritto Meg, per favore» la pregò Yosho.

E lei iniziò.

«*Principessa Majory Mcyea, discendente della Dinastia Reale dei Mcyea.*

Ai posteri si tramanda che siffatta, superba Gnoma, grave onta commise.

Ancor giovinetta, dichiarossi innamorata del suo cocchiere, lo Gnomo Yolmi. Di umil famiglia, egli tentò di condurla a ragione. Ben più grande di lei, promesso sposo e innamorato della gentil Sophie, egli i di lei sentimenti contraccambiar non potea.

Allor la Principessa, insensibile ai desideri altrui, abituata al tutto avere e al nulla dare, si dannò: Yolmi, a stregua d'oggetto, suo dovea esser.

Ordine diede pertanto di ordir un ratto della sua persona: senza la di lui amata, la Principessa nel suo cuor sarebbe entrata.

Non andò com'ella sperava, poiché il giovane mai la amò.

Furiosa e di sdegno colma, lo fece allor imprigionar nelle segrete del castello dei Mcyea...»

«Il tuo, Meg!» disse Milly.

«Shhhh, non interrompere» la redarguì Donny.

«Scusa...»

«Dove ero arrivata... ah, sì... ecco» riprese Majory. «*... lo fece allor imprigionar nelle segrete del castello dei Mcyea. Poi lo negò e volse lo sguardo ad altro Gnomo.*

Yolmi, solo, nel cupo oblio cadde.

Egli allor, bramoso di raggiunger colei che nel cor suo albergava, con ognuna delle forze del corpo e dell'animo suo, di fuggir tentò.

Ma vana fu l'impresa, e spirò, di doglia folle e da strazio vinto.

Quando tal nuova giunse all'orecchio di Sophie, ella, cieca dal tormento e accesa da profondo odio contro la Principessa, si volse a colei che nel "Regno dei Due Arcobaleni" più di tutti era temuta: la Gnoma Fheall Mcotgan, antica e valente condottiera, la più possente Strega.

A lei si prostrò e supplicolla di applicar vendetta.

Fheall, impietosita e furente per quanto conobbe, acconsentì e scagliò su Majory una maledizion sì crudele che ancor oggi vien narrata: raggiunti i sedici anni, ella e la di lei femminea discendenza, avrian errato invano entro li sotterranei della propria magione, senza mai poter conoscer il vero Amore. Colà, sole e smarrite, si sarebber spente di follia e d'affanno, sinché una di loro spezzato non avesse l'eterno maleficio.»

Majory si fermò, era pallida.

«E come si spezza la maledizione, non c'è scritto?»

La ragazzina, tremante, annuì e, piano, riprese a leggere.

«*In una sol maniera ciò potria avvenir: la Principessa Majory in sé medesima, o alcuna tra le sue discendenti, avrebbe dovuto incontrar e riconoscer il Vero Amore innanzi al compiersi della profezia. Se tal ventura fosse occorsa, ella medesima l'avria dovuto sopprimer, condannandosi a viver d'imperitura e teterrima infelicità, sì come la nobil dama avea imposto a Yolmi e alla gentil Sophie. Sol allora essi sarebbero stati... vendicati... e l'eterna maledizion... infine... sciolta.*»

«Meg!»

Yosho e Maya erano corsi a sorreggerla.

Majory era diventata pallidissima ed era svenuta.

... Asher...!!! Il suo unico, grande, Amore.

Il turbamento era stato troppo forte.

15.
UN PATTO PER UNA NUOVA SFIDA

Aileen e Dorcha vennero svegliati di buon'ora dall'aroma di un infuso alla menta, e dal fragrante profumo di pane caldo che Grogher aveva abbrustolito per loro.

«Uhm, buongiorno, miei cavalieri!» mugolò Aileen stirandosi.

Nel vedere Dorcha che la fissava al suo fianco, avvampò.

Facendo finta di niente, si alzò con un sorriso imbarazzato, e posò un bacio sulla guancia irsuta di Grogher.

Mentre Dorcha la guardava, sperando di ottenere a sua volta un bacio, l'Orcotroll rimase per qualche attimo imbambolato a toccarsi il viso, ancora incredulo di essere stato accettato senza riserve.

«Questo pane è squisito!» esclamò Aileen, scuotendolo dai suoi pensieri.

«È vero, dovremmo farci dare la ricetta dalla capocuoca degli Elfi al nostro ritorno» rispose Grogher convinto.

«Posso averne una fetta anch'io?» chiese Dorcha alla ragazza.

Lei, sentendo il rossore salire sulle guance ed espandersi su tutto il volto fin nella gola, annuì e gliela porse.

La mano di Dorcha sfiorò la sua e i due ragazzi si sorrisero. Grogher li guardava incantato.

«Ehm...» bofonchiò, «...è un po' prrresto per tirare fuori le candele, no?»

Dorcha e Aileen, sentendosi scoperti, lo guardarono, poi scoppiarono a ridere; una risata genuina, a cui presto anche Grogher si unì.

Passato l'imbarazzo iniziale, la colazione fu piacevole e corroborante, perfetta per iniziare quella che si prospettava come una lunga giornata.

Dopo aver lasciato la radura pulita e perfettamente incontaminata, i tre amici si prepararono al volo verso il Regno dei Due Arcobaleni.

Aileen era terrea in volto. Sarebbe stato il suo primo volo, e l'idea di dover attraversare uno strapiombo le ghiacciava il sangue nelle vene.

Dorcha se ne accorse e condusse Raertha al suo fianco.

«Sali e chiudi gli occhi. Arriveremo dall'altra parte nel tempo che ci metterai a riaprirli.»

Lei annuì sentendo lo stomaco sprofondare. Si fece coraggio e montò su Raertha. Anche il ragazzo e Grogher salirono sulle loro cavalcature alate.

Come se si fossero messi d'accordo, Sidae, Raertha ed Hercules indietreggiarono in contemporanea di almeno una trentina di passi.

Poi scattarono! Al galoppo. Verso lo strapiombo.

All'ultimo spalancarono le ali!

Aileen urlò a squarciagola, terrorizzata, ma Dorcha aveva avuto ragione e, poco dopo, atterrarono sulla sommità della rupe dove vivevano gli Gnomi.

Con le gambe che tremavano, Aileen scese da Raertha e si piegò su se stessa con un grande sospiro.

Dorcha, intuendo quanto coraggio doveva aver impiegato per affrontare quella prova, le andò vicino.

«Non è andata poi così male...» le disse, mettendole una mano sulla schiena.

Lei si girò verso di lui e, inaspettatamente, scoppiò a ridere sdraiandosi sul prato.

Dorcha la guardò divertito, poi le porse una mano per aiutarla ad alzarsi.

«Ehi, ragazzi, venite a vederrre!» li chiamò Grogher.

Si voltarono e lo videro affacciato alla parete interna del dirupo, intento a guardare in basso.

Lo raggiunsero per vedere a loro volta, e rimasero estasiati!

Sotto di loro si apriva uno spettacolo fuori dal comune: era come se, dentro a quella rupe dalla profondità incalcolabile e perfettamente conica, due arcobaleni paralleli, uno con i colori accesi del sole, l'altro con quelli più lattescenti della luna, si tuffassero in mezzo a distese sterminate di alberi e a immense cascate.

In corrispondenza di ognuno dei colori, c'erano dei villaggi.

Le loro case ne riprendevano la stessa tonalità e scendevano a scaglioni cadenzati giù per la rupe.

Si contavano ben quattordici agglomerati.

In fondo, così in fondo da risultare poco più che un puntino, si intravedeva uno specchio d'acqua che rimandava bagliori luccicanti. Era il *Mare Stellato*, sotto cui si diceva esistessero giacimenti inesauribili di diamanti.

Al centro della montagna, nella parte più alta della roccia, c'era infine un'estesa radura pianeggiante su cui sorgeva il maestoso Castello Reale degli Gnomi, circondato da un lussureggiante e smisurato parco.

«Questo posto è... magnifico!» esclamò Aileen stupefatta.

«Uhm» commentò Dorcha, pensieroso, guardando il cielo.

«Che succede?» gli chiese allarmata Aileen.

«Quelle nuvole... Trrroppo scure. Sembrano le stesse

di Nuvolandia» rispose per lui Grogher.

Il ragazzo annuì, cupo.

«E la bandiera sulla torre. È nera» aggiunse. «Dev'essere successo qualcosa.»

«Dite che si tratta già dell'effetto della Pergamena? Che è già troppo tardi?» si spaventò la ragazzina.

Dorcha la guardò, indeciso su cosa rispondere; le nuvole avrebbero potuto essere un segnale, ma la bandiera...

«Non crrredo, Aileen. Quelle nuvole sono ancora troppo poche e distanti per destare allarrrme.»

«Hai ragione, Grogher» si intromise Dorcha. «Chiediamo udienza ai Sovrani» propose Aileen. «Qualsiasi cosa sia successa in questo luogo, non dimentichiamoci che la nostra priorità è ridare vita alla Pergamena.»

Gli altri approvarono e, risaliti in sella, spronarono le loro cavalcature verso la grande pianura.

Non appena giunsero nei pressi del parco che circondava il castello, si videro venire incontro un manipolo di soldati che avanzava minaccioso con la mano già posata sull'elsa.

Davanti a loro, incedeva con andatura ferma uno Gnomo più imponente degli altri, dallo sguardo di ghiaccio, l'armatura piena di onorificenze e il mantello svolazzante.

«Fermi là! Chi siete?» chiese il capitano delle guardie, piantandosi con le gambe larghe tra il suo gruppo e i tre amici.

Aileen non si fece intimorire.

Memore degli insegnamenti della madre, alzò fiera il mento, lo guardò dritto negli occhi e, con voce chiara, si presentò.

«Sono Aileen, Principessa di Nuvolandia. Queste, ai miei lati, sono le guardie affidatemi a seguito e protezione: il Cavaliere Dorcha e il Cavaliere Grogher. Siamo giunti fin qui per conferire con Re Ciallmhar e con la sua consorte, la Regina Bànrion. Attendiamo di essere annunciati.»

«E loro?» disse il soldato, indicando perplesso i tre animali.

«Se avrete la bontà di rifocillarli per quanto serve, ci attenderanno nelle vostre stalle.»

Il soldato chinò leggermente il capo in segno di approvazione.

«Come desiderate, Altezza, vi faccio seguito.»

Scortati dal capitano, Aileen, Dorcha e Grogher entrarono nel castello e si trovarono di fronte a uno spettacolo che mozzava il fiato.

Mentre camminavano su prati incantati, tempestati di fiori profumati, si guardavano intorno con meraviglia.

Il magnificente ingresso era realizzato in opale, lavorato con grande raffinatezza; la gemma dalla superficie multicolore dava vita a un costante effetto arcobaleno.

Ogni ala dell'edificio riprendeva i magnifici colori dei quattordici villaggi del regno in un tripudio di sfumature ben distribuite: zaffiri, smeraldi, angeliti, ambre, rodoniti, diamanti e pietre di luna, si mischiavano a rubini, topazi imperiali, oro, malachiti, kianiti, ametrini e ametiste.

Sul soffitto, facevano bella mostra lampadari di gocce di cristallo che, attraversate dal sole, illuminavano e coloravano ulteriormente l'ambiente, diffondendo arcobaleni dappertutto.

Le numerose statue in marmo pregiato raffiguravano i personaggi più antichi o in vista del Regno degli Gnomi, e testimoniavano la grandiosità di quel popolo.

Dall'ingresso partivano tre scaloni all'apparenza

interminabili che suddividevano tra loro le varie zone del palazzo.

Presero quello di sinistra e, dopo un'infinità di corridoi, saloni e altri corridoi ancora, giunsero di fronte alla porta della Sala del Trono.

«Vi prego di attendere qui, Altezza.»

Il capitano fece un lieve inchino del capo ad Aileen, poi sparì dentro la sala.

Dopo pochi minuti di attesa, il portone si aprì e i tre amici, scortati dal Gran Ciambellano di Corte, vennero accolti al cospetto di Re Ciallmhar e della Regina Bànrion.

Poco distante, il capitano li osservava con attenzione.

I due Sovrani, tutt'altro che propensi al dialogo, mostravano chiari segni di agitazione.

Aileen avanzò nella sala e, d'innanzi ai troni, fece un lieve inchino.

Dietro di lei, ai due lati, Dorcha e Grogher la imitarono.

«Vostre Maestà...» esordì Aileen.

«Cosa vi conduce qui da noi, Principessa?» chiese, tesa, la Regina.

Aileen la scrutò per un po' prima di rispondere; notò che aveva gli occhi lucidi.

«Sembrate molto ansiosa. Abbiamo visto il pennacchio nero... è successo qualcosa di molto grave, Vostra Maestà?»

La Regina non rispose.

Scoppiò a piangere.

«La mia bambina... la mia bambina!»

«Vi prego, Vostra Maestà, cercate di calmarvi» intervenne Dorcha. «Spiegateci cosa è accaduto. Se potremo esservi d'aiuto, non ve lo negheremo.»

Il Re e la Regina si guardarono incerti, come a

soppesare gli ospiti che avevano di fronte; poi, Re Ciallmhar raccontò loro ogni cosa.

«Ieri era il compleanno di nostra figlia, la Principessa Majory. Lei e i suoi amici stavano giocando a Pallafiocco. Si stavano divertendo, andava tutto bene! Poi, durante il rinfresco, ci siamo girati per presentarla ad alcuni amici, ma non l'abbiamo più trovata. Abbiamo pensato che fosse andata a fare una passeggiata con gli altri, ma le guardie non li avevano visti. Solo a notte fonda ho trovato una delle Pallefiocco davanti alla parete esterna dei sotterranei. Ho pensato che potessero essersi persi; i sotterranei sono un labirinto, non ho mai voluto che mia figlia ci entrasse. Ma...»

Il Re era diventato pallido, la Regina tremava.

«Ma l'entrata ai sotterranei è scomparsa!» urlò con un filo di voce, quasi afona. «È la profezia, non può essere altrimenti. La mia bambina, la mia bambina...» mormorò con gli occhi spalancati e scoppiando di nuovo a piangere inconsolabile. «Perché hai voluto chiamarla così, perché?!»

Il Re, imbarazzato e dispiaciuto, la abbracciò per consolarla, poi si rivolse agli ospiti.

«Pensate di poterci aiutare?»

Aileen guardò Dorcha, poi Grogher. Entrambi le fecero un cenno di assenso.

«Credo che, prima, sia bene spiegarvi perché siamo venuti fin qui. Magari troveremo una soluzione comune.»

«Ti ascoltiamo.»

Aileen raccontò ai Sovrani tutto quello che sapeva, quello che era successo a Nuvolandia e il fine della sua missione. Re Ciallmhar e la Regina Bànrion rimasero sbalorditi.

«I *Sette Segreti*... non ne sentivamo parlare da tempo immemore. Come può essere successa una cosa simile? Chi era quel cavaliere, da quale regno proveniva? In tanti secoli a nessuno è mai venuto in mente di attaccare il tuo regno, Aileen. Conoscerai senz'altro la leggenda, è una follia distruggere la Pergamena!»

«Ma è quello che è successo, e la sola speranza che abbiamo è ricrearla. So che può sembrare un baratto sleale ma... nel caso in cui salvassimo vostra figlia, ci dareste il vostro Segreto?»

I due Sovrani si guardarono, forse quei giovani avrebbero davvero potuto aiutarli.

«Lo faremo.»

«Allora, Vostre Maestà, abbiamo bisogno di conoscere nel dettaglio la profezia di cui avete fatto menzione poc'anzi» richiese Aileen.

La Regina fece un cenno a un servitore.

Questi si avvicinò con un librone molto simile a quello che, nei sotterranei, avevano trovato i giovani Gnomi.

Il Re lo sfogliò, trovò il punto e lo consegnò ad Aileen.

«Grazie. Ve la riporteremo al più presto.»

«Aspettate, non così in frrretta.»

Stupiti, i Sovrani e Aileen si girarono verso Grogher. Dorcha, no.

Anche lui, come il compagno, aveva uno sguardo indagatore.

«Possiamo fidarrrci davvero della vostra parrrola?»

Il Re lo guardò nervoso.

«Ma certo che potete fidarvi!» urlò quasi.

«Ne siamo lieti» disse Dorcha sornione, facendo apparire dal nulla un foglio con sopra delle scritte, vergate in oro brillante. «Allora non sarà un problema per voi firmare questo documento, giusto? È solo una piccola precauzione. Una volta apposta la vostra firma, non potrete tornare indietro o la vostra principessina verrà ricondotta nello stesso luogo in cui si trova adesso.»

Lo disse con un tono tanto secco e crudo che Aileen lo guardò allibita.

C'era di mezzo il destino di una ragazza della sua stessa età, non capiva perché tanta diffidenza.

Scelse però di fidarsi e non disse nulla.

Cadde il silenzio. La Regina allungò una mano tremante e, con un semplice gesto, fece apparire la sua firma in fondo al foglio.

«Anche Voi, Re Ciallmhar. Non ce ne andremo prima di avere entrambe le firme» disse Dorcha con un sorriso ambiguo, reggendo senza esitazione lo sguardo del Re.

Aileen guardò i suoi amici.

Se li avesse conosciuti in quell'occasione ne avrebbe avuto paura.

Dopo un altro, interminabile istante, finalmente anche il Re si decise ad apporre la sua firma.

«È tutto.»

Dorcha e Grogher fecero un inchino.

Aileen, con un lieve imbarazzo, si inchinò a sua volta. Poi, accompagnati dal capitano, si diressero verso le stalle.

Recuperati gli animali, si mossero alla ricerca di uno spazio verde dove accamparsi.

Adesso soli, al riparo dalle guardie, Aileen non riuscì più a trattenere la curiosità.

«Perché il *Legame Magico*? Che bisogno c'era?»

«Conosciamo molto bene gli Gnomi. Spesso quelli di montagna si avventurano in lunghe contrattazioni d'affari col mio patrigno. Non rinunciano a cuor leggero alle loro ricchezze; sono interessati, e bugiardi. Hai visto che sfarzo il loro castello? Quando sentono odore di soldi o di potere diventano molto pericolosi. Il segreto di un popolo è una grande ricchezza, forse la più grande che un regno possieda. Non potevamo rischiare.»

«Stai dicendo che, una volta trovata Majory, avrebbero potuto rimangiarsi la parola data e non darci il Segreto?»

«Proprio così... o magari farci perdere altro tempo sottoponendoci a un'ulteriore prova a loro vantaggio. Una prova a cui ne sarebbero seguite, con molta probabilità, altre. Ora non lo potranno fare.»

«Sei favoloso!» esclamò Aileen, e per l'entusiasmo, diede senza accorgersene una strattonata alla criniera di Raertha.

L'unicorno si impennò contrariato e si buttò in picchiata in direzione di una radura che aveva adocchiato già da un po'.

Presa alla sprovvista, la ragazza si spaventò, ma strinse bene le ginocchia e si lasciò trasportare pensando che, in fondo, il carattere di Raertha non era poi così diverso dal suo.

Dorcha e Grogher, angosciati dall'idea che potesse cadere, farsi male o chissà che altro, spronarono Hercules e Sidae in picchiata dietro a lei.

«Aileen!»

Quando loro arrivarono, lei era già scesa dal suo unicorno, pronta ad accoglierli con una risata argentina.

«Che facce preoccupate... cosa temevate fosse successo? Raertha aveva semplicemente bisogno di sgranchirsi un po'.»

Dorcha e Grogher scossero la testa, ancora con una punta di ansia, forse un po' di irritazione, ma anche di divertimento.

Aileen era una vera scavezzacollo, e Dorcha la adorava anche per questo.

Nella radura scelta da Raertha c'era un piccolo lago, cosparso di ninfee.

Su di esso si affacciavano i delicati fiori rosa di un antico ciliegio dal tronco molto ampio.

Aileen, Grogher e Dorcha si accomodarono alla sua ombra e aprirono il librone dei Mcyea pronti a studiarne la storia nel dettaglio.

Aileen si buttò a capofitto nella lettura, ascoltata con grande attenzione da Grogher e Dorcha.

Quando arrivò alla parte che riguardava la Strega Fheall, Dorcha la interruppe.

«Dici che è la stessa Fheall di cui ci ha parlato Aeltiàfisar?»

«È probabile...» rispose lei, pensierosa.

«Molto prrrobabile, secondo me. C'è scrrritto: *si volse a colei che nel "Regno dei Due Arrrcobaleni" più di tutti era temuta: la Gnoma Fheall Mcotgan, antica e valente condottiera, la più possente strrrega*. Mi avete detto che il Maestrrro ve l'ha descritta come una Gnoma e un grande Generale, non può esserrre una coincidenza.»

«Inoltre l'amica del Maestro Aeltiàfisar è l'unica Fheall del nostro mondo passata alla storia come *valente condottiera e possente Strega*» valutò Dorcha. «Non può essere che lei.»

Lo sguardo di Aileen si illuminò.

«Allora non dobbiamo fare altro che andare da lei, portarle i saluti degli Elfi e chiederle di annullare la maledizione!»

«Non crrredo sia così semplice. Si tratta di una fatturrra molto particolare e rara. Solo chi ne è colpito la può sciogliere.»

Dorcha si fece pensieroso.

«C'è solo un'altra strega al mondo che potrebbe realizzarla con successo e magari creare una contro-fattura, ma chiedere il suo aiuto è impensabile. Per non dire impossibile» disse il ragazzo.

«La Regina degli Orrrchi?»

Dorcha scosse la testa.

«Teallach. La fata oscura. Persino la mia matrigna la teme.»

Aileen era impallidita.

Dorcha le prese una mano tra le sue per tranquillizzarla, e iniziò a fare il punto della situazione.

«Se le cose stanno così, e una magia reversibile non si può fare, la Principessa Majory ha solo un modo per salvarsi: uccidere il ragazzo che ama.»

«A parte il fatto che mi sembra assurdo anche solo pensarla una cosa simile... ma...e se non ce l'ha? Se non fosse innamorata?» chiese Aileen.

«Rimarrrà intrappolata a vita nei sotterranei, fin quando la morte la coglierrrà.»

«Quindi... anche i suoi amici faranno la stessa fine! Ma no, dài, non è possibile. Mi rifiuto di credere che non ci sia un'altra soluzione!» sbottò Aileen ritraendo con stizza la mano.

Dorcha la guardò serio.

«Ma non c'è. Almeno non che sappia io. O Grogher. Penso che la scelta migliore sia davvero andare dalla Strega Fheall. È la sola a poterci dire se c'è un modo per aiutare la Principessa.»

«Non lo farà! È stata lei a lanciare la maledizione, perché dovrebbe?!»

«Hai in mente un'altrrra soluzione?»

Aileen si volse verso Grogher smarrita.

«No...»

«Allora non c'è altra via se non andare da lei.»

«Ma dove la cerrrchiamo?»

Dorcha sembrava conoscere la risposta.

«È la strega più anziana e potente del Regno dei Due Arcobaleni. Difficile che il popolo degli Gnomi non sappia dove si trova. Con tutta probabilità sarà sufficiente fare qualche domanda in giro. Andiamo verso il villaggio più vicino e iniziamo a chiedere.»

Aileen lo guardò incerta.

Aveva perso tutta la sicurezza iniziale.

Anche Grogher si sentiva allo stesso modo.

Dorcha, al contrario, sembrava determinato e deciso.

«Forza, in sella!» disse, saltando agilmente su Hercules.

Aileen e Grogher obbedirono e rimontarono a loro volta sui loro animali.

Insieme, ripresero il viaggio.

16.
FHEALL, LA STREGA

Dopo un bel po' di cammino tra i boschi rigogliosi che fiancheggiavano l'alta rupe, i tre amici giunsero al limitare di Anghrian, anche detto villaggio del sole, prima cittadina degli Gnomi.

Dalla parte opposta, un po' più in alto, si poteva scorgere Orhàji, il villaggio delle arance.

Parecchio più in basso, in mezzo alla macchia, c'era Achgla, quello dei verdi muschi.

Lanciando lo sguardo in giù, verso il fondo della rupe, si potevano scorgere le porte di ingresso a Ochny, il villaggio dei laghi, a Farghe, il villaggio dell'acqua marina, a Licy, il villaggio dei lillà e a Slavjia, il villaggio delle viole.

Scendendo nella zona che digradava verso il mare, erano situati Lachlan, il villaggio della luna crescente, Olòs, il villaggio degli ulivi, Moirny, il villaggio dei prati aperti, Bhanchy, il villaggio dei ciliegi, Monss, il villaggio delle more e, per finire, Olcyb, il villaggio dei vulcani.

Aileen, Dorcha e Grogher erano preoccupati: la rupe incantata che ospitava il Regno dei Due Arcobaleni era sconfinata, abitata da milioni di persone.

Quello che potevano vedere dall'alto grazie a un antico incanto magico, sarebbe stato raggiungibile solo in mesi e mesi di cavalcata sfrenata o in settimane di sfiancanti trasvolate senza sosta in groppa ai loro amici alati; si auguravano che Fheall non fosse così lontana.

C'era però un innegabile vantaggio: tra tanti luoghi e Gnomi, qualcuno che potesse aiutarli nella loro ricerca lo avrebbero trovato.

Poco prima dell'ingresso alle porte di Anghrian notarono, immersa tra due querce intrecciate, una casupola tutta gialla, con il tetto di un marroncino delicato.

Dal comignolo usciva del fumo, segno che qualcuno doveva essere in casa.

«Partiamo da lì» stabilì Aileen.

Senza attendere risposta, spronò Raertha e si avviò.

Gli altri la seguirono.

Nel cortile della casa c'era un giovane Gnomo dal fisico slanciato, cui faceva da contorno perfetto un viso dai lineamenti delicati; poteva avere sedici, forse diciassette anni.

Stava creando, con rara abilità, un vestito da sera fatto di fiori intrecciati.

Sembrava che le sue mani si muovessero da sole, lo sguardo perso in chissà quali pensieri.

«Ciao...» lo salutò Aileen smontando da cavallo. «Possiamo?»

Lui annuì brevemente senza nemmeno guardarli.

Aileen si volse verso Dorcha e Grogher che, nel frattempo, l'avevano affiancata.

Dorcha le fece cenno di andare avanti ed entrarono nel cortile.

«Sembri preoccupato... è successo qualcosa?» gli chiese Dorcha con gentilezza, mettendogli una mano sulla spalla.

Il ragazzo trasalì e vedendosi davanti Dorcha, Aileen e un Orcotroll grande quanto la sua casa, indietreggiò istintivamente.

«Chi... chi siete?» chiese, impaurito.

Dorcha si allontanò da lui per lasciargli spazio;

Aileen, di rimando, fece un breve passo in avanti.

«Oh, no, non avere paura, non vogliamo farti del male. Stiamo cercando Fheall, la famosa strega del regno. Sai dove viva?»

Lo Gnomo li fissò, sospettoso.

«Perché dovrei dirvelo? Non siete di qui. Perché la cercate?»

I tre si scambiarono fugaci sguardi d'intesa: non solo Fheall era viva, ma quello Gnomo sapeva di sicuro dove si trovava.

Aileen si lanciò in una spiegazione in parte inventata ma, sperava, convincente.

«Siamo in missione per conto dei tuoi Sovrani. Sembra che la Principessa Majory, loro adorata figlia, sia scomparsa. Il Re e la Regina sono convinti che questa Gnoma... Fheall... possa aiutarci. Ma non hanno saputo dirci dove trovarla. Per questo la stiamo cercando.»

Inaspettatamente gli occhi del ragazzo si rianimarono, ora privi di ostilità.

«D'accordo, vi aiuterò. Ma a un patto...»

«Quale?» si informò Dorcha.

«Che mi portiate con voi.»

Grogher insorse.

«Oh, no, ragazzino, scorrrdatelo! Potrebbe essere pericoloso, non è prrroprio il caso!»

Ma il volto dello Gnomo si fece combattivo.

«*È* il caso» disse con voce ferma. Poi prese il vestito e lo abbracciò. «Questo... è per Meg. Io... per me Majory non è, semplicemente, *la Principessa*. Io amo Majory! E non posso lasciare che muoia, ho il dovere di salvarla. Fosse stato per me sarei già partito, ma i miei genitori non mi permettono di fare niente da solo. Adesso che ci siete voi, però, è diverso» disse. «Per favore, permettetemi di venire.»

«Come ti chiami?» gli chiese Aileen.

«Asher.»

Aileen fece cenno a Sidae di avvicinarsi.

«Accarezzalo, Asher» gli disse gentilmente.

Lo Gnomo la guardò un po' timoroso, ma Aileen ricambiò il suo sguardo incoraggiante.

Rincuorato, Asher accarezzò la testa di Sidae, facendogli dei leggeri grattini sulla nuca.

Il leone sembrò gradire e si buttò a pancia all'aria in cerca di altre coccole; era il segno che quel ragazzo aveva un animo puro.

«E sia» decise Aileen. «Parliamo con i tuoi genitori. Se non avranno nulla da dire, verrai con noi.»

Asher annuì e si voltò verso la sua abitazione.

«Sono dentro. Seguitemi.»

«Venite!» strillò la piccola Milly, raggiante. «Sta riaprendo gli occhi!»

Tutti accorsero intorno a Majory.

L'avevano distesa su un divanetto e le avevano messo un pezzo di stoffa inumidito sulla fronte.

Poi Fealsy aveva pronunciato delle parole strane, una formula magica, diceva lui, dichiarando che avrebbe fatto presto effetto.

Dopo non molto, Majory era tornata in sé.

«Come stai?» le chiese Maya, angosciata.

Majory girò lentamente la testa verso di lei.

Aveva gli occhi ancora vitrei di pianto; lo svenimento non le aveva fatto dimenticare cos'era successo.

«Non lo so. Che cosa devo fare, amici? Io... non posso ucciderlo.»

«Ma chi?» le chiese Bumbling.

«Ma come chi? Il suo innamorato, no? E sveglia!» lo stuzzicò Assho.

«Oh, allora ce l'hai! Beh, sei così bella... ma io non sapevo che ce l'avessi...» commentò il piccolo Beagy.

«E nemmeno lui lo sa!» replicò Donny, scoppiando in

una risata fastidiosa.

«Finiscila. Ti pare il momento di dire cattiverie?!» lo redarguì Yosho.

«Allora... chi è?» le chiese dolcemente Maya, prendendo tra le sue le mani dell'amica. «Puoi dircelo...»

Majory diventò paonazza in viso.

Aveva sperato di poter tenere quella cosa per sé ancora per un po', almeno fino a quando non avessero avuto modo di parlarne tra loro.

Non era mai riuscita a capire se Asher la ricambiasse, e aveva il timore che dicendo ad alta voce che era innamorata di lui... Chissà, magari avrebbe scoperto che era già fidanzato, o magari qualcuno le avrebbe detto che lui non provava nulla per lei, spezzandole il cuore.

Ormai però, tutto questo non aveva più alcuna importanza.

Ai fini della profezia, era sufficiente che fosse lei ad amarlo e, visto che era così, per salvare i suoi amici avrebbe dovuto ucciderlo.

Doveva farlo.

Si chiese se non potesse, semplicemente, morire lei. Ma la risposta le sorse spontanea: no. Non era possibile.

La profezia era chiara: o lui, o i suoi amici.

E accettare anche solo una delle due ipotesi era tremendo e raccapricciante!

«Insomma? Chi è il fortunato?» chiese di nuovo il buon Làidir, riportandola alla realtà.

Majory li guardò tutti, uno a uno.

Poi chiuse gli occhi, come per imprimere l'immagine di lui il più possibile dentro di sé.

«Asher» sussurrò, sentendosi mancare l'aria.

«Asher! Ma come Asher?! Non è neanche uno Gnomo quello!» sbottò Donny che aveva sentito un'inspiegabile fitta di gelosia al petto.

«Che significa che non è uno Gnomo! Ma sentilo! Sei solo invidioso perché lui è bello, mentre tu sei brutto come un carciofo!» lo investì la piccola Milly.

«Come ti permetti?!? Piccola serpe!» sbraitò lui afferrandola per un braccio.

«Ahia, mi fai maleee!» strillò la piccina.

Donny si sentì sollevare per il colletto.

Era Làidir, che lo stava guardando minaccioso.

«Senti un po'... *nano*. Riprova a fare una cosa del genere a Milly e a ridire una cosa così brutta su uno di noi... e il morto non sarà Asher! Mi sono spiegato?»

«Sisisisisisi... ma... ma... ma fammi scendere adesso. Ti prego. Eh? Calmati e fammi scendere.»

Làidir lo appoggiò brusco a terra.

Mentre tutti lo guardavano con rimprovero, in silenzio, Donny si mise a distanza.

Quando si sentì più al sicuro, si massaggiò pietoso il collo.

«Che reazione esagerata, stavo solo scherzando. E meno male che dicono che tu sei buono... ah!»

«Finiscila. Sai solo fare il gradasso con gli Gnomi più deboli» aggiunse Greanny serio, tenendo in braccio la piccolina in lacrime.

Generalmente era scherzoso, sempre in vena di battute ma, da quando era cominciata quella storia, di tutto aveva voglia fuorché di ridere.

Davanti ai genitori di Asher, Aileen, Dorcha e Grogher riuscirono a tirare fuori la loro parte più rassicurante e convincente.

Fu così che, in modo del tutto inaspettato, il ragazzo ebbe la possibilità di unirsi alla spedizione.

Quando furono fuori, Grogher lo aiutò a salire insieme a lui su Sidae.

«Bene, adesso mostrrraci la strada» gli disse.

Asher annuì, sicuro.

«Dobbiamo scendere per la rupe, a metà tra Slavjia e Lachlan.»

«Possiamo procedere in volo?» si informò Dorcha.

«No. Sarebbe più veloce ma non c'è possibilità di nascondersi quando si vola, e noi Gnomi siamo un popolo poco discreto. Meglio evitare domande scomode e procedere nel sottobosco. Almeno per adesso.»

Il gruppo approvò e, senza attendere oltre, si mise in cammino.

Passando tra sentieri alberati, impervie mulattiere, gole e crepacci, costeggiando da lontano i vari villaggi in modo da non attirare l'attenzione, i giorni passarono faticosamente.

Dorcha e Grogher, abituati a missioni lunghe e pesanti, pur se affaticati avrebbero potuto procedere con tranquillità ancora per giorni.

Aileen e Asher, no.

Ma Aileen aveva deciso di non ascoltare la stanchezza, le vesciche alle mani, il dolore alle gambe; i giorni e le stagioni passavano imperturbabili, non c'era tempo per cedere, lamentarsi o riposare.

Dal canto suo, Asher era spinto dal bisogno di abbracciare Majory.

Non riusciva a perdonarsi di non essere andato alla festa di compleanno quel giorno... se ci fosse andato, magari non sarebbe successo nulla. L'avrebbe protetta, salvata... O magari no. Ma in ogni caso, sarebbe stato al suo fianco.

Arrivati al decimo giorno di marcia, si erano ritrovati di fronte a una parete liscia come il ghiaccio, attraversata solo di tanto in tanto da sparuti spuntoni di roccia.

Grogher la toccò, stupito. Sembrava quasi scolpita per quanto era lucida; Dorcha vi appoggiò l'orecchio.

«È verrra?» chiese, curioso.

«Sì, Grog» gli rispose Dorcha. «C'è vita al di là.»

«E adesso?» chiese Aileen. «Sei sicuro di non esserti perso, Asher, vero?»

«No, no, anzi. Ci siamo quasi. Guardate lassù in cima… riuscite a vedere la chioma di un albero?»

Aileen, Grogher e Dorcha guardarono in su… in effetti, molto in alto, c'era una piana che, da dove si trovavano, sembrava piccolissima.

Su di essa si intravedeva un ulivo frondoso.

Lo fissarono interrogativi.

«Dietro all'albero c'è un'imboccatura. È un po' stretta, ma sufficiente per passare. Dobbiamo entrare lì, e inoltrarci all'interno. La casa di Fheall non è accessibile a tutti. La si raggiunge solo attraverso i cunicoli nella roccia. Sarà forse la parte più difficile, ma siamo quasi arrivati.»

«Fantastico…» grugnì Grogher.

«Solo che…» aggiunse Asher.

«Che?» chiesero tutti in coro.

«Che dall'imboccatura in poi dovremo procedere a piedi, senza gli animali.»

«Perché mai?» si allarmò Aileen.

«Già non è semplice passare per l'entrata, dubito che Sidae ci riuscirebbe. Dentro la rupe è peggio: le strade sono molto strette e il terreno piuttosto friabile. Ci vuole davvero poco a mettere un piede in fallo e a cadere.»

«In che senso cadere? Non si può cadere dentro a una rupe. La roccia è compatta» obiettò Dorcha.

«Non in quel punto. Fheall ha modellato la sua zona di roccia con un incantesimo dei suoi… almeno questo è quello che ho sentito dire. In ogni caso lo potremo vedere tra poco. Andiamo.»

Bastarono un paio di battiti d'ali di Sidae, Hercules e Raertha per atterrare sull'altopiano.

Vi planarono leggeri e, subito, ebbero conferma di

quanto fosse piccolo.

«Bene... allora voi riposatevi e aspettateci qui...» disse Aileen ai tre animali.

Poi, Asher in testa, si addossarono alla parete e, lentamente, strisciarono attraverso la fenditura nella roccia.

L'odore di umido li colpì all'istante.

Aileen ebbe un brivido e Dorcha, protettivo, la abbracciò per scaldarla. Faceva davvero molto freddo.

Asher non aveva affatto esagerato nella sua descrizione.

Davanti a loro si dipanava un passaggio strettissimo e molto lungo, aperto sul vuoto assoluto. Guardando in fondo non si vedeva la fine, solo un buio insondabile e profondo.

«Se cadiamo da qui... addio» realizzò Aileen spaventatissima, scoppiando a ridere per reazione.

Dorcha la prese per le spalle e la guardò dritta negli occhi.

«Non avere paura. Stammi accanto e non ti succederà nulla. Non lo permetterò, a costo della mia vita. E potrai contare anche su Grogher, vero Grog?»

Grogher era pallido come il marmo bianco.

«Uh-uhm» si limitò a rispondere.

«Allora? Vi muovete o no? Avete cambiato idea?» li incitò Asher mentre procedeva per il ponticello con fare sicuro e deciso.

Gli altri lo fissarono in un silenzio atterrito.

Lui era uno Gnomo, naturale che fosse abituato a quel tipo di strade. Ma loro...

«A... arriviamo» balbettò Aileen afferrando la mano di Dorcha e stringendola convulsamente.

Poi, Dorcha davanti, Grogher dietro, Aileen in mezzo, si avviarono.

I secondi sembravano durare ore.

Ogni volta che un sassolino calciato per errore

cadeva senza alcun tonfo nel profondo dell'abisso, i tre divenivano preda di sudori freddi, respirazione affannata, tremori.

Finché...

«Eccola! Ci siamo!» annunciò Asher.

Gli amici alzarono gli occhi dalla strada e... rimasero impietriti.

Davanti a loro si estendeva un ponte di corda assolutamente instabile e lungo almeno altri cinquecento metri, che terminava su una lastra di pietra malferma sospesa su una sottile colonna rocciosa erosa dal tempo.

Lì sorgeva una baracca diroccata e orribile, sopra cui svolazzavano almeno una trentina di pipistrelli enormi e stridenti.

Neri, bianchi, grigi, marroni e rossi, ciascuno di loro sfoggiava un impeccabile e coordinato fiocchetto colorato al collo.

Le tendine che si intravedevano alle finestre sembravano fatte di tela di ragno e dal camino, salivano fumo e scintille!

«Ragazzi...» mormorò Aileen a voce così bassa che lei stessa dubitò che potessero sentirla, «... forse è il caso che torniamo indietro.»

Asher si girò di scatto verso di lei.

«Se torniamo indietro se ne vanno in malora tutti gli sforzi fatti! E non possiamo farlo, ne va della vita di Majory!»

«E della nostra che mi dici?» degluti Aileen, terrea.

«Ah, ormai ci siamo, ancora uno sforzo» la incitò Asher.

Aileen chiuse gli occhi e cercò di calmare il respiro.

Poi diede un leggero colpetto al fianco di Dorcha. Lui riprese ad avanzare.

Tutti concentratissimi nel tentativo di non mettere i piedi in fallo, non uno di loro aveva più detto una parola.

Dal ponte di pietra erano passati a quello di corda e si erano stretti così forte alle funi da avere tutte le nocche bianche come la neve.

Avevano proceduto, oscillato nel vuoto, tremato ancora, temuto per la vita propria e degli altri.

Ma, alla fine, ci erano riusciti!

«Ci siamo!!!» esclamò Dorcha non appena posò il piede sulla roccia.

Con le gambe che ancora gli tremavano, si girò e afferrò Aileen per le mani. In ultimo, fece lo stesso con Grogher.

«Non mi sembra vero, ce l'abbiamo fatta!» urlò quasi Aileen, abbracciando forte Dorcha.

«Shhhh, silenzio!» la rimproverò Asher. «Fheall non ama gli schiamazzi.»

«Ehi, adesso basta ragazzino. Modera i toni!» scattò Dorcha con gli occhi che lampeggiavano.

«Va tutto bene, dài... non è successo nulla» tentò di calmarlo Aileen.

«Non ti devi permettere» continuò Dorcha senza smettere di fissare lo Gnomo.

Lui diventò pallido; d'improvviso avvertì che quel giovane Cavaliere poteva essere molto pericoloso.

«Chiedo scusa» disse quindi.

Si era accorto di aver avuto un tono poco gentile ma, da quando erano partiti, non aveva fatto altro che pensare a Majory.

La sola idea che in tutti quei giorni potesse esserle successo qualcosa di grave lo stava facendo impazzire.

Un cigolio, sinistro e improvviso, richiamò la loro attenzione.

La porta della stamberga si stava aprendo.

«Avanti, venite avanti» disse da dentro una sottile voce arrochita.

Aileen si sentì balzare il cuore in gola.

Guardò i suoi amici.

Dorcha e Grogher erano attenti, concentrati, le mani strette sulle rispettive armi.

Si girò verso Asher: lui, impaziente, era già sul punto di entrare ma, davanti alla porta, si fermò in attesa degli altri.

Non appena li sentì alle spalle, varcò la soglia seguito dal gruppo.

Un profumo intenso e avvolgente di erbe, unito al caldo fumo proveniente da un ampio calderone, li investì.

La stanza era illuminata da mille candele.

Sul fondo, comodamente sprofondata su una poltrona, sedeva una vecchina graziosa e cicciottella con occhi viola lucenti come il diamante. Un tempo doveva essere stata davvero bella: la famigerata Gnoma condottiera, la Strega Fheall.

«Vi aspettavo, il fumo mi aveva avvertita.»

I quattro erano interdetti.

Erano convinti di trovare una vecchia combattente, una veterana magari piena di cicatrici.

A dispetto delle loro idee, quell'anziana signora sembrava tutto tranne che un ex generale.

«Gradite un po' di tè e qualche dolcetto?» chiese, saltando giù dalla poltrona con un'agilità insospettata.

«Non viene mai a trovarmi nessuno, così, alla fine, tutti i miei buoni dolcetti me li devo sempre mangiare da sola! Buoni! Però... eheheh... mi fanno mettere su ciccia! Per fortuna, di tanto in tanto, mi danno una mano Ceatha e gli altri a finirli.»

«Chi è Ceatha?» chiese curiosa Aileen.

«Il mio drago, chi altri?!»

«Eh, infatti... chi altri...» ribadì la Principessa.

I ragazzi erano tutti simpaticamente affascinati da quella singolare signora.

«Beh, diciamo che non è prrroprio facile venirla a

trrrovare Maestra Fheall...»

«E perché mai, Cavaliere?»

«La strada è piuttosto impervia» spiegò Asher.

La Gnoma li guardò stupita.

«Impervia?» disse poi. «Non è vero! Basta lanciarsi nel vuoto e il vento porta chiunque a destinazione in un solo secondo! Vi faccio vedere, venite con me.»

Fheall uscì dalla sua dimora, prese la rincorsa e si buttò letteralmente nel vuoto con un urlo allegro, sotto gli occhi allucinati dei suoi ospiti.

In men che non si dica, si alzò un vento potentissimo che soccorse la vecchina, deponendola dolcemente sull'uscio di casa, mentre i pipistrelli si radunavano intorno a lei per riempirla di affettuose leccatine di benvenuto.

Fheall rideva come una matta.

«Visto? È così divertente!!!» disse allegra, facendo qualche carezza sulle teste degli animaletti e rientrando in casa.

«Allora, lo volete o no questo tè?»

«Sì, grazie» rispose Aileen per tutti.

Rientrarono.

Davanti alla poltrona della Gnoma apparvero dal nulla quattro sedie e un tavolo tondo.

Quando tutti si furono accomodati, Fheall schioccò le dita.

Il tavolo si apparecchiò all'istante: cinque tazze fumanti di tè, zollette di zucchero a volontà, pasticcini e persino una torta grondante panna e cioccolato.

«Ah, che bontà! Servitevi su, non fate complimenti!» disse poi, buttandosi su torta e pasticcini.

Era chiaro che quell'eccentrica signora era una grandissima golosa.

Dopo così tanti giorni di viaggio, i ragazzi accolsero con piacere quella pausa e fecero onore alla tavola mangiando con appetito.

«Adesso che abbiamo la pancia piena, miei cari», aggiunse dopo che ebbero spazzolato anche la più piccola briciola, «raccontatemi il motivo della vostra visita.»

«Fealsy, tu che studi Arti Magiche, illuminaci» chiese Yosho. «Se Meg decidesse di assecondare la maledizione...»

«Non ci pensare nemmeno! Non intendo farlo!»

«Ho detto *se*. Dunque, dicevo... in quel caso, come potrebbe fare? È rinchiusa qui, non sarebbe in ogni caso fattibile, no?»

Fealsy si prese un attimo per rispondere.

«In realtà credo che sia tutto collegato...»

«Ovvero?»

«Tanto tempo fa, su un libro, avevo letto di una maledizione che mi ricorda molto questa. Se è la stessa... o se è strutturata in un modo simile... Majory deve solo accettare di sacrificare Asher. Non appena lo farà, non importa dove lui si trovi. Verrà trasportato da un flusso magico direttamente qui, davanti a lei. A quel punto, dovrà ucciderlo.»

«Tutto qui? Allora che aspetti? Muoviti no? Fallo! Così ce ne torniamo a casa!» disse Donny rivolgendosi a Majory sgarbato.

Lei perse ogni freno.

«Come puoi ragionare così?! Semplice, dici? Come posso uccidere Asher?! Non riesco nemmeno a pensare a una cosa simile! Non riuscirei a uccidere nemmeno un pusillanime come te!» gridò.

«Non lo stai forse già facendo? Non solo Donny, ma tutti noi. Invece di uccidere Asher, vai avanti come stai facendo, continua a perseverare nella tua patetica indecisione. Facci morire tutti di fame qua sotto! Così il tuo buon cuore sarà in pace.» intervenne Assho.

Majory si sentì colpire dalle parole di Assho come da

un pugno in pieno petto.

Gli altri si guardarono tra loro, senza sapere cosa dire.

L'amico aveva espresso quello che, dentro di loro, temevano un po' tutti.

Gready era riuscito a conservare ancora qualche dolciume, e di acqua in quei sotterranei ce n'era in abbondanza; ma, non appena le scorte di cibo fossero finite, non sapevano per quanto avrebbero potuto ancora resistere.

Fheall li guardò.

Aveva uno sguardo così intenso che se ne sentirono trapassati.

Dopo un attimo di silenzio, si espresse.

«Il motivo per cui siete qui mi è chiaro, ma ahimè, solo Majory può vincere la maledizione. Nessun altro.»

«E come? Uccidendo me... o chissà chi altro?» chiese Asher con una punta di apprensione nella voce dovuta non all'idea di morire ma a quella persino più terribile che Majory potesse non essere innamorata di lui.

La vecchina gli sorrise bonaria.

«Il fatto dell'uccisione... non è che una prova. La Principessa Majory vissuta cinquecento anni fa era una creatura orribile, dal cuore nero come raramente se ne incontrano. Era egoista, e cattiva. Non sapeva cosa volesse dire amare, e quando imprigionò quel povero giovane... lo fece solo per ripicca. Non perché provasse veramente qualcosa per lui, ma solo perché lui non la voleva. Quando le inflissi quella maledizione sapevo che lei non sarebbe mai riuscita a liberarsene, e che sarebbe stata punita per la sua cattiveria. Giustizia sarebbe stata fatta. Ma non è raro che, in una famiglia, la cattiveria sia ereditaria. Volevo assicurami che nessun'altra Majory giocasse con la vita di un altro Gnomo. Così, maledissi anche le generazioni femminili a venire.»

Asher aveva gli occhi lucidi, sembrava perso.

Fheall lo guardò con tenerezza.

«La Majory che tu ami, Asher, è molto, molto diversa dalla sua antenata. Le basterà seguire l'istinto e i suoi sentimenti e riuscirà a ottenere tutto ciò che vuole. Voi dovrete solo attendere. Ricordate: la vera forza dell'amore è nella scelta, non nel sacrificio. Ora andate. Dopo la buona merenda che abbiamo fatto, ho proprio bisogno di riposarmi un po'. Inoltre... i vostri animali vi stanno aspettando.»

L'anziana Gnoma si alzò in piedi e soffiò forte sopra ai quattro amici.

Fu così veloce che non ebbero nemmeno il tempo di rendersene conto. Un lampo di luce li avvolse.

In pochi istanti si ritrovarono insieme a Sidae, Raertha ed Hercules nella radura dietro al castello.

17.
LA DECISIONE

Majory, la mente sovraccaricata dai dubbi e dalle paure, non era riuscita a riposare nemmeno per un attimo.

Le parole che Assho le aveva rivolto giorni prima non le davano tregua.

«Invece di uccidere Asher... facci morire tutti di fame qua sotto!» le aveva detto, e lei non faceva che pensarci.

Come poteva dargli torto? Era la verità. O lui o loro... e lei, nel mezzo.

Presa da un senso di oppressione al petto, si mise seduta e si soffermò a osservare i suoi amici.

Erano profondamente addormentati.

I gemellini Beagy e Milly, i volti rigati da lacrime ormai asciutte, erano abbracciati forte.

Ci aveva messo tanto a farli addormentare.

Se i morsi della fame stavano diventando insostenibili, il freddo, l'umidità, la nostalgia di casa e la paura non facevano sconti.

Aiutata da Làidir li aveva cullati e coperti con la sua mantella finché, vinti dalla stanchezza, avevano ceduto al sonno.

Le provviste di cibo di Gready erano finite ormai da quattro giorni, se i suoi calcoli erano corretti.

Smagriti, sofferenti, pallidi, avevano tutti i volti così scavati da sembrare più grandi.

Tuttavia, avevano parlato molto.

Nessuno di loro se la sentiva di sacrificare la vita di

Asher.

Solo Donny aveva tentato di calcare più volte la mano per convincerli, ma era stato messo a tacere persino da Assho, il suo migliore amico.

A quel punto, aveva a sua volta ceduto.

La sera precedente, una cosa l'aveva colpita più di tutte.

Mentre cullava Milly, Fealsy si era accucciato davanti a lei e le aveva appoggiato una mano sulla spalla; poi l'aveva guardata intensamente negli occhi e le aveva detto: «Ce la faremo, Meg. Ci salverai tutti, compreso Asher. Ne sono certo.»

Anche se per un solo attimo, le sue parole l'avevano tranquillizzata, inducendola a pensare che avesse ragione.

Adesso, tuttavia, stava iniziando a perdere le speranze e, a vedere i suoi amici così, si sentiva terribilmente in colpa.

Oltre al fatto che fossero diventati tanto magri, la colpivano le unghie violacee, i polpastrelli raggrinziti e quel tremore costante che attraversava i loro corpi rendendo le loro parole instabili e i respiri affannosi... anche la pelle sembrava farsi sempre più grigia e opaca ogni giorno che passava.

Quegli Gnomi straordinari si stavano sacrificando per lei, ma non avrebbero potuto resistere ancora molto.

Sentì tossire forte, più e più volte: Maya.

Si era presa una brutta polmonite.

Yosho allungò un braccio e la strinse forte, tentando di scaldarla col proprio corpo.

Era gelata, batteva i denti e aveva la febbre alta. Nell'incoscienza, la ragazzina appoggiò la testa sulla spalla di Yosho. Lui l'abbracciò ancora più stretta e, con estrema delicatezza, le accarezzò i capelli.

La guardava molto preoccupato e ansioso.

A meno di una magia, senza medicine, cibo e un po' di tepore, non sarebbe sopravvissuta.

Majory li guardò con rammarico.

Aveva capito da tempo che tra loro c'era un sentimento forte. Adesso, vederli così provati, sentirsi impotente nel poter aiutare l'amica a guarire, essere causa del loro dolore, era più di quanto potesse sopportare.

Majory si sentì attraversare da una forza inattesa. Strinse le mani a pugno e si alzò: aveva preso la sua decisione.

Aileen, Dorcha e Grogher guardavano con preoccupazione Asher, che ormai da un paio di giorni aveva perso completamente l'appetito e mostrava uno sguardo lucido e spento.

Il rumore di foglie calpestate annunciò l'arrivo della Regina Bànrion e di Re Ciallmhar.

Erano molto provati.

Il Re riusciva ancora a mantenere un'apparenza di forza; la Regina, al contrario, era pallida, smunta e segnata da profonde occhiaie violacee.

Erano giorni che, oltre alla propria angoscia, tentavano di rassicurare i genitori degli altri Gnomi.

Ma non era stato affatto semplice e, quando il padre di Assho si era scagliato contro il Re brandendo un pugnale, avevano dovuto farli allontanare dalle guardie.

L'affanno che provavano era giunto ormai oltre il limite.

Bànrion si avvicinò svelta.

«Allora?» chiese con voce lenta e incerta.

Asher scosse la testa avvilito.

«Nessuna novità.»

I giorni passavano nell'inesorabile alternanza delle stagioni e lui si sentiva sopraffatto, incapace di attendere anche solo un secondo in più.

Sin da quando erano stati rimandati lì da Fheall aveva pensato a tutti i modi possibili per salvare Majory.

Gli era persino venuto in mente di sfondare le mura esterne dei sotterranei.

Dorcha, ben consapevole della realtà, lo aveva fermato.

«Quando un luogo è stato stregato come queste mura» gli aveva detto, «non può essere abbattuto. Se lo facessi non troveresti nessuno, né Majory né i vostri amici. È come se si trovassero in un'altra dimensione. Qualunque tentativo di abbattere queste pareti passerebbe loro attraverso, fatica inutile.»

Ma Asher non era riuscito a essere ragionevole in quella situazione. Così, era tornato a casa e, sordo persino alle domande e alle osservazioni dei suoi genitori, si era munito di un paio di picconi.

Poi aveva raggiunto l'esterno dei sotterranei e aveva passato intere giornate e nottate a picconare le mura.

Senza alcun risultato.

Picconava e urlava.

Picconava e piangeva.

Il nome di Majory gli usciva come un grido roco, disperato, interrotto.

Picconava ancora.

Infine, taceva.

Gli altri avevano deciso di lasciarlo fare, sapevano che aveva bisogno di sfogarsi, e quello era il solo modo per farlo.

«Non c'è cibo lì dentro... quanto potranno resistere ancora?» chiese Re Ciallmhar, più a se stesso che al gruppo.

La Regina scoppiò in un pianto disperato e si rivolse verso il marito con occhi di fuoco.

In quei giorni si sentiva combattuta più che mai: da

una parte, lo amava ancora profondamente; dall'altra, provare un sentimento tanto forte per lui le sembrava un tradimento verso la figlia.

Se Majory fosse morta, non glielo avrebbe mai perdonato.

«È tutta colpa tua! Tua! Tua e della tua insulsa, sciocca, inutile famiglia!» gli urlò in faccia.

Lui la guardò inerme, devastato dal dolore.

Da quando la piccola Majory era nata non aveva fatto altro che pensare alla profezia, che sperare e pregare che, per una volta, non si avverasse.

Avrebbe potuto chiamarla in un altro modo, come avevano fatto i suoi trisavoli prima di lui... ma anche in quel caso la profezia si era avverata. E della figlia, dopo il compimento dei sedici anni, si era persa ogni memoria fino alla generazione successiva, quando il suo scheletro era stato trovato in una stanza dei sotterranei, affogato dentro a una fontana.

Nel suo cuore, aveva sempre saputo che anche il destino della sua bambina era segnato.

Quando la Principessa di Nuvolandia e i due Cavalieri erano arrivati, si era aggrappato con forza alla speranza che per la sua Majory potesse andare diversamente, ma nel profondo sapeva che la loro presenza non avrebbe potuto in alcun modo cambiare le cose.

Aileen si inframmise tra i due Sovrani.

«Vostre Maestà, perdonatemi se ve lo dico ma... prendervela tra voi non serve. Come ben ci ha detto anche la Strega Fheall, Majory è molto diversa dalla sua antenata. Prenderà la decisione giusta. Non possiamo sapere quando accetterà la sfida aprendo le porte dei sotterranei, ma lo farà, ne sono certa. A quel punto, la aiuteremo. Dico bene, ragazzi?»

«Pronto!» scattò Asher.

«Cerrrto» si fece avanti Grogher.

«Ovviamente» aggiunse Dorcha.

«Ihhhhihihihihhhhhhhh», nitrirono in coro Hercules e Raertha, alzandosi sulle zampe posteriori.

«Groarrrr!» ruggì fiero Sidae, con un movimento regale della folta criniera bianca.

Il Re e la Regina si soffermarono a guardare quello strano gruppetto, e i loro occhi si velarono.

Magari non ce l'avrebbero fatta, ma ci avrebbero almeno provato.

«Adesso andate a riposare» continuò Aileen. «Vi riporteremo vostra figlia, sana e salva. È una promessa.»

Il Re non ci credeva ma volle attaccarsi spasmodicamente alla loro parola.

Avvolse le spalle della moglie.

Lei accettò l'abbraccio.

Salutarono con un cenno e poi, di nuovo uniti, tornarono al castello.

Majory si sentiva come svuotata ma, allo stesso tempo, non era mai stata così sicura di sé.

In piedi, da sola, davanti all'antico Libro della Dinastia, guardava la pagina che aveva davanti e, in silenzio, muoveva le labbra lentamente mandando a memoria le pericolose parole che avrebbe dovuto pronunciare di lì a poco.

Quando ebbe finito, chiuse gli occhi e fece un respiro profondo.

Abbassò la nuca sul petto e incrociò le braccia.

Poi le alzò al cielo e iniziò a volteggiare rapida su se stessa, finché non ebbe la sensazione di trovarsi in un vortice.

Mentre girava, parole chiare uscirono dalla sua bocca, dapprima a bassa voce per poi salire di tonalità, vibrante, veloce, sempre più sostenuta.

«Io, Majory Mcyea,
il fato a me imposto son pronta ad avvalorare.
Per Amore e solo per Amore,
chieggo che queste mura incantate
volontade mia possan frangiare;
per Amore e solo per Amore
reclamo che gli amici miei
a chi più aman possan tornare;
per Amore e solo per Amore
qui voglio Asher McConley
per negli occhi suoi poter mirare.
Pur se il cor mio in eterno egli vorrà amare,
contr'esso moverò e, con queste man mie,
d'ucciderlo mi presterò a consentare.»

Majory ripeté la formula per tre volte.

Più lo faceva e prendeva coscienza del significato di quelle parole, più sentiva il magone crescere e gli occhi bruciare.

Era immersa in una luce calda e abbagliante.

I suoi amici si erano svegliati e la guardavano spaventati.

Avevano cercato di avvicinarsi per fermarla, ma era come se si trovasse in un luogo a loro inaccessibile. D'improvviso, svanirono nel nulla.

Fuori dalle mura del castello, alle prime parole pronunciate da Majory, Dorcha aveva percepito il cambio di energia.

«Ci siamo! Teniamoci per mano! Asher, qui.»

Asher corse a dare la mano a Dorcha.

Aileen gli afferrò quella libera, stringendo con l'altra Grogher. Lui, in sella a Sidae, agguantò la criniera di Raertha e, con una gamba, avvicinò a sé Hercules.

Poco dopo, Asher si sentì risucchiare.

Tutti vennero assorbiti nella dimensione incantata insieme a lui.

Quando Majory ebbe terminato il rito e si fermò, faticò a rimanere in piedi e dovette appoggiarsi al muro più vicino per non cadere.

Più calma, si accorse che i suoi amici erano scomparsi.

Asher e gli altri apparvero davanti a lei.

«Majory!» urlò.

Corse ad abbracciarla, ma qualcosa si frappose tra loro e vennero sbattuti con violenza contro le pareti opposte della stanza.

Asher, stordito, scosse boccheggiante la testa e si volse a cercarla.

«Majory!»

Anche lei si alzò con fatica.

Lo guardò con occhi disperati, vitrei.

«Asher... io... ti devo uccidere» disse con la voce incrinata dal dolore.

Lui annuì e le sorrise.

«Sono pronto.»

Lei sentì il cuore perdere un battito, la testa vorticare, il petto diventare pesante.

Era così difficile da credere...

Non avevano mai confidato i loro sentimenti a nessuno, se non a se stessi; avevano sprecato un tempo infinito senza mai dirsi quello che provavano l'una per l'altro.

Adesso avrebbero dovuto dirsi addio, per sempre.

Nel modo peggiore.

L'una carnefice, l'altro vittima.

Di un amore che non si sarebbe mai coronato.

La ragazzina sperò che qualcuno dei presenti nella stanza la fermasse, e si opponesse a quella scelta assurda e dolorosa.

Ma tutto era silenzio.

Assorto, carico di tensione.

Asher, innamorato e determinato ad aiutarla a ogni costo, non riusciva a distogliere lo sguardo da lei. Anche se questo voleva dire morire.

Davanti a Majory comparve un pugnale intarsiato di antichi simboli.

Era lungo, largo, di un argento brillante.

Nell'aria rimbombò una voce.

Lapidaria, terribile.

«Uccidilo!»

Majory afferrò l'arma.

Fu veloce.

E mentre tutti urlavano un disperato «Nooo!», la puntò su di sé e si pugnalò al ventre, con un colpo secco.

Era quella la cosa giusta da fare.

D'altronde era colpa sua.

Della sua dinastia.

Colpa sua.

Solo sua.

Asher.

Il suo Asher.

Era salvo.

Un lieve sorriso le spuntò sul volto.

La vista si fece scura, costellata da mille punti luminosi.

Infine... il nulla.

Asher corse urlando verso di lei.

La prese dietro le spalle per sostenerla nella caduta e la accompagnò delicatamente a terra.

«No, no, no...» diceva, sentendosi morire dentro.

Era disperato mentre guardava, senza vederlo, Dorcha che le strappava il pugnale dal petto.

Majory ebbe un sussulto involontario e un fiotto di sangue le sgorgò copioso dalle vesti.

«Va tutto bene, tutto bene... Ce la farai, Meg» le

sussurrò Asher mentre la teneva stretta, custodendola come una bambina.

Le accarezzava il volto, pregando con tutto se stesso che quello non fosse che un brutto incubo.

Il respiro della Gnoma, però, era così flebile da essere appena percettibile.

Le restava poco da vivere.

«Perché lo hai fatto, Meg. Perché...»

Non c'era risposta alla sua domanda.

Così, pianse.

Pianse lacrime vere, sincere, stringendola forte, continuando a cullarla, toccando quel sangue vivo dall'odore pungente che sapeva già di morte.

Di fronte a quel dolore straziante, nessuno riusciva a dire una parola.

Aileen ricordò le parole di Baelkers; se ciò che le aveva detto su Raertha era vero, forse non sarebbe finita così.

Non restava che scoprirlo.

Si volse verso l'unicorno e lui sembrò rivolgerle uno sguardo d'intesa.

Insieme si avvicinarono al corpo della Principessa.

Aileen diede un tocco delicato sulla spalla ad Asher.

«Lascia fare a noi» gli disse con un sorriso incoraggiante.

Il ragazzo, adesso con una lieve speranza, si spostò.

Aileen si accovacciò vicino a Majory e le pose una mano sulla fronte ghiacciata.

Poi, intonò una cantilena:

«Arcobaleno dei sentimenti,
porta fine ai suoi tormenti;
Arcobaleno dell'Amore,
dona guarigione al cuore;
Arcobaleno della Vita,
fa che questa prova sia finita.»

Aileen si volse allora verso il suo unicorno.

Questi abbassò solennemente il capo e puntò il corno verso la ferita.

Una luce abbagliante inondò la stanza e sollevò Majory in aria.

Asher la guardò tremante.

Davvero sarebbero riusciti a guarirla?

Il viso di Majory sembrò rasserenarsi.

La luce si trasferì all'interno della sua ferita.

Un istante dopo, esplose al di fuori di essa cicatrizzandola e lasciando la pelle intatta.

La Principessa venne riposta dolcemente a terra, ancora priva di sensi ma guarita.

Asher, incredulo, corse a prenderla di nuovo tra le braccia.

«È proprio vero?» chiese ad Aileen colmo di gioia e speranza.

Lei sorrise.

Pochi istanti dopo, Majory aprì gli occhi.

«Meg, Meggy!» urlò Asher, colmo di gioia.

«Ti Amo» rispose lei, con un gentile sorriso a incresparle le labbra.

Lui si chinò.

Col cuore carico di commozione, la baciò.

Era finita.

Finalmente, era finita.

Re Ciallmhar e la sua Regina, curvi sui loro troni, erano distrutti, dalla stanchezza e dal dolore.

Era passato così tanto tempo da quando Majory era rimasta intrappolata nei sotterranei, che ormai nei loro cuori si era spenta anche la più piccola speranza di rivederla viva.

Improvvisamente, una luce potente proruppe nella grande Sala, catturando la loro attenzione.

Dal nulla, Majory apparve ancora abbracciata ad Asher, circondata da Dorcha, Aileen, Grogher, Raertha, Sidae ed Hercules.
Non appena i Sovrani videro la figlia, scattarono in piedi e le corsero incontro col cuore che batteva come impazzito.
«Amore mio!» urlò la Regina abbracciandola e scoppiando in un pianto irrefrenabile di sollievo.
Il Re, combattuto tra il desiderio di stringere la figlia insieme alla moglie, e il rispetto dell'etichetta, fermò i suoi passi e si volse verso Asher e gli ospiti del regno.
«Grazie, Principessa... Cavalieri... Asher... grazie» disse emozionato. «Saremmo lieti di ospitarvi tutti qui al castello stanotte. Domani abbiamo una promessa da mantenere»
Poi, incapace di aspettare ancora, corse a sua volta ad abbracciare la figlia.

18.
PROMESSA MANTENUTA

Quella mattina, un gioioso suono di trombe svegliò gli abitanti del Regno dei Due Arcobaleni.

I Sovrani avevano organizzato una festa speciale per festeggiare il ritrovamento della figlia, e ovunque per il Regno si era sparsa voce della consegna del Segreto degli Gnomi agli sconosciuti forestieri.

Aileen si stirò voluttuosamente nel ricco letto a baldacchino e osservò la luce del mattino che accarezzava il pavimento.

Era da talmente tanto tempo che non dormiva così bene che l'idea di alzarsi non le andava proprio.

Tuttavia, il vociare festante che proveniva da fuori la caricò di un'energia inaspettata.

Scese dal letto e si avvicinò alla finestra: nevicava.

Gnomi bambini si esibivano nella creazione di divertenti pupazzi e si sfidavano a palle di neve rincorrendosi; anche gli adulti apparivano sereni.

Aileen, invece, ebbe la sensazione di sprofondare: se era di nuovo inverno, significava che un altro mese magico era passato, e che il tempo stava scorrendo inesorabile.

Dovevano sbrigarsi.

Colta da un senso di urgenza, entrò nell'attigua sala della vestizione per indossare la tuta e rimase a bocca aperta.

In bella mostra su una poltrona, c'era un abito dall'aspetto magnifico!

Rosso come il corallo, di un tessuto damascato intarsiato con opali, sembrava fatto apposta per mettere in risalto il colore dei suoi occhi e della pelle.
Accanto, su un panchetto, erano adagiate un paio di scarpette fini e delicate che completavano la ricca veste.
Si avvicinò per ammirarne il tessuto.
Una giovane ancella fece il suo ingresso nella camera.
Aileen la guardò perplessa.
«Un dono dei nostri Sovrani in vista della cerimonia di oggi, Altezza» le spiegò la Gnoma. «Permettetemi di aiutarvi a indossarlo.»
La ragazza le accennò un sorriso colmo di gratitudine.
Inutile farsi prendere dall'ansia; si sarebbe goduta quella giornata di pausa e avrebbe atteso.

«Siete luminosa come una stella» disse l'ancella dopo aver terminato di sistemarle sulla testa la delicata tiara che completava l'insieme.
«Grazie a voi.»
L'ancella le fece un lieve inchino e uscì.
Rimasta sola, Aileen si avvicinò allo specchio e si soffermò a osservare la sua immagine riflessa.
Era così cambiata... si stava trasformando in una giovane donna.
Il corpo più slanciato e definito, la curva del seno arrotondata, il volto e lo sguardo che avevano ormai solo la memoria di quelli dell'infanzia.
Le vennero in mente i suoi genitori e fu colta dalla nostalgia.
Come avrebbe voluto che fossero lì con lei.
«Vi libererò dall'ossidiana e vi riporterò da me» si disse.
Lanciando un ultimo, pensieroso sguardo allo specchio, uscì dalla stanza.
Ad attenderla trovò Dorcha, splendido nei suoi nuovi abiti da Principe.

Aileen, nel vederselo di fronte, provò un tuffo al cuore.

«Dorcha?»

«Sì...» le rispose incantato dalla sua bellezza.

«I tuoi occhi non erano... neri?»

«Da che ricordi...»

«Sono grigi. Oggi sono grigi.»

Lui la guardò con accondiscendenza.

«Sarà l'effetto di questi originali giochi di luce» rispose senza dar peso alla cosa e abbracciandola stretta.

«Sarai la più bella oggi» aggiunse e, per mano, la condusse verso la Sala del Trono.

Quando, poco dopo, Grogher li incontrò, rimase sbalordito: Aileen e Dorcha erano la coppia più bella che avesse mai visto!

Nonostante Dorcha fosse il Principe Orco, vicino ad Aileen sembrava un nuvolano a tutti gli effetti.

Anche Grogher, nella sua uniforme da Cavaliere, appariva maestoso e piacevole da vedere.

In una sola notte, gli Gnomi avevano fatto cucire per lui una magnifica uniforme su misura.

L'Orcotroll non avrebbe mai pensato che un giorno gli sarebbe stata data l'opportunità di indossare un abito degno del suo rango di Cavaliere.

I sarti del Reame della Tempesta avevano sempre detto che non era possibile creare uniformi che fossero adatte per lui: braccia troppo lunghe per gambe troppo corte.

Gli Gnomi, invece, lo avevano semplicemente fatto.

Inaspettatamente, mentre Grogher incedeva al fianco di Dorcha e Aileen lungo il corridoio, percepì i suoi occhi inumidirsi.

Da quando era partito per riportare a casa il suo padroncino, stava imparando ad amare se stesso e la vita.

Nella Sala Reale si erano radunati tutti gli amici della Principessa Majory con le famiglie e alcuni dei più alti esponenti del regno.

Quando Aileen, Dorcha e Grogher fecero il loro ingresso, calò un silenzio carico di attesa.

I genitori alle spalle, la Principessa Majory avanzò al loro cospetto e, in segno di riconoscenza, stima e onore, rivolse loro una profonda riverenza.

Aileen ricambiò con grazia, Dorcha e Grogher chinarono il capo con deferenza.

Un applauso scrosciante, urla di giubilo, fischi di ammirazione accompagnarono quello scambio.

La Principessa Majory permise a tutti i presenti di sfogare la loro ammirazione, poi si volse verso la sala. Di nuovo, scese il silenzio.

«Vi presento i miei salvatori: la Principessa di Nuvolandia Aileen, il Cavaliere Dorcha, Principe del Regno della Tempesta, e il Cavaliere Grogher» annunciò.

E gli applausi ripresero.

«Grazie, Principessa Aileen» disse Majory non appena si furono quietati.

«Non ho fatto nulla che non avreste fatto anche voi, Principessa.»

Majory le prese le mani tra le sue.

«Venite, voglio presentarvi a tutti i miei amici.»

Majory condusse Aileen, Dorcha e Grogher in giro per la Sala, dove erano sparsi i giovani Gnomi del gruppo.

Erano tutti rifioriti, i segni delle sofferenze patite nei giorni precedenti scomparsi.

Maya era guarita nell'esatto istante in cui Majory aveva cantato la sua invocazione, e adesso era amorevolmente abbracciata a Yosho.

Beagy e Milly si rincorrevano in giro per la stanza; Gready masticava alcuni dei suoi immancabili dolcetti che tanto gli erano mancati; Bumbling riusciva a scontrarsi con tutti a ogni passo; Donny e Assho erano impegnati a fare commenti poco carini sugli invitati; Fealsy si esercitava a far apparire fiori e farfalle colorate in giro per la stanza; Làidir aveva adocchiato una giovane Gnoma veramente molto graziosa e, per finire, Greanny allietava il pubblico con piccoli sketch divertenti che gli venivano in mente a raffica.

Majory era felice e ancora incredula.

«Lui lo conoscete bene» disse infine Majory, fermandosi di fronte ad Asher con occhi sognanti. «Oggi ci sposeremo e, alla fine della cerimonia, vi consegneremo il Segreto del nostro Regno. Principessa Aileen, Principe Dorcha, futuri Sovrani di Nuvolandia, vorreste farci l'onore di testimoniare alle nostre nozze?»

Futuri Sovrani di Nuvolandia... Aileen e Dorcha si guardarono, imbarazzati ma felici.

«Ma cerrrtamente», rispose per loro Grogher togliendoli dall'imbarazzo. «Lo faranno con molto piacerrre.»

Dalle imponenti colonne d'avorio che decoravano l'ingresso alla sala, Majory guardava Asher ai piedi del trono, sentendo il suo cuore esplodere per la gioia.

Ce l'aveva fatta! Era riuscita a metter fine alla profezia e a salvare il ragazzo che amava.

Avvolta in un sontuoso abito color bianco luna che faceva risaltare il suo incarnato e i suoi occhi, avanzò emozionata verso di lui che la guardava come incantato.

Aveva sempre sperato che anche lei condividesse i suoi sentimenti, ma una piccola parte di lui aveva sempre temuto che non fosse così.

Adesso, vederla avanzare con le gote arrossate e quel sorriso luminoso era un'emozione indescrivibile.

La folla di presenti osservava la scena in un silenzio

sospeso, come in ascolto delle emozioni che si facevano strada tra loro.

Gli stessi Aileen, Dorcha e Grogher, pur sentendo addosso l'ansia frettolosa della partenza, non riuscivano a staccarsi da quell'incedere sentito.

Non appena Majory si trovò al cospetto di Asher, le loro mani si intrecciarono.

Sul sottofondo del battito accelerato dei loro cuori, la cerimonia iniziò.

Mentre erano impegnati nelle loro eterne promesse, i genitori li guardavano commossi.

Lo scambio degli anelli fu suggellato da un applauso sentito e scrosciante.

Re Ciallmhar e consorte scesero dal pulpito, presero per mano gli sposi e, come da tradizione, li condussero sui troni.

Mentre tutti i presenti si inginocchiavano, inchinarono a loro volta il capo davanti a loro.

Poi guardarono la platea.

«I vostri futuri Sovrani» annunciò il Re.

Un nuovo applauso accolse l'annuncio.

«Passiamo, ordunque, a un'altra cerimonia. Invito la Principessa Aileen di Nuvolandia, nostra gradita ospite, a farsi avanti.»

Aileen si scambiò uno sguardo veloce con Dorcha e Grogher, poi avanzò verso i Sovrani e i Principi.

La Principessa Majory e il neonato Principe Asher si alzarono dal trono e scesero con andatura solenne, fermandosi davanti ad Aileen.

Majory aprì le mani e, tra i suoi palmi, apparve una scatola d'oro a forma di quadrifoglio, tempestata di gemme preziose.

Con un cenno del capo, la invitò ad aprirla.

Aileen sollevò l'aletta di chiusura.

Una luce abbagliante uscì dal cofanetto, mentre nell'aria si sprigionava una melodia dolcissima:

«Paura non avere a tender la mano.
Per quanto il sentier possa apparirti arcano,
dare agli altri con cuor sincero
mai sarà vano.»

La luce si spense.

Al suo posto apparve una pietra arancione librante nell'aria che, come attirata da un'energia invisibile, si aggiunse alla pietra degli Elfi già incastonata nel braccialetto d'oro al polso di Aileen.

Dorcha e Grogher le si affiancarono.

La Regina avanzò al loro cospetto.

«Grazie di aver tardato la vostra missione per noi. Grazie, grazie di cuore per tutto. Vi auguro di ottenere al più presto il terzo Segreto del nostro Grande Regno, anche se convincere i Sovrani del Popolo del Mare non sarà semplice.»

Aileen, Dorcha e Grogher annuirono.

«Ce la metteremo tutta.»

«Sì. Adesso, però, godetevi i festeggiamenti con noi. Domani vi indicheremo la strada.»

19.
«VENUTI PER MANGIARE, VERRETE MANGIATI»

Quando la mattina successiva giunse il momento della partenza, Grogher, Dorcha e Aileen si congedarono dal popolo degli Gnomi con un misto di nostalgia e paura. Nessuno di loro era entusiasta all'idea di andare verso il Regno dei Bui Abissi; c'erano così tante dicerie e leggende terribili sul popolo delle Sirene, che ogni avanzamento in quella direzione caricava di ansia e preoccupazione ognuno di loro.
Persino Sidae, Hercules e Raertha sembravano molto nervosi all'idea di dirigersi verso il mare. Ciononostante, si buttarono giù lungo la rupe, sorvolando i coloratissimi villaggi del Popolo del Sole e del Popolo della Luna.
Era uno spettacolo magnifico, ma nessuno dei sei amici si soffermò ad ammirarlo, troppo tesi per l'imminente missione.
Aileen sembrava distratta, Dorcha concentrato, Grogher preoccupato.
L'atmosfera non cambiò nelle giornate seguenti; più si avvicinavano al Mare Stellato, più l'ansia generale cresceva.
Vi giunsero solo dopo molti giorni di trasvolata.
Aileen ruppe il silenzio.

«Guardate, ci siamo!» urlò, per sovrastare il rumore del vento.

Proprio sotto di loro, c'era un oceano d'acqua sbrilluccicante, che lambiva una smisurata distesa di sabbia fine e argentata, costellata qua e là da stelle marine, conchiglie e piccoli ciuffetti di alghe.

Pochi attimi e vi arrivarono.

Grogher scrutò l'ambiente smarrito.

«E adesso? Come raggiungiamo le Sirrrene? Non possiamo certo nuotarrre fin da loro...»

Gli altri rimasero in silenzio, come ad aspettare un'illuminazione che sembrava non voler venire.

«Forse io un'idea ce l'ho...!» esclamò a un certo punto Aileen, illuminandosi.

Gli amici la guardarono interrogativi.

«Dorcha, ti ricordi quando ti parlai del narvàlo elfico?»

«Sì, ma... vive nel mondo degli elfi... no?»

«No, Dorcha» si spazientì la ragazza come se dovesse spiegare l'ovvio a un bambino. «È *nato* nella zona di mare che costeggia il mondo degli elfi... ma è un cetaceo! E quindi, *ovviamente*, vive nel mare! E mi disse di chiamarlo se avessi avuto bisogno di aiuto. Quando se non adesso?! Che ne dite?»

Dorcha, un po' scocciato per essere stato trattato con sufficienza, annuì distratto.

«Va bene. Se credi che possa aiutarci, perché no?»

«Grogher?»

«Sì, d'accorrrdo.»

«Benissimo allora.»

Aileen prese un bel respiro e urlò con tutto il fiato che aveva.

«Adalbertooo, Adalbeeertooooooo! Ho bisogno di te, ho bisogno del mio amico, il Narvàlo Elfico! Adalberto!»

La superficie del mare si increspò e, poco dopo, un'enorme ombra si avvicinò, veloce e dirompente.

In un lampo, un muso uscì dall'acqua schizzando tutti i presenti.

«Eccomi!» esclamò ridendo. «Chi mi chiama?»

Nel vedere Aileen, i suoi occhietti profondi e neri si

illuminarono.

«Ooohhh, ma ciao bambina! Come sei cresciuta!»

La ragazza si sentì pervadere da un'immensa gioia nel rivederlo.

Si girò e lo presentò a tutti gli altri.

«Grogher, Dorcha, Raertha, Hercules, Sidae... lui è Adalberto, il narvàlo elfico!»

Gli altri erano rimasti senza parole; in particolare l'unicorno, il cavallo e il leone... erano atterriti.

Sidae aveva persino incurvato la schiena e aveva iniziato a soffiare minaccioso... quell'animale strano, tutto bagnato e lucido, non lo ispirava affatto.

Aileen si avvicinò loro e li accarezzò con lentezza, parlando con un tono di voce calmo.

«Non abbiate paura, Adalberto è mio amico.»

A poco a poco, Sidae disinarcò il dorso e trasformò il suo soffiare nelle consuete, dolci e rumorose fusa.

Hercules e Raertha smisero di grattare gli zoccoli per terra e si acquietarono, fermi, in attesa.

«Ciao, piacerrre» disse Grogher, portandosi davanti al cetaceo. Dorcha lo seguì.

«Sì, ehm... piacere», aggiunse titubante.

Adalberto scoppiò in una grassa e sonora risata.

«Come siete tutti timorosi, mica vi mangio!» disse amabile. «Allora bambina, cosa posso fare per te?»

«Dobbiamo andare nel Regno delle Sirene e non sappiamo come fare. Adalberto... puoi aiutarci?»

In risposta, il cetaceo scosse la testa con tutta la forza che aveva. Non era affatto d'accordo.

«Nel Regno delle Sirene?! Nemmeno per sogno! È un popolo da cui stare alla larga quello, è pericoloso! Ah, no, proprio no. Tutto, ma questo no. Non posso aiutarvi. Non mi piacciono per niente.»

Aileen gli si avvicinò e, calma, lo guardò dritto negli occhi.

«Non possiamo evitarlo Adalberto; è il solo modo per

ridare vita al *Sigillum Maximum*.»

Lui si bloccò e la fissò, affatto convinto.

Aileen, tuttavia, non si perse d'animo e gli raccontò tutto quello che era accaduto da quando si erano separati.

Ottenuti i primi due Segreti, avevano bisogno degli altri cinque. Il terzo era custodito dai Sovrani del Popolo del Mare: le Sirene per l'appunto.

«Capisci? Pericoloso o no, ci dobbiamo andare. Ci aiuterai?»

Il narvàlo si prese un attimo per pensare, poi rispose con uno sguardo nuovo, fiero e combattivo: «Vi aiuterò, parola mia.»

Aileen d'improvviso tornò a respirare; adesso sarebbero senza dubbio giunti a destinazione.

Adalberto non perse tempo e prese subito il comando dell'operazione.

«Venite tutti qui davanti al mio corno. Animali compresi.»

Tutto il gruppo, fiducioso e diligente, si posizionò davanti al suo grande corno e attese.

Uno per uno, vennero illuminati da un intenso bagliore azzurro.

«Molto bene. Da adesso potrete vivere, respirare e muovervi sott'acqua per tutto il tempo che vorrete, come se ci foste nati.»

«Grazie, grazie Adalberto! Sapevo che ci avresti aiutati!» esclamò Aileen, grata.

«Al tempo, bambina» aggiunse lui, angosciato e scontento. «Non so se ho davvero fatto il vostro bene. Usate il mio dono con saggezza. Nessuno di voi è nato per vivere nella silenziosa profondità del mare.»

«Nessuno di noi vuole viverci!» esclamò sicuro Dorcha.

«È quello che spero.»

«Che significa?...» provò a indagare Grogher, ma

Adalberto questa volta non rispose.

Dorcha e Aileen si scambiarono uno sguardo ansioso e lui le strinse forte la mano.

«Salite tutti in groppa adesso. Prossima tappa: le balene.»

«Le balene?» chiese stupita Aileen.

Adalberto annuì.

«Le guardiane del Regno delle Sirene. Andiamo.»

E, con un agile movimento di pinna, si immerse.

Non appena sotto le profondità del mare, Aileen riprovò quella sensazione di meraviglia che l'aveva avvolta la prima volta.

Anche Dorcha, Grogher, Sidae, Raertha ed Hercules rimasero colpiti.

Raertha sembrava fremere dalla voglia di saltare giù da Adalberto per correre attraverso quell'immenso fondale marino, così cristallino e nitido; Sidae avrebbe voluto grattarsi la schiena con la sabbia argentata; Hercules, infine, aveva una gran voglia di fare una gara di velocità con Adalberto.

Ma il narvàlo elfico, che aveva percepito i loro desideri, li aveva stroncati sul nascere intimandoli a rimanere dov'erano.

Così, un po' dispiaciuti, sotto gli sguardi inteneriti dei loro amici, si erano acciambellati tranquilli, godendosi il viaggio.

Dopo un bel po', Adalberto giunse a una parete rocciosa sottomarina che sembrava sprofondare nelle viscere del mare.

Senza esitare vi si immerse.

I suoi passeggeri sentirono una stretta allo stomaco.

Era chiaro che stavano entrando in un luogo diverso, forse proibito.

Man mano che si inoltravano nei recessi più profondi, bui e plumbei dei fondali, l'acqua iniziò ad acquisire una consistenza vischiosa.

Intorno a loro si alzò una sorta di nebbia fatta di gocce dai colori scuri, che nascondeva qualcosa di indistinto ma dalla mole gigantesca.

Adalberto si fermò ed emise un lungo verso, cupo e profondo.

Da lì a poco, due balene giunsero al loro cospetto.

«Adalgisa, Rocchino, i miei rispetti.»

«Adalberto! Che sorpresa!» esclamò Rocchino affabile, andandogli incontro felice. «Sono secoli che non ti fai vedere quaggiù.»

Anche Adalgisa si era avvicinata ad Adalberto per un affettuoso scambio di musate di benvenuto.

«Non amo fare le cose senza motivo. Adesso ne ho uno: mi serve un favore.»

«Tutto quello che vuoi» lo rassicurò Adalgisa.

«I miei amici devono conferire con la Regina Selìna e Re Nèilos.»

I guardiani del mare si scambiarono uno sguardo che non trasmetteva nulla di buono. Si presero un attimo, poi Rocchino si volse deciso al suo amico, lo sguardo serio e quasi minaccioso.

«I tuoi amici hanno forse deciso di morire giovani?»

Dorcha, Aileen e Grogher sbiancarono.

Adalberto rimase impassibile.

«Sai bene che i Sovrani delle Sirene non vogliono estranei nel loro Regno. Possiamo farvi varcare il cancello se volete... certo, sì, lo possiamo fare. Nessuno, però, può assicurarvi che farete ritorno», aggiunse Adalgisa.

«Neanche voi appartenete al popolo delle Sirene; eppure lavorate per loro...» azzardò Dorcha.

Gli sguardi delle due balene divennero di fuoco.

«Le balene non lavorano per nessuno, ragazzo! Noi prestiamo il nostro aiuto, laddove nel mare ce n'è bisogno!» urlò quasi Rocchino.

«E poi, giovane e impudente cavaliere, per noi è diverso, non credi?» aggiunse Adalgisa, dando un buffetto col muso al marito per calmarlo. «Noi siamo abitanti del mare e siamo amici di pinne da quando sono nati i nostri popoli. Non abbiamo mai portato morte. Al contrario, il mondo di sopra si dà un gran da fare per eliminarci tutti.»

«Avete ragione. Ma, questa volta, non portiamo distruzione. L'intero Grande Regno Universale è in pericolo, di sopra e di sotto. Per salvarlo, abbiamo bisogno anche dell'aiuto delle Sirene» disse Aileen, tentando di mantenere la calma.

A Rocchino scappò una mezza risata di scherno.

«Fanciulla Nuvolana, anche se il Grande Regno Universale fosse davvero in pericolo, come dici tu, le Sirene collaborerebbero solo per un proprio tornaconto. Pensate che ci sia? Lo spero per voi. Altrimenti, venuti per mangiare, verrete mangiati.»

Un silenzio lungo seguì queste parole.

Attesa, preparazione, bisogno di arrivare a compimento del proprio obiettivo. Una lotta di sguardi, in cui nessuno sembrava voler cedere.

Dopo molto, Adalgisa fece il primo passo.

«Siete davvero sicuri di voler entrare?»

«Sì», risposero in coro Aileen, Dorcha e Grogher.

Erano spaventati ma la loro missione doveva proseguire.

«Bene», disse Adalberto. «Adalgisa, Rocchino, ve li affido. Portateli al cospetto delle Loro Maestà, poi il vostro compito sarà finito.»

«Adalberto, tu vai via?» chiese Aileen.

«Sì, bambina, io qui non sono gradito. Ciao piccolina. A tutti voi... buona fortuna.»

Scesero dal suo dorso, e Aileen ebbe solo il tempo di accarezzargli fuggevolmente il muso.

Poi Adalberto si voltò, e risalì inquieto verso la sua

parte di oceano.

20

I SOVRANI DELLE SIRENE

Rimasti con Adalgisa e Rocchino, i sei amici si guardarono tra loro per cercare conforto gli uni gli altri.

Senza Adalberto si sentivano disorientati, come se fossero stati abbandonati al loro destino.

Accortosi del loro spaesamento, Rocchino li scosse.

«Andiamo. Mia moglie farà strada, io chiuderò la fila.»

Aileen strinse forte la mano di Dorcha e annuì.

Lui gliela prese e si mise subito dietro Adalgisa, assicurandosi che la ragazza rimanesse protetta tra lui e Grogher.

Chiudevano il corteo i loro animali, inquieti come se presagissero qualcosa di terribile.

Quando tutti furono nelle loro posizioni, Adalgisa si esibì in un verso secco e ritmato.

Come d'incanto, la nebbia si dissolse rivelando un cancello antico e maestoso, scolpito nel corallo.

Gli intarsi, iridescenti, erano puntellati da conchiglie e alghe che fluttuavano come nastri, rendendolo vivo.

Da esso si dipanavano fasci di energia, liquidi intrecci di acqua e luce che si diramavano in tutte le direzioni e che lo rendevano grande quanto il mare; un confine impenetrabile che isolava il Regno dei Bui Abissi dal resto dell'Oceano.

Non fu semplice per il gruppo avanzare verso il Palazzo Reale. Adalberto aveva dato loro la possibilità di respirare sott'acqua e li aveva dotati della forza fisica necessaria per vivervi, ma non gli aveva mai spiegato come muoversi al suo interno.

Nuotare si rivelò la scelta più saggia.

Districandosi tra banchi di melma e rocce aguzze, a poco a poco arrivarono a destinazione.

Il Palazzo dei Sovrani delle Sirene li lasciò a bocca aperta.

Era una costruzione dalla forma inconsueta.

Ai lati si trovavano grotte a forma piramidale con ornamento a guglia, che sembravano un paio di alte torri.

Al centro tra loro svettava il palazzo vero e proprio, un complesso a forma di conchiglia.

Con le sue sottili colonne, mostrava linee irregolari che ricordavano le corde alte e robuste della cetra e le canne affusolate dell'Aulo.

Al loro interno, scorreva acqua marina pullulante di pesci di ogni specie.

A completare il tutto, sgargianti e setose alghe ricoprivano ogni più piccolo anfratto del palazzo, mimetizzandolo col fondo marino.

Era uno spettacolo inconsueto e, al tempo stesso, affascinante.

L'incavo della conchiglia rappresentava l'ingresso al Palazzo Reale.

Lì davanti, due Tritoni alti e possenti dai lunghi capelli corvini che ondeggiavano morbidi, facevano la guardia armati di due lunghe lance.

«Ci siamo» disse sottovoce Dorcha.

Aileen e Grogher si limitarono a un cenno del capo, troppo in tensione per parlare.

Adalgisa e Rocchino si fermarono e attesero che le due guardie li raggiungessero.

«Chi sono costoro?» chiese uno dei due Tritoni.

Dalla sua bocca uscirono bolle d'acqua che

amplificarono l'eco naturale della sua voce.

«Amici. Sono attesi dalle Loro Maestà.»

I due si misero sull'attenti.

«Ordine ricevuto. Congedatevi.»

Non appena le due balene si furono allontanate, i Tritoni fecero loro cenno di seguirli.

Aileen si sentì d'un tratto più tranquilla, il passo decisivo era stato fatto.

Gli altri non lo erano affatto.

Dentro, la viscosità quasi melmosa in cui si erano ritrovati immersi poco prima, divenne un ricordo lontano.

Gli interni del palazzo erano illuminati da una delicata luce azzurra attraversata, di tanto in tanto, da verdeggianti fasci luminosi: un mondo incantato, silenzioso e surreale.

Aileen iniziò a pensare che la diffidenza che le Sirene provavano verso gli altri popoli, altro non fosse che il timore che qualcuno potesse distruggerne la quiete.

Dopo non molto, giunsero di fronte a un grande portone lavorato in oro e corallo.

«Vi preghiamo di attendere, il tempo di annunciarvi ai nostri Sovrani» disse loro una delle due guardie, sparendo con l'altra all'interno della stanza del trono attraverso una porticina laterale coperta di alghe.

Mentre i pensieri più disparati si affacciavano nelle loro menti, Aileen e gli altri aspettarono pazienti il loro ritorno. Sidae, Raertha ed Hercules si sentivano sempre più inquieti; lo stesso valeva per Dorcha e Grogher che, di tanto in tanto, si scambiavano nervosi sguardi d'intesa.

Prima che i Tritoni entrassero, avevano scorto un'occhiata tra le guardie che non gli era piaciuta affatto.

L'unica a non cogliere alcun pericolo era la ragazza,

interamente concentrata nel creare un discorso che potesse convincere i due Sovrani a dar loro il Segreto senza ulteriori perdite di tempo.

Il portone si aprì, svelando due file parallele e compatte di soldati schierati. Al centro, tra loro, la stessa guardia che aveva parlato prima.

«I Sovrani dei Bui Abissi sono disposti a incontrarvi» comunicò pomposamente, battendo il tridente per terra con un suono come imbottito, e creando un'infinità di bolle enormi e colorate.

Poi diede loro le spalle, come a voler essere seguito.

Il gruppo, timidamente, fece il suo ingresso.

La Sala del Trono si presentava nello stesso stile dell'intero palazzo: luce azzurra, ambiente dalle sonorità attutite, qualche bollicina d'acqua che vagava qua e là.

Era una sala ampia, dai soffitti altissimi e pareti trasparenti affacciate all'esterno.

In fondo, due grandi ostriche aperte con al centro soffici cuscini facevano da trono.

Accomodati su di essi, Re Nèilos e la Regina Selina, così belli da non sembrare reali.

Lui, dai lunghi e ondulati capelli celesti e gli occhi blu topazio, sfoggiava un busto muscoloso e possente. In testa portava una corona d'oro bianco tempestata di luccicanti zaffiri. La consorte, dalla corporatura eterea, aveva una cascata d'argento per capelli, e luminosi occhi color verde acqua. Sul capo indossava una coroncina di sottile oro bianco, finemente decorato con incantevoli acque marine.

Sul busto nudo esibiva un reggiseno fatto di conchiglie adornate.

Le code di entrambi erano di uno scintillante verde argentato che virava in sfumature di un acceso blu elettrico.

I lineamenti delicati rendevano indecifrabile la loro

età.

La Regina Selìna abbozzò un lieve sorriso e fece un impercettibile gesto con la mano.

«Venite avanti, coraggio. Siete i benvenuti...» disse.

Al seguito del Tritone, gli ospiti avanzarono lentamente fino al trono. Solo a quel punto il Tritone si fece da parte raggiungendo la fila.

«Voi quindi siete la Principessa di Nuvolandia» valutò senza emozione alcuna Re Nèilos.

Lo sguardo della Regina scattò verso gli altri.

«I servi non accompagnano i padroni. Chi sono costoro?» chiese la Regina con un tono quasi sdegnato.

Aileen lo colse e la sua anima regale uscì fuori.

«Difatti non sono i miei servi, Vostra Maestà, ma i miei compagni: i migliori cavalieri e le più dotate cavalcature alate da cui potessi farmi scortare.»

«Il fatto che i vostri animali siano alati è piuttosto inutile qua sotto» valutò la Regina.

«Poco importa, presto torneremo in superficie.»

«Questo è da vedere. Guardie!» chiamò Re Nèilos. Subito, i Tritoni presenti nella sala si schierarono fronte trono.

«Sì!» dissero tutti insieme in attesa del comando.

Dorcha, Grogher, Raertha, Sidae ed Hercules, presagendo il pericolo, si misero tutti intorno ad Aileen per proteggerla.

Questo scatenò la risata dei Sovrani del mare. Acuta e allarmante.

«Portate via gli animali volanti, nel nostro circo faranno affari d'oro!» ordinò la Regina Selìna beffarda.

«No!» urlarono Aileen e gli altri all'unisono, cercando di afferrare i rispettivi animali.

Non fecero in tempo.

Cercarono di combattere, ma senza la presa delle gambe a terra, si rivelò impossibile.

Poco dopo, al movimento di pinna di un Tritone, il

leone e i due cavalli crollarono come addormentati, e scomparvero dalla loro vista.

Poi la Regina aprì la bocca. Ne uscirono suoni incomprensibili e bolle d'acqua a ripetizione.

I tre amici non compresero nulla di quello che stava dicendo, mentre li indicava a uno a uno: «*Queste due oscenità... il mezzo Troll alla vetrina dei divertimenti; il Principe Orco, nella cella senza ritorno. Nessuna pietà per loro. Se resistono, sapete cosa fare. Ma non uccideteli, la sfrontatezza che hanno avuto nel presentarsi al nostro cospetto va pagata a lungo. La ragazzina... legatela!*»

Avvenne tutto così in fretta che nessuno riuscì a reagire.

Aileen urlò, scalciò: inutilmente.

Mentre qualcuno la imbavagliava, le braccia muscolose di un Tritone la afferrarono e attaccarono a una colonna della sala.

A dispetto della difficoltà che lo stare immersi in acqua gli dava, Dorcha e Grogher tentarono con tutte le loro forze di sfoderare le armi e difenderla.

La Regina non si scompose.

Roteò un dito e, dal nulla, apparvero delle catene speciali che li avvolsero.

Qualsiasi tentativo di liberarsi fu inutile.

Le forze sembravano abbandonarli ogni secondo che passava.

Nonostante questo, Grogher tentò una strenua resistenza. Potente nel corpo, per un attimo sembrò riuscire a liberarsi.

Re Nèilos rivolse un cenno a uno dei Tritoni e questo gli lanciò addosso una roccia dura.

La testa dell'Orcotroll rimbombò cupamente.

Il sangue si diffuse nell'acqua in sottili strisce, e svenne.

«Grogher!» urlò Dorcha.

In un ultimo, disperato tentativo, Dorcha provò a lanciare uno degli incantesimi più potenti che conosceva. Glielo aveva insegnato Urchoicha, ed era sempre stato infallibile. Non quella volta. Qualunque capacità magica era svanita da lui, come se non l'avesse mai avuta.

Legato dalle catene, impossibilitato a fare qualunque cosa e ormai troppo debole per reagire, venne raggiunto da verghe marine che correvano nell'acqua come saette.

Appena lo raggiunsero, lo sferzarono facendo a brandelli i suoi vestiti e lasciandogli la pelle livida, escoriata e piena di sangue.

Aileen mugolava disperata, gli occhi colmi di lacrime che le impedivano la vista.

Nonostante Dorcha fosse ormai indifeso, le guardie non ebbero pietà e, con lance e tridenti, lo spintonarono con violenza affinché nuotasse da solo.

Aileen era scioccata: i Tritoni sembravano divertirsi a rimbalzarselo l'uno con l'altro come un pallone.

Vederlo trattato così, le riportò alla mente la prima prova nel mondo degli elfi.

Come avrebbe voluto che anche in quel caso si trattasse solo di un'illusione, ma questa volta era tutto vero.

Non si perse d'animo.

Pensando alle lezioni degli elfi, cercò di ricordare una magia adatta a risolvere la situazione.

Nulla.

La sua mente era diventata una lavagna bianca, incapace di pensare a formule e a movimenti magici.

Era evidente che qualcosa la stesse bloccando.

Il panico la invase: questa volta erano sul serio in pericolo.

Aileen non riusciva più a pensare.

Era frastornata, ogni cosa le risuonava distorta.

Eppure, doveva riprendersi, spiegare, doveva riuscire a far capire a quegli esseri con la coda che era in gioco la salvezza del loro intero mondo.

E poi, i suoi amici non dovevano stare rinchiusi in gabbia! Una squadra non si separa: vince insieme!

Alzò lo sguardo per cercare la Regina e se la trovò davanti.

La osservava.

Aileen ebbe paura di quello sguardo vitreo, quasi allucinato. Ma non desistette dai suoi propositi e scosse con veemenza la testa per far capire che aveva bisogno di parlare.

«Toglietele il bavaglio» disse la Regina alle guardie ancora presenti.

Un Tritone si fece avanti e le liberò la bocca.

«Parla.»

Non doveva perdere quella preziosa occasione.

«Vostre Maestà, vi imploro di ascoltarmi. Non siamo nemici, è tutto il contrario. Siamo qui per salvare il nostro, comune, pianeta.»

«E cosa avremmo a che fare noi con il Grande Regno Universale?»

Aileen pensò di non aver capito bene.

«Non ne fate forse parte? Non lo abitate forse come tutti noi? Il fatto che viviate sotto il mare non vi rende un popolo inesistente!»

Il Re affiancò la moglie.

«Quindi? Cosa vuoi da noi, parla.»

Aileen fece una piccola pausa, prima di lanciarsi.

«Il vostro Segreto.»

I due Sovrani si guardarono per un attimo, poi scoppiarono a ridere.

«Il nostro... Segreto? Divertente, vero caro?» esplose sarcastica Selina verso il marito.

«Molto.»

Erano d'improvviso tornati seri, una luce negli occhi così fonda da farli apparire privi di pupille.

«Perché mai dovremmo dartelo? A cosa ti serve?», chiese serio il Re.

«Lasciate che vi racconti...»

Aileen, facendo appello a tutta la sua forza, tentò di calmarsi e, di nuovo, narrò la storia che l'aveva condotta fino a lì.

Narrò della distruzione della Pergamena, della pietrificazione del suo Regno, della missione che era chiamata a compiere.

«È tutto. Capite adesso? Per questo è fondamentale il vostro aiuto.»

I Sovrani l'avevano ascoltata con totale attenzione e le loro menti avevano iniziato a correre veloci.

Tra tutte, una era la cosa che avevano ritenuto più importante: Nuvolandia non esisteva più. Adesso che il *Sigillum Maximum* era stato distrutto, la sua egemonia non era che un ricordo. Questo significava che loro, i Sovrani dei Bui Abissi, avevano la possibilità di prendere il comando dell'intero Mondo Settenario! Altro che salvarlo!

Da cosa poi?

Nulla di quello che la ragazza aveva paventato si sarebbe mai verificato, non era che una scusa ben orchestrata per riportare in auge Nuvolandia e la corona al proprio posto.

E se anche così non fosse stato, avrebbero potuto pensarci dopo aver preso il potere assoluto su tutti i regni.

In quel momento, la priorità era un'altra: la Principessa ereditaria di Nuvolandia era proprio lì, nelle loro mani.

Era un'occasione troppo ghiotta, non potevano perderla.

Dovevano farla passare dalla loro parte; se ci fossero

riusciti, nessuno sarebbe mai più tornato indietro a riscattarla.

Per ottenere quel risultato, però, dovevano giocare d'astuzia.

«Tesoro, adesso capiamo. Avresti dovuto dircelo subito» disse la Regina con il tono più materno che poté.

«Puoi considerare il nostro Segreto già tuo, vero cara?» le fece eco Re Nèilos.

«Certo! Prima, però, concedici di ospitarci per un poco, vorremmo farti conoscere il nostro Regno.» Aileen era perplessa. Era stato davvero così facile? Fino a poco prima...

«E i miei amici?» chiese, con un filo di minaccia nella voce.

«Oh, i tuoi amici verranno liberati subito ovviamente! Con tanto di scuse. Confido che ci perdonerete. Sai, siamo diffidenti per natura. Verrà loro assegnato un alloggio consono, e potrete riunirvi alla partenza.»

«Siete sincera, mia Regina?»

«Ma certo, cara. Varsos!»

Nella Sala entrò un Tritone riccamente agghindato e si inchinò.

«Sì, Vostra Maestà.»

«Libera la Principessa Aileen e conducila negli alloggi reali. Falle preparare la camera attigua alla nostra. Per qualche giorno sarà nostra ospite.»

«Non vorrei arrecare disturbo...» provò a dire titubante la ragazza.

«Nessun disturbo, cara. Vai a riposare, ti attendiamo per cena.»

Mentre Aileen si augurava di non essere lei la cena, venne scortata nella sua stanza.

I due Sovrani si scambiarono un sorriso complice.

21.
TORTURE E INGANNO

Grogher aprì gli occhi, dolorante.

Si trovava in una cella strana: senza sbarre, era composta da un'unica vetrata, come un'enorme teca.

Davanti a essa passavano Sirenette e giovani Tritoni di quattro, cinque anni d'età al massimo.

Tutti lo additavano e guardavano incuriositi, chi ridendo come se avesse fatto chissà quale battuta, chi incuriosito, chi forse anche un po' spaventato.

Vicino a loro, in modo che anche lui potesse vedere, faceva bella mostra un cartello:

ATTRAZIONE DA CAVALLONI MARINI!
Unica ed esclusiva, solo per voi,
Sirenette e Tritoncini...

Grogher, l'Orcotroll!

Parla!
Balla!
Canta!
Sorride!
Esaudisce desideri!

Una sola moneta... e vi accontenterà!
Solo qui, solo adesso, solo per voi! Non perdetelo!

Grogher pensò che le Sirene e i Tritoni fossero pazzi; mai si sarebbe prestato a simili assurdità, altro che moneta!

Una Sirenetta ne lasciò cadere una nella scatola preposta e disse:

«Ciao Grogher, fai le capriole e canta!»

Nello stesso istante, Grogher percepì un flusso energetico interno al corpo che lo obbligò a muovere gli arti senza controllo.

Cercò di ribellarsi con tutta la forza che aveva, ma qualcosa di dolorosamente più potente della sua volontà lo costrinse a volteggiare per la cella e gli fece fare numerose capriole.

Poi, mentre piroettava come una ruota per criceti, qualcosa gli mosse la bocca, e dagli altoparlanti uscì una melodia.

Era la sua voce: gracchiante, sforzata, stonata.

Ma ai piccoli non importava, era pur sempre quella di una "bestia rara", poteva anche essere un sibilo per quanto ne sapevano.

Così, si misero ad applaudire entusiasti.

Grogher provò a lottare ancora.

Non voleva cantare.

Non cambiò nulla, se non che venne quasi annichilito da fitte di un dolore insopportabile alla mascella.

Quando non poté più reggerlo, smise di fare opposizione. La sua bocca si mosse per lui e il dolore cessò.

Le Sirenette e i tritoncini, tutti eccitati, ballavano e battevano le mani felici, lontani mille miglia dal comprendere l'orrore che si stava consumando davanti ai loro occhi.

Grogher era stato trasformato in un burattino privo di volontà, mosso da fili invisibili.

Mai si era sentito così umiliato.

Lacrime di rabbia e di dolore gli salirono agli occhi ma non scesero.

Non gli era permesso piangere.

Guardò la sua immagine riflessa sulla teca di vetro: il suo viso era contratto in un sorriso. Finto ed eterno.

Raertha, Hercules e Sidae non si trovavano molto distanti dalla cella di Grogher.

A loro non era andata meglio.

Chiusi in una cella buia durante la notte, di giorno venivano bardati con selle pesantissime che li tenessero ancorati al suolo marino, e costretti a scarrozzare i piccoli visitatori del circo.

Questi, che mai avevano avuto a che fare con animali di quel genere, li trattavano alla stregua di giocattoli sotto gli sguardi divertiti dei genitori.

Disperati e stufi, anche a loro tre non ci volle molto per accorgersi che ogni capacità di scelta e di libero arbitrio gli era stata completamente tolta.

Tra i cinque, Dorcha era quello ridotto peggio.

Anche lui era diventato un'attrazione, la preferita dalle Sirene e dai Tritoni adulti... ma non perché fosse divertente.

I Sirenidi avevano mille leggende popolari in cui si narrava di come gli Orchi si fossero sempre divertiti a catturarle, torturarle e mangiarle.

Lui, unico figlio del Re degli Orchi, ben lontano dall'essere brutto e ripugnante come le Sirene avevano sempre considerato gli Orchi e i Troll, era il capro espiatorio perfetto per reclamare vendetta.

Ogni giorno, il Principe Orco veniva legato a un palo nella pubblica piazza.

Per poche monete, si era autorizzati a sputargli addosso, tirargli conchiglie, picchiarlo, frustarlo a dovere.

La sera, quando il suo corpo era martoriato, il Medico di Corte lo massaggiava con oli e unguenti speciali, facendo in modo che tutte le ferite si rimarginassero. Poi lo conduceva nella cella che gli era stata adibita. Lì, veniva rudemente afferrato da due guardie e legato, mani e piedi, a robuste catene spezza-volontà e poteri.

La mattina dopo tutto riniziava da capo.

Dorcha era sofferente ed esausto.

Ogni giorno le pene subite diventavano più feroci, e facevano sempre più male.

Se solo la notte avesse avuto un briciolo di forza per reagire... ma la stanchezza del giorno e le catene inibenti non gli permettevano di fare nemmeno il più piccolo dei gesti.

Così, Dorcha sperava; sperava che, prima o poi, la gente si stufasse e smettesse.

Ma non accadeva mai, anzi.

Non era mai paga.

Un giorno, Dorcha si svegliò augurandosi che, se la sua vita era destinata a continuare per sempre così, potesse presto essere ucciso.

Aileen gli mancava tantissimo; si chiedeva dove fosse, come stesse. Pensare a lei era l'unica cosa che lo teneva ancorato alla realtà e gli dava la forza di non darsi per vinto.

Solo, il pensiero che potesse esserle accaduto qualcosa di simile a quello che stavano facendo a lui, gli faceva salire l'acido alla bocca dello stomaco.

22

L'EVANESCENZA DEI RICORDI

Aileen venne introdotta nella sua stanza.

Era una camera molto grande, in cui tutto profumava di mare.

Nell'ambiente volteggiavano perle acquee di diverse dimensioni che illuminavano tutto con riflessi rosati e azzurrognoli.

La prima cosa che la colpì furono le pareti, tutte a specchio, che mantenevano un caldo tepore e le permettevano di guardare all'esterno senza essere vista.

Al centro, troneggiava un letto spazioso e tondo con la spalliera a forma di guscio d'ostrica. Su un lato, un grande armadio stipato di sontuosi vestiti realizzati nello stile più puro e ricercato di Nuvolandia; sull'altro, un grande baule pieno di reggiseni colorati con coppe di conchiglie tempestate di pietre.

Era senza dubbio una camera inconsueta e incantevole, degna di una Principessa.

Aileen avrebbe tanto voluto farla vedere a Dorcha, a Grogher! Era così grande che avrebbero potuto starci tutti insieme, compresi Raertha, Hercules e Sidae.

"Chissà cosa staranno facendo..." si chiese, malinconica.

Era serena, però, certa che se a lei era stato riservato quel trattamento, qualcosa di simile doveva essere toccato anche a loro.

In fondo, la Regina Selìna e Re Nèilos avevano

mantenuto la loro promessa, si erano scusati; perché dubitare?

Non sapeva quanto mancasse alla cena.

Per ingannare l'attesa, decise di provarsi tutti i vestiti dell'armadio per scegliere quello più consono alla prima serata con i Sovrani.

Erano uno più bello dell'altro.

Più si ammirava nelle pareti di specchio, più sorgeva in lei la curiosità di come sarebbe stato essere una Sirena; finché il suo sguardo cadde sul baule.

Spinta da un desiderio ormai irrefrenabile, vi si avvicinò e fece scorrere i reggiseni tra le dita.

"Che belli... e come tintinnano... che dolce melodia... questo poi... è splendido! Chissà come mi starebbe..."

D'impulso si spogliò e lo indossò.

Poi volteggiò immaginando di avere le pinne al posto delle gambe.

"Sembro una vera Sirena! Se solo non fosse per queste stupide gambe!"

Si guardò nuovamente allo specchio... le vennero in mente i suoi genitori, la sua casetta sull'albero, Helbert, la Pergamena... e d'improvviso tornò in sé.

Lei era la Principessa di Nuvolandia, e aveva un compito ben preciso da portare a termine: salvare il mondo!

E doveva sbrigarsi.

Chissà quanto tempo era passato da quando aveva iniziato a giocare con i vestiti, da lì a poco l'avrebbero chiamata. Si tolse il reggiseno e indossò l'abito che le piaceva di più: color verde smeraldo, bustino stretto con spalline a sbuffo che si prolungavano in lunghe maniche terminanti a punta sulle mani, gonna ampia, collana, orecchini e corona di smeraldi.

In ultimo indossò le deliziose scarpette che vi erano abbinate, accorgendosi che le permettevano di camminare esattamente come sulla terraferma.

Sollevata da questa scoperta, diede un ultimo sguardo allo specchio. Era pronta.

Un solo istante dopo sentì bussare alla porta.

«Avanti» disse, con una leggera agitazione.

La porta si aprì e apparvero due incantevoli Sirene gemelle, probabilmente della sua età.

Entrambe bionde, i capelli legati in alto in un'acconciatura composta priva di ornamenti, portavano due semplici reggiseni color porpora.

Appena la videro, non poterono trattenere uno sguardo di ammirazione: mai avevano visto una creatura tanto bella e delicata.

«Vostra Altezza» disse una di loro, «siamo venute a scortarvi per la cena» concluse l'altra.

«Grazie. Mi presento: sono Aileen, Principessa di Nuvolandia. Non sembrate ancelle, siete anche voi due Principesse?»

Le Sirene si guardarono e un velo di tristezza comparve nei loro occhi.

«Ho detto qualcosa che non va? Mi spiace...» cercò di rimediare Aileen, imbarazzata.

Le Sirene si fecero coraggio e decisero di fidarsi di lei.

«Oh, no. Noi siamo Amina...»

«...e Aura. Lo eravamo, oggi non più.»

Aileen rimase perplessa dalla risposta.

«Non capisco. Principesse si nasce, non si può smettere di esserlo.»

Un'ombra di dolore cadde sui loro volti. Aura fece un movimento delicato con il corpo e, nella stanza, apparvero delle immagini di un popolo di Sirene e Tritoni in guerra contro un altro popolo marino. Lance, spade, tridenti... uccisioni, morti, lacrime, sangue, urla, dolore, sofferenza... una Sirena e un Tritone cui veniva tolta la corona, Aura e Amina molto più piccole legate e trascinate per i polsi insieme a molti altri sopravvissuti...

Aileen era sconvolta.

«Eravamo le Principesse del *Reame Marino Oceanico*. Da quando è stato sconfitto dal *Reame dei Bui Abissi*... siamo diventate ancelle della Regina Selìna.»

«Ma... dovrebbe almeno permettervi di mantenere il vostro rango. Parlerò con lei.»

Aura e Amina si agitarono.

«Oh no, per favore no, Principessa! Ne va della vita del nostro povero Padre. Per favore! Fate finta che non vi abbiamo detto nulla.»

Aileen le osservò con attenzione.

Sembravano terrorizzate.

Si chiese se stessero dicendo la verità anche se, dal loro sguardo, era impossibile credere che non fossero sincere.

Strano. Sconfitte, ridotte ad ancelle, la possibilità di tornare a essere Principesse e non volevano. Che cosa mai avrebbero potuto fare gli attuali Sovrani a un Re decaduto?

Cosa ancora più curiosa, era sempre stata convinta che esistesse un unico Popolo delle Sirene, un unico Regno.

Solo adesso aveva scoperto che non era così.

«Come preferite», acconsentì rivolgendo alle ancelle un leggero sorriso. «Non facciamo attendere oltre le Loro Maestà.»

Aura e Amina ricambiarono il sorriso cariche di riconoscenza; poi, Aileen al centro tra loro, la scortarono verso la Grande Sala da Pranzo.

Giunte di fronte alla sala, due prestanti Tritoni con i lunghi capelli legati in una coda da paggio e un farfallino al collo, congedarono Aura e Amina con un inchino e invitarono l'ospite a seguirli.

Non appena entrarono, Aileen fece fatica a non

mostrare la sua meraviglia.

Si trovava in un salone immenso, con al centro un lunghissimo tavolo dalla superficie in marmo rosato poggiata su gambe di pregiato larimar.

Sopra, facevano bella mostra cibi dall'aspetto curato e dal profumo invitante.

Il locale era illuminato a giorno da un enorme lampadario che riempiva quasi interamente il soffitto, composto da lucciole marine e perle gigantesche.

Aileen non aveva mai visto niente del genere.

«Ben arrivata, cara. Accomodati», l'accolse amabile la Regina Selìna, andandole incontro.

La ragazza si lasciò guidare al suo posto.

«Il vestito che hai scelto ti rende ancor più incantevole», commentò il Re.

Aileen arrossì.

«Grazie, Vostre Maestà... per questo abito, per i miei compagni, per la stanza... per tutto.»

«Siamo lieti che tu sia soddisfatta» commentò Selìna.

Poi batté le mani, e i Tritoni e le Sirene che prestavano servizio come camerieri iniziarono la loro sfilata.

Vennero servite vere primizie: alghe in pasta profumate allo zenzero marino, gamberetti in salsa rosa, ricci di mare, pesce spada arrosto, torta di alghe, salmone fresco, bianchetti e frittelle di acciughe.

«Pensavo che voi non vi cibaste dei vostri simili...» osservò stupita Aileen.

«Oh, noi no, infatti. Ci bastano alghe, gamberi e un po' di plancton. Tuttavia, tu necessiti di una dieta più variata, cara. Mangia finché ne vuoi, è tutto per te.»

Aileen si esibì in un sorriso di circostanza e prese una pietanza a caso. Nessuna la ispirava. Avrebbe dato qualunque cosa per il buon pane caldo e fragrante degli elfi, della verdura, o il prelibato dolce di frutta secca e cacao che gli preparava sempre Fayrin da piccina...

Tuttavia, non poté fare a meno di apprezzare la solerzia e la gentilezza dei Sovrani.

«Grazie, era tutto molto buono» commentò, finita la cena.

«Per così poco» si schernì Selìna.

«Sarai stanca, è stata una lunga giornata. Vai pure a riposarti» aggiunse Re Nèilos. «Le ancelle ti scorteranno in camera. Domani ti accompagneremo in un bel giro del Regno. Siamo certi che ti piacerà.»

Aileen guardò il Re e la Regina, avvolta da un senso di pace.

Per un attimo ebbe la sensazione che Aura e Amina la scrutassero preoccupate, ma scacciò dalla mente quel pensiero.

"Figurati... saranno due arrampicatrici, altro che principesse. Ingenua io ad averci creduto."

Accantonata ogni perplessità, si lasciò scortare in camera dove, indossata una calda e morbida camicia da notte, sprofondò in un sonno profondo.

Se solo avesse potuto immaginare che, mentre lei mangiava prelibatezze, ai suoi amici erano state servite alghe appassite; se avesse saputo la vera sorte toccata loro; se solo si fosse resa conto che c'era più di qualcosa che non andava... ma, per qualche motivo, il ricordo di tutti loro si stava facendo sempre più vago e sbiadito.

La notte lasciò presto spazio al giorno, anche se sotto al mare era impossibile percepirlo se non fosse stato per delle creature marine luminescenti che, su richiesta dei Sovrani, avevano il compito di rischiarare il regno in quelle ore.

Aileen venne svegliata da Aura e Amina.

Per quella mattina, le gemelle avevano scelto per lei un bellissimo abito di velluto rosso, corredato da una coroncina fine ed elegante che esibiva un unico rubino;

il tutto era completato da deliziose scarpette rosse, ricamate con intarsi dorati.

In un angolo della camera, su un tavolino in oro puro che Aileen non ricordava affatto di aver visto la sera prima, era apparecchiata un'invitante colazione.

Affamata, si affrettò a sedersi e si servì senza complimenti.

«Che buone queste alghe! Uhm... e questi gamberetti... davvero prelibati!» esclamò, divorando tutto con voracità.

Amina e Aura la osservavano con sospetto.

Solo la sera prima non sembrava soddisfatta del cibo, mentre adesso lo era fin troppo.

«Riferiremo, Principessa. Il Re e la Regina l'attendono in carrozza per la visita al Reame.»

«Non pensavo ci fossero dei cavalli qui...» si stupì Aileen, pensando per un attimo fugace a Raertha.

«Cavalli? Non ne abbiamo mai visti... forse, qualcosa di simile.»

In effetti, una specie di carrozza c'era, e anche delle cavalcature: un enorme guscio di mollusco, trainato da sei cavallucci marini giganti.

Dentro, i due Sovrani l'attendevano.

«Eccoti cara, ben alzata. È stato di tuo gradimento il pasto?» le domandò cortese la Regina.

«Oh, sì, Maestà» rispose Aileen con un inchino del capo.

«Bene. Sali allora, ci aspetta un bel giro.»

La ragazza salì e si sedette di fronte ai Sovrani.

Dopodiché, partirono.

Davanti agli occhi di Aileen si presentò uno spettacolo incredibile.

Tutto: ogni masso, vegetale, abitante marino, era parte di un nucleo compatto e perfetto.

Ogni battito di pinne sembrava un suono, ogni bolla

d'acqua una magia.

Le città erano composte da tante grotte naturali dalle forme diverse eppur simili, poste l'una accanto all'altra. Era lì che viveva il Popolo del Mare. Ogni elemento era naturalmente armonico.

C'era vita laggiù, diversa da quella che conosceva, ma non per questo meno affascinante.

Di tanto in tanto passavano vicino a qualche relitto marino e scendevano dalla carrozza per entrarvi. Aileen si scoprì eccitata e meravigliata a un tempo nelle sue perlustrazioni dei vascelli, spesso dimora degli squali. Custodivano tesori senza celare alcun pericolo.

Era sempre stata convinta che gli squali fossero esseri terribili da cui proteggersi, invece no! Avevano un'affinità unica con le Sirene, ed erano così gentili!

Per venti giorni interi, Aileen venne portata in giro per il Reame.

Ogni giorno si rivelava più bello del precedente, e le faceva percepire una sensazione di appartenenza, come se fosse sempre appartenuta a quel luogo.

Il ventunesimo giorno, i due Sovrani decisero che era arrivato il momento che aspettavano da tempo: le avrebbero fatto conoscere tutta l'alta nobiltà e, a quel punto, avrebbero messo in atto il loro piano.

Quella sera, Aileen, sarebbe stata definitivamente loro!

23.
ALISEA

Per la serata di gala prevista quella sera, Aura e Amina si presentarono nelle stanze di Aileen sin dal primo pomeriggio.

«Finalmente! Dove eravate finite? Oggi non è proprio il caso di prendervela comoda, vi pare!?» le investì la Principessa, sgarbata.

Le due ancelle rimasero stupefatte e turbate.

Era stata tanto gentile e cortese con loro al primo incontro; più passavano i giorni, invece, e più si stava rivelando viziata e maleducata.

Forse si erano sbagliate su di lei... però era strano, avevano sempre avuto intuito per queste cose.

«Avete intenzione di rimanere imbambolate per tutto il pomeriggio? Avanti!»

«Vogliate scusarci, Vostra Altezza!» risposero le gemelle, affrettandosi.

Avevano portato un abito particolare, color bianco ghiaccio, realizzato a mano appositamente dalla Sarta di Corte su commissione della Regina.

Era molto diverso da quelli indossati fino ad allora, ampi e sfarzosi. In questo, la gonna avvolgeva interamente il corpo e cadeva oltre i piedi, a strascico, come la coda di una Sirena. Gli accessori che lo completavano erano un paio di décolleté trasparenti e una coroncina di platino adornata da piccoli diamanti.

Aileen ne era entusiasta! Quel vestito le piaceva oltre ogni dire.

Lo indossò e iniziò a pavoneggiarsi davanti allo specchio immaginando che la coda del vestito potesse essere la sua vera coda.

Mai aveva sentito un desiderio così bruciante di diventare una Sirena.

«Come vi invidio», disse a un tratto, rivolgendosi ad Amina e ad Aura con uno sguardo triste.

«Come?» le chiese Amina stupita.

«Siete due magnifiche Sirene. Io, invece, con questi piedi e queste gambe...»

«Vostra Altezza. Voi siete la Principessa di Nuvolandia, e non dovreste dimenticarlo» le rispose gelida Aura.

Aileen la guardò confusa.

"Nuvolandia? Cos'è mai? Mai sentito un luogo che si chiami così... oh, beh... forse è un regno incantato menzionato in qualche favola per Sirenette... In effetti, però, io non sono come loro...chi sono? Cosa sono?"

Negli ultimi tempi si chiedeva spesso a quale specie appartenesse. Di una cosa era sicura: dal momento che respirava sott'acqua, anche lei doveva essere una creatura marina.

Tentò più e più volte di ricordare, ma proprio non le riusciva. E, a dirla tutta, nemmeno le importava. Avrebbe solo voluto essere anche lei una Sirena.

Mentre Aileen si gingillava in quei pensieri, Dorcha, Grogher, Raertha, Hercules e Sidae erano sempre più deboli e denutriti.

Nessuno di loro credeva di poter resistere ancora per molto.

Non erano tanto le forze a mancare, quanto il fatto che avevano tutti perso la loro dignità.

La situazione in cui si trovavano sembrava essere diventata un destino ineluttabile.

Dorcha più di tutti si sentiva in gabbia, non solo

fisica ma anche psicologica.

Sapeva di dover reagire, di dover fare qualcosa ma senza forze, armi, né poteri, non sapeva a cosa aggrapparsi.

Mai si era trovato in una situazione simile.

Se solo avesse potuto confrontarsi con Grogher... o con Aileen.

Aileen... chissà dov'era, se stava bene, se era ancora viva, se sentiva la sua mancanza.

In alcuni momenti gli sembrava che, senza di lei, il nulla lo inghiottisse.

Aileen non stava più nella pelle per l'emozione: avrebbe presenziato come ospite d'onore alla Festa più importante dell'anno.

Il *Gran Galà dei Bui Abissi* era una ricorrenza annuale che si teneva nell'ultima parte dell'estate, in cui si radunava tutta la nobiltà del regno.

Durante la serata si ringraziavano i Sovrani del loro operato annuale, ci si divertiva con un sontuoso banchetto con canti, feste e scambi di doni e, infine, ci si augurava l'un l'altro un nuovo anno eccezionale.

Essere l'ospite d'onore in una festa come quella, era un privilegio ambito da tutti; per qualcuno che veniva da un altro regno, poi, era un omaggio raro.

Aileen aveva chiesto alle sue ancelle di lasciarla sola qualche istante prima di recarsi alla festa.

Solo all'idea di essere presentata ufficialmente all'alta società marina, le faceva battere il cuore come impazzito: aveva bisogno di calmarsi.

Ancora non le sembrava vero.

Si specchiò nelle pareti e si vide bella come non ricordava di essere mai stata.

La sua figura, più adulta di quanto non ricordasse, era ormai equiparabile a quella di una donna.

Le gemelle le avevano fatto un'acconciatura degna di

una regina, non di una semplice principessa.

I suoi capelli ondulati pullulavano di piccoli diamanti; il vestito e le scarpe sembravano esserle cuciti addosso come una seconda pelle.

Il trucco, leggero e delicato su opalescenze dorate, risaltava le sue innate caratteristiche e la faceva apparire come una creatura celestiale.

Un leggero bussare la riscosse.

Aura fece capolino nella stanza.

«Sono pronta» disse Aileen guardandola sorridente, e la seguì.

Ad attenderle fuori dalla porta c'era Amina. Aileen notò che le due ancelle sembravano nervose, ma non poteva soffermarsi a capirne il motivo.

Poco prima del suo ingresso nel Grande Salone, iniziò ad agitarsi sul serio.

Certo, era bellissima, ma non era una Sirena e non lo sarebbe mai stata.

Come l'avrebbe accolta il Popolo del Mare?

L'avrebbe derisa, insultata, maltrattata, cacciata?

Interrompendo i suoi pensieri catastrofici, il Tritone a guardia della Sala la invitò a entrare.

Si prese ancora un attimo per un lungo e profondo respiro, poi si fece avanti.

La sua entrata attirò l'attenzione di tutti.

Era così luminosa che nessuno dei presenti poté evitare di guardarla ammirato.

Era pura bellezza.

I Sovrani le si avvicinarono e la presero per mano.

«Sirene e Tritoni» annunciarono, «ecco a voi il tanto atteso ospite d'onore di quest'anno: la Principessa Aileen di Nuvolandia!»

Un fragore di applausi interminabile accolse la sua presentazione e Aileen si rilassò.

A passi brevi e cadenzati, scese dalle grandi scale

d'avorio che i Sovrani avevano fatto costruire appositamente per lei.

Sirene e Tritoni si divisero in due file compatte e si inchinarono.

Giunta in fondo alla scala, guardò verso il fondo del salone, e notò una gabbia: era fatta di alghe dure, più resistenti del diamante.

Dietro a esse scorse un giovane molto bello, forse di qualche anno più grande di lei.

Capelli a boccoli biondi, occhi grigio chiaro che davano sul verde, bel fisico anche se un po' emaciato... e anche lui con le gambe!

Vicino a lui, nella stessa cella, c'era un essere assai curioso.

Brutto, deforme quasi.

A lui, Aileen non badò.

"Un mio simile qui, che cosa curiosa. Perché mai sarà in gabbia... avrà fatto qualcosa di grave", pensò fugacemente.

La ragazza notò che anche lui la guardava.

Sembrava che cercasse di dire qualcosa, ma lei non sentiva quello che diceva, era come se fosse muto.

Mentre si poneva quelle domande, Aileen venne circondata da un turbine di giovani Tritoni.

Volevano sapere tutto di lei e desideravano conquistarla.

Impegnata com'era a fare le presentazioni con i nuovi arrivati, l'attenzione dal prigioniero scemò velocemente come era arrivata.

La giovane Principessa si intrattenne volentieri con tutti.

I Tritoni presenti erano carini, educati e divertenti, ma nessuno di loro le faceva battere il cuore.

Inoltre, lei aveva le gambe, come avrebbe potuto accettare la loro corte? Si stupì perfino che loro non ci facessero caso.

A un tratto, una sinfonia dolcissima si mosse nell'aria, dando il via alle danze.

Sirene e Tritoni nuotarono ai lati della sala in modo da lasciare uno spazio centrale dove poter danzare.

Aileen era incantata.

Le danze delle Sirene trasmettevano pura magia e sinuosità.

Il fatto che nuotassero, e avessero la coda così mobile e flessuosa, permetteva loro di compiere evoluzioni straordinarie; impensabili per una come lei.

"Quanto mi piacerebbe unirmi alle danze! Ma come faccio? Non sono per niente all'altezza degli altri..."

Pensò a malincuore che c'era un'unica persona con cui avrebbe potuto danzare senza sentirsi ridicola, e quella persona era il prigioniero dietro alle sbarre.

"Forse..." pensò, mentre si dirigeva verso i Sovrani.

«Mia Regina, non potreste permettere al prigioniero in gabbia di danzare con me?»

La Regina la guardò disgustata.

«A chi? Che sciocchezza!»

«Perché? Non so cosa abbia fatto, ma è l'unico a esscre come me.»

«Lui *non è* come te. È il figlio del Re degli orchi! Gente troppo pericolosa per il mio popolo!» la aggredì quasi Re Nèilos.

"Un orco? Ma non assomiglia affatto a un orco, come può mai essere... che abbia subito qualche incanto per apparire diverso da come è realmente?"

Provò a chiederlo, ma entrambi i Sovrani si erano già allontanati.

"Pazienza" pensò con una punta di dispiacere. *"Mi accontenterò di vedere gli altri ballare."*

D'improvviso Aileen si sentì sfiorare la spalla, un tocco delicato ma deciso allo stesso tempo.

«Posso avere l'onore di ballare con te?»

Si girò.

Davanti a lei si stagliava il Tritone più bello che avesse mai visto. Aveva splendenti capelli ondulati color blu notte che gli arrivavano fino a metà coda; su un lato, mostravano una ciocca luminosa e argentata che scendeva lungo l'intera capigliatura.

Occhi blu come l'oceano, lineamenti morbidi, labbra carnose, voce penetrante e fisico possente e, con grande probabilità, la stessa età del ragazzo dietro le sbarre.

«Oh... veramente... i... io...» balbettò Aileen, rossa dall'emozione.

«Tu?» le chiese amabile il giovane.

«Ecco... non credo di esserne capace.»

«Questo è l'ultimo dei problemi, ti guido io.»

La prese per mano e la portò al centro della pista da ballo.

La musica si spense, in un'atmosfera di forte aspettativa.

Rimasero soli, circondati da spettatori silenziosi.

Lui la tirò piano a sé, avvicinando il petto a quello di lei.

Aileen, sentendo le gote avvampare, gli affondò la testa nella spalla e rimasero così, abbracciati, per un lungo istante; i cuori che battevano agitati all'unisono.

Una lieve melodia partì e lui iniziò a trascinarla.

I loro corpi si intrecciarono, si fusero. I movimenti di entrambi erano perfetti, Aileen non faceva alcuna fatica.

«Nooo! Fermati! Fermati dannazione, fermati!» urlavano Dorcha e Grogher da dietro le sbarre.

Ma lei non poteva sentirli.

Non più.

Aileen continuava a ballare, occhi negli occhi con il bel Tritone.

Le sue scarpette scomparvero. Le gambe, senza che lei ne percepisse il minimo sentore, si unirono e si ricoprirono di squame, fulgide scaglie luminescenti come il diamante che andarono a formare una splendida coda pinnata.

I capelli passarono dal castano al blu notte, la ciocca dorata divenne luminosa e argentata come quella del Tritone.

Aileen era diventata la Sirena più bella degli abissi, il riflesso al femminile del Tritone con cui stava danzando.

Alla fine della danza, lui avvicinò le labbra a quelle di Aileen e la baciò, trasportandola nel mondo dell'Amore.

Il cuore della giovane pulsava così forte da ovattare gli applausi che accompagnavano quel bacio.

«Sirene e Tritoni» disse Re Nèilos avvicinandosi con sguardo trionfante alla giovane coppia, «vi presento il Principe Anam e Alisea, la Principessa dei Bui Abissi, vostri futuri Sovrani.»

Urla di giubilo accolsero questa frase.

«Figlia mia, mia dolce Alisea» esclamò commossa la Regina Selìna rivolgendosi ad Aileen, «che la tua vita accanto al Principe Anam sia felice e perfetta.»

Anam strinse la vita di Alisea, Sirena felice e ignara in mezzo al suo nuovo mondo.

Continuando a cingerla, il principe si accomiatò per entrambi dal pubblico e la condusse verso la Camera Reale.

Da quel giorno, Aileen non sarebbe mai più esistita. Lui e la sua Alisea sarebbero stati, per sempre, uniti.

24.
L'INIZIO DEL RISCATTO

«È finita, Grogher...» disse Dorcha all'amico. «L'ho persa. Per sempre. Forse è meglio così, no? In fondo anche la nostra vita è finita. Tra qualche giorno ci uccideranno tutti quanti. Lei non si ricorderà di noi. Rimarrà una Sirena e sarà felice... almeno fino a quando il Grande Regno Universale riuscirà a esistere.»

Lo disse con una tale rassegnazione, che Grogher ne percepì la disperazione sin nelle viscere.

Per lui che lo vedeva come un figlio, fu come una stilettata, intima e dolorosa, che lo spinse a reagire.

«No che non è finita! Non devi dirrre così! Non so ancora come ma dobbiamo opporrrci! Non possiamo farci ferrrmare da dei pesci! Abbiamo una missione da porrrtarrre a termine! E dobbiamo farrr tornare Aileen in sé!»

Dorcha era così deluso e arrabbiato che le lacrime gli sgorgarono dagli occhi senza che potesse trattenerle.

«Ma lei è in sé, Grog!» esplose. «Ha scelto di diventare una Sirena ed è stata esaudita, tutto qui! Ha scelto di lasciarmi, dimenticarmi. Di mettersi con quel... quel... quel coso! E lo ha fatto, punto! Non c'è altro da aggiungere!»

«Non crrredo proprio che Aileen abbia scelto niente.»

Dorcha sembrò calmarsi un attimo.

Riprese fiato, poi guardò l'amico.

«Se anche così fosse, come facciamo? Non ho quasi

più nemmeno un'ombra di magia nel mio sangue! Siamo disarmati, e non è possibile distruggere queste orribili alghe a mani nude. Alla fine di questa insulsa festa ci riporteranno nelle nostre gabbie e chissà se e quando ci rivedremo!»

«Un modo lo trrroverremo. Ci deve esserrre. Adesso, perrrò, è importante non perdere la sperrranza, hai capito?»

Dorcha abbassò lo sguardo. Grogher gli sollevò delicatamente il volto.

«Hai capito?»

Il ragazzo lo guardò con occhi vuoti, completamente sfiduciato. Gli diede le spalle e si sdraiò sullo scomodo giaciglio messo loro a disposizione per dormire.

Grogher lo fissò a lungo, poi gli si avvicinò.

Lo sollevò tra le braccia e lo cullò, facendolo addormentare dolcemente.

Anam varcò la porta della Camera Reale portando Alisea in braccio.

La Principessa era raggiante.

«Anam, non mi sembra vero di averti incontrato» gli disse, appoggiando il capo sulla sua spalla.

«Ti prometto che la nostra vita insieme sarà straordinaria. Farò tutto ciò che è in mio potere per renderti felice.»

Alisea lo fissò rapita e lui la baciò.

Poi iniziò ad accarezzarla piano, a baciarla lentamente sul collo, a mordicchiarle i lobi.

Senza fretta, le tolse le conchiglie dal seno.

Alisea si sentiva in estasi, non aveva mai provato sensazioni così forti.

Per la prima volta, non si sentì più una Sirenetta ma una Sirena adulta.

Anam le sussurrava parole così dolci nell'orecchio, parole che le scatenavano continui brividi di piacere.

Infine, quando si accorse che anche lei si sentiva pronta, i loro capelli si intrecciarono volteggiando e le loro code pinnate si unirono.

Alisea e Anam si fusero in un'armonia perfetta, un vortice d'Amore in cui divennero una cosa sola.

Al culmine, Anam levò un canto e Alisea lo seguì. Una sinfonia incantevole, soave, armoniosa, riempì la stanza.

Nessuno avrebbe mai più potuto separarli.

A valutare dalle creature luminose che stavano iniziando a vagare per le strade, doveva essere l'alba. Dorcha e Grogher, ancora chiusi nella cella, erano in attesa di essere riportati via.

Erano stanchi. Dorcha, in particolare, si sentiva proprio avvilito. Tuttavia, appariva concentrato.

Non appena si accorsero che le guardie si stavano avvicinando, Grogher lo fece girare verso di lui e gli rivolse uno sguardo intenso.

«Rrricordati quello di cui abbiamo parlato stanotte...»

Non fece in tempo a finire la frase che venne trascinato fuori.

«La mente, Dorrrcha... usa la mente!» urlò.

Dorcha lo guardò mentre lo caricavano su un mollusco gigantesco e annuì.

Sì, quella notte ci avrebbe provato.

Dorcha quel giorno era così concentrato che quasi non sentì il dolore che gli veniva inflitto.

A sera, dopo essere stato curato e aver ingurgitato la consueta brodaglia insipida a base di alghe appassite, si sdraiò sul lettino della sua cella.

«Andiamo a dormire prima del solito oggi!», lo schernì la guardia.

Dorcha, in risposta, si tirò le coperte fin sul viso e si

girò di schiena verso il muro di roccia.

«Ma come siamo suscettibili! Poi non venire a dire che non sei un Orco...!» disse ancora la guardia scoppiando in una risata compiaciuta.

Dorcha strinse i denti per trattenersi dal rispondere.

Fece invece finta di dormire. Dopo una buona decina di minuti, quando la sentinella era ormai convinta che si fosse addormentato, agì.

Si mise supino e iniziò a fare respiri profondi, rilassando ogni parte del corpo.

"*Entra nel Velo!*" pensò.

Il suo corpo tremò per qualche attimo, poi divenne leggero. Molto leggero.

Le orecchie gli fischiarono dolorosamente e il corpo astrale si staccò di scatto da lui.

Il ragazzo si guardò per un istante addormentato nel letto, poi fluttuò nell'etere a una velocità impensabile.

Doveva trovare Baelkers al più presto!

Ci aveva pensato molto, ed era sicuro che i soli che in quell'occasione avrebbero potuto davvero aiutarli, fossero gli elfi.

Dopo quelli che a Dorcha non parvero che pochi secondi, apparve davanti a Baelkers e ad Aeltiàfisar: erano insieme.

Da quando Aileen era entrata nelle loro vite, i due fratelli avevano ripreso a vedersi spesso.

«Dorcha!» esclamarono all'unisono. «Come mai sei qui? Che cosa succede? Dov'è Aileen?»

Dorcha cercò di spiegare, ma era troppo debole per farsi sentire in quella veste extracorporea.

Gli elfi lo compresero.

Si sedettero l'uno di fronte all'altro, si presero per mano, ed entrarono in meditazione.

In un attimo si trovarono nella stessa dimensione di Dorcha.

Era pallido, smunto, affaticato, infelice e rassegnato.

Non appena li vide, sembrò sbandare.

Baelkers, pronto, lo prese al volo.

«Cos'è successo, ragazzo?!» gli chiese Aeltiàfisar.

Dorcha raccontò loro ogni singola cosa, senza lesinare alcun dettaglio.

Alla fine del racconto, gli elfi rimasero senza parole.

«Lo sapevo che qualcosa non andava, sono giorni che non riesco più a percepire Aileen!» disse Aeltiàfisar.

«Neanch'io. E questo può significare solo una cosa: Aileen si sta perdendo dentro ad Alisea. Presto avrà il pieno controllo dei venti e delle correnti marine, e diventerà una Sirena a tutti gli effetti! E la presenza di Anam non fa che peggiorare la situazione!»

Dorcha li guardò smarrito.

Baelkers, allora, si approcciò a spiegare:

«La coscienza e la volontà di Aileen sono state catturate dalle Sirene. Gestendone le emozioni anche grazie alla presenza di Anam, a poco a poco le stanno rubando l'anima.»

«L'anima...?» chiese il ragazzo, ancora più confuso.

Baelkers ed Aeltiàfisar si guardarono.

«Forse è meglio che tu sappia tutto dall'inizio...» iniziò Baelkers. «C'è stato un tempo, in cui Nèilos e Selìna dimoravano in una zona ricca di vortici marini, un luogo alquanto diverso da quello in cui vivono adesso.

Era una zona pericolosa, difficile da gestire.

Molti cadevano per errore dentro a quei gorghi e morivano risucchiati.

Quando Selìna diede alla luce la sua prima e unica figlia, lei e Nèilos decisero di darle nome Alisea: *colei che controlla i venti.*

Come ben sai, ogni nome dona a chi lo porta il corrispondente potere.

Chiamandola così, i Sovrani speravano che, sapendo controllare i venti, la loro piccola sarebbe stata in grado di difendersi dalle infide correnti marine, e quindi di salvarsi se mai si fosse trovata in pericolo.

Ma così non fu.

A soli quattro anni, Alisea scappò dal controllo della sua ancella per andare a giocare fuori dal palazzo reale. Il primo vortice che incontrò la risucchiò e non riuscirono nemmeno più a trovarne il corpo. Da quel giorno i due Sovrani cambiarono... divennero freddi, duri, incapaci di provare altro se non odio e vendetta: verso la vita che gli aveva portato via Alisea, e verso il mondo marino che non gliel'aveva salvata.

La morte della loro unica figlia li fece impazzire e si votarono al Male.

Così come la loro vita era stata annientata, anche quella di tutti gli altri doveva esserlo. Nessuno avrebbe mai più dovuto sorridere, amare, gioire.

Dichiararono guerra al Reame Oceanico, e dopo averlo distrutto, non contenti, tentarono di attaccare anche le Angeliche Colorate, loro sorelle di fiume, e le Sirene Vorticanti, loro sorelle di lago.

Non vi riuscirono: le Colorate e le Vorticanti erano decisamente più potenti delle Oceanine. Inoltre, non erano da sole. Le prime avevano la protezione degli Gnomi, le altre la nostra.

Le Abissine trattarono con le sorelle.

Le Colorate e le Vorticanti accettarono di non intromettersi nei loro affari privati, e di non intervenire in favore delle Oceanine. A un patto: che le Abissine, a loro volta, non interferissero nella vita di nessuno degli altri popoli, di sopra o di sotto.»

«Quindi, adesso, il patto è rotto» disse Dorcha attento.

«Certo che sì» rispose secco Aeltiàfisar. «Ed è per questo che possiamo agire. Ecco come faremo: rientra nel tuo corpo e comportati normalmente. Noi ci metteremo in contatto con Adalberto e Fheall. Tutti insieme ti restituiremo energia e potere. Una volta riottenuta la tua forza, troverai Aileen e Anam, e ucciderai Anam.»

Dorcha ebbe un sussulto.

«Cosa?!? Ma... ma non posso farlo! Aileen adesso è una Sirena, ama Anam! Se lo faccio... mi odierà per il resto della vita!»

«Anam non è quello che sembra. Aileen adesso non può rendersene conto, ma col tempo capirà. Te l'assicuro.» lo tranquillizzò Baelkers.

«Vai adesso, si sta avvicinando qualcuno al tuo corpo! Muoviti!» gli urlò quasi Aeltiàfisar.

Dorcha rientrò nel suo corpo, in tempo per sentirsi strattonare per il bavero della maglietta dalla sua guardia.

Le ore erano corse via veloci, più di quanto il ragazzo avesse mai creduto possibile.

«Sveglia, Orchetto» lo prese in giro la guardia con la solita aria derisoria. «È vietato poltrire qui!»

Dorcha si alzò, più affaticato del solito.

Il viaggio astrale lo aveva distrutto.

Sperò che gli elfi gli mandassero l'energia di cui aveva bisogno al più presto.

Fheall, dentro alla sua rupe, fluttuava a gambe incrociate nell'aria accarezzando la testolina di un pipistrello.

Era pensierosa.

Davanti a lei, i corpi astrali di Baelkers e di Aeltiàfisar fluttuavano nella stessa posizione, sorseggiando un tè all'apparenza impalpabile.

«Cosa pensate di fare?» chiese loro al termine del racconto.

Aveva conosciuto Aileen e i suoi compagni solo per poco, ma l'anziana Gnoma si era affezionata subito a loro.

«Riusciresti a teletrasportarti qui Fheall? O ti

facciamo venire a prendere via mare da Adalberto?» le chiese premuroso Baelkers.

Fheall rise di gusto.

«Pensi forse che mi sia rammollita come te, vecchiaccio? Certo che ci riesco! *Viaggia e arriva!*»

Non passò nemmeno un secondo che i due elfi videro l'amica materializzarsi in carne e ossa davanti ai loro occhi.

«Eccomi qui!»

Nemmeno il tempo di finire la frase, che Baelkers ed Aeltiàfisar la strinsero in un forte abbraccio.

«Ehi, ehi, ehi, da quando siete diventati così smielati!» disse sorridendo, fingendo di essere scocciata. Poi li guardò con gli occhi lucidi e strinse loro le mani. «Di nuovo insieme!... Allora, qual è il piano questa volta?»

I tre si guardarono con intensità, immersi nei loro passati impossibili da scordare; dei passati in cui erano accaduti eventi terribili e, loro tre, avevano sempre contribuito alla salvezza del proprio mondo.

Senza l'esperienza e i poteri assoluti che avevano adesso, ma con quell'ardore e quella passione tipici della giovinezza; la voglia di farcela, di combattere per vivere, di salvare e quella di amare.

Tempi bui ma pieni di gloria, che li avevano forgiati e avevano regalato loro la più pura essenza; tempi in cui, loro tre, erano conosciuti da tutto il Grande Regno come i *Cavalieri della Luce Dorata.*

Oggi, qualche ruga e qualche capello bianco in più, i loro occhi brillavano ancora della stessa intensità.

«Non siamo più giovani come un tempo...» notò timidamente Baelkers, arrossendo.

«E meno male! Adesso siamo anziani, saggi e molto più potenti. Non è meglio?» rispose allegra lei strizzandogli l'occhio.

Fheall era sempre stata una Gnoma speciale,

allegra, e molto abile.

Grande conoscitrice delle erbe e della magia, rara combattente, con un cuore immenso e una grande intelligenza tattica.

In guerra era stato fondamentale poter fare affidamento sul suo intuito, li aveva salvati più di una volta.

Si accomodò su una soffice poltrona, poi si volse verso di loro.

«Allora? Idee?» continuò.

«La prima cosa da fare è ridare vigore fisico ed energia magica a Dorcha» rispose Baelkers.

«E ci chiedevamo» aggiunse Aeltiàfisar, «se non fosse il caso di avvertire le Colorate e le Vorticanti di quanto è successo. Il patto è stato rotto e questo, visto quanto sta accadendo, è pericoloso.»

La Gnoma rifletté per un attimo, prima di rispondere.

«Uhm... la prima cosa è essenziale, sì. In quanto a chiedere l'intervento delle altre Sirene, penso sia sufficiente avvisare le Vorticanti. La loro Regina, la cara Silèna, è la madre di Selina. È da tanto che non si rivolgono la parola, è bene che lo facciano. Se poi non dovesse funzionare, allora coinvolgeremo le Colorate e, nel caso, anche le Oceanine.»

«Sì, giusto, è un'ottima idea!» rispose con fin troppo entusiasmo Baelkers.

«Bene. Andiamo alla spiaggia cristallina allora, da lì inviare a Dorcha la forza e la magia che gli servono sarà più veloce e semplice. Chiederemo ad Adalberto di farci da catalizzatore; l'energia marina ci aiuterà a potenziare i nostri doni per quel simpatico giovanotto!» concluse Fheall.

I tre maghi si presero per mano.

Poco dopo, si materializzarono sulla spiaggia.

Adalberto era già lì, in attesa.

Fheall si appoggiò al suo muso e allargò le braccia, una in direzione di Aeltiàfisar e una verso Baelkers, a formare la punta di un triangolo.

I due fratelli fecero la stessa cosa.

«O mirabil antica energia, in noi convergi e a lui giungi!» mormorarono in crescendo tutti e quattro insieme per sette volte.

La settima volta, la coda di Adalberto si illuminò di una luce potentissima. Poi, una scia trasparente si allontanò veloce in direzione di Dorcha.

25.

FOLLIA D'INCANTO

Quella mattina Alisea si svegliò abbracciata ad Anam e si soffermò a guardarlo.

Una ciocca ribelle di capelli gli stava coprendo un occhio; piano, gliela scostò.

Com'era bello... davvero le era capitata una fortuna simile?

Gli diede un bacio leggero sulle labbra e lui si destò.

«Buongiorno, amore» le disse stirandosi.

Poi la strinse forte.

«Hai dormito bene?»

«Sì! E ho una fame!»

«Scendiamo, allora!»

La prese per mano e, insieme, uscirono dalla loro camera.

«Padre, Madre!» urlò quasi Alisea nuotando veloce tra le loro braccia, quando furono dentro alla Sala da Pranzo.

La Regina la abbracciò così stretta che sembrava non volesse più lasciarla andare.

Alisea non ci badò, anzi, si gustò con immensa gioia quel momento.

«Allora» chiese loro Re Nèilos, «vi trovate bene nel vostro alloggio?»

«Oh sì, Padre, è veramente magnifica. Grazie» rispose Anam.

«La camera migliore che poteste darci, Padre!»

aggiunse Alisea staccandosi dalla madre per andare a schioccargli un bacio sul naso.

I due Sovrani si sentirono felici come non lo erano da tanti, troppi anni.

Quella giovane Sirena era la loro bambina, la figlia che spettava loro di diritto e nessuno, nessuno al mondo gliel'avrebbe mai più portata via.

Dorcha si trovava nel bel mezzo di una delle giornate più penose e umilianti della sua vita.

Dalla sera precedente le cose erano cambiate; il fidanzamento di Alisea con Anam era un evento risaputo in tutto il Regno, e questo aveva creato una modifica non indifferente alla sua gogna quotidiana.

I Tritoni e le Sirene che passavano di lì, infatti, avevano iniziato a deriderlo per essere stato sostituito, nel cuore della Principessa, dal bel Principe Tritone.

Dorcha non sapeva se fosse peggio questo, oppure le attenzioni che adesso gli riservavano la maggior parte delle Sirene che, trovandolo innegabilmente molto bello, ne subivano il fascino e lo compativano come fosse una povera vittima di un Amore non corrisposto.

Sirenette poco più che adolescenti pensavano che fosse giusto consolarlo facendogli provare il loro amore; fu così che Dorcha dovette subire urla isteriche, pianti ingiustificati, carezze e baci del tutto fuori luogo senza poter dire una sola parola.

Di positivo c'era il fatto che la violenza fisica era diventata solo un brutto ricordo, e questo gli avrebbe permesso di rimettersi in forma prima del previsto.

Pareva evidente che, per il Popolo del Mare, un'umiliazione in Amore fosse quanto di peggio potesse capitare e non intendesse quindi infierire oltre.

Durante il bacio appassionato al gusto di aglio marino di una Sirenetta bruttina dai denti da coniglio, Dorcha si sentì pervadere da una forza e da un vigore che non ricordava di avere da moltissimo tempo.

"Finalmente..." pensò. *"Avrò riconquistato anche i miei poteri?"*

Ma non poteva fare passi falsi.

Per scoprirlo avrebbe dovuto attendere quella notte.

«Beh, direi che li ha ricevuti!» esclamò Fheall sollevandosi da terra, mentre sputava parte dell'acqua che l'aveva sommersa.

«Sì, lo penso anch'io» rispose di rimando Adalberto ridendo di gusto, mentre guardava lei e i due elfi impegnati a strizzarsi le vesti.

Fheall, Baelkers e Aeltiàfisar erano rimasti accampati tutto il giorno sulla spiaggia con Adalberto, in attesa di un segnale che lo confermasse.

Un'ondata anomala di ritorno aveva dato il segnale.

«Non ci resta che raggiungere Silèna!» disse Aeltiàfisar.

«Ci vediamo là?» gli chiese la Gnoma ad Adalberto.

«Agli ordini, cara Fheall» rispose lui con un largo sorriso.

«In tua attesa, avviseremo Fayrin. Solo la magia di una Fata legata ad Aileen dall'infanzia può riuscire a entrare in contatto con lei» aggiunse Aeltiàfisar.

«Speriamo sia così» commentò il cetaceo.

Poi si immerse.

Quella sera, non appena Dorcha entrò nell'angusta cella di sempre, finse di essere molto stanco e si mise subito sotto le coperte.

«È dura avere quel bel faccino...» commentò la solita guardia ciarliera. «Le attenzioni delle nostre giovani Sirene ti distruggono più delle botte. Si vede che non sei uno di noi! Se fossi al tuo posto, non sarei mai stanco...»

La guardia sembrava nostalgica e, persa nei suoi

pensieri, smise di sparlare subito.

Dorcha si tirò le coperte fin sugli occhi e fece finta di addormentarsi.

«Dormi?» gli chiese, dopo un po', la guardia.

Non sentendo risposta, si allontanò.

Dorcha, sentendo l'energia del Tritone allontanarsi, mosse un dito e mormorò a bassissima voce: «*Luce!*»

Una scintilla si accese sotto alle lenzuola.

Sì, anche i suoi poteri erano tornati.

Fheall, Aeltiàfisar e Baelkers si abbracciarono pensando con intensità alla Regina Silèna.

Una manciata di secondi dopo, si trovarono sulle sponde del Grande Lago Draìochta.

Adalberto li raggiunse di lì a poco.

Si guardarono.

«Iniziamo?» chiese Fheall.

Tutti annuirono.

La Gnoma e i due elfi raccolsero tre pietre.

Su ognuna, incisero una sillaba: SI LÈ NA.

Il nome della Regina delle Vorticanti.

In riva alzarono le braccia verso il cielo tenendo in alto, e vicine tra loro, le mani che reggevano i sassi.

Al centro, come il pistillo di un fiore, spuntava il corno illuminato di Adalberto.

«Che le correnti del mare ti indichino presenza, che l'acqua ti conduca fino a nostra essenza!» cantilenarono a ripetizione; prima sussurrando, poi a voce sempre più alta.

Oscillando dolcemente con i corpi.
Su e giù, su e giù, su e giù.

Le pietre iniziarono a brillare.

Fheall guardò gli elfi e fece un impercettibile cenno d'intesa.

Si abbassarono all'unisono, e lanciarono i sassolini verso la punta del corno.

Da lì, un fascio di luce avvolse le tre pietre e le accompagnò con delicatezza in acqua.

Non appena toccarono la superficie del lago, su di essa apparve scritto il nome della Regina in caratteri luminosi.

Poco dopo, un vortice d'acqua dirompente e brulicante di bollicine fluttuanti, annunciò l'arrivo della sovrana.

Silèna, la pelle diafana come l'avorio, i lineamenti delicati, gli occhi turchesi e i capelli color del sole, sembrava una creatura ultraterrena.

Il semplice reggiseno di alghe d'oro che indossava, rendeva la sua pelle quasi luminescente.

«Chi mi cerca?» chiese, con voce suadente.

«Vostra Maestà...» la salutò Fheall, inchinandosi al suo cospetto insieme agli elfi.

«I Cavalieri della Luce Dorata e il mio vecchio amico! Che bello rivedervi!»

Silèna era sinceramente felice di rivedere Fheall, Baelkers, Aeltiàfisar e Adalberto.

Con loro, da Sirenetta, aveva passato momenti complicati, certo, ma memorabili.

Una cosa le fu subito chiara: se quei quattro si erano riuniti tutti insieme, quella non era una semplice visita di cortesia.

Fu Aeltiàfisar a parlare per primo:

«È successa una cosa grave. Molto, Silèna. Prima di avvisare le Colorate, tuttavia, abbiamo pensato di parlarne con te. Chiama anche Re Niùt, per favore. Ha a che fare con una delle vostre figlie, la Regina Selìna.»

Selìna era raggiante.

Infine, dopo anni di dolore e disperazione, di tormenti e pianti, la sua Alisea era tornata a casa.

«È bella, vero Nèilos?» chiese al marito, guardandola in braccio ad Anam sul balcone del Palazzo.

«Sì… molto…»

«Che c'è, caro?»

Lo guardò, in ansia.

Quando aveva quello sguardo, c'era sempre qualcosa che non andava.

«È che… ecco… quella Sirena non è proprio… nostra. Non è davvero nostra figlia, non è la nostra Alisea. Capisci? Non è neanche una vera Sirena! Alisea è morta, perché non te ne vuoi fare una ragione!»

Selìna sembrò trasformarsi, gli occhi sbarrati, lo sguardo incattivito dalla rabbia.

«Che cosa dici? Lei *è Alisea*! Nostra figlia non è morta! Lei è la nostra Sirenetta! La nostra piccola Alisea!» urlò, con un misto di rabbia e disperazione, le labbra tremanti e la coda che vibrava all'insù.

Nèilos la scrutò rassegnato.

La amava troppo per poterla contraddire, persino di fronte a un'evidenza tanto pesante come quella.

La cinse con dolcezza.

«Se ne sei convinta tu, cara, se questo ti rende felice, d'accordo: Alisea è tornata. Ritiriamoci nella nostra camera, adesso. Lasciamo che la nostra bambina rimanga col fidanzato. Lasciamoli un po' da soli, va bene?»

Selìna tornò ad avere uno sguardo dolce e pacato e si lasciò condurre nei loro alloggi.

Anam e Alisea erano ormai una cosa sola.

Tra loro c'era una sintonia assoluta; nessun segreto, parola non detta.

Tuttavia, lei da qualche tempo era pensierosa. Anam se ne accorse.

«Qualcosa ti turba?»

Alisea non rispose subito.

Sì, c'era qualcosa che la turbava, ma le sembrava tanto assurda che non sapeva nemmeno come spiegarla.

«Ecco... è da un po' di notti che...»

Il Tritone si allarmò subito.

«Che? Non ti senti bene, tesoro? Oh, per tutti i tridenti! Sei in dolce attesa?»

Lei lo guardò e le scappò una risata.

Poi lo abbracciò.

«Ancora no, ma succederà presto.»

Lui ricambiò con delicatezza.

«Amore, ma... se non si tratta di questo, allora che succede?»

«Non lo so bene nemmeno io. È solo che ogni notte, in piena notte, una voce mi sveglia. Dice di essere una fata, di chiamarsi Fayrin... e si rivolge a me come Aileen...»

«Aileen? E chi è?»

«È questo il punto: non ne ho la più pallida idea. Ma lei insiste, dicendo che devo tornare in me. È ovviamente un messaggio telepatico, solo che io non sono questa Aileen. Non saprei nemmeno dove cercarla.»

«Uhm... magari quella fata si sta sbagliando.»

Alisea rifletté un attimo, incerta.

«Lo escludo» disse poi. «Quando ci si mette in contatto telepatico con qualcuno, è alquanto improbabile che si possa sbagliare destinatario. Ogni volta insiste nel dire che io sarei la Principessa di Nuvolandia. Capisci l'assurdità, Anam? Come può una Sirena essere la Principessa di un regno di sopra? E poi... mi accade una cosa strana... e non è una bella sensazione. Ogni volta che lei pronuncia quel nome, *Aileen*, il mio corpo inizia a brillare molto più forte di quanto già non faccia normalmente... anche la mia ciocca... e mi sento come se fossi confusa. ...Pensi che sia malata?»

Anam era visibilmente agitato.

«No. Non credo, almeno. Ma parliamone con i tuoi genitori. Subito.»

«Sì. Abbracciami, ho tanta paura...»

E lui lo fece convulsamente, la tenne stretta al petto come se avesse il terrore di perderla.

Poi la prese per mano.

«Prima di andare, vieni con me. Voglio portarti in un posto.»

Lei, fiduciosa e incuriosita, lo seguì.

Arrivarono in un piccolo, incantevole angolo, che Anam aveva scoperto da non molto e che si trovava dentro a una grotta solitaria.

Vi svettava uno scoglio ricoperto da bellissimi fiori marini. Vicino a esso, c'era una cascatella che sembrava separata dal resto del mare.

Quando il Re lo aveva condotto lì la prima volta, gli aveva confidato di aver realizzato quell'effetto grazie alla magia e gli aveva confidato che, da sempre, era l'angolo preferito dalla Regina.

Da quel giorno, Anam aveva desiderato che divenisse anche l'angolo preferito di Alisea.

La fece sdraiare sulla roccia fiorita e si avvicinò a lei con tenerezza.

Il profumo li inebriò come fosse ambrosia e fremettero.

I due giovani iniziarono ad accarezzarsi.

A poco a poco, il resto del mondo sparì dalle loro menti per lasciare spazio solo ai loro corpi.

26.
AILEEN ALLO SPECCHIO

«*Scendi, oblio!*» sussurrò deciso Dorcha in direzione dell'esterno della cella.

Tutti i Tritoni di guardia crollarono addormentati.

I Sirenidi erano stati ingenui a permettere che Dorcha non indossasse più le catene dentro alla cella; ma, già da un po', pensavano che fosse ormai troppo debole e demoralizzato per poter fare qualsiasi cosa.

Sogghignò.

Adesso che era di nuovo nel pieno delle forze, nessuno lo avrebbe fermato.

Gli tornarono in mente le parole che la matrigna gli ripeteva sempre da piccolo: «*Vuoi battere i nemici? Renditi insospettabile. Fagli credere che sei uno di loro.*»

Mai consiglio era stato più giusto.

Uno di loro...

Si guardò le gambe.

«*Una coda crea, scintillante marea!*» mormorò.

Quando il lieve vortice d'acqua si disperse, rivelò un magnifico Tritone.

A quel punto Dorcha non doveva fare altro che uscire dalla cella.

Pensò alla cella aperta, ne sfiorò la serratura e la porta si spalancò senza un solo rumore.

Un'arma.

Era fondamentale, non poteva stare senza.

Immaginò la spada che gli avevano regalato gli elfi e la ebbe tra le mani.

"Adesso devo solo trovare Aileen."

Travolto dall'apprensione e dalla gelosia, Dorcha si lanciò in una nuotata sfrenata in direzione del palazzo reale.

I suoi pensieri erano contrastanti.

Se da un lato sperava che Aileen fosse tornata in sé e aspettasse con ansia che lui andasse a liberarla, dall'altra conosceva bene la potenza delle Sirene; probabilmente era così innamorata di quel Tritone della festa, che non lo avrebbe degnato di uno sguardo.

Il solo pensiero che potesse essere così lo annientava, provocandogli un'insostenibile pressione all'altezza del petto.

"Non posso mollare, non devo! Sto arrivando, Aileen!"

Aeltiàfisar e Baelkers erano stati chiari: doveva uccidere Anam.

Non gli sarebbe stato difficile.

Dorcha era stato programmato per uccidere sin da bambino, e vinte le prime, grosse resistenze, gli era sempre riuscito bene.

Avrebbe solo dovuto evitare di guardarlo negli occhi perché, da quando gli elfi gli avevano insegnato che gli occhi celavano l'anima, uccidere aveva perso per lui ogni attrattiva.

«Non devo pensarci, maledizione! Non adesso!» inveì contro se stesso.

Se gli elfi gli avevano dato quell'ordine, doveva esserci un motivo ben preciso.

«*Non è quello che sembra*», avevano detto.

Lo avrebbe fatto.

Sorvolando una grotta semi nascosta, scorse un bagliore che avrebbe riconosciuto ovunque: Aileen!

Le sue pinne si caricarono di una forza e di una velocità impensabili per qualunque abitante del mare. In un battibaleno, raggiunse l'apertura della grotta.

Quando vide Aileen e Anam che, stretti l'uno

all'altra, si scambiavano baci ed effusioni, fu offuscato dalla gelosia.

I pensieri si oscurarono e Dorcha si trasformò nella macchina da guerra che era sempre stato.

Divenne glaciale.

Controllato.

Mortalmente letale.

Si avvicinò in un perfetto silenzio e afferrò con una forza inaudita Anam.

Poi lo voltò verso di sé per guardarlo bene negli occhi: non gli fecero nessun effetto.

«Lascialo!» urlò Alisea lanciandosi decisa contro di lui.

Gli diede mille pugni sulla schiena per costringerlo a mollare Anam. Ma Dorcha non li sentiva.

Era concentrato: quegli occhi erano strani, gli scatenavano un odio feroce, mai provato.

«Alisea, va via!» la esortò Anam, allarmato.

Era disarmato e lo sguardo di Dorcha non lasciava spazio a dubbi.

Quello straniero, era lì per uccidere.

E lo avrebbe fatto.

Anam lo sapeva, lo sentiva.

Alisea scoppiò in lacrime.

«Ti prego... lascialo. Lui è tutta la mia vita!», singhiozzò. «Prendi me!»

«Smettila di delirare Aileen, è lui che voglio!»

Alisea rimase interdetta per un attimo.

Di nuovo quel nome, *Aileen...*

La testa iniziò a pulsarle dolorosamente, il corpo brillò con maggiore intensità.

«Io non sono Aileen...» sussurrò più a se stessa che a quel Tritone arrivato dal nulla.

Dorcha non la sentiva più, era fisso sul nemico.

Anam, dopo un breve spaesamento, reagì. Un tridente gli apparve in una mano e si liberò di scatto dalla presa di Dorcha.

«Cosa pensa di fare un inutile Tritone come te?» gli urlò. «Alisea, vai a cercare rinforzi!»

Ma lei era come impossibilitata a muoversi, nel cuore la speranza assurda che nessuno dei due si facesse male.

Anam caricò contro Dorcha.

Lui non indietreggiò.

Strinse forte l'elsa della spada e, a sua volta, partì all'attacco.

Il clangore del tridente contro la lama fece tremare la grotta, un'eco metallica che rimbombò tra le rocce.

L'acqua attorno a loro esplose, la cascatella sembrò unirsi in un vortice furibondo che sparse ovunque i fiori, mischiandoli alla sabbia, alle alghe e al pietrisco.

Colpi rapidi, precisi e violenti; fendenti, parate!

Erano feriti.

Le braccia di entrambi rigate di sangue, le code piene di abrasioni, il volto sudato, l'addome tagliato... ma nessuno dei due sembrava voler cedere.

Il tridente sfiorò il fianco di Dorcha.

Alisea sussultò.

Stupita, vide il volto del nemico arricciarsi dal bruciore, ma nonostante questo, contrattaccare senza pietà.

I due Tritoni sembravano non riuscire ad avere l'uno la meglio sull'altro, finché Dorcha decise di ricorrere alla magia.

«*Sasso ti volga!*» urlò.

E Anam cadde a terra, rigido come la pietra.

Dorcha gli si avvicinò e lo guardò negli occhi.

Era terrorizzato ma, curiosamente, il suo sguardo era inespressivo.

Alisea nuotò veloce verso Dorcha, gli strattonò un braccio per impedirgli di agire.

«Per favore, fermati, non fargli del male!» supplicò.

Ma lui, senza distrarsi dal nemico, si liberò di lei con uno strattone secco e strinse ancor di più l'elsa della spada: bruciava sotto la sua mano.

Pulsava di una luce rossastra, di inganni, di cose non dette.

Aeltiàfisar e Baelkers avevano ragione: Anam non era chi stava cercando di far credere.

Senza indugiare, gli conficcò la spada nel cuore, trapassandolo da parte a parte.

Anam morì all'istante.

«No, no, nooo!» urlò Alisea lanciandosi sul corpo del fidanzato. «No... non ci credo... non può essere vero ...» continuò.

Era disperata.

Lasciò il corpo inerte di Anam e si scagliò contro Dorcha, picchiandolo con tutta la forza che aveva. «Come hai potuto! Ridammelo indietro, ridammelo!»

Dorcha la guardava inespressivo, adesso del tutto svuotato.

Gli faceva male vedere quanto lei fosse disgustata da lui, sofferente e furiosa.

Un'esplosione.

Il corpo di Anam esplose in mille cristalli taglienti. Dorcha, d'istinto, abbracciò Alisea e, insieme, vennero scagliati lontano.

Lui sbatté con violenza la schiena contro la roccia, ma non la lasciò, la priorità era che lei stesse bene.

«Lasciami!» gli gridò lei, scansandolo.

Poi nuotò verso il punto in cui poco prima c'era Anam.

I frammenti di cristallo si stavano ricomponendo.

A poco a poco, si unirono in uno specchio che galleggiava placido nell'acqua.

All'interno, un piccolo frammento di Pergamena dorata incisa di parole antiche: *il Segreto delle Sirene*.

«Aileen...» disse Dorcha, raggiungendola.

Lei si girò rabbiosa.

«Finiscila di chiamarmi Aileen... non so nemmeno chi sia questa Aileen! Dov'è il corpo di Anam? Cosa gli hai fatto?! Da dove esce fuori questo specchio?!»

Dorcha non sapeva più cosa fare, cosa dire; non aveva la forza di raccontarle tutta la storia.

In ogni caso, lei non sembrava dell'umore giusto per ascoltarla.

Poi, ebbe un'idea.

«Quello specchio... è Anam. Se leggerai ad alta voce le parole che contiene, tornerà in vita.»

«Menti!»

«No. Giuro.»

«Perché, allora, lo avresti ucciso?»

«Per salvarti.»

«Da chi? Da cosa? Io non avevo bisogno di essere salvata! Io amo Anam! Sei davvero così refrattario all'amore dal non poterlo sopportare? Vattene, prima che ti faccia giustiziare!»

Aileen non sentiva ragioni.

Dorcha, in cuor suo, aveva sempre temuto che sarebbe successo.

Non era abbastanza lucida per capire che Anam era la sua stessa anima, resa viva dalla magia.

Non era mai esistito veramente, non era altro che la proiezione stessa di Aileen.

Lo aveva realizzato non appena aveva visto lo specchio che conteneva la Pergamena.

Uccidendo Anam, però, Alisea sarebbe dovuta rientrare in Aileen e fondersi con lei, riportando a galla tutti i suoi ricordi; invece, non era successo.

Sembrava che Aileen fosse definitivamente persa e, a questo pensiero, lui si sentiva morire dentro.

Dorcha la guardò.

Era disperata.

Gli aveva dato le spalle e si era raggomitolata in un

angolo con in braccio lo specchio.

Piangeva sommessamente, del tutto incurante della sua presenza.

Era finita, l'aveva persa per sempre.

Dorcha sentì il cuore spezzarsi, le forze venire meno.

Senza Aileen la sua vita tornava ad essere un inutile guscio vuoto.

Vide dei pesciolini luminescenti iniziare a far capolino fuori dalla caverna, era quasi giorno!

Doveva andarsene; presto la guardia si sarebbe svegliata e avrebbe dato l'allarme.

Se non si fosse nascosto a fondo, lo avrebbero preso, e se fossero stati coinvolti i Sovrani e lo avessero di nuovo privato dei suoi poteri, non sapeva se, stavolta, ce l'avrebbe fatta.

Doveva nascondersi, aspettare una nuova notte, e provare almeno a salvare Grogher e gli altri.

Poi, avrebbe provato a fuggire.

Ma mai senza di loro.

Guardò ancora una volta la sua Aileen.

Non ce la faceva ad allontanarsi da lei, non ancora. Aveva bisogno di respirare, ancora per un po', la presenza della ragazza che amava.

Dorcha si allungò verso l'uscita della caverna e, silenzioso, si sedette in un angolino buio per poterla guardare senza essere visto.

Non voleva disturbare il suo dolore, aveva già fatto troppo.

Passò un'intera giornata.

A notte fonda, una delegazione delle Sirene di Lago, capeggiata dalla Regina Silèna e da Re Niùt, si presentò ai cancelli del Regno dei Bui Abissi.

Ad accoglierli, Adalgisa e Rocchino.

«Siamo qui per conferire con nostra figlia e il suo consorte, aprite il cancello!»

Rocchino e Adalgisa sbarrarono loro il passo.

«Vostre Maestà, comprendiamo l'urgenza che senz'altro vi spinge. Tuttavia, dobbiamo prima annunciarvi!»

La Regina non era affatto del parere.

«Assurda amenità! Con me, forza!» urlò la Regina nuotando agilmente tra loro, e spingendo il marito e l'intero seguito ad andarle dietro.

Giunta davanti al cancello, mise le mani sui fianchi e ordinò: «Aprite!»

Adalgisa li guardò.

Sapeva bene che i due Sovrani non avevano bisogno di loro per farlo, gli sarebbe bastato pronunciare mezza parola e la porta si sarebbe spalancata.

Con quel gesto stavano rispettando l'autorità della figlia. La balena si scambiò un gesto d'intesa col marito e aprì.

Senza dire altro, i Sovrani si fecero strada verso il palazzo.

Essendo molto tardi, accettarono di alloggiare nella propria camera in attesa della mattina successiva.

Selina e Nèilos avrebbero dovuto ascoltarli, avevano veramente esagerato.

Alisea, intanto, stanca per la moltitudine senza fine di lacrime versate, alzò finalmente lo sguardo e aprì le braccia lasciando libero lo specchio.

Questo riprese a galleggiare davanti a lei.

Osservando lo strano stralcio di pergamena che conteneva, le vennero in mente le parole dell'assassino.

«Quello specchio è Anam» aveva detto. «Se leggerai ad alta voce le parole che contiene, tornerà in vita.»

"E... se avesse ragione?" pensò.

«Ah, sciocchezze...» si disse poi scuotendo la testa, «... è impossibile!»

Eppure, la speranza che fosse stato tutto solo un brutto sogno non le dava pace.

Il pensiero di fare quello che le aveva suggerito proprio l'assassino del Tritone che amava, le sembrava quasi un tradimento.

Ma, il bisogno reale, concreto, potente di tornare a essere felice insieme ad Anam era più forte.

Così, decise di provare e, con mani tremolanti, prese lo specchio.

Dorcha ebbe un fremito.

Che qualcosa stesse per cambiare?

Prima di leggere ad alta voce, Alisea si ripeté a mente quelle frasi più e più volte.

Il mondo che ti attenderà... c'era scritto... quale mondo? Per lei il mondo iniziava e finiva con Anam e lui, adesso, non c'era più.

Gli occhi le si riempirono nuovamente di lacrime, si sentiva così sola.

Ma forse quando si fosse decisa a dirle ad alta voce, forse, Anam sarebbe tornato davvero a vivere.

Guardò per un'ultima volta il foglietto, poi si decise.

Si mise dritta e, attenta a pronunciare alla perfezione ogni lettera, lesse:

«*Se troppo in te stesso dimorerai, sol ombra e catene troverai. Allor, il mondo che t'attenderà, la tua essenza per sempre cancellerà.*»

Fu allora che lo specchio si frantumò in mille pezzetti e svanì nel nulla.

Davanti a lei apparve una pietra blu che iniziò a brillare fulgente, per incastonarsi nel braccialetto che portava al polso.

Alisea sentì una forte pressione alla testa e vide la sua coda divenire iridescente.

Dopo pochi istanti, la coda si divise in due metà, i capelli tornarono del colore originario, la pelle riprese la sua vera tonalità recuperando la consueta brillantezza dorata: Aileen era tornata.

Dorcha era fuori di sé dalla felicità.

Aileen era di nuovo lì, davanti a lui, con i meravigliosi occhi verdi e la cascata di capelli castani dalla luminosa ciocca bionda.

«Aileen!» non poté fare a meno di esclamare, uscendo dal suo nascondiglio.

«Dorcha! Perché hai le pinne? Dove sono finite le tue gambe? Dove siamo? E Grogher, Raertha, Hercules, Sidae?»

«Amore! Amore mio!» esclamò lui nuotandole incontro e abbracciandola forte. «Non ricordi nulla?»

«Io... no, cosa dovrei ricordare? Mamma mia, lasciami. Per tutte le nuvole, mi fai impressione con quella coda.»

«Sì, anch'io mi faccio impressione. Ma fatti abbracciare ancora un po', ti prego.»

Dorcha si aggrappò a lei come se fosse la sua salvezza, e lei lo lasciò fare abbandonandosi a quell'abbraccio con tenerezza.

Dopo un lungo attimo, lui si staccò e la guardò, serio.

«La coda ci serve per non farci notare. Adesso trasformo in Sirena anche te, d'accordo? Ed è anche il caso che i tuoi capelli tornino a essere blu e argentati!»

Aileen lo guardava come se fosse impazzito.

«Ma io non voglio code da pesce! Né capelli di un colore diverso!»

"Aileen, la mia Aileen! È tornata, è tornata!" continuava a ripetersi con la sensazione che il cuore potesse scoppiargli da un momento all'altro.

«Hai ragione, nemmeno io. Ma fa tutto parte del piano. Forse, però, è il caso che ti racconti quello che è successo in queste settimane...»

Dorcha abbassò d'istinto la voce.

Sentiva che, adesso che il sole era di nuovo sul punto di sorgere, quello non era più un luogo sicuro.

«Shhhh... vieni con me.»

Prese Aileen per mano e la condusse nella parte più buia e nascosta della caverna.

Poi, iniziò a raccontare.

27.
LA RINASCITA DELL'ABISSO

«Padre... Madre!» esclamò stupita Selìna, entrando nella Grande Sala delle udienze insieme al marito.

Erano anni che non li vedeva e di sicuro non si aspettava che sarebbero venuti a trovarla.
Re Niùt, Tritone di mare, si era trasferito al Lago Draìochta per amore e si era così abituato al nuovo habitat che non aveva alcuna nostalgia per l'acqua natia.
Da lui Selìna aveva preso i colori, ma la grazia innata e l'etereità erano un innegabile dono della madre, la Regina Silèna.
Quella figlia era sempre stata un cruccio per i due Sovrani.
Secondogenita, aveva una personalità del tutto diversa dai fratelli e dalle sorelle.
Sin dall'infanzia, se i suoi fratellini si mostravano generosi e altruisti, lei era possessiva, dispotica ed egoista.
Era simpatica ed energica, la sua assenza quando non c'era si sentiva, ma ogni qualvolta scoppiava una lite, i due genitori non avevano dubbi su chi l'avesse scatenata.
Per questo, quando si era innamorata di Nèilos erano stati felici!
Lui era l'esatto opposto della figlia: rispettoso delle regole, dall'animo buono e gentile, saggio.

Silèna e Niùt si erano aspettati che, vivendo con lui, la loro esuberante Sirenetta sarebbe migliorata... ma non avevano messo in conto che, per amore, sarebbe stato proprio Nèilos ad adattarsi alle manie della moglie.

Sin dal principio, lui non era stato d'accordo con il sottomettere altri popoli di Sirenidi; non aveva nemmeno approvato di trasformare la Principessa di Nuvolandia in Alisea... ma pur di rendere serena e gioiosa la moglie, aveva acconsentito.

Per lei, era disposto a interpretare qualunque ruolo.

Da quando Aileen era arrivata nelle loro vite, però, stava iniziando ad averne troppo anche lui.

Viveva l'idea che la Nuvolana dovesse prendere il posto di Alisea, come una vera assurdità.

Voler credere a ogni costo che la figlia non fosse mai morta, era un insulto alla loro stessa intelligenza; e, non per ultimo, sanciva il rischio di un grave incidente diplomatico.

Senza contare il dubbio che lo tormentava: se il primo racconto di Aileen fosse stato vero, se gli altri regni avessero saputo che proprio loro stavano impedendo alla Principessa di ricreare il Sigillum Maximum, c'era il rischio concreto di scatenare una guerra come secoli prima.

A dispetto delle credenze della moglie, Re Nèilos dubitava sinceramente che l'intero Grande Regno Universale non si sarebbe accorto della sparizione della Principessa Dorata a lungo andare, e poi... *"Certo, sarebbe bello se diventassimo i nuovi Sovrani assoluti..."* pensava... ma sentiva in cuor suo che in quella storia c'erano degli aspetti fondamentali che non avevano preso in considerazione.

Aveva tentato più volte di parlarne con Selìna ma, ogni volta, lei si era chiusa nelle sue convinzioni rifiutandosi di ragionare.

C'erano dei giorni che era persino arrivato a pensare che fosse impazzita.

Quella mattina, quando venne loro annunciata la visita dei genitori della moglie, ebbe la certezza che le sue intuizioni riguardo al Regno fossero corrette.

«Selìna, Nèilos...» li salutò Silèna, rigida.

Selìna conosceva bene la madre e iniziò a stare sulle spine.

«Che piacere avervi qui» mentì. «A cosa dobbiamo la vostra visita improvvisa?»

«Ci è giunta voce che Alisea sia risorta...» rispose senza preamboli Re Niùt «... e che, di tanto in tanto, emetta un forte bagliore dorato. Caratteristica insolita per una Sirenetta, non trovate? Che storia è mai questa, Selìna?!»

Selìna sbiancò.

«Chi... chi vi ha raccontato queste assurdità, Padre? Alisea è morta tanti anni fa.»

La sua voce si incrinò.

«Siete forse venuti per torturarci con quei ricordi devastanti?»

«Selìna!» intervenne la madre arrabbiata. «Abbi rispetto per la nostra intelligenza!»

«Allora?» incalzò il padre. «Stiamo aspettando una spiegazione. Vera.»

Selìna scoppiò a piangere.

Nèilos, per la prima volta incurante della moglie, che gli stava conficcando le unghie nella carne affinché non parlasse, raccontò tutta la storia.

Più esponeva i fatti, più sembravano assurdi anche a lui.

Silèna e Niùt lo ascoltarono in silenzio, senza perdere una sola parola.

E a ogni rivelazione restavano allibiti.

«Come... avete potuto fare... una cosa simile?» chiese loro Selìna alla fine. Era furibonda. «Come?»

«Nèilos...» proseguì Re Niùt. «Come hai fatto a farti trascinare da lei in questo modo? Che Re sei? Non siete nemmeno stati in grado di capire l'urgenza della richiesta della Principessa Aileen! Le avete fatto perdere settimane preziose! Siete una vergogna per il Popolo delle Sirene!»

«Bene. Visto che non siete in grado di governare, non governerete più. Voi!», intervenne Silèna rivolgendosi a due servitori. «Fate venire Aura e Amina.»

«No!»

«Taci, figlia inutile! Non provare a contraddire tua Madre!» la rimbeccò Re Niùt.

Selina strinse i pugni con forza e, con occhi folli, nuotò fin davanti al volto del padre, sfidandolo.

«Questa è casa mia, il mio regno! Non avete alcun diritto di dettare legge qui. Guardie!»

Ma non arrivarono.

Continuò a chiamarle ancora e ancora, raggiunse addirittura i due Tritoni di guardia fermi ai lati della porta.

Li strattonò.

Questi, con sua sorpresa, le incrociarono i tridenti davanti.

La madre, per un po', rimase a guardarla compassionevole.

«Inutile che ti spertichi» le disse poi. «Sono passate al mio servizio. Vedi, tesoro, nessuno è contento del modo in cui governate questo povero Regno. Da quando avete fatto prigionieri gli abitanti delle Oceanine, vi odiano tutti. Davvero non siete al corrente di quanti legami di parentela ci siano tra i due regni? Il solo motivo per cui hanno continuato a servirvi e a riverirvi... è stata la paura. Avevano tutti paura di voi. Eppure, dovreste saperlo entrambi: un Regno costruito sulla paura, è un fallimento.»

«Amina e Aura sono arrivate?» chiese Re Niùt,

notando un movimento di code all'ingresso.

I due Tritoni aprirono i tridenti e le fecero entrare.

Non appena i nonni le videro rimasero sconvolti.

«Ma come... siete conciate?»

«Da ancelle...» sussurrarono all'unisono le gemelle.

«Da... ancelle!» sussurrò Silèna sentendo montare in lei una rabbia rara. «Dov'è vostro Padre?»

«In prigione. In fin di vita... pare» disse Aura senza riuscire a trattenere un singhiozzo.

Re Niùt, livido di rabbia, si volse verso la figlia e il marito.

Selìna lo guardò imbarazzata e cercò di rimediare.

«Ma non è vero, Padre! Questo è solo quello che ho raccontato loro per farle diventare un po' più... obbedienti, ecco. Erano talmente indisciplinate...» provò a giustificarsi.

«Stai... zitta! Non voglio più sentirti dire nemmeno una parola!»

Re Niùt le mosse lo scettro contro: un potente raggio azzurro la colpì in pieno all'altezza della gola, rendendola muta.

Selìna se la toccò, provò a gridare. Inutilmente. Dalla sua bocca non usciva più nemmeno la parvenza di un suono.

«Ah, finalmente. Amo il silenzio» sentenziò il Sovrano.

«Anch'io» continuò Silèna. «È ora di fare ordine qui. Nèilos, credimi, in questo momento sono quasi felice che mia sorella e tuo padre siano morti. Guardarli negli occhi sarebbe troppo imbarazzante. Ordina che mio genero Neptunes e mia figlia Stella vengano liberati e giungano qui. Dopodiché, convoca la Principessa Aileen. Ora.»

«Nonna...»

«Sì, Amina, tesoro?»

«La nostra mamma non potrà venire...» singhiozzò.

«E perché mai?»

«È stata trasformata in un cavalluccio marino. È rinchiusa in una gabbietta nei sotterranei. È da quando siamo state fatte prigioniere che non la vediamo...»

Gli occhi sembrarono uscire dalla testa della Regina.

«*Tu*...» disse, girandosi di scatto verso la figlia. «...Hai trasformato tua sorella in un... cavalluccio marino? *Tu* hai proibito alle tue nipoti di vedere i propri genitori? *Tu* hai negato loro di vivere con la dignità che meritavano?!» urlò.

Selìna, vedendo avanzare la madre verso di lei con fare minaccioso, era terrorizzata.

Indietreggiò, fin quando non la vide alzare minacciosa la testa. Conosceva bene quel gesto.

«Oh... molto bene... è questo che ti diverte allora. Rimediamo subito. E cavalluccio sia!»

Dalle mani della Regina scaturì un potente raggio viola.

Selìna, disperata, nuotò fulminea verso l'uscita della stanza cercando di schivarlo.

Ma era troppo veloce.

La investì in pieno, avvolgendola.

La superba Sirena si tramutò in un piccolo cavalluccio marino azzurro.

Re Niùt lo prese in una mano e lo rinchiuse in una gabbietta minuscola schermata magicamente.

Da lì, Selìna non sarebbe mai più potuta uscire.

Non senza il volere dei genitori, almeno.

«Curioso vedere come siate tanto prepotenti con i più deboli, e così indifesi con i più forti... che pena, speravo almeno in un tentativo di difesa!» la schernì la Regina, guardando dentro la gabbietta. «Oh già, dimenticavo che tuo padre ti ha tolto la parola. Ma in tutti questi anni avresti dovuto imparare a fare quantomeno le magie col pensiero. Pazienza. Nèilos! Vai a prendere mia figlia Stella, intendo ridarle la sua vera natura!»

«Vostre Maestà» disse una guardia entrando nella stanza. «Gli ostaggi sono stati liberati. E siamo certi di aver localizzato la Principessa Aileen e il Principe Dorcha.»

«Scherzi? Veramente, io, ero convinta di essere una Sirena di nome Alisea ed ero innamorata di un Tritone di nome Anam? Ma dai, è impossibile. Io amo solo te.»

Lo disse d'impulso, senza riflettere.

Dorcha, che non se lo aspettava, sentì la gola chiudersi dal magone.

Si sentiva felice.

Adesso non restava che liberare Grogher e gli altri e scappare da lì, recuperando il tempo perduto e riprendendo la missione.

Con un gesto veloce diede ad Aileen le fattezze di Alisea.

Poi la prese per mano e, con circospezione, uscirono dal nascondiglio.

Non appena fuori, trovarono ad attenderli Grogher, Sidae, Hercules e Raertha.

Smunti, ma sollevati e sereni.

Dietro di loro, Re Nèilos, le gemelle Aura e Amina, quattro Sovrani Sirenidi sconosciuti e uno strano cavalluccio marino azzurro al guinzaglio di un'ancella, li guardavano.

"Che sia la famiglia reale delle Sirene al completo?" si chiese Dorcha, in allerta nonostante l'apparente quiete.

Re Niùt si fece avanti.

Dorcha strinse d'istinto l'elsa.

Ma il Re non era pericoloso. Piuttosto, era imbarazzato.

«Principessa Aileen, Principe Dorcha, i miei rispetti. Spero di cuore che potrete perdonare le azioni aberranti di nostra figlia e del suo consorte.»

La Regina Silèna affiancò il marito, e diresse le mani verso di loro.

«Questi travestimenti non vi servono più.»

Con un solo gesto, li fece tornare all'aspetto originario.

Aileen lanciò uno sguardo incerto agli amici.

Erano tranquilli.

«Per quanto riguarda il nostro Segreto...» accennò Nèilos con la voce tesa per l'impaccio, «... ecco... pare che nostra figlia l'abbia tramutato nel Principe Anam. Dov'è?»

«Abbiamo già avuto modo di entrarne in possesso, Vostre Maestà. Sempre che vogliate concedercelo» replicò Dorcha, serio.

«Certamente, Principe. Per la salvezza del Grande Regno, è ben poca cosa privarcene», disse Re Niùt con un gran sorriso. «Fate buon viaggio e, se doveste aver bisogno di aiuto, non esitate a contattarci.»

«La vostra attuale destinazione è il *Regno delle Ali Magiche*, dico bene?» chiese la Regina Selina ad Aileen.

«Sì», rispose lei, composta.

«Allora... buona fortuna!»

La Regina Silèna e Re Niùt soffiarono forte sull'intero gruppo e, questo, svanì dalla loro vista.

Poi si guardarono tra loro.

«Ora sistemiamo gli equilibri di questo Regno, ce n'è bisogno» stabilì la Regina.

Scortati in pompa magna da tutte le guardie del Regno, e preceduti dall'Ambasciatore ufficiale, i Sovrani delle Laghine e Re Nèilos raggiunsero la piazza sottostante il castello.

«Udite, udite!» annunciò l'Ambasciatore al Popolo del Mare, usando un'ocarina per amplificare la propria

voce. «Sua Maestà Re Nèilos e i Sovrani del Regno dei Laghi, hanno un annuncio importante da fare.»
Nel giro di pochi minuti, l'intero Popolo degli Abissi si assembrò intorno a loro.
C'erano grandi fermento e curiosità.
Quando tutti furono presenti, la Regina Silèna parlò.
«Abbiamo richiesto che vi radunaste tutti qui, oggi, perché vogliamo che sia un grande, memorabile giorno... di pace, felicità e prosperità. Da oggi, i Bui Abissi e il Reame Oceanico diventeranno una cosa sola: il *Regno dell'Abisso Oceanico*. In questo nuovo Regno, la libertà regnerà sovrana.»
Il popolo, scettico, iniziò a rumoreggiare.
La Regina attese un attimo, poi continuò.
«Che ognuno riprenda possesso del ruolo e della posizione goduta prima dell'insulsa guerra scatenata da mia figlia Selìna!»
«È proprio vero? Che storia è mai questa? Ci possiamo fidare? L'ennesima presa in giro, cosa ci aspetta dopo?!» chiese la folla, impreparata ad accogliere quel cambio netto e improvviso.
Silèna li acquietò con un gesto e riprese.
«Posso solo immaginare le sofferenze da voi patite in tutti questi anni. Per tutto il dolore sopportato a causa della folle reggenza di mia figlia Selìna, per non averla controllata, per averle permesso di spadroneggiare su di voi, io mi scuso.»
La Regina si inchinò al Popolo.
Re Niùt e Nèilos la affiancarono e, a loro volta, si inchinarono.
Un silenzio attonito accolse il gesto, in attesa che rialzassero il capo.
Quando accadde, la Sovrana continuò.
«È comprensibile che non mi crediate, ma da oggi sarà davvero tutto diverso. Per dimostrarvelo, vi presento i vostri nuovi Sovrani: la Regina Stella e Re Neptunes,

reintegrati nel ruolo che, da sempre, è stato loro di diritto. Che questo sia l'inizio di un'era prospera e felice! Auguro, a tutti voi, gioia e serenità!»

Ancora un intimorito attimo per comprendere il significato profondo di quelle parole, poi Sirene, Tritoni, e ogni tipo di pesce, esultò in capriole e giravolte e balli di contentezza.

Compatto si levò un canto: «Lunga vita alla Regina Silèna, lunga vita a Re Niùt! Evviva i nostri nuovi Sovrani! Lunga vita a Re Neptunes, lunga vita alla Regina Stella!»

Era la prima volta che Nèilos vedeva il popolo così gioioso e grato.

Dalla sua celletta, anche il piccolo cavalluccio marino azzurro sembrò percepirlo.

La Regina Silèna si avvicinò a Nèilos e gli tolse la corona.

Re Niùt fece apparire un trono al centro della piazza e lì, incoronò Re Neptunes e la Regina Stella.

Un boato di applausi si alzò.

Quando tutto fu finito, Silèna si volse a Nèilos e al cavalluccio marino.

«È giunto il tempo di tornare al Lago. Voi verrete con noi. Andiamo.»

«Sì», rispose mesto il genero.

Mentre, seguiti dalle guardie, partivano, la Regina Stella, Re Neptunes, Aura e Amina indissero una grande festa.

I prigionieri di guerra vennero liberati e, finalmente, tutti poterono riappropriarsi di quelle identità che, per troppo tempo, erano state loro negate.

28.
BATTITI

Un freddo pungente li accolse, accompagnato dalla piacevole carezza del sole montano.

Si guardarono intorno: la magia della Regina Silèna li aveva trasportati alla base di una catena montuosa sconfinata, dalle cime incappucciate di neve.

Era uno spettacolo da togliere il fiato!

Fu una sensazione strana tornare sulla terraferma dopo tanto tempo passato sott'acqua; fu come ritrovarsi a respirare di nuovo per la prima volta. L'aria aveva un profumo più buono di quanto ricordassero, persino i colori apparivano diversi.

Raertha, Hercules e Sidae, pazzi di gioia, si lanciarono in una corsa sfrenata per la vallata spruzzando neve a ogni zampata.

Grogher, Dorcha e Aileen si gettarono l'uno nelle braccia dell'altro, vinti dalle emozioni.

Risero, piansero, infine urlarono: liberi! Erano di nuovo liberi!

«Non riesco ancorrra a crederci, sono trrroppo felice! Fatevi abbracciare!!!» esclamò Grogher, avvolgendo i due giovani con le sue lunghe braccia.

Aileen rise.

«Piano, Grogher, piano! Così ci stritoli!»

«È vero, Grog, basta!» aggiunse Dorcha.

Tra una presa in giro e una lotta scherzosa, si erano rotolati sulla neve ghiacciata e, infine, si erano sdraiati. Stremati.

L'aria e la neve erano gelide ma non importava, rivedere la luce del giorno era impagabile.

Aileen si girò verso Dorcha e si accorse che gli occhi del ragazzo, adesso, dal grigio erano passati al verde chiaro.

"*Che strano...*" pensò.

Dorcha si mise seduto.

«Cosa sapete del Regno delle Ali Magiche?» chiese.

Aileen lo guardò leggermente imbronciata.

«Davvero vuoi che ci rimettiamo al lavoro immediatamente?»

«In realtà no. È già abbastanza tardi, quindi pensavo che per oggi potremmo accamparci e organizzare solo un piano d'azione. E domani partire, che ne dite?»

«Mi sembrrra un'ottima idea» approvò Grogher.

«Anche a me» aggiunse Aileen.

«Perfetto. Allora io andrò alla ricerca di qualcosa di commestibile. Voi pensate al campo.»

«Approvato!» disse Aileen alzandosi.

Mentre Grogher allestiva una tenda grande fuori, calda e confortevole all'interno, Aileen accese un fuoco scoppiettante.

In attesa degli altri, ne approfittò per sedersi e scaldarsi un po'.

Quell'attimo di pace silenziosa le riportò alla mente l'inizio del suo viaggio.

Erano passati solo pochi mesi, ma tutti loro erano cresciuti di anni.

Quanto le mancavano i suoi genitori. Si chiedeva se sarebbe riuscita a salvarli.

E quanto le mancava la sua Fata-sitter Fayrin.

"*Chissà... magari appena entreremo nel Regno delle Ali Magiche riuscirò a incontrarla... forse sarà proprio lei a guidarci verso il Segreto delle fate. Ehi, ma certo! Se non lei, chi?*"

Aveva avuto l'intuizione giusta.

Appena si fossero messi a mangiare, ne avrebbe parlato con gli altri.

Dorcha arrivò dopo un po' con le braccia cariche di frutta secca, melograni, mele succose e dolcissime bacche.

«Non sono riuscito a trovare altro quassù. A valle sarà diverso, ma per oggi dovremo accontentarci. Poco più avanti c'è un laghetto, ma è ghiacciato e poi... chissà perché il pesce non mi attira più», concluse sarcastico.

La potente risata di Grogher riempì l'aria.

«Neanche a me, giurrro!»

«Quello che hai trovato andrà benissimo» disse Aileen correndo ad aiutarlo. «Dopo tutte quelle alghe, queste primizie ci faranno sentire sulle nuvole!»

Aileen preparò un succo di mele e un'enorme macedonia a base di chicchi di melograno, polpa di mele, mandorle, nocciole, noci e bacche.

Mangiarono a sazietà.

Persino Sidae, che da buon leone preferiva la carne, si leccò piacevolmente i baffi, mentre Hercules e Raertha erano impegnati a divorare con gusto mele su mele.

Quando ebbero la pancia piena, Aileen valutò che fosse il momento giusto per parlar loro di Fayrin.

«Vi ho mai raccontato della mia Fata-sitter?» esordì.

Mentre Grogher ascoltava attentamente il racconto, Dorcha, dopo un po', si perse a guardare Aileen.

La ragazzina che aveva conosciuto non c'era più.

Quanto tempo era passato dalle Sirene?

Aileen ormai doveva aver raggiunto i diciotto anni ed era diventata una giovane donna dal corpo agile e scattante, dalla linea perfetta.

Con indosso la tuta termica degli Elfi era splendida.

Mentre parlava, Dorcha era ipnotizzato dalla

luminosità degli occhi, dalle labbra morbide e carnose, dalla voce cristallina, dalla curva delicata del seno che si alzava e si abbassava.

Sentì di desiderarla profondamente.

«Dorcha? Sei con noi?» gli domandò lei a bruciapelo.

«Eh? Oh... sì, sì!» rispose lui, diventando rosso fino alla punta del naso.

«Va tutto bene? Sei stanco? Hai bisogno di riposare un po'?»

«Oh, no. No, no. Va tutto bene, sul serio.»

Grogher lo osservò con sguardo esperto: era tempo di andare a fare una lunga passeggiata e di lasciare quei due da soli.

«Bene, Aileen, la tua mi sembrrra un'ottima idea, chiama pure la tua amica quando vuoi. Adesso, però, io ho prrroprio bisogno di sgranchirmi le gambe. A dopo.»

Così dicendo, Grogher si dileguò per la strada delle montagne.

Aileen ebbe un brivido.

«Certo che fa proprio freddo» disse rabbrividendo, facendosi più vicina al fuoco.

Dorcha la prese per mano.

«Entriamo nella tenda?»

Lei annuì.

Il ragazzo, con aria scherzosa, la prese in braccio e si mise a correre. Aileen rimase spiazzata.

«Ma che fai? Fammi scendere!» urlò lei, divincolandosi divertita.

«Perché, se no?»

Dorcha si scatenò in una corsa ancor più matta, provocando sempre di più l'ilarità di lei.

Ma non vide una radice che spuntava nel terreno e inciampò.

I due si ritrovarono con la faccia immersa nella neve.

La ragazza si divincolò, e scivolò agile sotto la stretta

di lui.

«Stavolta non mi prendi!» disse poi, scappando.

Dorcha partì subito all'inseguimento.

Si ricorsero all'impazzata su e giù per il campo, fino a quando Aileen non entrò, fulminea, dentro alla tenda, e si trovò bloccata in un angolo.

«A-ah! Sei in trappola!» disse Dorcha avvicinandosi a lei.

Ansanti, i volti così vicini da poter sentire l'uno il respiro dell'altro, smisero di ridere.

Il mondo sembrò fermarsi.

Al centro, c'erano solo loro.

In quella bolla senza luogo e tempo, Dorcha avvicinò piano le sue labbra a quelle di Aileen e la baciò, dolcemente.

Aileen ricambiò, sentendosi trasportata in un miscuglio di sensazioni mai provate prima.

Piano, Dorcha le sfilò la maglietta, poi si tolse la propria.

Lei lo guardava ipnotizzata, tremante e in attesa.

Dorcha, sentendo un forte calore pulsare nel petto, le si avvicinò e la strinse a sé, per poi condurla sul lettino.

Quando lei si sdraiò, la guardò come un fiore raro, le si mise vicino e la accarezzò.

Le mani di lui erano calde, sicure, delicate.

I respiri accelerarono e, a poco a poco, la danza dei loro corpi e delle loro anime ebbe inizio.

Travolti, si sentivano felici come non pensavano fosse possibile.

Non avrebbero mai più voluto smettere. Continuarono finché la sera li colse stremati.

Dorcha avvolse entrambi con la coperta e affondò il viso nei lunghi capelli di lei.

Teneramente abbracciati, appagati e sereni, si addormentarono profondamente.

Grogher entrò dopo un paio d'ore.

Vedendoli, sorrise.

Erano belli, profondamente addormentati.

Decise che li avrebbe lasciati soli fino alla mattina successiva.

Lì vicino c'era una caverna abbastanza grande dove si erano già sistemati Sidae, Raertha ed Hercules.

Con loro sarebbe stato benissimo.

«Buongiorno, piccolina» disse Dorcha dando un bacio ad Aileen sulla punta del naso.

Lei aprì piano gli occhi, lo guardò, poi si stiracchiò.

«Buongiorno...» sussurrò.

Le loro bocche si incontrarono di nuovo, scambiandosi un lungo bacio.

Poi Aileen si soffermò a cercare qualcosa.

«E Grogher? Dov'è?» chiese poi.

«Non so, fuori credo.»

«Andiamo a preparare la colazione anche per lui, allora. Ho una fame!»

La ragazza saltò giù dal letto e si lavò il viso con l'acqua gelata del catino, poi uscì dalla tenda seguita da Dorcha.

Grogher e i tre animali erano già lì fuori.

Un bel fuoco scoppiettante li attendeva, insieme a una zuppa calda di tuberi e radici che l'amico aveva trovato nella lunga passeggiata del giorno precedente.

«Ben svegliati. Venite a mangiarrre, sarete affamati!» disse con aria ammiccante.

Aileen si sentì avvampare ma Dorcha, protettivo, le avvolse le spalle con un braccio.

«Oh sì, Grog, lo siamo. Non sai quanto!» rispose, togliendola d'impaccio.

La prese per mano e si sedettero vicini.

«Sono verrramente felice per voi.»

I due ragazzi sorrisero, sapevano che l'amico diceva il vero.

29.

TENSIONE

Nell'antro più buio, sporco e puzzolente della caverna più ampia di tutta la Catena Montuosa di Sliabh, la maestosa Regina Badney stava facendo gli onori di casa.

Re Bàistec e la Regina Urchoicha erano seduti su due enormi massi, davanti a due botti piene di un liquido fumante dal profumo simile a quello di una bevanda alquanto originale: densa, ribollente, marroncina, con pezzettoni di stecche di cannella e soffici gommini colorati.

Davanti a loro, su una lastra di pietra molto lunga, larga e robusta, erano accomodati i Sovrani dei Troll.

Bàistec e Urchoicha, che non erano proprio d'aspetto piacevole, davanti a loro sembravano due dolci fatine.

Re Scrios e la Regina Badney erano, infatti, veramente ripugnanti.

Dalla statura smisurata, che sfiorava i circa sei metri di altezza, sfoggiavano zanne prominenti al posto di una normale ed equilibrata dentatura, avevano nasi grossi come padelle e orecchie che spuntavano dalla testa al pari di ali spiegate.

Come se non bastasse, erano tutti ricoperti di pelo.

Non soffice e morbido, ma duro e spinoso.

Se qualcuno avesse mai avuto l'infelice idea di sfiorarli, si sarebbe ferito gravemente.

A completare il tutto avevano braccia molto più

lunghe del normale, un po' come quelle di Grogher, e artigli acuminati e incurvati al posto delle unghie.

I Troll non usavano vestirsi, trovavano quest'usanza troppo moderna per i loro gusti; senza contare che, a loro avviso, la pelliccia di cui erano dotati era già fin troppo calda. Simili diavolerie come i vestiti, pertanto, per quel popolo non avevano alcuna attrattiva.

Solo Badney si concedeva, unicamente per vezzo femminile, un bel fiocco in testa; così grande da farla sembrare un gigantesco pacco regalo.

Urchoicha, sebbene andasse piuttosto d'accordo con lei, non era entusiasta di questa loro usanza.

Un conto era comunicare da lontano tramite il vapore delle pozioni; un conto era parlare muso a muso, tramortiti dalla puzza che i loro corpi emanavano... e che la sentissero persino Urchoicha e Bàistec, beh, era tutto dire!

«Hallorha!» disse Badney, servendo con gioia dei pasticcini che avevano tutta l'aria di essere delle pietre bitorzolute. «Eccoh qui i miehi speciahlih dolcettih. Sehrvihtehvi, sono buohnihssihmi cohsì croccanti! A cosah dobbiamoh la vostrah visitah?!?»

Badney, quando parlava, aveva la mania di aspirare tutte le vocali e di sputacchiare qua e là a ogni parola.

Urchoicha, asciugandosi uno sputo arrivatole dritto in un occhio, prese con titubanza un dolcetto, diede un disgustato sguardo d'intesa al marito, poi si rivolse ai due Troll.

«Ne abbiamo parlato a lungo: vorremmo proporvi di collaborare alla conquista del Grande Regno Universale.»

«Kome sarebbe a dire, spiekateci meglio!» si informò Re Scrios incuriosito e colpito dall'inaspettata proposta.

«La nostra idea è questa...» intervenne Re Bàistec. «... una volta conquistato il *Segreto del Regno delle Fate e dei Folletti,* Dorcha e Aileen dovranno necessariamente venire da voi...»

«Da noi?» chiese Badney.

«Sì, certo» riprese Urchoicha, assaggiando il dolcetto. «Hanno bisogno anche del vostro Segreto.»

«E kuindi?»

«Quindi noi, nel frattempo, uniremo i nostri due eserciti e ci prepareremo ad accoglierli!» continuò Bàistec.

«Invece di dargli i nostri Segreti, sottrarremo loro tutti quelli che hanno trovato, li metteremo insieme, ridaremo vita al Sigillum Maximum e conquisteremo il Potere Universale regnando indisturbati su tutti gli altri regni!!!» concluse Urchoicha.

«Sembra fantastiko... dove è trukko?» chiese dubbioso Scrios.

«Mah qualeh truccoh, Tesohroh! Io e Urchoichah ci conosciamoh da bambineh, è un'amicah!» disse Badney entusiasta.

«È vero Scrios, certo... io e Badney eravamo due pupette quando ci siamo conosciute. Un trionfo assicurato per entrambi i regni, parola mia!» lo incoraggiò Urchoicha sogghignando tra sé e sé.

Ma Scrios era ancora poco convinto.

«Tu ke ne pensi, Bàistek?» chiese ancora.

L'orco scoppiò a ridere.

«Caro amico, l'idea è stata mia!» rispose gongolante.

«Uhm... d'akkordo. Allora... uniamo i due eserciti.»

«Bravoh, marhito mioh! E orah... brindiamoh!»

Urchoicha e Bàistec si guardarono: era fatta, i due Sovrani citrulli erano al loro servizio.

Dopo aver conquistato il Sigillum li avrebbero eliminati e avrebbero ottenuto il potere assoluto.

Urchoicha prese un altro pasticcino.

«Complimenti, amica, devi darmi la ricetta!»

Badney allargò la sua enorme bocca in un gioioso e,

a modo suo, tenero sorriso.

Fuori dalla porta Baelnes, che aveva accompagnato i due Sovrani orchi in quel pericoloso viaggio, aveva sentito tutto.

Non poteva più stare a guardare, era arrivato il momento di agire.

«Entro in connessione con Fayrin» disse Aileen, guardando i suoi compagni di viaggio.

«Fai purrre, piccola, noi siamo con te.»

«Grazie Grog.»

Aileen chiuse gli occhi e si concentrò sul ricordo della sua amica.

Non aveva memoria che l'avesse contattata quando era stata trasformata in Alisea, era convinta di non sentirla da mesi, da anni! E questo le faceva provare un forte senso di colpa.

«Fayrin...» disse, non appena ebbe la sensazione che la sua mente fosse entrata in uno stato di semicoscienza. «Fayrin, ci sei?»

Provò e riprovò ma non ottenne risposta.

«Non ci riesco...» disse dopo parecchio, delusa.

«Forse è solo impegnata», valutò Dorcha. «Puoi riprovare più tardi.»

«Ma è già mattino inoltrato, sarebbe bene che ci avviassimo...»

«Orrra più, orrra meno non farà una gran differenza. Soprrrattutto perché sentirla ci può davvero aiutarrre» ragionò Grogher. «Vedrai che, tra poco, la tua amica risponderrrà.»

Aileen tentò più volte ancora, ma il risultato non cambiò.

A quel punto ci provarono anche Dorcha e Grogher. Nemmeno loro furono in grado di farlo.

«Sidae» disse allora Grogher, «facci vedere il luogo dove vive Fayrrrin.»

Il leone si acciambellò sulla neve e chiuse gli occhi, come se dormisse. Dalla sua testa partì una proiezione inquietante: raffigurava un ambiente spettrale silenzioso, deserto e buio.

Gli alberi erano tutti secchi e privi di foglie, come morti.

Aileen era scioccata.

«No... è tutto sbagliato. Questo non può essere il regno di Fayrin! Me lo ha sempre descritto come un posto pieno di colori, di profumi! Non è possibile che sia così!»

«Dev'esserrre per forza successo qualcosa.»

«Pensate che dipenda dalla distruzione della Pergamena?» chiese Aileen allarmata.

Dorcha e Grogher rimasero in silenzio per un attimo.

Dorcha sentiva dentro di sé che quella era senza dubbio la risposta, ed era solo colpa sua.

«È probabile, Aileen» disse amareggiato, sentendo il cuore pesante.

Baelnes aveva preso una decisione radicale: se voleva davvero aiutare il suo popolo, rimanere al servizio di quegli Orchi che per tanti anni lo avevano bistrattato, non gli serviva più.

Doveva schierarsi.

Adesso che conosceva il loro piano, era ora di tornare a casa.

Questo, in parte, lo preoccupava.

Sua moglie Yemy non aveva mai approvato la sua decisione.

Non sapeva cosa avrebbe trovato al suo rientro. L'ultima volta avevano litigato in modo terribile, e il motivo era sempre lo stesso.

«Smettila con queste idiozie! Perché devi andare a lavorare da quei putridi Orchi ripugnanti? Cosa speri di guadagnarci?! Loro odiano gli Elfi, non perderanno

Glielo aveva ripetuto talmente tante volte che lo aveva imparato a memoria.

Tuttavia, non era mai riuscita a fargli cambiare idea.

Lei era convinta che avrebbero potuto vivere sereni solo con le loro forze.

Baelnes, invece, sosteneva con fermezza di no.

Bàistec era disgustoso, ma era munifico, ed era quanto serviva per avere una famiglia numerosa che vivesse nell'agio.

Se avesse avuto il coraggio di guardarsi dentro avrebbe saputo bene che quella che raccontava persino a se stesso non era la vera ragione: lui *doveva* lavorare per gli Orchi.

Ma preferiva pensare che non fosse così, che fosse una sua scelta.

Guardare in faccia la verità sarebbe stato troppo doloroso.

Umiliazione? Forse. Nel caso, ci sarebbe passato sopra e sarebbe andato avanti.

Spinto da questa certezza, l'elfo aveva ignorato deliberatamente le richieste della moglie e aveva fatto di testa sua.

Solo dopo aver preso servizio, aveva toccato con mano la realtà scoprendo quanto le parole di Yemy fossero vere.

Avrebbe ancora potuto tornare indietro, proporre magari al Re Orco un nuovo patto che fosse accettabile... ma non voleva degradarsi più di quanto avesse già fatto. Così, era rimasto, aveva sopportato e guadagnato... e, alla fine, era persino riuscito a scendere a patti con quella vita così diversa da quella a cui era abituato.

Adesso, però, c'era in ballo qualcosa di più importante da considerare: se l'intero Grande Regno Universale fosse finito sotto l'egemonia degli Orchi, sarebbe stata la fine.

Per tutti.

Erano prepotenti, cialtroni, presuntuosi. Meno intelligenti di quanto pensassero, non conoscevano nemmeno da lontano l'idea stessa del rispetto.

Baelnes non intendeva permettere che la sua famiglia, il suo popolo, il Mondo intero finissero così. Non aveva un solo minuto da perdere, doveva farsi coraggio e uscire allo scoperto.

Sapeva bene che gli Elfi erano protetti dai due Principi della Luce, l'assennato e saggio mago Baelkers e il Cavaliere Aeltiàfisar. Ma erano talmente anziani!

Da quando era nato non ce n'era mai stato bisogno ma, nonostante avesse sentito dire che fossero straordinari, lui era convinto che, in caso di un reale pericolo, non sarebbero stati in grado di reagire.

"Però… anziani o no, se li avviso per tempo potrebbero farcela!" pensava.

Sì. Avrebbero radunato tutti gli Elfi del Regno e, essendo il suo intero popolo esperto sin dalla nascita in magia e combattimento, avrebbero messo su l'esercito più potente che si fosse mai visto.

Era tutto nelle sue mani. Per i suoi figli, per Yemy, per il suo popolo: doveva agire.

Aileen e gli altri si erano accorti che sulla spianata innevata su cui erano, non c'era ombra di vita.

Spinti da quello, e dalle immagini di desolazione viste grazie a Sidae, decisero di partire.

«Come facciamo a trovare le Fate? Qualcuno di voi lo sa?» chiese Dorcha.

«Ricordo che Fayrin mi diceva sempre: *"Noi Fate viviamo nel Regno delle Ali Magiche, ma abbiamo usanze diverse dai Folletti… così abbiamo creato un mondo a parte tutto per noi, il Regno Interno. Vi si accede tramite un passaggio magico nella pietra…"*»

disse Aileen.

«E poi?» chiesero curiosi Dorcha e Grogher.

«E poi non so, non mi ha mai detto altro» sospirò. «Non importa, la troveremo! Grogher, tu che hai dato uno sguardo in giro, in che direzione pensi sia meglio andare per trovare l'ingresso al Regno Interno?», chiese Aileen.

«Beh... dirrrei giù, verso valle, dove ci sono i campi aperti.»

«Lo troveremo un folletto a cui chiedere, no?» ragionò Dorcha.

«Speriamo. Da quando siamo qui, non ne abbiamo incontrato nemmeno uno!» osservò Aileen.

«Sì, ma è anche vero che qui in montagna fa molto freddo. Magari non è il clima ideale per loro...» notò Dorcha.

«I Folletti amano la montagna e la neve. Ci sono interrri villaggi nel bel mezzo delle alturrre.»

«Già...», si intromise Aileen pensierosa. «Non solo. Prima che il Regno venisse separato, c'erano anche interi villaggi di Fate. Da piccola, Fayrin mi raccontava sempre che, a quei tempi, i Folletti godevano della protezione degli orsi e le Fate, dei lupi. Ogni volta che c'è un loro villaggio nelle vicinanze, c'è anche un branco di lupi che le difende... ma mi pare che di lupi... non ci sia nemmeno l'ombra.»

Raertha, d'improvviso, nitrì e sgroppò nervoso.

Anche Sidae stava girando su se stesso irrequieto.

Poi il leone diede una sonora musata a Grogher, sollevandolo e lanciandoselo in groppa; la stessa cosa fecero Raertha ed Hercules con Aileen e Dorcha.

I tre amici non ebbero neanche il tempo di capire cosa fosse successo. Si ritrovarono in sella alle loro cavalcature, a planare velocissimi verso valle.

«Yemy! Bambini! Venite da papà!», urlò Baelnes non

appena giunse in prossimità della sua casa.

Un chiacchiericcio allegro fatto di gridolini e risate accolse il suo grido.

I suoi elfetti si precipitarono, chi uscendo dalla porta di una piccola casa costruita con perizia in cima a un folto abete, chi arrivando correndo dal prato vicino, chi scapicollandosi giù da qualche ramo.

Tutti e dodici i figli corsero gioiosi ad abbracciarlo, saltandogli addosso da ogni lato e riempiendolo di baci.

Solo Yemy mancava all'appello.

«Dov'è la mamma?» chiese ai figli Baelnes, con gli occhi umidi dall'emozione.

Aspettava quel momento da tanto.

Erano mesi che il suo cuore gli suggeriva di tornare, non aveva mai provato una mancanza così devastante come in quegli ultimi periodi.

«Te l'andiamo a chiamare!» risposero in coro i tre gemellini più piccoli.

Aaron, Carol e Niky erano tre piccole schegge impazzite: dopo nemmeno un secondo si erano già arrampicati sull'albero e si erano fiondati in casa.

«Mamma, mamma! C'è papà!»

«Chi?» rispose lei incredula.

«Papà, papà, c'è papà! Corri mamma, corri!»

Yemy provò un tuffo al cuore, non riusciva a credere che fosse vero.

Davvero il suo Baelnes era tornato?

Prendendo le mani delle tre piccole pesti che la tiravano, Yemy si lasciò trascinare fuori, guardò giù e lo vide.

Non appena lui si accorse della sua presenza, rimase incantato a guardarla.

Yemy era l'elfa più bella del regno: capelli nero corvino splendenti lunghi fino alla vita, viso ovale, occhi blu come la notte più scura, ma lucenti come le stelle, carnagione olivastra, corpo flessuoso.

Come aveva fatto a stare lontano da lei per tutto quel tempo?

Si allontanò dai figli, e corse su per la scala di foglie e legna verso di lei.

Rimasero per un istante occhi negli occhi, poi si strinsero forte.

«Sei tornato...»

«Sì... e stavolta non me ne vado più.»

Nel sentire queste parole, un sorriso smagliante si disegnò sul volto dell'Elfa.

«Bisogna festeggiare, allora! È pronto in tavola, vieni» disse prendendolo per mano con tenerezza. «Ehi, bambini, forza! È pronto!»

I piccoli, vocianti, felici, scatenati, corsero alla fontanella a sciacquarsi le mani e, in men che non si dica, raggiunsero i genitori.

Quando furono a tavola, Baelnes si soffermò a rimirare la sua bella, vociante e allegra famiglia seduta intorno a lui, e si sentì finalmente completo.

Yemy aveva sempre avuto ragione, non c'erano soldi che tenessero.

Dopo tanto tempo, aveva finalmente fatto la scelta giusta.

«Baelnes! Baelneeesss!» chiamò Re Bàistec, dopo più di un'ora che lui e la moglie si erano accomiatati dalla riunione con i Sovrani dei Troll.

«Dove sarà finito quell'inetto insetto?» chiese a Urchoicha in un moto di rabbia.

«Che succedeh? Non lo aveteh ancorah trovatoh?» domandò preoccupata e anche un po' disturbata Badney, raggiungendoli.

Non le era mai capitato che un servitore sparisse da un momento all'altro a meno che, certo, non fosse lei stessa a farlo sparire, magari in padella con qualche buon contorno di patate e peperoni.

«No, Badney! Sembra essersi volatilizzato!» replicò molto seccata Urchoicha.

«Ma non è possibile! Kueste montagne sono a vista, per kosì dire» replicò pensieroso Re Scrios. «Uhm... venite kon me!»

I quattro Sovrani uscirono su una piana e Scrios fece un fischio.

Un potente battito d'ali li raggiunse in men che non si dica.

Urchoicha e Bàistec alzarono lo sguardo, erano due Mountcur: cavalcature alate stridenti, enormi e inquietanti, con lunghi becchi appuntiti lanciafiamme da cui sporgevano canini acuminati.

Gli occhi, gialli con l'iride fissa e rossa, sovrastavano corpi possenti che ricordavano quelli di due smisurati corvi neri spelacchiati.

Le zampe artigliate, possenti e spaventose, erano ideali per la presa su qualunque spuntone di roccia o per catturare un nemico inopportuno.

Come cavalcature dei Troll erano le più indicate.

Scrios fece segno a Urchoicha di accomodarsi dietro di lui sul primo Mountcur; lo stesso fece Badney con Bàistec.

Con un'impennata e un potente colpo d'ali, i due animali arrivarono in cima alla montagna più alta in un lampo.

Re Bàistec e la moglie non ci avevano mai fatto caso prima ma, lì sopra, sorgeva un fortino abilmente mimetizzato con la vegetazione montana, presieduto da un manipolo di Troll guerrieri.

Re Scrios non si prese la briga di scendere.

Si rivolse invece direttamente a Meannach, il Troll a capo del gruppo, spiegando l'accaduto.

«Non abbiamo visto nessuno qui, mio Re... solo un lampo azzurrino laggiù» si affrettò a rispondere lui, indicando il punto in cui Baelnes avrebbe dovuto essere.

«Un lampo... azzurrino?!» si sfrenò Urchoicha. «In che senso un lampo azzurrino?»

«Perchéh strillih cahrah, è graveh?» le chiese Badney, stupita dalla reazione.

«È grave, sì! Significa che quel pusillanime ci ha abbandonato, se n'è andato! Ah, io te l'ho sempre detto che gli Elfi sono traditori! Ma tu no, non mi ascolti mai!» aggiunse, investendo il marito. «Quante volte te l'ho ripetuto? Non dovevi assumerlo al nostro servizio! Quel mollusco ci avrà sentito e sarà corso ad avvisare quegli Elfi maledetti! Addio effetto sorpresa!»

«Non agitarti kosì, Urkoika, non ti fa bene. È solo un inutile Elfo» provò a dire Re Scrios.

«Gli Elfi sono ingannatori, Scrios, scaltri e molto pericolosi! E, come se non bastasse, sono abili quanto me nell'uso della magia!»

«Hai ragione, cara, sono stato un ingenuo. Ma ormai il danno è fatto» disse pratico Bàistec. «Se è così, dobbiamo organizzare subito i nostri eserciti. Se davvero gli elfi sanno, la guerra non è più un'ipotesi ma una certezza, e sarà molto più dura di quanto pensassimo.»

«Data la gravità della kosa, konviene kiedere aiuto agli Gnomi di Montagna» suggerì Scrios.

«Uh? Ma no!» si oppose Bàistec. «Per chiedere il loro aiuto dovremmo andare fino al Regno dei Due Arcobaleni. Il viaggio è lunghissimo!»

«Ma quahleh arcobalenoh!» intervenne Badney divertita. «Gli Gnomih di Mohntagnah destestanoh l'arcobalenoh! Non l'ahi mahi capitoh quhando venivahno a vehndertih i loroh tesori? Sono astutih e mholto intelligenthi. Hanno abbandohnatoh il loroh Regnoh dah secholih per vivereh quih dah nohi!»

«Sì, io lo sapevo» si intromise Urchoicha. «Ma non sarà in ogni caso facile coinvolgerli. Che io sappia, amano stare per i fatti propri.»

«Oh, non è dettoh, carah. Basterah prohmettereh loroh dell'oroh e accetterannoh subitoh, garantitoh!»

30.
IL CUSTODE DEL CUORE DI GLÀRE

Fheall si catapultò nella pianta di cristallo di Aeltiàfisar urlando il suo nome.

Lui, seduto a gambe incrociate su una morbida foglia gigante, aprì gli occhi e la guardò stupito.

«Che succede?»

«Non è più tempo di fare l'eremita, ancora non l'hai capito? Vieni con me. Subito! Dobbiamo parlare con tuo fratello!»

«Se solo sapessi quanto mi sei mancato...» sussurrò Yemy al marito.

I bambini stavano ancora tutti dormendo e loro erano riusciti a ritagliarsi un breve spazio d'intimità sulle sponde del fiume che scorreva sotto casa.

Fare il bagno lì, la mattina, era sempre stato uno dei loro divertimenti preferiti.

Da adolescenti si erano conosciuti proprio così.

«Anche tu» replicò lui, abbracciandola stretta.

«C'è dell'altro, però... vero? Non sei tornato solo per noi. Ti vedo preoccupato.»

Baelnes guardò sua moglie.

Non era mai riuscito a nasconderle nulla e questa volta non sarebbe stato diverso.

«Sì», ammise dopo un lungo istante silenzioso. «C'è dell'altro.»

Le prese le mani e la fece sedere appoggiata al tronco del loro albero preferito; poi la mise al corrente di tutto quello che aveva scoperto.

Sidae, Raertha ed Hercules planarono rapidi su un ampio campo verde.

Aspettarono che i loro cavalieri scendessero, poi come nulla fosse stato, l'unicorno e il cavallo si misero a brucare l'erba, Sidae a sonnecchiare.

Dall'alto, Aileen e i suoi amici avevano notato che, nonostante i prati sembrassero una distesa di velluto, non c'era traccia nemmeno di un fiore.

Cosa curiosa, trattandosi del Regno delle Ali Magiche.

«Chissà perché avevano tanta fretta» commentò Aileen guardando perplessa gli animali. «In ogni caso, adesso non ci resta che trovare l'ingresso al Regno Interno.»

«Forrrse pensavano che provare a contattarrre la tua amica Fata qui a valle sarrrà più semplice.»

Lei annuì.

«Sì, ma questa volta lo faremo insieme. Mani.»

Aileen strinse quelle di Dorcha e Grogher. Poi chiusero gli occhi.

Si concentrarono.

E, di nuovo, chiamarono.

Senza alcun risultato.

Fayrin non diede alcun segno.

Aileen spalancò gli occhi agitata.

«Le è successo qualcosa, per forza! Non si negherebbe mai a un mio richiamo!»

«Basta provare a contattarla, allora» intervenne Dorcha rassicurante. «Piuttosto, iniziamo a cercare l'ingresso al suo Regno.»

Aeltiàfisar e Fheall giunsero al campo d'addestramento dove Nalar e Inmus insegnavano ai giovani Elfi del Regno le pratiche più semplici della magia.

Baelkers era lì.

Vedendoli arrivare così di fretta, li guardò allarmato.

«Seguici!» ordinò, perentoria, Fheall.

«Ma...» esitò Baelkers.

«Dopo. Le domande, dopo. Andiamo.»

Baelkers li seguì.

Arrivarono al centro di una radura appartata.

Fheall alzò in alto le mani ed emise un soffio deciso e potente.

Dinnanzi a loro apparve una nuvola dorata: al centro, si muovevano le figure di Urchoicha, Bàistec, Scrios e Badney. Stavano parlando animatamente con quello che doveva essere un capo guarnigione. Alle sue spalle si stava radunando un intero, spaventoso esercito di Troll e orchi guerrieri.

I due elfi e la Gnoma impallidirono.

Un lieve rumore li distolse dalla visione.

Era Baelnes, appena spuntato da dietro un'alta roccia.

«Chiedo scusa... posso?»

I tre maghi si girarono verso di lui stupiti.

Sapevano chi era.

«Vieni avanti» disse Aeltiàfisar.

«Grazie» disse umilmente Baelnes posizionandosi di fronte alla nube dorata. «Quello che devo dirvi... riguarda loro.»

Erano passate due intere settimane.

Dorcha e gli altri avevano camminato e volato senza sosta per la radura.

Erano passati intorno agli stessi alberi, avevano riposato sulle medesime rocce e bevuto alle precise, identiche fonti.

Senza alcun risultato: sembrava che non ci fosse alcuna traccia dell'ingresso al Regno Interno. Né ombra di vita. Come in montagna, anche a valle non avevano visto animali. Né Folletti. Cosa singolare, trovandosi proprio nella loro parte di regno.

Iniziarono a pensare che quello fosse diventato un regno fantasma, o che fossero stati resi vittima di un'illusione. In entrambi i casi, non era rassicurante.

All'alba del quindicesimo giorno, Sidae ruggì.

Raertha ed Hercules lo affiancarono solenni e si inginocchiarono entrambi su una zampa, abbassando il muso.

Era chiaro cosa intendessero: contattare i Folletti separatamente dalle fate.

Poteva essere l'idea vincente, non ci avevano ancora provato.

Aileen, Dorcha e Grogher li imitarono.

La ragazza si ricordò di avere una ghianda in tasca. La prese e la posizionò al centro del cerchio che i loro corpi stavano formando.

Dopo un po' la ghianda brillò.

Seduto su di essa, apparve un esserino piccolo e delicato.

Il corpicino ricordava quello di un elfo in miniatura. Portava una maglietta e un paio di pantaloni verdi come l'erba, un cappellino morbido a punta dello stesso colore e delle babbucce appuntite, marroni come la terra.

Il viso era simpatico, con il naso tondo come una pallina e gli occhietti vispi, grandi e neri.

L'età era indefinibile.

«Chi siete? Cosa volete?» chiese, con una vocetta squillante.

«Sei... un Folletto...» mormorò Aileen, pensando a Helbert con una stretta al cuore.

«Naturale, non mi avete forse chiamato voi? Comunque, ragazza Nuvolana, non sono un Folletto, sono il Capo dei Folletti. Il mio nome è Brick! E voi mi avete disturbato! Allora? Si può sapere cosa volete?!»

«Parlare con te. Con calma. È possibile, Signor Capo dei Folletti?» chiese Aileen con reverenza.

«Chiamami pure solo Brick, ragazzina. Sì, certo che è possibile. Con quella luce che ti fa sbrilluccicare mi ricordi qualcuno. Chi sei?»

«Mi chiamo Aileen, sono la Principessa di Nuvolandia.»

«La figlia della Regina Eloria, dunque!» si illuminò ammirato. «Ricordo ancora il giorno in cui sei nata, eri così luminosa! Sembravi una stella del cielo! Tuttavia... avrei detto che fossi più piccola d'età! Ah, si vede che con gli anni sto perdendo la memoria. Che piacere, piccolina! Dimmi, come stanno i tuoi genitori? E il mio caro amico Helbert?»

La gola di Aileen si chiuse, e i suoi occhi si velarono di lacrime.

Brick si fece avanti preoccupato.

«Cosa è successo? Perché piangi? Parla!»

Dorcha le corse in aiuto.

«Ecco, Capo Brick...»

Il folletto si girò di scatto, guardandolo male. Dorcha si corresse subito.

«Brick. Solo Brick, sì. È proprio per questo che siamo qui» intervenne cauto.

«Bene, vi ascolto.»

Il folletto si sistemò comodo sulla ghianda e si fece serio e attento.

Non voleva perdere una sola sillaba; l'istinto gli diceva che, se quello strano gruppo era arrivato fin lì, doveva esserci un motivo importante.

Brick si bevve ogni parola.

Pian piano, il miscuglio di idee e timori che aveva iniziato a serpeggiare negli ultimi tempi nel Consiglio dei Folletti, acquisì una consistenza reale... e terribile!

Ecco cos'era stato quel lampo di luce spaventoso che

era balenato nel cielo solo pochi mesi prima!

Ecco a cosa presumibilmente era dovuta la sparizione di fiori e animali! Ed ecco spiegati anche gli avvenimenti orribili che avevano ridotto il meraviglioso *Regno delle Ali Magiche* nello stato in cui era adesso.

Un regno del cui antico splendore non vi era più nulla, in cui il disfacimento e la disperazione regnavano ormai Sovrani.

Forse la Principessa e i suoi stravaganti amici erano la soluzione che lui e gli altri Folletti stavano cercando.

«Per accedere al Regno Interno e incontrare le Fate c'è un'unica soluzione» commentò alla fine del racconto. «Dovete diventare Folletti Onorari, acquisire il nostro controllo dello spazio e riuscire a percepire i veri odori che permeano la natura. In caso contrario, non potrete mai entrare.»

«In che senso i verrri odori?» chiese Grogher senza capire.

«Vi spiego subito. Ditemi, quali odori percepite in questo momento?»

«Profumo di erba» rispose pronta Aileen.

«Sì, e... aroma di pino selvatico...» continuò Dorcha annusando l'aria.

«E anche... di rrrugiada!» concluse Grogher, soddisfatto di essere riuscito a identificare il profumo che più di ogni altro gli solleticava le narici.

«Uhm... sapete invece che cosa sento io?» domandò pensieroso il Capo dei Folletti. «Odore di marcio, melma, muffa. Voi percepite ancora l'impronta degli odori del passato; io e gli altri Folletti, invece, sentiamo nitidi quelli del presente. Qualcosa di molto brutto è accaduto, qualcosa di terrificante. Voi mi dite la distruzione della Pergamena, certo... ma potrebbe anche esserci altro. Quel che è sicuro è che, noi Folletti, non siamo ancora riusciti a trovare la chiave per riparare a questo dramma. Voi siete la nostra unica speranza. Venite con me, dobbiamo parlare con tutti i membri del Consiglio!»

«Grazie di averci avvisato, Baelnes. La conferma che dai alle immagini che abbiamo appena visto è preziosa» commentò Aeltiàfisar.

«Sei stato molto coraggioso» gli disse dolcemente Fheall, posandogli una mano rugosa sul braccio.

«A questo punto non c'è altra scelta: dobbiamo coinvolgere tutti gli altri Regni e formare un esercito» decise Baelkers. «Per quanto capaci, è impossibile che Aileen e i suoi amici possano affrontare da soli le forze armate di Orchi e Troll... e la ricreazione della Pergamena è troppo importante!»

Fheall annuì, e assunse la stessa posizione altera che aveva da giovane quando comandava l'esercito.

«Andrò a conferire con i miei Sovrani, in modo che allertino l'*Esercito Reale degli Gnomi*» dichiarò. «Voi, nel frattempo, avvisate Adalberto, Nèilos e Selina. Insieme a loro, prenderemo contatto con l'intero *Popolo dell'Acqua* e ci organizzeremo. In ultimo, raggiungeremo i ragazzi nel Regno delle Ali Magiche. Speriamo solo di fare in tempo.»

«Ce la faremo» la rassicurò Baelkers.

Baelnes guardò ammirato i tre anziani combattenti.

Gli Orchi, parlando di loro una volta, avevano detto che erano solo tre poveri vecchi.

Non lo erano affatto.

Erano invece tre esseri dalla potenza incredibile, mossi da un'energia ricca di respiro, con una fierezza e una forza nello sguardo che Baelnes non aveva mai visto negli occhi di nessun altro.

Ora capiva perché intorno ai *Cavalieri della Luce Dorata* aleggiassero tante storie e leggende.

Si sentì al sicuro al punto che decise di confidar loro un segreto che da troppo serbava.

«Prima che andiate, devo dirvi un'altra cosa. È davvero importante. Io... sono il *Custode del Cuore di Glàre.*»

31

INSEGNAMENTI E RIVELAZIONE

«E adesso... da Iarrthòir. Seguitemi!» decise Scrios, facendo impennare il suo Mountcur e spronandolo verso il fondo della montagna.

Urchoicha, presa alla sprovvista, dovette fare uno sforzo enorme per non precipitare.

«Chi è Iarrthòir?» urlò l'orchessa cercando di farsi sentire tra i fischi del vento dal Re Troll, tentando di rimanere aggrappata con tutte le sue forze al dorso del Mountcur.

«Il Kapo degli Gnomi di Montagna!» le gridò di rimando Scrios.

I due vennero affiancati dalla cavalcatura possente di Badney.

Urchoicha rimase colpita dalla faccia del marito che, preda di una violenta nausea, si stava colorando, a tratti, di verde tendente al viola e al bianco cianotico.

«Koraggio Bàistek!» lo confortò Scrios che lo aveva notato a sua volta. «Siamo kuasi arrivati!»

Scrios non aveva mentito.

Nel giro di pochi minuti, giunsero a destinazione.

Gli atletici Mountcur li avevano condotti alla base della grande roccia, davanti all'apertura di una fitta rete di cunicoli: la sola strada per raggiungere gli Gnomi di Montagna.

Questi, diversamente da quelli che popolavano il Regno dei Due Arcobaleni, erano gretti, avidi di possedimenti e pietre preziose, diffidenti, egoisti.

Non amavano la luce del sole.

Da quando si erano trasferiti secoli addietro dal loro regno originario o, per dir la verità, da quando ne erano stati banditi, non si erano mai più spinti fuori dal gruppo montuoso se non per brevi viaggi d'affari.

Avevano portato così tanto scompiglio con le loro manie di grandezza che la messa al bando si era rivelata vitale per gli Gnomi del loro luogo natio.

Anche di aspetto, questi differivano dagli altri: curvi e tozzi, sguardo torvo e tratti marcati, vestivano con essenziali tute di juta ed erano perennemente scalzi.

Per raggiungerli, i Sovrani degli Orchi e dei Troll dovevano inoltrarsi lungo il primo cunicolo.

Per farlo, viste le loro potenti stazze, avevano solo un modo: abbassarsi e strisciare.

Non senza difficoltà si misero carponi e iniziarono a trascinarsi, ma dopo pochi metri, due Gnomi si pararono loro davanti, minacciandoli con lance acuminate.

«Chi è là?» li investì uno di loro con una voce rauca e profonda, che mal si addiceva alla piccolezza del corpo.

«Skrios, Re dei Troll, vostro Sovrano. E Bàistek, Re degli Orki, vostro alleato. Kon le loro Regine. Dobbiamo parlare kon il vostro Kapo, lo Gnomo Iarrthòir.»

«Aspettate qui. Tu, vallo a chiamare» ordinò il primo al compagno, senza smettere di puntare la lancia, minaccioso.

Il piccolo essere scomparve nel buio.

Brick guardò attentamente i sei amici, fece un agile balzo e, volteggiando sopra ognuno, sparse sui loro corpi una polverina scintillante che li ridusse alle sue stesse dimensioni.

Mentre Sidae, Hercules e Raertha si esibivano in versi di manifesto nervosismo, Aileen guardava il mondo intorno a loro carica di meraviglia.

«Incredibile! Non mi abituerò mai. Siamo persino più piccoli di quando siamo entrati nell'albero degli Elfi! Il mondo sembra davvero gigante così!» esclamò.

«Ma poi torrrneremo come prrrima, vero?»

«Ma certo, Grog!» lo rassicurò Dorcha con una pacca sulla spalla.

«Sì, sì, come volete. Entrate adesso, su!»

Dicendo così, Brick li spinse dentro la spaccatura di un altissimo ulivo secolare.

Si trovarono in una stanza piena di banchi con al centro un calderone.

Uno sciame di Folletti bambini, vedendoli, corse loro incontro.

«Fate attenzione! Non infastidite i nostri ospiti!» urlò una graziosa e giovane Fatina dal cappello a cono, che non li perdeva di vista un solo istante.

I piccoli, però, erano troppo curiosi per moderare la loro festante accoglienza.

«Gamy, puoi raggiungerci?» urlò Brick alla Fata sopra il vociare concitato, facendole cenno di dover dire qualcosa.

«Ma certo! Silenzio, bimbi, Brick deve dirci una cosa molto importante.»

I Follettini si zittirono all'istante e si sedettero per terra, in attesa.

«Gamy, bambini... vi presento la Principessa Aileen di Nuvolandia, il Cavaliere Dorcha, il Cavaliere Grogher e i loro amici animali.»

«Sconfiggeranno le *Fate Olc?*» chiese un bambino con gli occhi spalancati per lo stupore.

Brick annuì.

«Tra i loro obiettivi c'è anche quello di rendere inoffensive le Fate Oscure, sì. Per questo hanno bisogno del vostro aiuto. Per potersi difendere, devono imparare tutti i segreti della magia dei Folletti e delle

Fate. Li aiuterete?»

«Siìì» urlarono entusiasti, correndo ad afferrare per le mani, i vestiti, la criniera e le code tutti i nuovi arrivati.

«Gamy...» le sussurrò Brick. «Sono nelle tue mani. Tu sai cosa troveranno nel tuo Regno: è molto pericoloso. Non limitarti alla magia base, non gli serve. Vai oltre. Molto oltre.»

«Quanto tempo ho?» domandò lei, annuendo pensierosa.

«Fino a domani mattina all'alba.»

Gamy si sentì mancare. Ma fece un bel respiro e contraccambiò lo sguardo di Brick, decisa.

«Ce la farò. A domani.»

Il Capo dei Folletti si congedò con un lieve cenno della testa. Il Gran Consiglio lo stava aspettando.

Dopo la partenza di Brick, Gamy si girò pensierosa verso i suoi alunni e gli ospiti.

Rimase sbalordita.

Libri volanti fluttuavano ovunque!

Il calderone, prima spento, sprigionava fumi di tutti i colori e i piccoli si esibivano nell'enunciazione di formule e informazioni di ogni genere per impressionare i nuovi arrivati con le loro conoscenze.

Mentre Aileen, Grogher e Dorcha li guardavano divertiti, Sidae, Hercules e Raertha si erano accucciati in un angolo appartato con l'evidente intento di stare il più possibile alla larga.

Gamy si ricompose subito e andò incontro alla classe battendo le mani con fare spensierato.

«Bravi, piccoli miei! Avete dato un contributo davvero prezioso» esclamò. «Tuttavia, adesso è ora di andare a casa. Le lezioni per oggi sono terminate.»

«No!» urlarono in coro i piccini. «Noi vogliamo aiutare!»

«Grazie, siete tanto cari» intervenne Aileen con dolcezza. «Ma, sapete, noi non siamo nemmeno lontanamente bravi come voi. E la Maestra Gamy dovrà impegnarsi tantissimo per aiutarci. Per voi sarebbe una noia mortale, credetemi.»

«Ma... Maestra, sei sicura di farcela?» chiese il più grande degli alunni, passando con gli occhietti dai sei ospiti alla giovane Fata, con uno sguardo che appariva tra l'angosciato e lo scioccato. «Cioè... davvero non sapete niente di niente?»

Grogher, Dorcha e Aileen si guardarono tra loro, poi risposero in sincrono, chinando il capo desolati.

«Niente.»

«Ghrian, stai tranquillo, posso farcela» lo rassicurò Gamy sorridendo. «Ci vediamo domani. Tu, piuttosto, fammi un favore grande grande: assicurati che i tuoi compagni abbiano compreso bene la differenza tra *volo* e *levitazione*, d'accordo? Così domani ci esercitiamo tutti insieme» aggiunse la fata ammiccando in modo complice.

«Certo!» rispose solerte Ghrian. «Ragazzi, andiamo a ripassare!»

«Sì. Va bene» lo accolsero gli altri, in coro.

Ghrian si girò verso i nuovi arrivati.

«Buona fortuna» disse solenne.

Poi fece un cenno al resto della classe e si pose in attesa al centro della porta.

Era l'inequivocabile segnale di *adunata in fila ordinata e compatta*.

Tutti lo seguirono.

Nell'aula regnò il silenzio.

«Bene» disse Gamy rivolgendosi al gruppo. «Adesso, possiamo cominciare.»

Quando Baelnes rientrò a casa quella sera, la trovò buia e immersa nel silenzio.

I suoi dodici figli erano già tutti a letto.

Yemy, seduta sul suo ramo preferito, sorseggiava una tisana al lume di una fioca lanterna.

Lo stava aspettando.

«Com'è andata?» gli chiese apprensiva non appena lo vide arrivare.

Baelnes le si sedette vicino.

Si prese un attimo e le diede la temuta notizia.

«Devo partire di nuovo.»

Yemy si sentì crollare.

«Di nuovo? Perché? Non dovrai tornare dagli Orchi!» esclamò tentando di moderare il tono della voce.

«No, questa volta loro non c'entrano. Devo partire con i nostri Principi e la Strega Fheall. Dobbiamo... pare quasi assurdo dirlo, ma... è così: salvare il mondo.»

«C-cosa? Salvare il...? Ma Baelnes, ti senti? Sei impazzito?» lo interruppe la moglie concitata. «Cosa vuol dire *"dovete"*? Loro sono i nostri regnanti! Se partono per salvare il mondo, lo posso anche capire! Ma tu cosa c'entri? E poi come lo salveresti, sentiamo! Sai a malapena combattere e conosci solo i rudimenti della magia!»

Baelnes la guardò negli occhi, si fece coraggio e prese fiato.

Doveva dirglielo.

«C'è una cosa che non ti ho mai detto...» aggiunse dopo qualche istante. «Io... sono il Custode del Cuore di Glàre.»

«Il custode di cosa?» chiese esterrefatta la moglie.

«Del Cuore di Glàre.»

«Ah, questa poi. Mio marito è un custode e io non lo sapevo! Ed è lecito, magari, sapere di che cosa si tratta?»

Yemy era preoccupata, sempre più nervosa e impaziente, sul punto di esplodere. Ma Baelnes non aveva più tempo per le menzogne, questa volta sapeva di doverle dire tutta la verità. Senza sconti. Senza omettere niente.

«È una lunga storia» iniziò.

«Abbiamo tutta la notte. Ti ascolto.»

Baelnes prese un respiro profondo e raccolse le idee, poi cominciò.

«Ricordi che, da giovane, studiavo al *Campo Elfico per Cavalieri*?»

«Sì. E allora?»

«Un giorno, il Comandante mi assegnò un combattimento di prova. Volevo vincere, non mi importava come. Sapevo che mi sarei scontrato con il più bravo dei miei compagni, così... sabotai l'elsa della sua spada. Pensavo che in quel modo sarebbe rimasto disarmato, non avevo immaginato altre conseguenze. Invece, quando l'arma si ruppe, la lama gli trafisse il piede. Lo portarono di corsa in infermeria, fecero di tutto per curarlo. Non ci fu nulla da fare: Qumàshy rimase zoppo. Il nostro Comandante era furente! Il suo studente migliore, il Cavaliere più promettente di quell'anno, non avrebbe mai più potuto combattere. Disperato, quasi invasato, fece ricerche e non si fermò finché non capì quello che era davvero successo. Quando lo scoprì, mi radiò per sempre dal campo. Già altre volte mi ero dimostrato pericoloso, andando molto vicino a uccidere i miei compagni. Sempre, in apparenza, per motivi giustificabili. Lui non aveva mai creduto alle casualità, ma pensava fossi solo un carattere sfrenato con un buon talento che aveva bisogno di essere guidato. Mi teneva d'occhio, insomma. Quella volta, però, avevo rovinato una luminosa carriera. Non potevo più essere giustificato.»

Yemy, che fino a quel momento lo aveva ascoltato sempre più incredula, si girò verso di lui.

«Baelnes...»

«Ti prego, lasciami continuare. È la seconda volta che racconto questa storia, oggi... ed è già abbastanza penoso così.»

A un cenno di assenso della moglie, Baelnes riprese.

«La verità? Ogni volta che impugnavo un'arma, venivo assalito dal desiderio di vincere a ogni costo e di uccidere: diventavo uno strumento di distruzione. Quindi, se mi fossi fidato di più di me stesso, avrei vinto anche combattendo senza trucchi. Non mi accorsi subito di quello che mi accadeva. All'inizio la mia mente si appannava; dopo un combattimento non ricordavo nulla. Solo quando venni espulso e non potei più combattere, realizzai la verità: avevo bisogno di lottare, ferire, uccidere, sentire l'odore del sangue. Iniziai ad andare nel bosco di notte. Nascosto nell'ombra, tesi agguati a chiunque passasse. Compii delle vere e proprie stragi, verso persone e persino animali. Tutte giustificate solo dalla mia insana pulsione.»

«Questo non sei tu...»

«Sì, invece. Questo ero io. Prima.»

«Prima...?»

Baelnes le rivolse uno sguardo stanco.

«Anche se non avevano prove per condannarmi, la mia fama mi precedeva: era chiaro chi ci fosse dietro a quelle morti. Tutti avevano paura. Venni isolato. Da chiunque, tranne che da te: tu sapevi ogni cosa di me, ma non quella. Le voci su di me si spargevano in fretta, troppo. Iniziai a vivere nel terrore che qualcuno ti raccontasse tutto e mi lasciassi. Se anche tu mi avessi rifiutato, sarei impazzito. I miei genitori erano disperati. Per aiutarmi, decisero di farmi cambiare aria per un po'. Mi mandarono a Nuvolandia da amici di famiglia. Pensavano che, vivendo con loro, mi sarei calmato. Non fu così. La bella Solaisga e il marito Lasair avevano appena avuto un bambino, il piccolo

Glàre. Erano così felici... e io lo odiavo. Detestavo la gioia in ogni sua forma, eppure mi affezionai a loro al punto da temere di diventare pericoloso per quella famiglia. Per quanto tentassi di controllarmi, i miei impeti di rabbia venivano fuori in modo sempre più evidente... finché non riuscii più a dominarli. Una mattina, stremato da questo continuo combattimento contro me stesso, decisi di prendere il cavallo di Lasair e di sfinirmi dalla stanchezza. Galoppai per ore, senza mai fermarmi. Non avrei potuto scegliere un giorno peggiore per allontanarmi: proprio allora, l'esercito degli Orchi capeggiato da Re Bàistec attaccò Nuvolandia. Lui e la Regina Urchoicha, incuranti della potenza dei Sovrani avversari, avevano deciso di prendere il potere di Nuvolandia a ogni costo. Quando lo seppi, girai il cavallo e mi lanciai in una corsa sfrenata per tornare a casa! Sentivo che Lasair e la sua famiglia erano in pericolo, dovevo aiutarli! Ma quando arrivai... vidi Bàistec trafiggere Lasair a fil di spada. Solaisga era già morta a terra. Vicino a loro, Urchoicha si era girata a guardarmi. Mi fissava, come attirata da qualcosa. Non me ne curai, e assalito dalla disperazione e da una rabbia assassina, corsi verso il piccolo Glàre. Volevo salvare almeno lui! Ma venni accerchiato da un manipolo di Orchi. E uno di loro mi colpì con qualcosa di appuntito.

«*Non uccidetelo. Mi serve!*» gridò Bàistec.
Fu l'ultima cosa che sentii prima di svenire.
Mi risvegliarono delle secchiate d'acqua ghiacciata. Ero stato portato in una grotta buia e maleodorante, piena di ragnatele, topi e polvere. Ero legato mani e piedi a degli anelli di ferro attaccati a una parete di roccia. Davanti a me c'erano Bàistec e consorte. Avevano perso contro Nuvolandia, ma l'Orchessa aveva in braccio Glàre. Mi guardò compiaciuta e mi disse che la mia natura era la più malvagia che avesse mai incontrato.

Mi propose un patto: se avessi scambiato la mia parte oscura con l'essenza pacifica e angelica di Glàre, mi avrebbero risparmiato. Se avessi accettato, Glàre, futuro Principe degli Orchi, sarebbe diventato come me: cattivo, perverso, desideroso di uccidere, innamorato dell'odore del sangue fresco e persino di quello putrescente! Certo, l'indole buona del bambino era troppo radicata per poter venire intaccata del tutto, ma a quello avrebbe rimediato Urchoicha con i suoi intrugli. Di fronte a quella prospettiva sentii il desiderio di morire. Ma in testa avevo solo il tuo volto. Ti amavo con tutte le mie forze, non riuscivo ad accettare l'idea di non rivederti più. Inoltre, pensai che la proposta della Regina, potesse essere la mia occasione di redenzione. Così, senza più preoccuparmi del destino del bambino, acconsentii.»

«E poi? Cosa accadde?»

«Glàre piangeva. Urchoicha, con un gesto della mano, lo zittì. Vidi gli occhi del bimbo diventare vitrei. Poco dopo, all'altezza del suo cuore apparve una pallina di pulviscolo luminoso color dell'oro. L'orchessa lo prese tra le mani, poi si volse verso di me. Mi sentii sospeso per qualche istante; non riuscivo più a respirare, a muovermi. Pensavo mi stesse uccidendo. Invece, dal mio cuore, uscì una pallina simile a quella del bambino... ma nera come la pece. Urchoicha fece un movimento strano con le mani, come per afferrare e incrociare tra loro le nostre opposte nature. Quando, davanti al mio cuore, iniziò a galleggiare l'essenza di Glàre, e davanti a quello del bambino la mia, Urchoicha batté le mani e i due pulviscoli scomparvero, entrando ognuno dentro di noi. Tornai a respirare e mi sentii diverso. Da subito. Una sensazione strana, che non avevo mai provato. Guardai Glàre. Solo allora compresi, con orrore, quello che avevo accettato di fare: il bambino aveva uno sguardo così spaventoso che mi mozzò il respiro. Era quello di un assassino: il mio. Urchoicha lo sollevò in aria come un trofeo e gli diede un altro nome: Dorcha. Re Bàistec era raggiante! Prese il bambino dalle braccia della moglie, lo trastullò, poi si ricordò che ero lì. Da quel giorno sarei stato al loro servizio per sempre e avrei taciuto o, lui in persona, avrebbe provveduto a uccidere tutti coloro che amavo. Te per prima. Non ti ho mai potuto dire la verità: non avrei mai e poi mai voluto servire gli Orchi! Non è stata una scelta, ma la mia condanna. Il segreto che mi avevano imposto doveva essere mantenuto senza destare sospetti. Avrei dovuto dirti che avevo trovato lavoro presso di loro e, per alcuni brevi periodi, sarei potuto tornare a casa per stare con te, e dare vita alla nostra famiglia. Sarei stato pagato profumatamente per questo, ma non avrei mai dovuto dimenticare: l'essenza di Glàre era dentro di me, e la mia era dentro al Principe Dorcha. Questo sarà per sempre. Nel caso in cui uno dei due dovesse morire... ogni essenza tornerebbe al suo legittimo proprietario.»

L'Elfo divenne pensieroso.

Yemy anche.

In quel silenzio teso, Baelnes cercò di raccogliere le idee. Lui sapeva che non si trattava esattamente di morire; si trattava di scegliere di sacrificare la propria vita. Ma questo, a lei non lo poteva dire.

«Baelnes... io... non credo di capire. Se le cose stanno così, quindi... chi sei tu veramente?»

L'elfo aveva la mascella contratta, gli occhi colmi di lacrime trattenute; sembrava sul punto di crollare.

«Non lo so» rispose dopo un po'. «Da tempo mi sento diverso, come se la mia parte oscura stesse tornando. Se è così per me, forse anche Dorcha si sente confuso. Anche per questo voglio, anzi, *devo* partire. Dorcha, Glàre... ha il diritto di sapere chi è davvero.»

Una lacrima scese. Baelnes se l'asciugò con stizza.

Non era quello il momento di lasciarsi andare al rimpianto.

Si volse verso la moglie e, tentando di mantenere la voce ferma nonostante il mento che tremava, tentò di rassicurarla.

«Non preoccuparti: tu e i bambini sarete al sicuro. Aeltiàfisar, Baelkers e Fheall mi hanno assicurato che sarete sotto la loro protezione magica.»

Yemy si avvicinò al marito con una tenerezza infinita e lo scrutò nel profondo degli occhi.

Lo conosceva da quando erano nati.

Sapeva quanto fosse passionale nei suoi giochi da bambino, quanto fosse privo di mezze misure.

Del periodo in cui lui era stato assetato di morte, tuttavia, non aveva mai saputo nulla fino a quel giorno.

Se non se ne era mai accorta, era perché con lei aveva sempre tirato fuori un'altra parte di sé; allora, forse, non era mai stato veramente così cattivo come gli avevano fatto credere.

Lo abbracciò con slancio.

«Baelnes... non mi importa chi eri, né chi sarai. Mi importa chi sei. Ti Amo, da sempre e per sempre. Vai. Parti. Fai quello che devi... ma torna da me. Assetato d'amore, di odio, non importa. Qualunque cosa accada... io sarò qui per te.»

Baelnes non riuscì più a trattenersi. Affondò il volto nel collo di lei e scoppiò a piangere.

Lei lo strinse più forte, tenendolo tra le braccia come un bambino.

Baelnes ne godette a lungo.

Ritrovata la calma, assaporò il profumo di Yemy e cercò di imprimerlo nella memoria.

Si sentì l'elfo più fortunato del mondo.

Dopo un po' si staccò da lei e la baciò, asciugandole una lacrima che correva giù, libera e incontrollata sulla guancia.

Stare ancora lontani sarebbe stata dura ma, adesso, aveva la certezza che si sarebbero ritrovati.

La guardò per un'ultima volta con dolcezza, poi si girò e scese con un salto dal ramo.

I tre Cavalieri della Luce Dorata lo stavano aspettando.

32.
IL RITORNO DEL CAVALIERE NERO

Fheall e i Sovrani degli Gnomi arrivarono alla Spiaggia Cristallina di buon'ora.

Ad attenderli c'erano già Baelnes, Aeltiàfisar e Baelkers, impegnati in una conversazione concitata con la Regina Silèna, Re Niùt e Adalberto.

«Ciallmhar, Bànrion! Ben arrivati!» li salutò gentilmente Silèna, accomodata su uno scoglio. «Presto arriveranno anche Stella, Neptunes, Desideria e Aisling. Saranno tutti qui a momenti.»

«Bene, e con questo abbiamo finito: siete pronti per introdurvi nel Regno Interno, parola di Fata!» concluse soddisfatta Gamy guardando i suoi allievi speciali.

«Grrrazie» le rispose di rimando Grogher, stravolto.

Stava cercando di far atterrare dolcemente la sedia su cui stava mantenendo il contatto visivo sotto le gambe di un tavolino, e non era affatto facile.

Era quasi riuscito nel suo intento, quando la porta si spalancò distraendolo.

La sedia sbatté rumorosamente a terra.

«Allora? Sono pronti?!» chiese Brick entrando trafelato nell'aula.

«Pronti!» risposero tutti insieme.

«Eccellente! Ragazzi, entrate!»

Il Capo dei Folletti venne seguito a ruota dai componenti del Gran Consiglio, sei omini molto simili a lui: Crill, Dran, Gren, Lin, Ploc e Norc.

Si schierarono davanti agli ospiti con un'andatura solenne e composta.

Poi li guardarono in attesa del loro inchino.

Non appena anche Brick si fu posizionato, Gamy si librò in aria, fece una riverenza e indicò i suoi allievi.

Questi, uno per uno, avanzarono lentamente e inclinarono il capo con deferenza.

Infine, aspettarono in silenzio che il Capo del Gran Consiglio parlasse.

Brick sembrava leggermente nervoso ma, poco dopo, esordì: «Ci troviamo al cospetto della Fata istruttrice Gamy, membro del Regno Interno e nostra testimone. Il motivo è serio: voi siete i soli col potere di salvare il Regno delle Ali Magiche Esterno: noi, e Interno: le Fate. Stando così le cose, ci siamo confrontati a lungo... e abbiamo deciso di investirvi della qualità di *Folletti Onorari*. Questa, vi trasferirà le capacità di ognuno di noi. Il mio potere è il dominio sul fuoco... grazie a esso, anche chi di voi ne conosce già perfettamente i segreti...» aggiunse girandosi lentamente verso Dorcha e soppesandone l'espressione tesa, «diventerà, col fuoco, una cosa sola.»

«Il mio dono» disse Crill, «è il legame unico con la natura e con i suoi abitanti. Potrete captare ogni sussurro, parlare con qualunque insetto o animale vi sia dato incontrare.»

Dran alzò le braccia verso l'alto.

«Io vi darò il potere del sole! Da oggi non sarà più solo Aileen a illuminare la vostra strada, potrete farlo anche voi.»

Gren si fece avanti, indicando una coccinella.

«Io vi aiuterò a comprendere le esigenze di ogni essere vivente che incontrerete.»

«Con me la notte non vi farà più paura!» disse Lin. «Così come potrete illuminare, allo stesso modo potrete oscurare qualunque luogo, cosa o persona.»

«E se l'acqua fosse impetuosa, e l'aria, con i suoi venti, fastidiosa...» aggiunse Ploc, «nessuno spavento più vi muoverà, dacché potrete comandare ogni corso d'acqua e refolo d'aria.»

Quando fu il suo turno, Norc avanzò davanti al gruppo con più prudenza rispetto agli altri.

«Il mio non so se sia veramente un dono... di sicuro non è adatto a tutti. È il potere della distruzione, la qualità a cui dovrete fare più attenzione. Se è vero che ogni distruzione è una creazione, richiede anche un caro prezzo. Nulla può essere distrutto senza un vero motivo. E, novelli Folletti, vi sono così poche e giuste ragioni per distruggere, che io stesso non ho mai usato il mio potere.»

Dopo una lunga pausa a effetto, i Folletti aggiunsero in coro: «Vi sentite degni dei nostri doni?»

I tre animali in quei poteri non percepivano altro se non la pura essenza e la grandiosità della Natura.

Hercules e Raertha si inginocchiarono su una zampa chinando il capo; Sidae si accucciò obbediente a testa bassa.

I Folletti sorrisero compiaciuti, immaginavano che la loro reazione sarebbe stata quella.

Tutti gli animali del loro Regno, prima che scomparissero, avevano posseduto i sette poteri al completo e ne avevano sempre fatto un uso perfetto.

Poi Brick si rivolse ad Aileen, Dorcha e Grogher.

«E voi?»

Si guardarono spaventati: diventare responsabili dei segreti di un popolo e della natura stessa, essere abbastanza saggi da non abusarne... era un compito gravoso.

Ne sarebbero stati in grado?

"Padre... madre..." pensò Aileen mentre le immagini della sua gente e del suo regno in ossidiana la tormentavano.

Sentì una forza inaspettata crescerle dentro.

Fece un passo in avanti, guardò i Folletti e si inchinò di nuovo al loro cospetto.

«Sì.»

Brick spostò lo sguardo su Dorcha.

Era strano quel ragazzo; con una luce negli occhi difficile da decifrare persino per lui.

Era affidabile? O no?

Dubbioso, Brick guardò Norc.

Lui scosse il capo.

Forse non dipendeva da lui, ma nel dubbio a Dorcha il potere della distruzione non sarebbe stato dato.

«Ti senti degno?» gli chiese.

E Dorcha gli diede la risposta migliore che potesse aspettarsi.

«Non lo so... ma voglio provare in ogni modo a esserlo.»

Brick sorrise compiaciuto, poi spostò il suo sguardo su Grogher.

L'Orcotroll aveva ancora la fronte imperlata di sudore, e sentiva una tensione enorme dentro di sé. Quei doni erano notevoli.

Si inchinò come aveva fatto Aileen e accettò.

I sette Folletti, allora, volarono sui nuovi alleati e sparsero scintille di luce sui loro corpi.

«Adesso... dovete solo entrare» disse già lontana la voce di Brick.

I contorni dell'aula si dissolsero, e Aileen e gli altri si ritrovarono davanti a un fortino delle Fate.

Dalla roccia sotterranea giunse un ticchettio veloce e cadenzato.

«Ascoltate...» disse Urchoicha. «Sarà lui?»

«Speriamoh. Sonoh stufah di vedermhi phuntareh questoh rhamettoh appuntitoh da questih dueh nanih» rispose seccata Badney.

«Gmoni cara Badney, Gmoni» la corresse Scrios.

«Ehm, Gnomi veramente...» precisò Bàistec.

«Ma sì, quello che sono! Speriamo che quel nanerottolo si sbrighi piuttosto!» sbottò l'orchessa, stufa.

«Perdonate... Chi sarebbe il *nanerottolo*, lor signori?»

Davanti ai quattro Sovrani si presentò un ometto tarchiato, basso ma molto muscoloso.

Sul volto, rugoso e rovinato dal tempo, troneggiava un naso grosso e tondo. Subito sotto partivano due lunghi baffi bianchi. Intrecciati, formavano un tutt'uno con un ispido barbone trascurato, e una capigliatura cespugliosa.

Indossava una salopette di velluto marrone e, sul capo, portava una corona fatta di pietre preziose.

Era talmente grossa che non faceva che cadergli sugli occhi, minacciosi e così chiari da sembrare bianchi.

Sulla sua spalla destra troneggiava un peloso pipistrello, il suo fedele amico Batty.

«Oh... ehm... si diceva così, per dire. Tu sei Iarrthòir, immagino» rispose Urchoicha.

Era rimasta quasi impressionata dal sentire quel vocione tonante, affatto adatto all'aspetto a suo vedere ridicolo dello Gnomo.

«Immaginate bene, Maestà» rispose freddo lui. «Cosa desiderano? Ho molto da fare.»

«Intanto potresti kiedere a kuesti due nani di abbassare i loro bastoncini kon la punta. Poi portaci in un posto più komodo, krazie. Dobbiamo parlare di kualkosa, ke sono certo ti interesserà molto.»

Iarrthòir congedò le sue guardie con un cenno del capo.

Poi, mettendosi a capo dei quattro ospiti, fece strada verso una caverna molto più grande e alta, ricavata nella roccia.

Dentro c'era un lungo tavolaccio di legno scuro, con dei grossi ciocchi di legno al posto delle sedie.

Lo Gnomo indicò i posti a sedere invitando i Sovrani ad accomodarsi e si mise a capotavola.

«Vi ascolto.»

Il fortino che faceva da anticamera al Regno Interno era una costruzione antica e diroccata.

In passato doveva essere stato maestoso, adesso appariva come un parco cumulo di macerie.

Si respirava un'atmosfera strana, indefinibile, opprimente.

I nuovi sensi acquisiti non aiutavano.

Ogni minimo suono della natura era amplificato al punto da dare la sensazione di un costante e quasi fastidioso brusio.

Inoltre, Brick aveva ragione: nell'aria c'era davvero un asfissiante odore di rancido.

Hercules entrò per primo, seguito da tutti gli altri.

Dentro faceva molto freddo.

Non un raggio di sole filtrava all'interno e riuscire a capire dove si stesse andando era un'impresa non da poco.

Persino il bagliore dorato di Aileen non era sufficiente a rischiarare l'ambiente.

Dorcha, quasi senza pensare, invocò il potere di Dran: un globo di luce splendente gli apparve sul palmo della mano e si innalzò sulle loro teste, rischiarando e riscaldando la stanza.

Tonda, dalle pareti umide e gocciolanti acqua.

«Da qualche parrrte proviene dell'aria» notò Grogher.

Sidae, impegnato a perlustrare il luogo, annusava ogni angolo per tentare di capire qualcosa di più.

Sopra a delle macchioline azzurre e viscose, si fermò e ruggì.

Aileen fece appello al potere di Crill per capire cosa

fossero.

«Rivelati, o antica memoria!» disse.

Davanti a loro apparvero Fate di ogni età, maschi e femmine. Venivano torturate, decapitate, mozzate, bruciate. Sentirono le loro grida, i pianti disperati.

Videro una madre incinta venire trafitta da una lancia, il marito venire sgozzato senza pietà.
Quelle macchie... erano resti di sangue di Fata.

Aileen si ritrovò a tremare forte.

Dorcha se ne avvide e la avvolse in un abbraccio rassicurante.

«Qui dentro...» mormorò sconvolta, iniziando ad ansimare forte.

Poi scoppiò a piangere senza controllo.

La ragazza non riusciva a trattenere i sussulti del corpo.

Dorcha la teneva stretta, mentre lui e Grogher si guardavano allibiti.

Non sapevano se tutto quello c'entrasse in qualche modo con la distruzione della Pergamena o ci fosse, come erano più tendenti a pensare, anche altro... di sicuro, però, dovevano sbrigarsi.

Sidae attirò la loro attenzione con un altro leggero ruggito: finalmente aveva trovato il punto da cui proveniva l'aria.

Si avvicinarono.

Era un tunnel che scendeva in profondità, vischioso e scivoloso.

Aileen si staccò dall'abbraccio rassicurante di Dorcha e lo guardò, adesso più tranquilla.

«Vado avanti io» disse con voce ferma.

Raertha ed Hercules, appena capirono le sue intenzioni, nitrirono indietreggiando spaventati.

«Se non ve la sentite rimanete pure qui. Fayrin è laggiù, potrebbe essere in pericolo. Io devo andare.»
Un breve silenzio.

Poi i due cavalli alati si impennarono, Sidae lanciò un ruggito da battaglia, Dorcha strinse l'elsa della spada e Grogher il manico del mazzafrusto.

Nessuno di loro avrebbe mai permesso che andasse da sola.

Insieme avevano iniziato, insieme sarebbero arrivati fino alla fine.

Aileen si avvicinò all'imboccatura del tunnel.

Dorcha stava per prenderle la mano, quando venne risucchiata nel buio.

Urlò.

Un urlo di puro terrore, che diventava sempre più lontano e sembrava non finire mai.

«Aileen!» urlò Dorcha in preda al panico.

Senza riflettere si lanciò dietro di lei.

Grogher, Raertha, Sidae ed Hercules li seguirono.

Nel tunnel si era creato un vortice energetico che, come una tromba d'aria, li stava trascinando verso il basso.

Dopo quelli che sembrarono infiniti istanti, la loro folle caduta si arrestò con un tonfo sordo.

Delle foglie secche avevano attutito l'atterraggio.

«Aileen! Stai bene? Ti sei fatta male?» chiese Dorcha apprensivo, avvicinandosi.

Era pallida.

«Sto bene» rispose. «E voi? Tutto a posto?» aggiunse tastando lui, Grogher e poi Raertha, Sidae ed Hercules per accertarsi che non si fossero fatti male.

Spavento e adrenalina a parte, stavano tutti bene.

«Ben arrivati» disse Aeltiàfisar rivolgendosi a Stella, Neptunes, Desideria e Aisling, appena emersi dall'acqua.

«Ora che ci siamo tutti» intervenne Fheall, «possiamo organizzare gli eserciti.»

«Che?» domandarono scioccate Desideria e la sorella

Stella, che si erano aspettate tutto tranne una convocazione di guerra.

Baelkers, cogliendo lo smarrimento nei loro occhi, sorrise bonario.

«Fheall tende sempre a correre troppo. Avete ragione. Prima vi dobbiamo una spiegazione.»

Usciti dal tunnel, i sei amici trovarono un paesaggio addirittura peggiore di quello della visione di Sidae.

Erano davanti a una foresta di alberi spogli e malati, dai tronchi secchi e i rami spezzati. I prati erano arsi, cosparsi di poche foglie morte.

Tutto buio, sembrava una notte eterna senza stelle.

Lontano si sentiva il gracidare dei corvi.

Non c'era nessun profumo, solo un nauseabondo odore di sporco e di stantio.

In lontananza, sospeso su un ammasso di nubi nere e lampeggianti, c'era un castello diroccato, forse il Castello Reale delle Fate.

«Che sia troppo tardi?» chiese sgomenta Aileen, quasi più a se stessa che agli altri.

«Non crrredo, non saremmo riusciti ad arrrivare fin qui. Tu cosa ne pensi, Dorrrcha?»

Dorcha non rispose.

Il suo sguardo era strano, come imbambolato.

«Dorcha? Ehi, Dorcha!» lo richiamò Aileen.

«...sì...?» rispose lui senza emergere dal torpore che lo aveva assalito.

Aileen iniziò a preoccuparsi. Lo scosse.

«Tutto bene?»

Il ragazzo diniegò con forza la testa, tornando finalmente in sé.

«Io... non... non lo so.»

Aileen lo fissò sconvolta: gli occhi di Dorcha.

Erano di nuovo neri!

«State giù!» sussurrò il ragazzo, tirando Aileen e

Grogher dietro al tronco morto di una sequoia gigante.

Lo guardarono sorpresi, fidandosi ma senza capire.

Dorcha si sentiva strano, come se i suoi sensi si fossero acuiti di molto.

Gli era giunto all'orecchio un rumore, per lui vicino e forte, che nemmeno Sidae e gli altri avevano percepito.

Rimase in silenzio, vigile, in attesa.

Pochi secondi dopo sul sentiero apparve una ragazza con il collo avvolto da una spessa catena chiodata.

Veniva trascinata con sadica crudeltà da una donna alta e bella, dallo sguardo fisso e spietato, con enormi e possenti ali nere da pipistrello sulle spalle.

La fanciulla era ferita, si reggeva a stento in piedi. Urlava, piangeva.

Ma la donna non se ne curava e continuava a strattonarla senza pietà.

«Guardate!» sussurrò Aileen. «Sangue di Fata...»

Sulle spalle della ragazza prigioniera c'erano monconi di ali trasparenti, recise di netto da poco.

«Cammina...» disse la Fata Nera, con una voce calma e allo stesso tempo terribile.

L'altra Fata cercò di tenere il passo ma era stremata e, senza più le ali, del tutto priva di poteri.

Dorcha, davanti a quella scena, sentì le vene sulle tempie e nel collo pulsare.

La mano corse d'istinto alla spada e la sguainò.

D'impulso, si lanciò contro l'aguzzina.

Nessuno ebbe il tempo di fare nulla.

In quel regno anomalo anche la sua velocità era aumentata.

Lo videro lanciarsi sulla catena che teneva legata la fragile Fata e tranciarla di netto con la spada.

La Fata Nera si girò a guardarlo, lentamente.

Aileen si sentì morire dentro.

Avrebbe voluto correre da lui per aiutarlo, ma

sentiva il corpo rigido, come bloccato.

Anche Grogher, al suo fianco, sembrava immobile.

Sospettò che, prima di scattare, Dorcha avesse gettato un incantesimo di blocco su tutti loro; poteva solo sperare che lui sapesse cosa stava facendo.

Il volto della Fata Nera era inquietante, l'azione fatta dallo sconosciuto cavaliere non le era piaciuta.

Sotto di lei si formò un mare agitato di fuoco.

Dorcha non arretrò di un solo passo.

A un solo gesto della Fata Nera prese forma un'onda di fuoco altissima che si scaraventò senza pietà su tutto quello che incontrava.

Aileen e Grogher sentirono la cenere entrare nelle narici, il calore del fuoco poco distante raggiungerli potente.

Sperarono di non venire travolti.

Ma Dorcha aveva fatto bene i suoi conti.

Grazie al potere di Brick, lui e il fuoco erano ormai una cosa sola.

Con il desiderio di uccidere a muoverlo, roteò con forza e precisione la spada.

Il fuoco, invece di travolgerlo, creò intorno a lui un globo, plasmando un'onda ancora più alta e dirompente. La Fata venne spazzata via in un cumulo di cenere.

Il Cavaliere Nero era tornato.

33.
LE OSCURE FATE BAMBINE

I Sovrani degli Gnomi e delle Sirene avevano ascoltato con grande attenzione il racconto di Baelkers.

«Dove si trovano la Principessa Aileen e gli altri?» chiese Re Ciallmhar, passeggiando avanti e indietro pensieroso.

«Non è poi molto che sono partiti dal nostro Regno» ragionò la Regina Stella, «... ma se sono riusciti a scendere a patti con i Folletti... potrebbero essere già nel Regno Interno.»

«Sono svegli e piuttosto veloci. Non credo che Brick e i Sovrani delle Fate abbiano creato problemi... la bambina potrebbe già essere dagli Orchi!» azzardò Adalberto.

Fheall si girò verso di lui di scatto.

«Speriamo di no! Sarebbe una catastrofe! Se fosse così, non faremmo mai in tempo» disse ansiosa, volgendosi verso Aeltiàfisar.

L'Elfo aveva gli occhi chiusi e stava oscillando leggermente, come un pendolo.

«Sei riuscito?» gli chiese Baelkers.

Lui aprì gli occhi.

«Non riesco a mettermi in contatto con nessuno di loro.»

«Provo anch'io» disse il fratello.

«E anch'io» si aggiunse Re Ciallmhar.

Alla fine, ci provarono tutti ma nessuno ebbe il risultato sperato.

«È molto strano... E se fossero in pericolo?» chiese Re Neptunes.

«C'è un unico modo per scoprirlo: le rune» stabilì Fheall.

Re Aisling la guardò con sufficienza.

«Le rune... cosa speri di scoprire con quel metodo antiquato?!» chiese scettico guadagnandosi una dolorosa pinnata dalla moglie Desideria.

L'anziana Gnoma sorrise, bonaria e misteriosa.

«Quello che ci serve, caro.»

Fheall tirò fuori dalla tasca della sua voluminosa gonna un sacchettino e iniziò ad agitarlo formulando la domanda che tanto le stava a cuore.

«Rune sincere e adorate
che a me sempre tutto rivelate,
agli amici che portiamo nei cuori,
che accade nel Regno Fatato là fuori?»

Poi lanciò in aria il sacchetto aperto.

Sette rune rimasero sospese nello spazio: ehwaz e othila rovesciate, hagalaz e thurisaz dritte, perth, eihwaz e algiz rovesciate.

Il volto di Fheall si corrugò, quella combinazione non presagiva niente di buono.

«Cosa dicono?» chiese Bànrion preoccupata; era legata a quei ragazzi, non poteva dimenticare che erano stati i salvatori della sua unica e amata figlia.

«Si trovano in un luogo isolato e sospeso... e...»

«...e?» la incalzò Re Ciallmhar.

«...c'è stata una perdita. Una grave perdita. Come se... qualcuno di loro... avesse perso una parte importante di sé.»

Un silenzio assordante calò nel gruppo mentre tutti cercavano di capire cosa significasse.

«Dorcha!» azzardò Baelnes, speranzoso. «Forse,

grazie alle Fate ha ritrovato la sua vera essenza!»

Fheall lo scrutò a lungo, valutando l'ipotesi.

«Come ti senti tu? Da ieri sera al massimo intendo? Rabbioso? Provi... odio, rancore?»

Baelnes ci rifletté un attimo.

«No, anzi. Sento solo forte il desiderio di raggiungerli.»

«Allora non può essere. Essendo collegati...» rispose Aeltiàfisar.

«Cos'altro dicono le rune, Fheall?» chiese Silèna.

Fheall riprese, cercando di essere il più precisa e dettagliata possibile.

«Qualcosa di oscuro e molto potente ha devastato l'equilibrio del Regno Interno. È molto pericoloso, non c'è salvezza per chi è fragile.»

«Quindi non c'entra con la distruzione del Sigillum Maximum...» valutò Desideria.

«Uhm... penso si tratti di una forza ancora più grande.»

Il gruppo impallidì.

Fheall continuò.

«Quello che sta accadendo laggiù li toccherà tutti. Noi, purtroppo, non possiamo fare nulla per aiutarli. Dovranno pensarci da soli.»

Non appena Aileen sentì il suo corpo riprendere sensibilità, raggiunse Dorcha.

Grogher e gli altri la seguirono.

«Al posto delle ceneri è apparso qualcosa, guardate!»

Dorcha si girò nella sua direzione, il vuoto negli occhi.

«Chi sei? Vattene» disse secco, dandole una spinta.

La ragazza finì a terra. Stralunata.

«Dorrrcha!» esclamò stupito l'amico, soccorrendola.

Lui gli rivolse uno sguardo distratto.

Poi, senza aggiungere una sola parola, chiamò a sé

Hercules con un fischio, gli saltò sopra e con un'impennata partì al galoppo.

Aileen sentì uno strappo al cuore.

«Dorcha, fermati!» gridò. «Torna indietro!»

Corse con tutta la forza che aveva, inciampò, si rialzò, corse ancora. Ma Dorcha era ormai lontano.

Aileen guardò Grogher con gli occhi pieni di lacrime.

Paterno, le mise una mano sulla spalla.

«Tornerà, vedrrrai. Dev'essere questo posto, non è più lui.»

La ragazza annuì, fece un respiro profondo e si asciugò le lacrime.

Infine, andò in soccorso della giovane Fata.

Era svenuta ma respirava ancora.

«Raertha, credi di poterla aiutare?» chiese Aileen al suo unicorno.

Raertha si avvicinò alla fanciulla e la guardò con attenzione, annusandola.

Nitrì e fece uscire dal suo corno un tiepido fascio di luce multicolore che la avvolse, soffermandosi intensamente sui monconi delle ali.

La Fata riprese un accennato colore sulle guance, ma le ali non ebbero alcun giovamento e non si riprese.

«Questa, Aileen, non è una ferrrita normale» commentò Grogher notando il suo spaesamento. «Sento il marchio della magia oscurrra. Non penso che Raerrrtha possa fare altrrro» aggiunse mesto.

«Immaginavo, sì» rispose pensierosa. «Aiutami a caricarla su Sidae, per favore. Starà più comoda e calda. E poi dobbiamo trovare un posto tranquillo dove medicarla. Se non riusciamo a farle ricrescere le ali, morirà. Sono il cuore di tutto il suo potere. Senza, una Fata non può sopravvivere.»

«Crrredi sia possibile farle ricrescere?»

«Non lo so, Grog. Ma se c'è anche una sola possibilità di riuscirci, dobbiamo provare.»

Sidae ruggì.

Grogher e Aileen si girarono.

Stava toccando qualcosa con la zampa.

Lo stava facendo in modo delicato e aveva iniziato a fare le sue potenti fusa.

Lo raggiunsero.

Là, dove poco prima c'era la Fata Nera, ora giaceva il corpo esanime di una Fata bambina, quasi certamente trasfigurata e corrotta dall'oscurità.

Per lei non c'era più niente da fare.

Iarrthòir si stava accarezzando pensieroso la lunga e ispida barba. I Sovrani degli Orchi e dei Troll lo scrutavano in attesa.

«Uhm, il progetto che mi avete prospettato parrebbe, in effetti, interessante» ragionò. «Tuttavia, se mai decidessi di aiutarvi... pretendo di più.»

«Di più!» sbottò Bàistec. «Ti sei già preso la concessione mineraria di tutto il Grande Regno Universale!»

«Che c'è, Re Orco» rispose arguto il Capo degli Gnomi di Montagna, «forse ti disturba la cosa? Posso anche non prendermi nulla, va bene. In quel caso, però, è evidente che non mi convenga darvi il mio appoggio. Decidete con calma. Io non ho fretta. Ci vediamo domani mattina. Qui. Stessa ora. E mi direte.»

I quattro Sovrani lo guardarono allucinati: venire ricattati da un essere che arrivava a malapena a metà della loro caviglia era inconcepibile!

«Adesso mi pare veramente ke tu stia esagerando!» ringhiò Scrios.

Iarrthòir scoppiò in una sonora risata.

Lo stesso Batty si sollevò dalla sua spalla e si mise a svolazzare a singhiozzo, quasi come se stesse imitando lo Gnomo.

«Come vi pare» disse poi Iarrthòir, esibendosi in un

profondo inchino. «A domani, Vostre Maestà» concluse e, in un battibaleno si dileguò tra i cunicoli stretti e bui della montagna, seguito dal suo fedele pipistrello.

Immerso nella notte perenne del Regno Interno, Dorcha iniziò a rallentare l'andatura del suo cavallo.

Si trovavano in prossimità di un lago.

Giunti sulla sponda si fermarono.

Dorcha era deliziato.

Anche se non conosceva quei luoghi, si sentiva tranquillo lì. Come a casa.

Hercules si avvicinò al lago per bere, ma indietreggiò nitrendo spaventato.

Il suo Cavaliere lo affiancò e, sentendo un piacevole odore metallico, si chinò sul lago e vi immerse una mano.

Sangue... azzurro, ma pur sempre sangue.

"Mi piacerebbe sapere perché mi trovo qui..." si chiese, dimentico di ogni cosa.

I suoi pensieri vennero interrotti bruscamente da un rumore.

Si girò di scatto, i sensi all'erta, pronto ad agire.

Dal folto degli arbusti secchi, proveniva una voce sommessa.

«Fermati, ho detto. Vieni qui!... Avanti, è pericoloso! Ci farai scoprire! Fermati, diamine!»

Un piccolo pettirosso uscì come un fulmine nel bel mezzo dello spiazzo e si schiantò sulla faccia di Dorcha, muovendo disperato le ali.

«Togliti di qui, stupido pennuto!» urlò il ragazzo.

Veloce lo afferrò per il collo.

Era sul punto di torcerglielo quando, dagli arbusti, spuntò di corsa un'altra Fata Nera.

Era poco più che una bambina, ed era bellissima. Pelle ambrata, occhi come smeraldi, capelli color della notte. Tutta in nero, comprese le ali.

«Non lo fare!» disse impaurita, con un tono di voce
che cercava di essere minaccioso.

«Perché? Cosa mi fai se no?»

«Io... io ti... ti uccido» balbettò, senza alcuna
convinzione.

«Non credo...» le disse mellifluo Dorcha lanciando in
aria l'uccellino che volò via terrorizzato.

«Piuttosto... sarò io a uccidere te!»

La guardò negli occhi.

Un secondo dopo era immobile.

*"Una preda perfetta per allenarmi un po'..." pensò.
"Qualche ferita qua e là e poi..."*

La Fatina, terrorizzata, provò a chiedere pietà ma
anche le sue labbra erano immobili.

Dalla sua gola non usciva alcun suono.

Dorcha mulinò in aria la spada, pronto ad agire.

A sorpresa, un'ondata di emozioni intense e
improvvise lo travolse.

La testa iniziò a pulsargli forte, al punto che sbarellò
su se stesso.

*In una casa piena di trine e merletti, una Fata
femmina e una maschio giacevano a terra morti.*

*Vicino a loro, molte giovani Fate, tutte nere, tutte
bellissime, avevano lo sguardo vacuo.*

*Una donna altera guardava tutti loro con un ghigno
soddisfatto. La Fata che lui aveva davanti, nascosta in
un'attigua stanza buia, osservava la scena con gli occhi
sgranati dal terrore.*

Il cuore di Dorcha iniziò a pulsare come impazzito,
si trovò a respirare con affanno, gli venne da piangere
e da urlare.

Immobilizzò il braccio in aria.

Cosa stava facendo?

La sua vittima era davvero un nemico?

Gli venne in mente la sconosciuta che un paio di ore
prima lo aveva rincorso urlando il suo nome.

Cercò di rimuovere quel ricordo e rinfoderò la spada. Alzò un dito.

La fata tornò a muoversi.

«Come ti chiami?»

«Gaithy...» rispose sorpresa dalla clemenza improvvisa del Cavaliere misterioso.

«Non sei una vera fata nera, perché questa pagliacciata?»

«Per nascondermi. Non voglio trovarmi persa in un altro corpo come le mie sorelle.»

Lo sguardo di Dorcha si addolcì un po'.

«Puoi dirmi cosa sta succedendo?»

Gaithy, più rassicurata, annuì.

34.
ALL'ALBA DELLA GUERRA

«Potresti prrrovare a chiamare di nuovo la tua amica» suggerì Grogher ad Aileen. «Adesso che siamo qui, forse risponderrrà.»

La ragazza non aveva molte speranze, ma per non deludere l'amico lo fece.

Questa volta ci riuscì.

«Aileen... sei davvero tu?» le rispose una voce meravigliata.

Aileen si sentì esplodere dalla gioia.

«Fayrin, Fayrin! Sì, sono io, proprio io! Mi trovo nel tuo Regno! C'è una Fata che ha bisogno di aiuto con me! Come posso raggiungerti? È urgente, sta morendo!»

«Concentrati sul ricordo del mio volto, piccola. Sarai qui in un battito d'ali.»

"Eh, come se fosse facile..." pensò preoccupata. *"Però forse... in fondo Aeltiàfisar mi ha detto che Aer..."*

Decise di provarci.

Aileen si avvicinò alla Fata, ancora sopra a Sidae; la abbracciò stretta, poi si rivolse agli altri compagni facendo loro segno di avvicinarsi.

«Molto bene» disse concentrata. «Statemi vicini, vicinissimi. E pensate più che potete a Fayrin, stiamo per andare da lei.»

«Non l'abbiamo mai vista...» notò Grogher.

Aileen fece apparire l'immagine della Fata davanti a loro.

Un istante dopo, la radura era vuota.

Si trovarono in una stanza non tanto grande ma incantevole, arredata con gusto delicato e profumata di pulito.
I colori delle pareti, che sfumavano dal rosa pesca al verde prato, erano accentuati da ombre proiettate da numerose candele accese.
Aileen si lanciò ad abbracciare Fayrin, che ricambiò con grande affetto.
«Sei adulta... come è possibile?» le chiese poi.
«È una lunga storia. Te la racconterò, promesso, ma prima aiutala, per favore» disse Aileen mostrando il corpo riverso sulla schiena di Sidae.
Fayrin sospirò mesta.
«Un'altra giovane senz'ali...» disse, accarezzando la testa della Fata e prendendola in braccio con grande preoccupazione. «Venite con me.»
Li condusse in una biblioteca e si avvicinò a uno specchio.
Lo toccò.
Al di là si aprì un lungo corridoio, illuminato solo dalle luci fioche di qualche torcia disposta a intervalli regolari.
Vi entrarono.
Qualche passo e giunsero davanti a un'altra porta. Quando la aprirono, entrarono in una stanza dalla grandezza smisurata e colma di lettini colorati, su cui giacevano giovani Fate addormentate, tutte prive di ali.
Per la stanza, un viavai di Fate adulte, era impegnata ad accudirle.
Aileen e gli altri rimasero ammutoliti.
Una fata si avvicinò a Fayrin prendendole dalle braccia la nuova paziente e la sistemò su un letto.
Fayrin, assorta, le pose le mani sugli occhi e la fece piombare in un sonno ancora più profondo,

anestetizzato, privo di dolore.

Il sonno che, in quella stanza, accomunava tutte le Fatine senza ali.

«Che cosa sta succedendo?» le chiese a mezza voce Aileen. Era stordita da quello che aveva di fronte. «Puoi spiegarci?»

Fayrin la guardò stanca.

«Nessuno di noi lo sa. Ma un giorno tutti gli alberi del Regno hanno iniziato a morire e, dopo poche ore, è calata una notte perenne. Né io né le mie compagne siamo Fate della Notte, abbiamo bisogno della luce del sole per poter vivere bene e usare i nostri poteri al massimo. Ci siamo indebolite, abbiamo iniziato a stare male. Così abbiamo cercato di ricreare la luce artificialmente. Non è semplice, richiede molta energia; quando siamo scariche ci affidiamo a candele caricate con raggi di sole magici. Avrete notato che in casa ne ho molte, accese...»

«Sì», annuì Grogher.

Fayrin cercò di raccogliere le idee il più possibile, poi riprese.

«La mancanza totale di luce ci ha ormai isolato da tutti gli altri Regni.»

«Ma com'è possibile?»

«Non so risponderti, piccola» sospirò la fata. «Dopo pochi giorni, in ogni lago, fiume, cascata o ruscello, ha iniziato a scorrere sangue di Fata al posto dell'acqua. Per sopravvivere siamo obbligati a imporre sul sangue una magia di purificazione che lo ritramuti in acqua.»

«Ma è terrribile!» commentò sgomento Grogher.

«Non è tutto. Dall'eclissi perenne del sole, nel Regno sono comparse le *Fate Olc*, le fate del Male: figure femminili eteree e bellissime, ma dagli sguardi spietati. Pensavamo esistessero solo nelle nostre leggende, invece... Ne ho vista una che attaccava delle Fatine, aveva una potenza indescrivibile. Io e altri ci siamo lanciati contro di lei. È stato difficile ucciderla, molti di noi sono rimasti feriti. Dalle sue ceneri è rimasto il corpo della piccola Lanny, una delle Principessine del Regno. Aveva solo cinque anni, ed è morta!»

Gli occhi di Fayrin erano lucidi, la sua voce incrinata e piena di rabbia.

«Non osiamo immaginare quante altre Fate bambine abbiano fatto la stessa fine! C'è qualcuno che le prende tutte, femmine e maschi. Le cattura in tenera età, quando sono fragili, deboli, ingenue e facili da ingannare... e le trasforma. Perdono la loro coscienza, la loro identità. Se uccidi la Fata Olc, non puoi fare a meno di uccidere loro. Ogni volta che una Fata Olc incontra una fata bambina, le taglia le ali e la imprigiona; poi la trasforma a sua volta in un'altra Fata Olc... un ciclo senza fine! Ci può essere un motivo a questo scempio: qualcuno ha lo scopo di distruggere il Regno delle Fate.»

Aileen, di fronte a tanto orrore, non sapeva cosa dire.

«Chi c'è dietrrro a tutto questo? Lo avete scoperrrto?» chiese Grogher.

«Non lo sappiamo di preciso, ma un paio di giorni fa, mia sorella Narijv ha intravisto un Cavaliere dall'armatura rossa in sella a un drago dalla coda di serpente.»

«Dove?»

«Non molto lontano da qui, in un bosco che ormai è diventato solo sterpaglia e rami secchi. Mi ha raccontato che stava dando istruzioni a delle Olc.»

Aileen era angosciata.

«Non hai paura di essere rapita anche tu? E tutte loro? Guariranno mai?»

Fayrin le prese una mano.

«Io e le altre Fate siamo adulte, e molto abili con la magia. Di chiunque si tratti, non gli sarà facile né scoprirci né ferirci. Torniamo a casa.»

Riavviandosi verso il tunnel, si soffermò per un attimo a guardare le pazienti.

«Solo una potente magia nera può restituir loro le ali» aggiunse indicandole. «E gli unici a poterla praticare sono i Cavalieri della Luce Dorata. Finché non riusciremo a metterci in contatto con loro, la sola cosa che possiamo fare è proteggerle evitando che soffrano o muoiano.»

Tornati a casa, Fayrin li invitò ad accomodarsi in salotto, dove c'era una confortevole tripletta di morbidi divani.

Sidae aveva scelto il più grande e vi aveva appoggiato il capo, addormentandosi all'istante. Raertha si era accucciato vicino a lui.

Fayrin accarezzò con delicatezza la fronte del leone, poi si rivolse ad Aileen e a Grogher.

«Adesso è il vostro turno» disse Fayrin. «Ci sono molte cose che mi dovete dire.»

In poco tempo, Fheall, Baelkers, Aeltiàfisar e Adalberto avevano organizzato gli eserciti: per aria, terra e mare, tutti coloro intenzionati a combattere si erano uniti, animali compresi.

Un ingente numero di cavalieri, fanti e civili stava provenendo a frotte dal regno degli Gnomi e degli Elfi e si stava radunando sulla vastissima Spiaggia Cristallina.

Era fondamentale poter contare su un alto numero di combattenti; questo avrebbe permesso di fare affidamento sulla coesione e di coordinarsi su un ampio fronte.

Gli accampamenti di terra vennero affidati a Baelnes.

Gli Gnomi erano capeggiati dal Generale Ceansì, uno Gnomo dal raro coraggio e con una capacità strategica e una maestria nel maneggiare le armi pari solo a quelle di Fheall.

Svettava sulla spiaggia in groppa al suo fidato Gargoyle Cloch. Grigio come l'antracite, aveva canini affilati, grandi occhi tondi, piccole corna ed enormi ali da chirottero.

Da lui Ceansì aveva imparato l'arte della pietrificazione che, più di una volta, nelle gloriose battaglie del passato, lo aveva salvato insieme ai suoi uomini.

Gli Elfi erano stati affidati alla guida di Inmus e Nalar, in sella ai fedeli Baineann e Dineann.

Erano due dilofosauri di una potenza estrema, alti quasi tre metri e lunghi almeno sei, dalla testa più grande del corpo e zampe artigliate e palmate talmente possenti da coprire qualunque distanza a velocità sorprendenti.

Che si trattasse di terra, acqua o roccia, non c'era alcuna differenza.

La loro arma preferita era il morso. Letale.

A vederli sembravano quasi graziosi, con il muso simpatico e una cresta sul capo un po' rock, ma a dispetto di questo, erano incredibilmente pericolosi.

Come sulla terra, anche sott'acqua si stavano radunando tutti coloro in grado di combattere.

I Tritoni e le Sirene avevano come Generale Unico il Tritone Varsos, grande esperto militare un tempo al servizio della Regina Selina.

Le balene, radunate da Adalgisa e Rocchino, si erano aggiunte in massa all'Esercito del Mare.

Lo stesso avevano fatto squali e delfini.

Verso il tramonto, sulla spiaggia, attirati da un possente ruggito, tutti alzarono gli occhi al cielo.

Davanti a loro si mostrò uno spettacolo maestoso. Stavano arrivando tre creature splendenti e leggendarie, di cui da secoli si era ormai persa ogni traccia: i Draghi dei Cavalieri della Luce Dorata.

Avevano sguardi penetranti e squame dai colori meravigliosi.

Orga, il primo drago, era quello di Aeltiàfisar. Aveva le squame color dell'oro e vividi occhi turchesi. Il secondo, Airgead, era il drago di Baelkers. Le squame color dell'argento facevano rilucere gli occhi, intensi e azzurri come l'acqua marina. Il terzo, Ceatha, aveva intelligenti occhi viola e squame trasparenti, che rifrangendo i raggi del sole gli regalavano i colori dell'arcobaleno. Da tempo immemore, il migliore amico e alleato di Fheall.

Non appena atterrarono, i draghi abbassarono le ali e, con una fiammata incrociata, salutarono i loro Cavalieri.

Aeltiàfisar, Baelkers e Fheall avanzarono verso di loro mossi da un'emozione travolgente che non provavano da anni.

Era tanto che non scendevano in battaglia, eppure bastò un solo sguardo tra Drago e Cavaliere perché l'antico legame si risvegliasse e tornassero a essere una cosa sola, come sempre era stato.

Iarrthòir non era tipo da scendere a compromessi. O si faceva a modo suo, o niente.

Sapeva che il suo intervento sarebbe stato determinante; perciò, se Orchi, Troll e Gnomi di Montagna fossero riusciti a impadronirsi del Grande Regno Universale, oltre alla già concordata concessione mineraria per intero, avrebbe preteso il comando dell'esatta metà del Regno.

Il resto poteva essere ripartito a piacimento tra gli altri, a lui non interessava.

La sua presa di posizione, però, aveva fatto imbestialire non poco i Sovrani degli Orchi: quell'insignificante microbo doveva essere eliminato.

Gaithy aveva appena finito di raccontare al Cavaliere

Nero tutto quello che sapeva, che si sentì trascinata dietro un masso.

«Taci!» le bisbigliò perentorio Dorcha, mettendole veloce una mano sulla bocca.

Un inconsueto gorgoglio proveniva dal lago di sangue.

La superficie aveva iniziato a ribollire.

Hercules stava mostrando una crescente agitazione.

Dorcha era teso, pronto a scattare.

Gaithy spostava lo sguardo dall'uno all'altro spaventata, senza capire.

Fu questione di poco.

Dal lago affiorò un drago gigantesco dalle lucenti squame rosse e nere, e una lunga e sinuosa coda di serpente. Dagli occhi gialli e la lingua biforcuta, sibilava minaccioso annusando l'aria.

A cavalcioni su di lui, un Cavaliere dall'armatura purpurea che non lasciava intravedere nulla se non gli occhi, due fessure rosse e minacciose.

Il Cavaliere emanava un'energia potente, e brandiva una daga lunga e pesante.

Gaithy impallidì.

Dorcha, no. Si soffermò invece a osservare con attenzione le due creature, accomunate dallo stesso sguardo oscuro.

Sentì il corpo della giovane Fata tremare di terrore sotto la sua salda presa, le lacrime calde di lei bagnargli la mano, e accadde una cosa a cui non era preparato: invece di provare attrazione verso i due esseri appena arrivati, sentì il trascinante e incontrollabile impulso di annientarli, chiunque essi fossero.

Aeltiàfisar e Orga diedero il segnale di partenza all'esercito.

Il drago ruggì sputando fuoco e si alzò in volo con un

poderoso battito d'ali.
Baelkers su Airgead e Fheall su Ceatha li affiancarono ai lati.

I tre Cavalieri della Luce Dorata, ancor più potenti che in passato, si sentivano come alla loro prima battaglia, alla guida di un esercito altrettanto compatto.

Una fredda e lucida calma li permeava, ogni nervo e muscolo tesi al massimo per captare qualunque pericolo.

Sotto di loro, sulla terraferma, Inmus e il Generale Ceansì spronarono le loro cavalcature seguiti dall'esercito d'aria e di terra.

Il Generale Varsos, al ruggito dirompente di Orga, alzò in alto il tridente e lanciò un bagliore luminoso in aria che ricadde in mare.

A quel segnale, Tritoni, Sirene, Squali, Balene, Meduse, Delfini, Narvali e ogni altra specie marina in grado di combattere, si compattò in un'unica falange acquea.

L'esercito era in marcia.

Orchi e Troll avrebbero avuto filo da torcere.

Iarrthòir, convinto di aver avuto la meglio nella trattativa con i Sovrani, era passato all'azione.

Aveva raggiunto Meannach, il Capo Guarnigione dei Troll e, insieme a lui, aveva composto un potente e numeroso esercito.

Dopo una rapida visita al Regno della Tempesta, avevano radunato tutti gli Orchi della guarnigione di Re Bàistec e li avevano condotti dai Troll, alle pendici della Catena Montuosa di Sliabh.

Una volta tornati, agli Orchi avevano unito i Troll e gli Gnomi di Montagna in grado di combattere, e li avevano dotati di martelli, clave, mazze ferrate e asce, armi con cui erano imbattibili.

Non semplici armi, ma incantate da un sortilegio di Urchoicha che rendeva il ferro molto più resistente.

Re Scrios, con i Generali e i Capi dell'Esercito, aveva realizzato un campo di addestramento per insegnare sia ai Troll che agli Orchi a essere meno rozzi in battaglia; dovendo combattere contro gli Elfi, conoscere la tecnica e migliorare in velocità era essenziale.

Badney aveva preparato delle pozioni rinvigorenti per tutti i Mountcur che avevano e ne aveva fatto ingerire una ancora più tonificante a quelli di Scrios e Bàistec, che diversamente da lei e da Urchoicha, sarebbero scesi in battaglia.

Badney distribuì le sue pozioni a ogni altro animale utile: cavalli, cobra addestrati, ragni giganti, persino al piccolo Batty.

«Avete radunato proprio tutti? Siete sicuri?» chiese Urchoicha a Meannach e a Iarrthòir dopo aver passeggiato in lungo e in largo per tutto l'affollato campo d'addestramento.

«Certo...» rispose seccato Iarrthòir.

«Bene... chi abbiamo come alleati via mare?»

«Via mare?» domandò stupito Meannach.

«Non si era forse detto di organizzare forze in grado di combattere sulla terra?!» domandò piccato Iarrthòir.

Batty le svolazzò davanti stridendo per sottolineare il disappunto dello Gnomo.

Urchoicha lo scansò dal viso alla stregua di una mosca, poi respirò per non perdere la pazienza.

«Sottovalutare il Popolo del Mare sarebbe un grave errore.» disse poi. «Non possiamo sapere se, passando per il Regno delle Sirene, la ragazzina non si sia alleata con qualche pesce!»

«Che sciocchezza! I pesci non combattono!» replicò infastidito Meannach.

«Di certo non i pesci rossi, ma i Tritoni combattono

eccome!»

«Avanti, Urchoicha! Sai bene che Selìna e Nèilos sanno pensare solo a se stessi! Che interesse avrebbero?!» sbraitò lo Gnomo.

Urchoicha si calmò di botto, pensierosa.

«Non so... Hai ragione, certo. Ma ho come uno strano presentimento. Occupatevi anche del fronte marino. È un ordine!» aggiunse con un tono che non ammetteva repliche.

Poi si voltò impettita e rientrò nella caverna di Badney.

Meannach e Iarrthòir, lividi di rabbia ma consci che avrebbe potuto avere ragione, si affrettarono a eseguire gli ordini.

Batty li seguì.

35.
TRA OMBRA E LUCE

Le narici del drago dalla coda di serpente emisero un secco sbuffo di fumo: aveva captato qualcosa.

Il Cavaliere del Sangue si allarmò.

«Che succede, Phéist?» gli chiese.

Il drago si diresse verso il nascondiglio di Dorcha e Gaithy e lanciò una fiammata in aria.

La Fata era paralizzata dal terrore.

Dorcha la guardò rassicurante e le fece cenno di stare immobile e in silenzio.

Lei, pallida e madida di sudore freddo, obbedì.

Il Cavaliere Nero chiuse gli occhi e invocò dentro di sé il potere della mente esterna.

"Svelati" pensò.

Subito, tutto fu chiaro: il solo scopo del Cavaliere Rosso e del suo drago era uccidere.

Il Cavaliere aveva un'altra caratteristica che lo rendeva più che mai interessante: era per metà un terrestre, un umano. Posseduto da un'implacabile brama di potere e conquista.

Quindi, doveva avere al fianco qualcuno di potente che gli avesse dato accesso al Grande Regno.

Non c'era il tempo di chiedersi come potesse essere possibile.

Il drago li aveva trovati.

Dorcha uscì allo scoperto.

Vicino a lui, lo sbuffo familiare di Hercules.

Gli saltò in groppa e si parò davanti all'uomo e al suo

drago.

Il Cavaliere Rosso saltò giù e gli si avvicinò.

«Interessante. Una parca ombra che pensa di poter oscurare il mondo...» esordì. «Uhm... fragranza di giovane Fata. Phéist, procedi.»

Il drago aprì le fauci e diresse una poderosa fiammata contro il masso dietro cui si nascondeva Gaithy.

Dorcha saltò da Hercules e si parò davanti al masso, assorbendo la fiammata con le mani.

Il Cavaliere Rosso sghignazzò compiaciuto.

«Interessante... Ci possiamo divertire, vero Phéist? Continua. Fammi vedere cosa sai fare.»

L'energia che proveniva da quell'uomo sconosciuto era così potente che Dorcha si sentì per un attimo indifeso e confuso.

Non riusciva a capire cosa gli stesse succedendo, era una sensazione che non ricordava di aver mai provato prima: il suo avversario gli annebbiava ogni innata capacità logica.

La mente sembrava non voler ricordare nessun sortilegio di magia orchica.

D'un tratto gli si affollò di sopiti frammenti di magia elfica antica, ma erano troppo imprecisi.

Non poteva ricorrere nemmeno a quelli, doveva trovare un'altra soluzione.

Il Cavaliere Rosso incalzava, le braccia minacciosamente alzate.

«Sei abile col fuoco. Proviamo con questo...»

L'aria si riempì di una nebbia fitta, e Dorcha non riuscì più a vedere né a percepire niente.

Intorno a lui, solo un innaturale silenzio.

Si sentì perso.

«Hercules, Gaithy, dove siete?» urlò, nel tentativo di captare qualcosa.

Il Cavaliere rise di gusto.

«Non possono sentirti... sei solo.»

Dorcha fu investito da una tempesta di aria gelida, intrisa di cristalli di ghiaccio lanciati alla velocità di un tornado. La potenza del vento non gli permetteva di avanzare neppure di un passo.

«È tutto? Mi deludi» lo schernì l'avversario.

Dorcha, con le braccia strette davanti al viso per difendersi, era incapace di compiere qualunque gesto, non riusciva quasi a respirare.

I pensieri sembravano mescolarsi tra loro, inutili e sempre più indefiniti.

I cristalli si mostrarono impietosi.

Il suo corpo veniva dilaniato da profonde ferite sanguinanti.

Uno più grosso degli altri gli squarciò una coscia.

Il dolore fu così lancinante che crollò su se stesso senza riuscire più a proteggersi il volto.

La pioggia di ghiaccio aumentò ancora, diventando più furiosa, più assassina.

Le fitte che Dorcha sentiva bruciavano al punto che i sensi del ragazzo si stavano appannando.

Il Cavaliere del Sangue fece un movimento a raggiera con le braccia.

Dorcha venne sollevato per aria come un ramoscello e scaraventato con violenza contro il tronco spezzato di un cipresso.

L'impatto gli tolse il respiro.

La vista gli si offuscò, la testa iniziò a vorticare, la bocca dello stomaco si contorse.

Sputò sangue.

L'oscuro guerriero gli si avvicinò e gli sollevò il mento insanguinato.

Gli occhi dei due si incrociarono.

Poi mollò la presa.

Dorcha ebbe un fremito di repulsione.

«Non sei ciò che speravo. Credevo di aver trovato un

avversario degno. Ti risparmio. Ma solo perché voglio vedere fin dove puoi arrivare. Se sopravvivrai.»

Così com'era arrivato, il Cavaliere del Sangue svanì, confondendosi in una nube insieme al suo drago.

Dorcha non resse oltre.

Svenne.

Appena la nebbia si diradò e Gaithy riuscì a vederlo, si precipitò verso di lui.

Era riverso al suolo immobile, il respiro debolissimo.

Ferma davanti a lui, la Fata ebbe un fremito.

"Per tutte le Fate... cosa devo fare? Lo aiuto? O lo lascio qui? Ha cercato di uccidermi, è vero... ma poi mi ha difesa... Non può essere così cattivo. Lo aiuterò!"

Si abbassò su di lui e sfiorò una delle ferite.

Il sangue ne usciva copioso e non accennava a smettere.

C'era bisogno di fermarlo, ma non c'era nemmeno una foglia che non fosse secca.

Visto che sulla natura non poteva contare, Gaithy puntò le sue mani sul taglio.

«*Cura, ripara e chiudi*» disse.

Non accadde nulla.

Le ferite sembravano incapaci di rimarginarsi.

Gaithy aveva bisogno di aiuto e decise di cercarlo nel solo posto in cui sapeva che lo avrebbe trovato.

Si girò verso Hercules.

«Cavallino? Ehi cavallino, vieni qui...» gli disse dolcemente. «Dovresti aiutarmi a trasportare il tuo amico. Puoi?»

Fayrin aveva ascoltato il racconto di Aileen e Grogher con grande attenzione.

«Dobbiamo andare a cercare il vostro amico e portarlo qui. Subito» stabilì, decisa.

«Credi che possa essere in pericolo?» si allarmò Aileen cogliendo l'agitazione della fata.

«Probabile. Hai parlato del suo continuo cambio di colore degli occhi. Non è un buon segno, indica che l'anima di Dorcha non ha un'identità precisa. È come se gli fosse stato imposto un legamento e, lontano dagli Orchi, stesse a poco a poco recuperando se stesso. Ma ora, qui, dove l'oscurità regna sovrana, sembra che il legamento abbia ripreso vigore. Non deve incontrare il Cavaliere del Sangue, per lui può essere devastante. Forse persino fatale.»

«Se le cose stanno così, non c'è tempo da perrrdere»

Un insistente e forte bussare catturò la loro attenzione.

«Aiuto, aiuto! Fata Fayrin, aiuto!» urlò una voce attutita.

Fayrin la riconobbe subito e corse a spalancare la porta, angosciata.

«Gaithy! Che succede?»

Non appena la porta si aprì, Aileen vide Dorcha e gli andò incontro.

«Per tutte le nuvole! Grogher, aiutami per favore. Dobbiamo portarlo dentro subito!»

«È lui?» chiese Fayrin.

Grogher annuì.

Poi si avvicinò all'amico, e con estrema attenzione, lo prese tra le braccia.

«Vieni, ti faccio strada» disse premurosa Fayrin.

Lo scortò in una stanza dalle pareti color glicine, con un letto adibito a situazioni di emergenza come quella.

Aileen li seguì, notando il sangue che gocciolava copioso dal corpo del ragazzo.

«Cos'è successo?» chiedeva frastornata, un po' a sé, un po' a Gaithy.

Grogher adagiò Dorcha sul letto e Fayrin ne esaminò le ferite.

«Magia nera...» sussurrò, non appena sfiorò uno dei profondi tagli.

«Che significa?» chiese Aileen.

«È accaduto quello che temevo: un male oscuro lo ha attaccato. Ha tentato di respingerlo, ma qualcosa dentro di lui glielo ha impedito.»

«Non capisco» disse Grogher. «Lui è potente, lui è...»

Fayrin lo guardò, materna.

«Ti spiegherò più tardi. Adesso, per favore, fai riposare il cavallo di Dorcha e dagli tanta acqua incantata e fieno. Anche lui ha bisogno di rifocillarsi. Gaithy, vai in cucina e prepara della buona tisana per tutti. Aileen, siediti. Tu mi servi qui.»

Attese che Grogher e Gaithy uscissero dalla stanza, poi si rivolse alla ragazza.

«Dobbiamo fermare il sangue, o rischia di rimanere prosciugato e morire da qui a poche ore. Forse prima.»

Aileen assunse un colorito terreo.

«Lo ami, vero?» le chiese con dolcezza.

«Sì», rispose, la voce che tremava.

«Bene. Dammi le mani e pensa intensamente a quello che provi per lui. Pensa ai bei momenti che avete passato insieme, e non staccare mai le tue mani dalle mie. Intesi?»

La ragazza annuì.

Non appena le loro mani si strinsero, un'intensa luce violetta avvolse Dorcha da capo a piedi.

«Concentrati adesso...»

Aileen chiuse gli occhi e ricordò: il loro primo incontro, lui che la prendeva in giro per aver mangiato le bacche di abro, i loro allenamenti, il primo bacio, loro abbracciati davanti al fuoco prima di andare dagli Gnomi, loro con le code da Sirenidi, loro uniti per la prima volta... e poi lui che non la riconosceva più, le dava uno spintone e galoppava via.

«Aileen? Aileen...» la chiamò Fayrin. Erano passate molte ore. «Abbiamo finito.»

Aileen ci mise un po' a rientrare in sé.

Era stata catturata dai ricordi.

Piano, aprì gli occhi, colmi di lacrime.

Le ferite non sanguinavano più.

Dorcha era meno pallido e dormiva sereno.

«Sei stata molto brava» le disse Fayrin, sorridendo fiera.

«Non capisco, non ho fatto nulla.»

«Hai fatto molto, invece. Solo il Vero Amore aveva il potere di fermare la magia che stava portando Dorcha a dissanguarsi. E tu glielo hai dato.»

«Quindi... adesso... è fuori pericolo?!»

«Sì», sorrise la Fata. «Ora deve solo riposare. Vieni, raggiungiamo gli altri. Gaithy ci deve riferire un bel po' di cose.»

36.
ALLEANZE

Una Fata molto alta, dal fisico slanciato e statuario, stava camminando avanti e indietro per la radura.

Era visibilmente nervosa.

I suoi capelli, neri e lucidi come le piume dei corvi, le possenti ali d'aquila e gli occhi scuri sul volto furente, trasmettevano un istintivo senso di minaccia.

Inginocchiato davanti a lei, il Cavaliere Rosso era immobile e tradiva una forte preoccupazione.

Spogliato della sua armatura, con indosso solo una leggera calzamaglia, appariva per quello che era davvero: un giovane di una ventina d'anni, con i capelli in disordine, il volto pallido e magro segnato da profonde occhiaie scure, le labbra esangui.

Non troppo distante da lui, Phéist lo guardava attento.

«Sei un idiota. Un vero idiota, Richard!» sbottò la Fata.

«Ma... ma io...»

«Taci!» lo redarguì lei, tirandogli uno schiaffo.

Poi una calma glaciale la invase.

«Non ti rendi ancora conto, vero? Avresti potuto ucciderlo. Invece lo hai lasciato libero. Un nemico pericoloso ed estremamente potente.»

«Non lo era!» cercò di difendersi lui. «Come può essere *pericoloso ed estremamente potente* qualcuno che non è riuscito a contrastare il mio potere nemmeno per un attimo?»

Lei lo guardò glaciale.

«Sei riuscito a leggergli nella mente?» gli chiese, parlando con estrema lentezza.

Richard rifletté.

«N... no» disse poi.

«Questa non è forse una dimostrazione del fatto... che abbia chiaramente contrastato il tuo potere?»

La Fata, nervosa, ricominciò a camminare su e giù.

«Ricapitoliamo: non ti ho forse dotato della capacità di ipnotizzare chiunque tu voglia?»

Richard stava iniziando a sudare.

«Sì...» sussurrò.

«Di leggere fin nei meandri più intimi della mente...?»

«Sì...»

«Di bloccare ogni forza e ogni energia affinché chicchessia non possa ricordare alcuna formula né muovere alcun passo?»

«Sì.»

«Ma nonostante tutto questo, quel Cavaliere a tuo dire *incapace*, è riuscito a porre, almeno all'inizio, resistenza; ad assorbire con le mani il tuo fuoco magico; a non farti leggere i suoi pensieri.»

Il Cavaliere questa volta si limitò ad annuire.
Teallach, l'Imperatrice del Grande Regno Universale Parallelo, la Regina indiscussa del Male, stava fremendo di rabbia.

«Perché... hai deciso di graziargli la vita? Perché?!»

Richard tentò di raccogliere quel poco di coraggio che gli era rimasto.

«Perché... era la prima volta che mi capitava un avversario così. Non era al massimo dei suoi poteri e... ho pensato che in ogni caso sarebbe morto dissanguato. Nel caso in cui non fosse successo, invece, ho voluto che avesse un'altra possibilità per combattere...»

Teallach fu scossa da una risata isterica.

«Tu... hai voluto... cosa? Pezzente, stupido idiota! Sciocco, inutile umano! Tu non hai ordine di pensare, di prendere iniziative! Tu... devi fare quello che *io* ti dico! Dovevi approfittare del suo spaesamento e ucciderlo; non dargli un'altra possibilità!» urlò isterica Teallach.

Poi si girò verso di lui.

Calma. Glaciale.

«Hai la più pallida idea della fatica che ho fatto per trapassare dal mio mondo a questo? Ci ho provato per millenni. Proprio adesso che le porte si sono indebolite... e sono entrata... Cosa te lo spiego a fare? No, non puoi avercela. La tua leggerezza ha messo in pericolo tutto il mio piano, e questo... non posso perdonartelo.»

Con un movimento secco, scagliò il giovane da una parte all'altra della radura.

Più lui soffriva, più il volto della fata si dipingeva di rabbia.

«Pentito di esserti votato al male? Che peccato.»

Richard, tramortito, con il viso stravolto dal terrore e dal dolore, non aveva la forza di rispondere.

Teallach, senza pietà, continuò a farlo volteggiare per aria come un sacco vuoto.

Lo fece sbattere ripetutamente a terra, e contro ogni tronco e ogni masso a portata di mano.

Phéist provò a prenderlo al volo per proteggerlo, ma la velocità con cui veniva mosso dalla Fata era troppo elevata per lui.

Dopo un po', stufo, emise un ruggito di disappunto, le narici incandescenti.

Teallach lo guardò e sembrò calmarsi.

Poi, sorrise.

«Buono Phéist, non farmi sentire in colpa. È il minimo dopo quello che ha fatto. Comunque, d'accordo...»

La Fata si accomodò sulla zampa del drago e abbassò il braccio.

Il corpo di Richard rovinò al suolo lasciandolo boccheggiante.

«Immagino di sì... Avresti dovuto pensarci prima: ogni scelta definisce un prezzo. Sei sfiancante; comincio a trovarti persino inutile. Ma per ora mi servi vivo. Trova quel Cavaliere. Uccidilo. Hai tempo fino a domani.»

Teallach si dissolse nel nulla.

Il ragazzo provò a mettersi in piedi, ma il dolore era così forte da renderlo quasi incosciente.

Non aveva più un solo arto intatto.

Tuttavia, sapeva che in pochi istanti il suo corpo si sarebbe ricostruito e rigenerato dall'interno; uno dei vantaggi dell'alleanza con l'Imperatrice del Grande Regno Universale Parallelo.

Mentre le sue ossa si saldavano e il suo corpo tremava per la sofferenza e la febbre alta, Richard desiderò non aver mai tradito la sua famiglia, non aver mai lasciato la sua amata Terra, non aver mai conosciuto Teallach e, soprattutto, desiderò per la prima volta in vita sua, di essere definitivamente, compiutamente, morto.

Brick era appollaiato sul ramo più alto del suo abete preferito, quando avvistò i tre draghi.
Maestosi e inquietanti.
Erano migliaia di anni che non li vedeva: qualcosa di enorme stava per succedere.

Il Capo dei Folletti si lanciò a terra e corse su e giù per le piccole case del villaggio.

«Allarme! Allarme!» urlava agitato.
Chiamò a raccolta tutti gli Alti Anziani affinché venissero allertati e riuniti tutti i villaggi del Regno.
Poi radunò i membri del Consiglio.

«Presto, venite con me!»

Dopo pochi istanti, lui e gli altri sei Folletti erano riuniti nella Grande Sala.

Con loro, c'era anche la Fata Gamy.

«Cosa succede, Brick?» gli chiese curioso Gren.

«Ero lassù...» disse indicando la cima dell'albero fuori dalla finestra, «e...e li... li... li ho visti!»

«Calmati. *Chi* hai visto?» domandò Norc.

«I tre Draghi!»

Un attimo di silenzio basito accolse la sua dichiarazione.

«Vuoi dire... i tre Antichi Draghi?» chiese Ploc sconvolto.

«Proprio loro, sì! Con i loro Cavalieri! Sta succedendo qualcosa di grosso! Presto, andiamo loro incontro e prepariamoci ad accoglierli!»

Non ci volle molto perché l'intera vallata ai piedi delle montagne venisse oscurata dalle imponenti ombre dei tre draghi.

I Folletti uscirono fulminei dalla Grande Sala e volsero il naso verso il cielo.

I corpi dei possenti animali vibravano sotto la luce del sole. Tutto, di loro, comunicava potenza.

Guardarono in basso e iniziarono la discesa.

I sette Folletti e la Fata fecero una gran fatica a non volare via, spostati dalle correnti d'aria!

Fecero fronte comune tenendosi per mano, aggrappandosi disperatamente a tutto quello che trovavano.

Non appena Ceatha, Orga e Airgead atterrarono, Brick e gli altri si accorsero dell'arrivo dell'esercito.

Aeltiàfisar porse con deferenza i suoi saluti.

«Ben trovati, cari amici» disse solenne dall'alto della sua cavalcatura.

«Benvenuti, Cavalieri della Luce Dorata» risposero in coro i Folletti esibendosi in un profondo inchino.

Gamy li guardò spaesata e si affrettò a imitarli.

«Nessuna riverenza, state comodi. Vi spiace se per questa notte ci accampiamo qui?»

«Siete i benvenuti» rispose pronto Brick.

«Bene» replicò l'Elfo, scendendo con una flessuosa acrobazia dal suo drago.

Fheall e Baelkers lo imitarono e si rivolsero ai sette Folletti.

«Dobbiamo parlare.»

Iarrthòir era esasperato.

I Troll erano del tutto inadatti a gestire la propria forza in gruppo e riuscire a insegnarglielo in così poco tempo sembrava un'impresa disperata.

«Cosa stai facendo sottospecie di gorilla troppo cresciuto? Non così! No!!!» urlò stremato, schivando per pura fortuna l'enorme clava di uno dei soldati.

«Basta, non ne posso più di voi! Siete dei rincitrulliti ammassi di lardo!» sbraitò togliendosi la corona e lanciandola per terra.

Poi se la rimise con stizza, e si allontanò a passo deciso per sedersi su un masso poco distante e bere un sorso di succo di timo serpillo.

Ne diede un po' anche a Batty, che lo bevve deliziato.

«Ah, che disastro! Almeno gli Orchi sanno combattere insieme! Questi sono proprio negati!»

Il succo finì troppo presto, così anche la bottiglia fece un bel volo e lo Gnomo, sempre più nervoso, si diresse di gran passo verso la caverna degli Orchi.

Quello che sosteneva Iarrthòir era vero.

Ogni Troll viaggiava per conto proprio, provando una naturale avversione non solo per Orchi e Gnomi ma anche per i propri simili.

Erano grossolani nei movimenti, poco precisi, incapaci di portare avanti un combattimento tatticamente raffinato; non brillavano per intelligenza e vedevano la battaglia come un gioco scomposto in cui vinceva chi abbatteva il maggior numero di corpi alla stregua di birilli.

Per quale motivo i loro Sovrani e Meannach avessero un minimo di abilità strategica e di intelligenza era uno dei più grandi misteri di quel Regno.

«Urchoicha!» urlò Iarrthòir, entrando negli alloggi dell'Orchessa e del marito.

Intenta a rimestare un liquido denso in un pentolone, lei gli lanciò un'occhiata infastidita senza smettere di borbottare a bassa voce parole incomprensibili.

«Cosa vuoi, *Gnomo*?» gli chiese gelida dopo aver finito la formula. «Spero tu abbia un motivo più che valido per avermi interrotto!»

Iarrthòir, nel sentirsi chiamare Gnomo con quel tono tanto dispregiativo, percepì la bile salire all'inverosimile.

Nonostante tutto, prese un bel respiro e deglutì.

«Mi serve il tuo aiuto.»

La Regina lo guardò, dapprima sorpresa poi gongolante.

«Scusa, non credo di aver capito. Tu... il più grande combattente di tutti i tempi, proprio *tu*... hai bisogno di me?!»

«Non io. Tutti noi» grugnì lui.

L'Orchessa si tirò su le maniche della veste e si fece attenta.

«D'accordo. Dimmi: di che si tratta?»

«Ci serve una magia, un filtro, qualunque cosa possa mettere un po' di sale in zucca a quei caproni dei Troll, o averli al nostro fianco sarà solo un grosso guaio!!! Sono degli incapaci, pensano che combattere tra loro o con chiunque altro non faccia differenza!»

Iarrthòir girava in tondo, sbracciando e urlando come un pazzo, disperato all'idea di non riuscire, per la prima volta in vita sua, a comandare e addestrare qualcuno.

Il piccolo Batty gli svolazzava intorno stridendo agitato, sperando che si fermasse per appollaiarsi come di consueto sulla sua spalla.

Tuttavia, quel giorno sembrava impossibile.

Urchoicha li guardava quasi divertita.

Se non fosse stato per il fatto che lei per prima aveva bisogno che tutte le forze a disposizione fossero perfettamente funzionali, si sarebbe allietata a farlo sfogare per il solo gusto di dirgli di no.

Ma, in questo caso, decise di collaborare.

«Bene, ho capito» disse, interrompendolo senza troppi preamboli. «Fammici pensare un po' su. Al più tardi per domani mattina ti consegnerò l'esercito più potente che tu abbia mai potuto immaginare. Adesso vai, lasciami lavorare.»

Lo Gnomo la fissò, stupito e interdetto.

Poi uscì, più tranquillo.

Urchoicha era insopportabile, ma era la sua unica speranza.

37

ATTESE FORZATE

Era ormai scesa la sera e l'esercito si era accampato.

Mentre i soldati riposavano, i Cavalieri della Luce Dorata, i Sovrani del Mare e degli Gnomi, i Folletti Consiglieri, il Generale Varsos e il Generale Ceansì si erano radunati su una radura affacciata sul mare.

Lì, discutevano le mosse successive da fare.

«Se solo riuscissimo a scoprire qualcosa sui ragazzi... Raggiungere il Regno Interno è diventato impossibile persino per noi!» commentò Crill.

Fheall lo guardò scettica.

Poi posò il suo sguardo su Gamy.

«Non capisco. È il vostro regno.»

«È così. E allo stesso tempo non lo è» rispose mesta la Fata. «Dopo che Aileen e i suoi amici vi sono penetrati, si è innalzata una singolare barriera energetica. A oggi inviolabile nonostante gli sforzi di tutti noi.»

Fheall si volse verso i Folletti per ottenere conferma delle parole di Gamy.

«È vero» le confermò Norc. «Ho persino provato a entrare col Potere della Distruzione. E indovinate? Non è servito a niente!»

«Ma è impossibile...» sussurrò Baelkers sgomento.

«Eppure, è così...»

«Già, e questo non è affatto un buon segno» valutò Gren.

Cadde un silenzio denso e pensieroso.

«Perché non proviamo a unire la magia di tutti noi?!» propose Adalberto speranzoso. «Se unissimo le nostre energie magiche...»

«...otterremo un nucleo energetico abbastanza potente da poter contrastare la barriera» concluse Aeltiàfisar. «Sì, può funzionare.»

«Se davvero lo farete, domani avrete bisogno di tutte le vostre forze» si intromise Baelnes. «Andate a riposare adesso.»

Gli altri lo guardarono distratti; nessuno di loro aveva in animo il desiderio di dormire.

Ma era già notte fonda, e il primo giorno di viaggio era stato stancante.

«Hai ragione, Baelnes, grazie; è un'ottima idea» gli rispose Fheall. «Coraggio allora, andiamo nelle nostre tende. All'alba, qui. Faremo quanto stabilito.»

Il chiarore della luna illuminò il suo volto.

Disturbato da quel lieve bagliore, Richard aprì gli occhi.

Non sapeva quanto tempo fosse passato da quando si era autoindotto quello stato di immobilità e si era addormentato.

Con cautela, provò ad alzare un braccio: nessun dolore.

Si alzò di scatto, sfoderò la spada e si esibì in un paio di affondi.

Era veloce, scattante, stava bene.

Anche questa volta il suo corpo si era ricomposto alla perfezione.

La radura dello scontro, al contrario, era in condizioni ben peggiori di quanto ricordasse.

Brulla, senza più segni di vita, era segnata da rami spezzati e massi scheggiati.

Di Teallach, nessuna traccia.

Ripensò alla sua originaria promessa di potere e

grandezza, quella che lo aveva fatto cadere, che lo aveva fatto tradire.

"Chissà se manterrai mai davvero il nostro patto?" si chiese amareggiato.

La verità era che ormai si sentiva solo una pedina nelle sue mani.

Ma ora non era quella la cosa importante.

Per aspirare al potere, doveva quantomeno rimediare all'errore fatto, trovare quel Cavaliere e ucciderlo.

Fece un fischio.

Il familiare movimento d'aria calda delle ali di Phéist lo accarezzò.

Poco dopo, il drago era davanti a lui e lo guardava. Richard sostenne lo sguardo e gli fece cenno di abbassarsi.

Pochi istanti dopo, poteva guardare nelle iridi della bestia, come in due specchi.

«Non muoverti, Phéist, dobbiamo scoprire dov'è.»

Quella volta, però, nelle pupille non comparve nulla; né dettagli di un luogo, né l'immagine del suo nemico.

Richard iniziò a sudare dall'agitazione.

«Concentrati, sciocco di un volatile! Non è possibile che non appaia nulla!» sbraitò.

Phéist, contrariato, alzò il capo e ruggì, accennando uno sbuffo di fumo e attorcigliando minacciosamente la coda.

Richard si avvide dell'errore.

«No, no, va bene. Scusami. Non volevo offenderti. Riproviamo? Ti va?»

Il drago lo fissò di sbieco e sbuffò rumorosamente. Poi, piano, gli si riavvicinò e gli permise di nuovo di scrutare nei suoi occhi.

Tentarono innumerevoli volte.

Aumentarono l'intensità, provarono a visualizzare il Cavaliere sconosciuto in sella al suo cavallo...

Non trovarono alcuna traccia.

«Non possiamo farcela da soli, è un'energia troppo intensa!» esclamò Fheall spossata, dopo ore che tentavano di scalfire la barriera energetica che bloccava l'ingresso al Regno Interno. «Dobbiamo riunire tutti i maghi presenti in entrambi gli eserciti.»

«Sì, Fheall ha ragione» dichiarò Aeltiàfisar. «Varsos, Ceansì, Baelnes: chiamate a rapporto coloro che possono venirci utili. Tra un paio d'ore al massimo, riproveremo.»

Aileen e Grogher avevano ripetuto tutta la storia a Gaithy e lei non si era lasciata fuggire una sola parola. La stessa Fayrin aveva riascoltato tutto con grande attenzione.

La situazione era preoccupante: non si trattava più solo di ridare vita al *Sigillum Maximum*, ma anche di capire chi ci fosse dietro al disfacimento del Regno delle Fate.

«Credi che Dorcha tornerà in sé?» chiese Aileen a Fayrin.

Fayrin la fissò, incerta.

«Spero di sì...»

«Come speri? Prima hai detto che era fuori pericolo. Non ne hai la certezza?»

«Mentirei se ti dicessi di sì. La Magia Oscura è diversa da quella della Luce che usiamo noi; i suoi effetti sono imprevedibili. Però, state certi di una cosa: finché rimarrà qui, nessuno potrà trovarlo. La mia casa e la stanza delle cure sono protette dalla Magia della Notte Fatata.»

«La magia di Lin?!» chiese Grogher.

La Fata annuì.

«Ulteriormente potenziata; permette l'oscuramento anche attraverso la visualizzazione.»

Il rumore della porta che si spalancava li fece

trasalire.

Si girarono.

Dorcha era sulla soglia.

Pallido e stravolto, ma con la spada in mano e l'aria combattiva.

«Non mi avrete! Fatemi uscire di qui!» urlò.

Gaithy gli si fece incontro svolazzando.

«Cavaliere, tranquillo. Sei tra amici adesso.»

Lui sembrò tentennare.

«Gaithy ha ragione» si intromise Fayrin. Poi sorrise. «Inoltre, come puoi pensare di combattere adesso? Sei troppo debole, devi riposare. Coraggio, Dorcha, vieni a bere una tazza di idromele piuttosto. Ti farà bene.»

Dorcha li scrutò, a uno a uno.

Un leone bianco acciambellato ai piedi di un guerriero maestoso che sembrava un incrocio tra un Orco e un Troll, una ragazza bellissima dai lineamenti delicati e la carnagione che emetteva bagliori dorati, la giovane Fata con cui si era trovato nel bosco e quella più adulta, che gli aveva appena offerto l'idromele.

«Dov'è il mio cavallo?»

«Insieme al mio unicorno, Dorcha, nella stalla» gli rispose Aileen guardandolo con infinita dolcezza e gli occhi umidi.

«Forrrza guerriero, vieni qui.»

Dorcha si avvicinò al gruppetto, titubante.

«Come fate a conoscermi?» chiese disorientato.

«Guarda qui dentro» gli propose Fayrin, porgendogli una sfera di cristallo trasparente. «In questa sfera del tempo, vedrai tutto il tuo passato.»

Dorcha la prese e la guardò.

Si sentì come risucchiato.

In pochi istanti, rivisse ogni ricordo, ogni sensazione, ogni istante della sua vita, da quando era il piccolo Principe Orco fino a quel giorno.

Dopo poco, alzò gli occhi su tutti loro.

Gli brillavano di commozione.

Aileen gli si avvicinò senza sapere bene cosa fare.

Lui la trascinò a sé e la strinse forte.

Dorcha era di nuovo tra loro.

Erano ore ormai che tutti i maghi e le streghe presenti nell'esercito provavano senza sosta ad abbattere la barriera.

Senza risultato.

«E adesso? Che si fa?» chiese sconsolato Brick.

«Niente» rispose amareggiato Baelkers. «A questo punto, possiamo solo aspettare.»

Iarrthòir, a gambe incrociate sul suo masso preferito, stava ultimando il proprio rito mattutino: la degustazione di una corroborante tazza di radici di zenzero e menta, accompagnata da una fetta gigante di crostata di more.

Al suo fianco, Batty gustava un mucchietto di succosi frutti di bosco che lo Gnomo aveva colto per lui.

«Le cinque del mattino e stai ancora facendo colazione?!» esclamò Urchoicha apparendo all'improvviso.

Iarrthòir, per lo spavento, si rovesciò l'ultima parte della tisana sulla barba.

«Sei un pessimo esempio per i tuoi soldati!» lo attaccò ancora l'Orchessa, pregustando il moto di stizza che sicuramente quel nanerottolo avrebbe avuto.

Lui la guardò come avrebbe potuto fare con una formica e, dopo essersi spazzolato la barba con la mano ruvida, diede un morso generoso alla crostata.

«Immagino che, se ti sei scomodata a venire fino a qui, tu abbia delle novità.»

«Immagini bene, *Gnomo*» rispose lei di rimando.

Dagli occhi di Iarrthòir sembrarono uscire fulmini.

«Senti, Orca, io ho un nome!» sbottò.

«Orchessa, casomai. Ma perché ti offendi a esser appellato per quello che sei? Non sei mica un cavallo!»

Iarrthòir stava fremendo di rabbia e Urchoicha si stava divertendo a stuzzicarlo sempre di più.

«Quali sono le novità?!» gridò quasi Iarrthòir rischiando di strozzarsi, avvicinandosi col pugno alzato e lo sguardo minaccioso alla caviglia della Regina.

Lei scoppiò in una risata calda e divertita.

«Come sei permaloso, nanetto. Permaloso e prevedibile. Ecco qui.»

«Na... na... nanetto?» disse lui guardandola con gli occhi a palla.

Lei gli sorrise bonaria, poi tirò fuori dalla tasca della sua gonna una fiaschetta gigantesca.

«Qui c'è la soluzione al tuo problema. È un filtro davvero potente. Dovrai solo diluirlo nel pranzo di mezzogiorno e farlo mangiare ai soldati dei Troll. Si addormenteranno. Al risveglio, saranno coordinati, collaborativi e, soprattutto, capaci di gestire la loro forza.»

«Per quanto tempo avrà effetto?» chiese lo Gnomo, adesso concentrato.

«Considerando che ormai dovremmo essere prossimi all'arrivo del mio figliastro e della Principessa... il necessario per vincere la battaglia.»

Iarrthòir la guardò ammirato, quell'odiosa Regina sapeva il fatto suo.

La pioggia cadeva fitta, picchiettando sui vetri della casa con gocce di sangue di Fata.

Aileen, rannicchiata sul davanzale, la guardava preoccupata.

Pensava alla missione, a tutto quello che era accaduto, alla sua infanzia scorsa via troppo presto, al suo popolo e ai suoi genitori.

Il tempo stava per scadere.

Se avesse fallito non sarebbe riuscita a salvare nessuno di loro.

Una mano calda le si appoggiò sulla spalla.

Lei la riconobbe e vi posò il volto.

«Ce la faremo, amore.»

Dorcha era così, sembrava indovinare sempre i suoi pensieri.

Le sventolò davanti una tazza di tisana fumante.

Grata, accettò.

Nemmeno lui riusciva a riposare, il sonno disturbato dall'urgenza di incontrare nuovamente il Cavaliere Rosso e sconfiggerlo.

Gaithy sbucò dalla sua stanza e svolazzò a occhi semi chiusi verso il divano.

«Già svegli?» chiese con un rumoroso sbadiglio.

I ragazzi la raggiunsero e le si sedettero vicini.

«Grazie per avermi salvato, Gaithy» le disse Dorcha riconoscente.

Lei arrossì.

«Sentivo che non eri cattivo, tutto qui» gli disse. «Insomma, adesso il piano qual è?»

Fayrin arrivò dalla cucina portando un piatto stracolmo di ghiottonerie di ogni genere.

Grogher la seguiva con due grandi caraffe piene di sidro di mele e succo di frutta.

«Credo che la cosa più sensata sia andare a prendere il nuovo segreto» valutò la Fata.

«Ma tutta questa buona roba da dove viene?» chiese ammirata Gaithy.

«Se ti conosco bene, dalle scorte...» azzardò, con dolcezza, Aileen.

Fayrin annuì compiaciuta, poi si sedette e riprese a parlare.

«Dove custodisci i Segreti degli altri regni, Aileen?»

La ragazza tirò su una manica e rivelò un delicato

braccialetto d'oro con delle pietre incastonate.

«Eccoli. Ogni volta che ne trovo uno, prende la forma di una pietra e si aggiunge a questo bracciale.»

«Uhm... come se la Pergamena stesse cambiando forma quindi...»

«Sì, sembrerebbe... anche se non sappiamo se sia quella definitiva.»

«Vedremo. Adesso è importante che recuperi il Segreto delle Fate.»

«Sì, certo... Non ho idea di cosa cercare, però.»

«Io sì. Dovrai andare nella sala del trono. Lì, proprio al centro, c'è una teca che contiene un fiore: un'orchidea millenaria dal potere incalcolabile. Ogni volta che una nuova Principessa delle Fate viene incoronata Regina, quel fiore le viene poggiato sulla corona. La sua essenza le si irradia nel corpo rendendola una Fata diversa dalle altre, più potente e più saggia. Alla fine della cerimonia, l'Orchidea viene nuovamente riposta nella teca a protezione della Sala del Trono.»

«Se è così, dubito che la Regina Titania accetterà di donarmela.»

«Lo farà. Ho già provveduto io ad avvisarla. Appena ha saputo, non ha esitato un attimo. Anche Re Edouard è d'accordo.»

«Questa è un'ottima notizia» constatò Dorcha. «Io sono pronto, andiamo.»

Fayrin non era d'accordo.

«Mi spiace ma tu rimarrai qui. Non ti sei ancora ripreso del tutto e fuori la situazione non è delle migliori. Andremo noi. Tu pensa solo a prendere la pozione rigenerante e a guarire.»

«Cosa? Non ho nessuna intenzione di lasciarvi andare da soli!»

Grogher si intromise con un tono secco.

«Basta, Dorrrcha. Sei pallido come la neve. Se ci

trovassimo in pericolo, sarrresti un impiccio. Noi andiamo, tu rimani!»

Dorcha rimase esterrefatto.

Era la prima volta in tutta la vita che Grogher assumeva una posizione tanto ferma.

In effetti non si sentiva al massimo, ma addirittura definirlo un impiccio...

«Faremo in fretta» lo rassicurò Gaithy indovinando i suoi pensieri. «Il castello è a poche miglia da qui. Poche ore e saremo di ritorno.»

Aileen si avvicinò a Dorcha.

Lo fissò negli occhi con quel suo sguardo fermo e deciso che lo aveva fatto innamorare.

Poi lo abbracciò, si voltò e varcò la porta di casa seguita da tutti.

Dorcha, alla finestra, rimase suo malgrado a guardare.

Era terribilmente inquieto.

Erano ore che Richard e Phéist sorvolavano la zona, ma il Cavaliere misterioso sembrava svanito nel nulla. All'improvviso Richard avvertì qualcosa.

Un fremito, una vibrazione.

Chiuse gli occhi.

Si concentrò e gli apparvero delle immagini, prima offuscate, poi sempre più nitide.

Non si trattava del Cavaliere ma di una giovane Fata che incedeva lungo i sentieri brulli che salivano verso il castello. Era in compagnia di una Fata adulta, di un leone bianco, di una ragazza che emanava una strana luce dorata, di un unicorno e di un Orco... o un Troll? Comunque, molto più basso e minuto di quanto avrebbe dovuto.

Non sapeva se fossero collegati al Cavaliere, ma l'intuito gli suggeriva che fosse così.

Li seguì.

Era più che mai certo che lo avrebbero condotto da lui.

38

UNA FERITA MORTALE

Richard e Phéist si materializzarono silenziosi dietro a un ampio masso.

Appartato rispetto al sentiero su cui si trovavano Aileen e gli altri, permetteva di scrutare con facilità i loro passi.

Con un rapido movimento il Cavaliere Rosso rese invisibili il proprio corpo e quello del drago, poi li seguì.

«Manca ancorrra molto?» chiese Grogher, rivolgendosi a Fayrin. «Non vorrrei che Dorcha facesse qualche sciocchezza.»

Aileen gli appoggiò una mano sul braccio possente.

«Non è avventato. Non farà nulla di sbagliato, vedrai» lo rassicurò.

Richard si illuminò; la sua intuizione era stata corretta.

Dorcha doveva essere il nome del Cavaliere che stava cercando, e quel gruppo di esseri singolari lo avrebbe condotto da lui molto presto.

Non doveva fare altro che rimanere in disparte e velocizzare il loro rientro alla base, ovunque si trovasse.

Richard, in groppa a Phéist, gli accarezzò il collo.

"Il Castello delle Fate... la Regina Titania... un'orchidea in una teca... Che idiozia! Cosa se ne fanno di un fiore?" pensò, seccato.

Teallach voleva quel Dorcha al più presto, non aveva

tempo di aspettare.

Volevano il fiore?

Glielo avrebbe dato senza il bisogno di arrivare fino al castello.

«Mostrati, fiore bramato!» esclamò.

La Regina Titania si avvicinò al gruppo dal fondo della strada, tenendo tra le mani la teca di cristallo contenente l'Orchidea delle Fate.

«Titania!» esclamò meravigliata Fayrin. «Può essere pericoloso, perché ci hai raggiunti da sola?»

La Regina rivolse loro un adorabile sorriso.

«Mi è sembrato di capire che non ci fosse tempo per i convenevoli, dico bene? Ecco il fiore.»

Fayrin guardò Aileen incoraggiante.

Toccava a lei prendere il nuovo *Segreto* tra le mani e unirlo agli altri.

La ragazza annuì timidamente e si avvicinò.

«Grazie, Vostra Maestà» disse facendo una profonda riverenza, e allungò le braccia a prendere la teca.

Si alzò una folata di vento improvvisa, forte e calda.

Fayrin, Grogher, Gaithy, Sidae e Raertha si guardarono nervosi intorno.

Non c'era più nulla.

Il sentiero, il bosco, gli alberi secchi... era tutto svanito.

Aileen, del tutto incantata dallo sguardo ipnotico della Regina, non se ne avvide.

«Fermati, Aileen!» le urlò Fayrin cercando di bloccarla.

Ma non fece in tempo.

Inconsapevole di qualunque cosa stesse accadendo, la ragazza appoggiò le mani sulla teca.

Titania si tramutò in un'enorme mantide religiosa dalle chele poderose e taglienti.

Senza alcuna esitazione, le si avventò contro.

La afferrò e se la portò alla bocca.

«Aileen!» urlò Grogher.

Lei non ebbe alcuna reazione.

Grogher saltò fulmineo davanti allo spropositato insetto, mulinò il suo mazzafrusto e lo tirò secco contro la chela che stava per stritolare Aileen.

Con un moto di dolore, il mostro abbandonò la presa facendo cadere la preda a terra.

Per Fayrin, quell'attimo di distrazione fu sufficiente.

Lanciò contro la mantide un incantesimo di rimpicciolimento e la scagliò lontana, incenerendola.

«Fayrin, Grogher...»

Si girarono.

Gaithy, pallida come uno straccio, era chinata su Aileen.

Riversa al suolo, non rispondeva più; dal braccio le uscivano continui e incontrollati getti di sangue.

«Dobbiamo tornare a casa. Subito. O sarà troppo tardi!» dichiarò Fayrin.

Richard sogghignò, aveva raggiunto il suo scopo.

«Dorcha, apri! Apri la porta, presto!» urlò Gaithy precedendo il gruppo più veloce che poteva.

Il ragazzo, sentendo le urla, uscì fuori di corsa.

Grogher stava correndo verso casa tenendo Aileen, inerte, tra le braccia.

Il panico lo invase.

«Aileen!» gridò, sentendo la voce strozzarsi nella gola.

La tolse dalle braccia di Grogher e la prese con delicatezza tra le sue.

«Cos'è successo?», chiese smarrito.

«Dopo, dopo! Le spiegazioni dopo! Presto, dentro!» disse sbrigativa Fayrin, precipitandosi in casa.

«Qui, mettila qui» disse, indicando il letto su cui si trovava lui il giorno prima.

«Bene, ora uscite e fatemi lavorare.»

Fayrin chiuse la porta.

Dorcha era sconvolto.

Guardò Grogher e Gaithy in cerca di spiegazioni. Loro non si fecero pregare e gli raccontarono ogni cosa, senza tralasciare nemmeno il più piccolo particolare.

Richard li aveva seguiti fino all'entrata della casa.

Ne era uscito un ragazzo di corsa, agitato.

Aveva preso in braccio la fanciulla ferita e l'aveva portata dentro.

Era senza armatura, ma doveva essere lui, non aveva alcun dubbio.

Non appena il gruppo era entrato in casa, Richard si era accorto di non percepire più alcuna vibrazione energetica...

"*Sono schermati! Ecco perché... Aspetta, quindi...*" Aveva lanciato contro l'abitazione un incantesimo di distruzione: era stato assorbito senza scatenare alcun effetto.

"*E così... siete immuni a qualunque magia, eh?... Poco male, aspetterò.*"

Aveva raggiunto con Phéist una radura appartata da cui tenere sotto controllo l'entrata della casa e, seduto su un comodo ceppo, aveva contattato Teallach.

Gli era apparsa subito davanti.

«Allora? Lo hai ucciso?» gli aveva chiesto perentoria.

«Non ancora» aveva risposto, tentando di mostrare un minimo di spavalderia. «Ma l'ho trovato.»

«Ci mancherebbe che non lo avessi nemmeno trovato. Cosa aspetti?»

Richard non aveva lesinato nei particolari nel raccontare ogni cosa.

Lei aveva ascoltato con attenzione, guardando in direzione della casa.

«Allora non sei così sciocco come pensavo» lo aveva lodato. «Potrei sterminare tutti loro con un dito, ma è compito tuo. Avvisami se ci sono novità. Io devo andare a trovare qualcuno.»

Se ne era andata. Lui era rimasto, determinato a captare ogni più piccolo, eventuale movimento.

Era sempre stata bella, eterea, fine, delicata. Troppo.

Quando Teallach intravide la sorellastra passeggiare mesta in quel che restava del maestoso parco reale, sentì la consueta sensazione di inadeguatezza che l'aveva accompagnata sin da bambina.

Aveva nove anni quel giorno.

I Sovrani del Regno delle Fate, gli amati genitori, erano usciti per una cavalcata lasciandola alle cure del suo precettore.

Si sentiva inquieta, nervosa.

Ne capì il motivo solo più tardi, quando li vide comparire felici e sorridenti con in braccio una Fatina neonata in fasce.

Pelle chiara, guance rosee, occhioni blu... Gorgheggiava.

Un suono fastidioso.

Provò per lei un'antipatia istantanea, anche se all'epoca non avrebbe mai immaginato che a causa sua sarebbe stata costretta ad andarsene dal proprio Regno.

«Da oggi hai una sorellina. Sei contenta?» le avevano detto.

Proprio contenta, sì: non vedeva l'ora di condividere quello che era suo con un'estranea!

Aveva fatto una smorfia di disgusto ed era corsa fuori.

Quella sera aveva scoperto che l'avevano chiamata Titania.

Titania, il suo incubo.

La *Principessina* Titania... che sin dai primi mesi di vita aveva sempre ottenuto tutto quello che voleva!

Era in grado di comandare gli elementi con la facilità con cui apriva bocca per gorgheggiare; le bastava un tocco, uno sguardo, un battito di ciglia per piegare la volontà di qualunque essere al suo volere.

Non era una semplice Fata, aveva qualcosa di speciale. E, cosa che infastidiva terribilmente Teallach, le sue magie avevano sempre fini costruttivi e benefici.

Lei non era meno potente della sorellastra, anzi.

A ben vedere forse lo era persino di più.

Ma i suoi poteri erano meramente distruttivi.

Fu questo che, a mano a mano che crescevano, spinse i genitori a preferire Titania a lei.

Per Teallach l'antipatia si trasformò in odio puro.

«Ciao sorellina...» la salutò melliflua.

Titania alzò stupita lo sguardo.

«Teallach... che cosa ci fai qui?»

«A casa mia, dici?» rispose, guardandosi intorno. «È più bella di come la ricordavo. Sono venuta a trovarti. ... Forse ti disturba la mia visita?!»

«No no, è che...»

«Che?»

«Che non ti aspettavo, ecco.»

Teallach sentì montare dentro di sé la consueta ira.

«Certo, perché mai dovresti aspettarmi? Hai preso il mio posto... Dovrei stare nel mio Regno, dico bene? Magari anche avere il buon gusto di morirci lì... Invece no. Sono qui. Sono viva. E pronta a prendermi ciò che mi spetta!»

Titania la guardò interrogativa.

«Non ti sei davvero accorta che il tuo Regno sta diventando come il mio? Brullo, secco, cupo, putrido, profumato di sangue di Fata... che delizia!»

«Che... che cosa? Ci... ci sei tu dietro... a tutto questo?»

«Chi altri?»

«Sei completamente pazza.»

Teallach sorrise compiaciuta.

«Se pazzia è volersi riprendere ciò che è proprio... Ma immagino dipenda dai punti di vista. Sai, c'è ancora una cosa che mi manca per essere del tutto soddisfatta...»

Re Edouard apparve correndo a pochi passi da loro.

«Teallach, fermati!»

L'Imperatrice del Male lo guardò, sempre più divertita.

«Oh... che tenerezza. Lui che viene in aiuto di lei... Ma chi salverà lui?»

«Edouard, stanne fuori!» urlò Titania senza distogliere lo sguardo dalla sorella.

La Regina delle Fate si era sempre sentita al sicuro di fronte a lei.

I loro poteri, sin da bambine, si erano equivalsi, annullandosi a vicenda a ogni scontro.

Quella volta, però, sentiva che c'era qualcosa di diverso. E aveva ragione.

In quei secoli in cui erano state lontane, Teallach aveva lavorato duramente, guidata solo dall'odio e dal rancore.

Non era più una Fata che faceva incanti rivolti al male... era diventata lei stessa il Male.

Levarono le braccia al cielo.

Due scudi di luce apparvero.

Uno bianco come la neve, uno nero come la notte senza stelle.

Quest'ultimo, immensamente più grande, inglobò i Sovrani, immobilizzandoli.

Titania la guardò confusa.

«Davvero credevi che fossi ancora come te?» le chiese sprezzante Teallach. «Grave errore, sorellina. Grave errore.»

Catene massicce apparvero all'interno dello scudo nero e avvolsero, a spira di serpente, Titania ed

Edouard.

I due Sovrani erano atterriti.

Teallach non aveva bloccato solo il loro corpo ma anche le loro abilità magiche.

I pensieri erano diventati caotici, sconnessi... come un disordinato puzzle senza forma.

Le catene si muovevano minacciose, con striduli cigolii, avvinghiandosi a ogni respiro sempre più forte.

Le ore passarono in fretta.

Dalla stanza proveniva a tratti qualche rumore, secco e attenuato.

Seduti in attesa sui divani, quando accadeva vi lanciavano uno sguardo.

Dorcha spesso si alzava e iniziava a camminare su e giù per la stanza per sfogare l'ansia ma, dopo un po', gli sguardi di Grogher e Gaithy lo portavano a sedersi di nuovo in silenzio.

La testa tra le mani.

Nessuno di loro osava bussare per chiedere notizie. Tuttavia, a ogni suono i loro cuori sembravano perdere un battito.

A notte fonda, Fayrin finalmente uscì.

Era stravolta.

«Allora?» le chiesero, scattando in piedi.

«Ho fermato il sangue e chiuso la ferita, ma non è in mio potere fare altro. La febbre non accenna a scendere. Possiamo solo aspettare.»

Dorcha sentì lo stomaco contrarsi.

La Fata, comprensiva, lo guardò.

«Puoi andare, se vuoi» gli disse.

Non aspettava altro.

Spinse la porta con delicatezza ed entrò.

Aileen giaceva su un numero imprecisato di cuscini ed era cerea, le labbra bianche.

Il suo consueto bagliore si era spento.

"Sembra così fragile..."
Piano si avvicinò al letto e si sedette al suo fianco.
Le prese una mano.
Era gelida.
Sentì gli occhi pizzicare.
"Oh, Aileen..."
Se l'avesse persa, la sua vita non avrebbe più avuto alcun senso.
La rabbia lo invase.
Non poteva rimanere lì senza fare nulla, il colpevole doveva pagare!
Si alzò di scatto e uscì dalla camera in preda alla collera, diretto verso la sua armatura.
Gli altri si girarono a guardarlo.
«È troppo presto, Dorcha, non sei ancora in forma...» gli fece notare Fayrin, intuendo i suoi pensieri.
«Fayrin ha ragione, Dorrrcha.»
«C'è quel maledetto dietro a tutto questo. Ne sono sicuro! Deve pagarla, lo ucciderò!» urlò.
Gaithy gli si avvicinò con lentezza e gli prese una mano, trasmettendogli una tranquillità che non gli apparteneva.
«Solo una notte ancora. Domani mattina verremo tutti con te.»
D'improvviso più calmo, Dorcha tornò da Aileen.

«Ti ricordavo molto più potente di così, sorellina...»
Teallach giocava: stringeva e allentava le catene che legavano Titania ed Edouard a suo piacimento, godendo delle urla di puro dolore che gli stava infliggendo.
«In effetti potrei anche uccidervi, adesso» valutò, tendendo le catene al punto da rischiare di spezzar loro le costole. «Ma non ancora. Prima voglio che assistiate al vostro fallimento, e alla mia gloria.»
Diede un altro strattone, così forte da lasciarli senza

fiato. Svennero.

Senza smettere di fissarli, scaraventò le catene a terra. Un tremendo clangore metallico rimbombò nella Sala, ma loro non ebbero nessuna reazione.

Sul volto di Teallach si disegnò un ghigno soddisfatto.

Più serena, contattò il suo servo.

Il volto del ragazzo le apparve nitido davanti.

«Richard...»

«Sì, mia Imperatrice.»

«Ho il sentore che il Cavaliere Nero si spingerà fin qui al castello. Spianagli la strada, fai sì che le Fate Olc non lo ostacolino. Quando sarà qui, raggiungici. Ho bisogno di te.»

«Sarà fatto, mia Sovrana.»

Aveva smesso da un pezzo di piovere.

L'aria, ben lontana dall'avere l'odore tipico della pioggia e della terra bagnata, sapeva di acre e metallico.

Richard tornò a osservare la casa.

Nessun movimento, nessun rumore, solo un vago fruscio del vento tra i rami secchi.

Ne approfitterò per nutrirmi decise il Cavaliere.

Si avvicinò al torrente e bevve tutto il sangue di Fata che poté, ricaricandosi.

Con il dorso della mano se lo pulì dalle labbra, e pensò alle parole di Teallach.

Si era mosso bene e lei, in qualche modo, lo aveva riconosciuto.

Sarebbe accaduto sempre più spesso.

Adesso forse lui non era che una pedina nelle sue mani, ma presto... presto, le regole del gioco si sarebbero ribaltate.

Ne era sicuro.

«Fayrin, Fayrin!» urlò Dorcha affacciandosi dalla porta. Era disperato. «Corri, presto! Aileen sta male!»

Fayrin si precipitò in camera e la vide: era in preda a violente convulsioni e urlava, scossa da spasmi di dolore.

Gaithy e Grogher le corsero dietro.

«Fai qualcosa, ti prego! Salvala!» urlò il ragazzo, dilaniato dal terrore.

Fayrin si lanciò sopra ad Aileen e le tirò fuori la lingua per evitare che se la mordesse.

«Gaithy!» urlò poi. «Prendimi la fiala del sonno! Veloce!»

La Fatina, con le mani tremanti, riuscì a mantenere il controllo e gliela porse.

«Dorcha, tienila ferma!»

Il ragazzo afferrò saldamente Aileen negli stessi punti in cui, pochi istanti prima, la teneva Fayrin.

La Fata riempì una siringa col contenuto della fiala e la iniettò nel braccio.

Pochi secondi, e la ragazza si calmò.

Sembrava morta.

Dorcha la guardò, atterrito.

«Che cosa le hai fatto... Aileen! Aileen!» continuò, scuotendola.

«Smettila, Dorcha. Calmati! Sta solo dormendo!» lo rassicurò Fayrin alzando la voce per farsi sentire.

La fissò smarrito.

«Dormendo?» chiese, ansimando.

«Sì. Dormendo. Le ho indotto un sonno profondo.

Guarirà più lentamente, ma non sentirà più male.»

Dorcha si accasciò sul letto, esausto.

Fayrin e Gaithy uscirono dalla stanza facendo cenno a Grogher di seguirle.

Dorcha si rannicchiò vicino ad Aileen e la vegliò tutta la notte.

All'alba, Grogher entrò nella stanza.

Dorcha era addormentato al suo fianco e le teneva la mano.

«Dorrrcha...» gli sussurrò scuotendolo leggermente.

Era un sonno così leggero che aprì subito gli occhi.

Guardò prima Aileen, poi l'amico.

«Grogher, ci ho pensato. Non c'è tempo, non posso più aspettare. Devo portare a termine la missione di Aileen, e distruggere il Cavaliere Rosso.»

«Vengo con te.»

«No. Voglio che tu rimanga con Fayrin e Gaithy. Qualunque cosa dovesse succedere dovrai avvisarmi all'istante. A quell'essere rivoltante penserò io!»

Dorcha non aggiunse altro.

Qualunque tentativo da parte di Grogher e degli altri di fermarlo, di attendere ancora un paio di giorni o di accompagnarlo cadde nel vuoto.

Quando ormai aveva indossato spada e armatura, ed era sul punto di varcare la soglia, Fayrin lo fermò per un attimo.

Gli porse una catenina d'argento con un ciondolo d'acquamarina a forma di freccia.

«Tieni, ti sarà utile per difenderti dalle influenze negative del mondo esterno. Potenzierà i tuoi poteri. Voleva regalartela Aileen, ma non ha fatto in tempo. Prendi anche il suo bracciale. Quando prenderai l'Orchidea ti servirà.»

Dorcha accettò e, pensando con tenerezza ad Aileen, li indossò.

Infine, uscì.

«Sarò qui presto. Prendetevi cura di lei.»

Chiamò con un fischio Hercules, gli saltò in groppa, lo spronò e partì alla volta del castello.

Richard se ne accorse subito.

Gli fu sufficiente vedere Hercules che usciva dalla

stalla accorrendo fulmineo al fischio del suo Cavaliere.

Gli diede un po' di vantaggio, poi chiuse gli occhi e pensò a Teallach.

Alle Fate Olc aveva già provveduto, non gli restava altro da fare.

In pochi secondi, come da accordi, sarebbe stato da lei.

39.
L'ORCHIDEA DELLE FATE

Dopo poche ore di viaggio, Dorcha giunse in vista del Castello delle Fate: uno sfarzoso edificio di pietra pieno di crepe, attraversate da un'energia sottile e oscura.

Si fermò per riordinare le idee.

Avrebbe preso l'Orchidea e, dopo, avrebbe trovato ed eliminato il Cavaliere del Sangue.

Provò una sensazione familiare alla bocca dello stomaco: c'era qualcuno.

«Trascina e rivela!!!» urlò.

Teallach avvertì un brivido.

Si sentì sollevare per aria e spostare contro la sua volontà.

«Ma cosa...» disse stupefatta.

Richard urlò, mentre veniva risucchiato a sua volta da una forza incontrastabile.

Un battito di ciglia dopo, si materializzarono davanti a Dorcha.

«E voi chi siete?» chiese Dorcha a Teallach.

Lei lo fissò, indagatrice.

«Siete forse Sua Maestà Titania, Regina delle Fate?» chiese Dorcha, dubbioso.

Il volto di Teallach divenne una maschera di rabbia.

«Non paragonarmi a quell'insulsa Fata della Luce! Io sono l'Imperatrice del Grande Regno Universale Parallelo.»

«Molto piacere» rispose lui, inchinandosi con finta reverenza.

Quando si rialzò, la terra sotto i piedi di Teallach e di Richard si squassò.

Entrambi saltarono per aria. Sorpresi e doloranti.

«È lui?!?» chiese ansimando Teallach a Richard.

Richard annuì sconvolto, ancora incapace di credere alla vera potenza del Cavaliere.

Provò a erigere una barriera di protezione contro di lui, ma venne assorbita completamente dalla pietra che Dorcha portava al collo.

«Ricordavo fossi più abile...» lo schernì Dorcha.

Adesso che si era ripreso, i ruoli si erano invertiti.

"Com'è possibile che non riesca a contrastarlo?" si chiese Richard, impressionato.

Teallach comprese che la potenza di Dorcha non era comune.

Qualcosa, in lui, riuniva i poteri degli Orchi, dei Nuvolani e degli Elfi, degli Gnomi e persino delle Sirene.

Per sconfiggerlo non sarebbe bastata una magia qualsiasi, avrebbe dovuto richiamare a sé il suo antico potere.

Se fosse passato dalla sua parte, non avrebbe avuto più alcun rivale.

«Cavaliere, diventa mio alleato» propose.

Dorcha non la ascoltò.

Sollevò invece in alto la spada.

Un tornado li afferrò e li sbatté con violenza contro le mura del castello.

Un pezzo di muro crollò, colpendoli.

Con un balzo, il Cavaliere Nero saltò giù dal suo destriero e corse alla ricerca della teca di cui aveva parlato Fayrin.

Era certo di avere un buon vantaggio.

Non era così.

Accecata dall'odio, Teallach si rialzò e prese in prestito il corpo di Richard.

I loro corpi, uniti, diedero vita a un cobra a due teste lungo decine di metri e alto oltre le guglie del castello.

Il cobra si lanciò all'inseguimento del Cavaliere.

Dorcha non si lasciò sorprendere.

Stette al gioco.

Rapido, prese le sembianze di una mangusta e si lanciò su di esso con il chiaro intento di assaporarlo.

Teallach, impreparata e shoccata, si staccò dal corpo di Richard e, entrambi, tornarono al loro aspetto naturale.

Richard rovinò a terra, tossendo.

Poi, con enorme fatica, caracollando si rialzò.

«I vostri giochi non funzionano con me!» disse Dorcha svanendo.

Teallach e Richard si trovarono circondati da centinaia di Orchi, Gnomi, Elfi, Sirene, Tritoni, Nuvolani... tutti con il loro volto e con quello di Dorcha.

Gli andavano incontro, li attaccavano, li indebolivano togliendogli energia ogni volta che li sfioravano.

Nonostante l'abile spada di Richard e le capacità magiche di Teallach, evitare gli attacchi si rivelò a poco a poco sempre più complesso.

Richard, già spossato dalla trasformazione in cobra, presto cadde a terra privo di forze.

Teallach non sapeva più dove guardare; era affaticata e, concentrata nel capire chi fosse il vero Dorcha, non riusciva a mettere a fuoco altro.

Dorcha approfittò del vantaggio ottenuto e si precipitò nella Sala del Trono.

Lì, Titania e Edouard, ancora stretti dalle catene, erano cianotici.

Dorcha si avvicinò per liberarli ma Titania, con le ultime forze rimaste, si voltò verso la teca contenente l'Orchidea.

«Fai presto, Cavaliere...» sussurrò debolmente.

Richard, piano, aprì gli occhi.

«Non è il momento di dormire, questo. Alzati!» gli ordinò perentoria Teallach cercando di scuoterlo.

Poi tentò un'illusione.

Aileen entrò trafelata nella Sala del Trono. Era agitata.

«Dorcha!»

«Aileen...» disse lui sorpreso. «Come... che cosa ci fai qui? Sei sicura di stare bene?»

«Sì, caro, non era così grave...»

"Caro?" pensò, in allerta.

Aileen non lo avrebbe mai chiamato così, e gli altri non l'avrebbero mai fatta venire fin lì, da sola, dopo tutto quello che era successo.

Tuttavia, decise di stare al gioco.

«Ascoltami, è importante! Non devi prendere l'Orchidea, è una trappola!»

«Una trappola? Non capisco...»

La ragazza si avvicinò al fiore.

«Sì... se la solleverai, rimarrai ucciso»

«Davvero? Beh... è un rischio che voglio correre!»

Dorcha si lanciò contro di lei e la trapassò con la spada sguainata.

La proiezione svanì.

Nello stesso istante, Richard entrò nella stanza agitando la sua daga.

«Non credere di esserti liberato di me!» urlò, dando a Dorcha una spinta così poderosa da sbatterlo a terra.

Poi gli andò incontro minaccioso, puntandogli contro la punta della lama.

Il Cavaliere Nero lo guardò con scherno e si rialzò agile, con calma, senza alcun timore.

I duelli con la spada erano il suo punto forte.

Il Cavaliere Rosso si lanciò contro Dorcha.

La lama gli sfiorò l'occhio per un soffio.

Il ragazzo si piegò all'indietro, passando la propria lama di lato e obbligando l'avversario ad allontanarsi. Ma Richard non desistette e tornò all'attacco, inarrestabile: un affondo rapido, poi un altro e un altro ancora. Sempre più veloci, sempre più feroci.

Entrambi i Cavalieri erano affamati di sangue, rivalsa, vendetta.

L'uno, bestia ferita, l'altro danzatore flessuoso e letale.

Le lame cozzavano, scintillando nell'aria.

Dorcha saltò contro Richard, la lama in alto sulla testa. La abbassò senza pietà, ma il Cavaliere Rosso non si lasciò trovare impreparato.

Evitò il colpo con una capriola laterale e gli arrivò alle spalle.

Lì tentò un fendente alle gambe, ma Dorcha si girò di scatto e parò l'abile mossa con una forza inaudita.

Le loro braccia tremavano per gli impatti costanti, le fronti grondavano di sudore.

Continuarono a inseguirsi per un tempo interminabile, attaccando, schivando, rispondendo.

Senza un attimo di tregua.

Senza un solo margine d'errore.

Il combattimento sembrava non avere fine.

Dorcha iniziò a essere stanco; al contrario, Richard sembrava non affaticarsi mai.

Quando Dorcha lo ferì a un braccio e si accorse che la ferita si rimarginava in tempo reale, comprese.

"La Maledizione della Morte Eterna!"

Una magia antica e proibita.

Ricordò di averne sentito parlare da Urchoicha quando era ancora piccolo.

Chi veniva affatturato con quella, all'apparenza, era invincibile.

Tuttavia, un modo per vincerla c'era.

E lui lo conosceva.

Dorcha saltò ancora, fingendo un altro attacco dall'alto, poi scartò di lato e scagliò con forza la lama all'altezza della giugulare dell'avversario.

Il collo gli venne tranciato di netto e Richard si dissolse in una nuvola di fumo e polvere.

Teallach si materializzò all'improvviso.

«No!» boccheggiò affannata, tentando in un ultimo gesto disperato di afferrarlo.

Dorcha non la considerò e corse verso la teca.

La Fata Oscura se ne accorse.

«Fermati!!!» sbraitò.

Ma lui non ne aveva alcuna intenzione.

Si circondò di un globo energetico protettivo e, con uno scatto, afferrò il Segreto delle Fate.

Una voce femminile rimbombò nella sua testa.

Era Titania, la Regina.

"Il fiore! Usalo contro di lei!"

Dorcha annuì.

Sfruttando la protezione del globo si avvicinò a Teallach e la guardò dritta negli occhi.

Era disperata, quasi commovente mentre scagliava continue maledizioni contro il globo.

Un tentativo inutile.

Ogni incanto si dissolveva nel nulla prima ancora di toccarlo.

Ma Dorcha realizzò che dietro a tutto quello scempio, alla maledizione che aveva colpito Aileen, alle Fate Olc, alla distruzione del Regno delle Fate... dietro a tutto questo, c'era lei. Solo, lei.

Pensò ad Aileen ferita e addormentata nel letto, e la sua rabbia crebbe, divenne incontenibile.

Guardò il fiore che aveva tra le mani.

Senza chiedersi nemmeno per un attimo quale fosse il suo potere, lo potenziò al massimo.

Le sue vene vennero attraversate da un'energia

prorompente.

Desiderò che quell'essere che aveva davanti venisse annientato e lanciò l'Orchidea contro Teallach.

«Per Aileen!» gridò.

La Fata non riuscì a difendersi, né a scappare.

L'impatto fu devastante.

Un lampo attraversò la sala e un fulmine la prese in pieno petto, all'altezza del cuore.

Il suo corpo si disperse nel nulla, senza lasciare traccia.

E così, svanirono anche lo scudo nero che proteggeva Dorcha e le catene che avvolgevano i due Sovrani.

Le gambe del giovane cedettero per un istante.

Titania ed Edouard, in forma come se nulla fosse successo, corsero da lui.

Il Re lo aiutò a rialzarsi.

«Cavaliere... grazie» disse, ammirato.

Lo toccò, e il ragazzo si sentì percorrere da un'energia piena e rinnovata.

La Regina raccolse l'Orchidea, la ripose nella teca e, con un sorriso gentile, gliela donò.

«Questo fiore è tuo, adesso. Siamo certi che la Principessa di Nuvolandia saprà farne buon uso.»

Lo sguardo di Dorcha si rattristò.

«Cosa succede, Cavaliere?» gli domandò la Regina avvedendosene.

Dorcha raccontò ai due regnanti quanto successo nel bosco, della grave ferita di Aileen e del suo profondo senso di colpa per non averla potuta proteggere.

«Hai fatto molto per noi», commentò il Re dopo averlo ascoltato con attenzione.

«E hai salvato il nostro Regno» aggiunse la Regina. «Il minimo che possiamo fare è venire con te e offrire il nostro aiuto.»

40.
UN REGNO GUARITO
PER UN CUORE ANNIENTATO

«Fayrin, Grogher! Venite, presto!» urlò Gaithy entrando come una scheggia in casa.

Era entusiasta, energia pura in movimento.

«Cosa succede?»

«Dorcha ce l'ha fatta! Venite!»

Grogher e Fayrin si precipitarono all'esterno.

Il Regno delle Ali Magiche stava rinascendo.

Il Sole Interno era tornato a risplendere luminoso. In ogni angolo stavano spuntando fiori colorati e profumatissimi, gli alberi avevano ripreso il loro antico splendore ricoprendosi di foglie verdi e splendenti, gli uccellini cinguettavano allegri giocando a rincorrersi insieme alle farfalle.

I fiumi, i torrenti, i laghi erano adesso colmi di acqua: fresca, cristallina e gorgogliante; il putrido e puzzolente sangue di prima non era diventato che un brutto ricordo.

Grogher, di fronte a tanta bellezza, sorrise incredulo.

Davanti alla casa di Fayrin, a poco a poco arrivarono un sacco di Fate Bambine svolazzanti e gioiose, del tutto inconsapevoli di quanto successo; molte di loro erano state Fate Olc, ma per fortuna non ne avevano memoria.

Anche tutte le Fate addormentate nell'infermeria si svegliarono tornando pienamente in sé.

Nessun danno, e le ali saldamente attaccate alle

scapole.

«Fayrin...» si sentì chiamare da una vocina sottile.

Sbalordita, la Fata guardò verso il basso e rimase senza parole.

Una piccolissima, giovane Fatina che pensava non avrebbe rivisto mai più, le stava tirando la veste con le manine, facendole il segno inequivocabile di voler essere presa in braccio.

Fayrin non riusciva a crederci!

La magia dell'Orchidea aveva annullato ogni morte ed effetto devastante causato dalla magia oscura dell'Imperatrice del Male.

Gli occhi lucidi, la sollevò con trasporto e la piccola le gettò le braccine delicate al collo.

«Chi è questa piccina?» le chiese Grogher intenerito.

«La Principessa Lanny, la mia adorata Lanny!» rispose, piangendo di commozione.

Grogher, felice, le sollevò entrambe e le strinse in un caloroso abbraccio.

Dal fondo del viale videro avvicinarsi Dorcha e i due Sovrani.

«Papà! Mamma!!!» urlò la piccola staccandosi da Fayrin e volando verso la madre.

«Amore mio! Ma allora...»

Il cuore di Dorcha perse un battito.

Se persino la piccola Lanny, che tutti loro credevano morta, era lì, allora forse anche per Aileen ci sarebbe stata una speranza.

Dorcha corse dentro la casa, diretto nella stanza di Aileen.

Nella sua immaginazione la vedeva seduta sul letto, in attesa che lui arrivasse a riempirla di baci e a darle il nuovo Segreto.

Non vedeva l'ora di consegnarglielo, di raccontarle quanto successo, di vedere il suo sguardo illuminarsi di gioia, di accarezzarle la pelle splendente e di baciare le sue labbra rosee.

Euforico, spalancò la porta della camera.

«Aileen!» esclamò, certo che ciò che aveva immaginato fosse reale.

Non lo era.

Per Aileen niente era cambiato.

Giaceva nel suo letto, pallida e inerte.

Il dolore, secco, profondo, gli mozzò il respiro.

Dorcha si accasciò sul corpo di lei e pianse a dirotto, per la prima volta con il terrore nel cuore di perdere qualcuno che amava.

Crill, come impazzito dalla felicità, correva urlando in giro per l'accampamento.

«Correte, correte, presto! È successo qualcosa, è successo qualcosa!»

Aeltiàfisar lo bloccò.

«Stai calmo e spiegami. È successo qualcosa, cosa?!»

«Qualunque fosse la causa della barriera tra il Regno delle Ali Magiche Esterno e Interno... è stata spazzata via!» enunciò con un gran sorriso.

«Ne sei proprio certo? Hai già controllato?» gli chiese Fheall, stupita.

«Se Crill dice così, non c'è alcun motivo di dubitarne» la rassicurò Brick. «E poi, guardate: sta rifiorendo tutto!»

Era vero.

I prati si stavano riempiendo di fiori, i leprotti correvano qua e là, degli orsacchiotti si rotolavano sull'erba fresca e sugli alberi stavano apparendo frutti succosi e maturi.

«Sì... tuttavia...» disse Gren, titubante, catturando su di sé l'attenzione.

«Tuttavia...?» lo interpellò Baelkers, inquieto.

«Non so con precisione ma... c'è qualcos'altro... È un dolore acuto, pesante. Mi parla di... rabbia?

Impotenza? Ah, davvero non lo so, non riesco a capire bene. Ma è... proprio grande.»

Aeltiàfisar sembrò avere un'intuizione.

«Un dolore...»

Immediatamente pensò ad Aileen e a Dorcha.

Senza coinvolgere nessuno, si concentrò: doveva sapere subito cos'era successo.

Senza barriera magica, l'immagine della ragazza gli arrivò subito. Era nitida.

Sdraiata su un letto, aveva gli occhi chiusi.

La sua carnagione era molto pallida e non emetteva alcun bagliore.

Dorcha piangeva disperato e inconsolabile su di lei.

L'Elfo aprì gli occhi e si rivolse agli altri.

«Baelkers, Fheall, Gamy e tutti voi, Folletti Consiglieri: con me. Baelnes, a te il compito di custodire l'esercito in nostra assenza. È successa una cosa molto grave. Andiamo.»

Nessuno fece domande.

Tutti coloro che erano stati chiamati lo seguirono nel Regno Interno.

Dorcha si alzò e, distrutto, guardò Aileen.

Si asciugò le lacrime col dorso della mano ed esaminò il fiore nella teca.

"E se fosse proprio questo fiore la chiave?" pensò. *"È riuscito persino a eliminare quella Fata, perché non potrebbe far guarire lei?"*

Si tolse il bracciale e lo agganciò intorno al polso della ragazza.

Poi estrasse l'Orchidea e la pose sopra di esso.

I petali del fiore si mossero delicatamente, come se danzassero.

Nell'aria apparve una scritta che emanava il profumo stesso del fiore: il Segreto delle Fate.

Una luce brillante squarciò la scritta e, al suo posto, apparve una nuova pietra di un rosa splendente.

La pietra veleggiò nell'aria e, come richiamata dal bracciale, vi si incastonò all'interno.

Dorcha si volse speranzoso a guardare Aileen.

Non era cambiato nulla.

Un leggero bussare destò la sua attenzione.

Il ragazzo si girò, il cuore a pezzi.

«Si può?» disse Aeltiàfisar affacciandosi nella stanza.

«Maestro...»

Dietro di lui varcarono la soglia tutti gli esperti di magia più potenti che Dorcha avesse mai conosciuto: c'erano Aeltiàfisar, Baelkers, Fheall, i sette Folletti, Gamy, Fayrin, la Regina Titania e persino Re Edouard. Mancava solo la sua matrigna.

Erano stati fatti entrare anche Sidae, Hercules e Raertha.

«Sei pronto a riportarla tra noi?» gli chiese Aeltiàfisar.

«Certo!» rispose, sentendo la speranza crescere di nuovo dentro di lui.

«Allora, unisciti a noi. Iniziamo.»

Lavorarono strenuamente per due giorni interi, senza pause, usando ogni incanto possibile, moderno o antico.

Ma la ragazza non sembrava riprendersi.

«Quello che stiamo facendo è del tutto inutile, rischiamo di indebolirla ancora di più» valutò a un certo punto Fheall. «Qui non si tratta solo di magia. Il morso della mantide millenaria ha bisogno del suo decorso e, nella maggior parte dei casi, è letale. Solo la Natura, o una forza affine e più potente, possono aiutarla. Non ci rimane che aspettare.»

«Il nostrrro mondo non può più aspettare. Il tempo scorrre. E ne è rimasto davverrro poco.»

Aeltiàfisar annuì, serio.

«La missione di Aileen non si fermerà, Grogher. Diventerà la missione di tutti noi.»

«Ma lei? Non possiamo mica lasciarla qui...» ragionò la piccola Gaithy.

«La porteremo con noi. Useremo una bolla magica» le rispose Dorcha. «Voglio esserci quando si sveglierà. Andiamo adesso.»

Dorcha si sentiva svuotato; senza Aileen, la sua vita aveva perso significato.

"...nella maggior parte dei casi è letale..."

La frase pronunciata da Fheall continuava a tornargli in mente; gli sembrava di impazzire.

No, non poteva nemmeno pensarci, ad Aileen non sarebbe successo.

Si sarebbe svegliata, e sarebbe stata bene.

E lui doveva reagire. Per lei, per il loro mondo.

E poteva farlo solo in un modo: combattendo.

Combattere per guarire, per reagire, per mantenere una promessa, per dimenticare.

La sua determinazione era inscalfibile.

I Tre Antichi Cavalieri si guardarono, negli occhi una decisione comune.

«Richiamiamo l'esercito» stabilì Fheall. «Dorcha ha ragione, dobbiamo proseguire.»

Urchoicha entrò nel campo di addestramento e si fermò davanti a Iarrthòir.

«Stanno arrivando» disse. «Tieniti pronto. Entro due giorni, la guerra avrà inizio.»

"Vi aspettiamo nel Regno Interno, alla Radura delle Rune. Poco più a ovest rispetto all'entrata principale."

Il messaggio telepatico di Fheall fece da sveglia a Baelnes, Varsos, Ceansì, Ciallmhar, Bànrion, Inmus e Nalar.

Baelnes non aspettava altro: le truppe erano pronte per la partenza.

L'esercito si mise subito in moto.

«Sei sicurah?» chiese la Regina Badney all'amica.

Urchoicha era concentrata, gli occhi chiusi.

«Sicurissima. Sento trambusto. Molto.»

«Cosah farehmoh noi dueh? Scenderehmoh in battahgliah?»

«No. Noi seguiremo il volgersi degli eventi da qui. Se nessuno ci vedrà, la nostra magia diventerà una vera potenza. Non capiranno da dove arriva, e gli sarà molto più difficile ostacolarci. Vado. Devo illustrare il mio piano al nanetto.»

Badney guardò ammirata l'amica mentre usciva impettita e concentrata.

Sospirò.

Quanto le sarebbe piaciuto avere le sue stesse capacità tattiche.

41.

FIAMME A SLIABH

La Radura delle Rune era un vasto spazio verde circondato da ventiquattro alberi, antichi e altissimi, disposti nel formare un'ampia stella a cinque punte.

Sul tronco di ognuno, era incisa una runa.

Al centro dello spazio, su un piccolo isolotto circondato da un lago punteggiato di ninfee, troneggiava un maestoso salice piangente, gemello a quello del giardino di Aileen.

Era l'albero più alto di tutti; l'unico, in apparenza, privo di rune incise.

Un ponte di legno collegava le due sponde.

Sembrava una dimensione a parte, avvolta da una calma assoluta.

Nondimeno, Dorcha non riusciva a capire come quel luogo potesse essere la porta d'accesso alla Catena Montuosa di Sliabh, il regno dei Troll.

Si rivolse alla Regina delle Fate.

«Vostra Maestà, in quale modo le Rune potranno farci arrivare dall'altra parte?»

Lei sorrise.

«Nessuno meglio delle Rune stesse lo sa» rispose enigmatica. «Dobbiamo solo affidarci a loro. Per ora, attendiamo l'arrivo dell'esercito.»

«Allora, hai capito tutto?»

«Sì, Urchoicha» rispose spazientito Iarrthòir. «Farò csattamente quello che mi hai ripetuto per la centesima volta!»

«Ottimo» replicò lei, compiaciuta. «Allora posso rientrare nell'antro e guardarvi dalla sfera... dico bene?»

«Dici bene» grugnì lo Gnomo.

Sarebbe stata una lunga battaglia.

Quando l'esercito di terra e quello di mare furono giunti, il Generale Varsos e tutti i Sovrani delle Sirene si presero per mano, circondando l'isolotto.

A quel punto, la Regina delle Fate, il Capo dei Folletti e i Cavalieri della Luce Dorata attraversarono il pontile e accerchiarono il tronco del salice.

Ognuno di loro si pose in prossimità di una delle cinque punte della stella alberata e chiuse gli occhi.

Insieme, quasi sussurrando, intonarono un antico canto:

> *O grande radura fatata,*
> *dalle rune amata,*
> *ci chiami al destino*
> *che il cielo ha segnato da tempo divino.*

Le Sirene e i Tritoni si unirono al canto:

> *Il Sigillum infranto,*
> *per brama e per pianto,*
> *poco tempo rimane ancora*
> *perché il mondo scompaia nell'ora.*

Anche le voci del resto dell'esercito si fusero, alzandosi alte nel cielo del mattino.

> *Noi Amore vogliamo,*
> *nella pace crediamo!*
> *Allor procediamo, laddove una guerra da combattere*
> *abbiamo!*

*Oh Rune del Cielo, guidate il cammino,
aprite la via del destino divino!*

Le voci si fecero più lente e pacate...

*Nel nome dei Regni, nel nome del Cuore,
che il Sigillum rinasca dal nostro dolore...
E se la notte scura scenderà,
la nostra armatura la Luce sarà.*

... per poi risalire, alte e decise.

*Oh Rune eterne, rispondete al richiamo,
salvate il mondo che ancora amiamo!*

La risposta delle Rune non si fece attendere.

Un vento tiepido cominciò a spirare, donando a ciascun essere presente la saggezza e l'intuito dell'Oracolo.

Tutti i membri degli eserciti, come colti da un sogno ristoratore, vennero avvolti da una confortevole sensazione di pace e coraggio.

Raertha allora si librò in volo e disegnò una spirale intorno al Salice; dal suo unicorno esplose una luce multicolore che circondò la bolla in cui riposava Aileen.

Galleggiando nell'aria, venne accolta dalle fronde del Salice e brillò forte.

Le rune avrebbero custodito la Principessa, proteggendola durante la battaglia.

Anche Raertha sarebbe rimasto con lei, dandole ulteriore vigore attraverso la sua energia curativa.

I soldati e i regnanti aprirono gli occhi.

La radura... non era che un ricordo.

Montagne altissime, a perdita d'occhio, si estendevano per miglia e miglia davanti agli eserciti increduli.

L'immensa catena montuosa di Sliabh era lì in tutta la sua magnificenza, affacciata su una distesa così ampia da non vederne la fine.

Il territorio, un tempo rigoglioso secondo gli antichi annali, appariva ora come una landa desertica affacciata in piccola parte sul mare.

Il sole era basso, fioco, perennemente tendente alla notte.

Non era un buon segno: il tempo stava per scadere.

C'era silenzio.

Sulla terra e sotto il mare.

Un silenzio denso, quasi irreale.

Elfi, Fate, Gnomi, Folletti, Tritoni e Sirene... tutti erano inquieti.

Si erano aspettati di trovare l'esercito nemico già schierato al completo: Orchi e Troll uniti, pronti a trucidarli.

Dorcha conosceva fin troppo bene la sua matrigna. Era impossibile che non fosse a conoscenza del loro arrivo: Urchoicha non si sarebbe mai tirata indietro di fronte a una guerra.

Il sangue era per lei un richiamo irresistibile.

«È strano» commentò.

I Cavalieri della Luce Dorata annuirono.

«Magari non vogliono combattere. Magari hanno deciso di rinunciare al potere e di collaborare per la salvezza del mondo!» ipotizzò ingenuamente Gaithy.

Nessuno commentò.

Sarebbe stato bello, ma non era credibile.

La notte stava per avvicinarsi e nell'aria vibrava un'energia pesante.

Dovevano pianificare le mosse da fare in battaglia, non potevano lasciare nulla al caso.

«Baelnes, prepara il campo, per favore» ordinò Aeltiàfisar.

L'Elfo si mise subito al lavoro e, con pochi tocchi di magia, creò nella zona in cui erano arrivati uno spazioso accampamento diviso per sezioni, ognuna dedicata a uno dei Regni.

Davanti alle singole zone, la tenda più grande portava lo stendardo del popolo corrispondente e fungeva da zona di comando per i Generali.

Al centro del campo troneggiava un tendone enorme, destinato alle riunioni tattiche.

All'interno, c'era una grande piscina piena d'acqua. Intorno a essa, un tavolo fornito di sedie ne delineava il perimetro.

Varsos e i Sovrani delle Sirene erano nella piscina, in attesa.

Gli strateghi di guerra entrarono in silenzio, con negli occhi l'adrenalina che preannunciava la più grande battaglia combattuta dopo secoli.

La concentrazione sui loro volti era palpabile.

Si sedettero intorno al grande tavolo.

Quando tutti si furono accomodati, Fheall ruppe il silenzio.

«È improbabile che Orchi e Troll non sappiano del nostro arrivo, quindi eviterei di andargli incontro. Questo territorio è immenso, e le abitazioni dei Troll sono le caverne stesse. Spingerci sui monti significherebbe, quindi, diventare vittime certe di imboscate assassine.»

«Credo sia proprio questo il piano di Urchoicha: farci inoltrare nelle gole montuose e farci sterminare dai loro guerrieri» commentò Dorcha.

«Non succederà», rispose categorico Aeltiàfisar.

«Troveremo il modo di attirarli qui», sancì Baelkers.

«Come farete a combattere ad armi pari con Orchi e Troll?» chiese Varsos. «Sono enormi rispetto a tutti noi.»

«Ci penserò io!» dichiarò Crill. «Farò in modo che, ogni volta che uno di noi si troverà di fronte a uno di loro, ne prenda le stesse dimensioni! In questo modo sarà una lotta ad armi pari.»

«Ma... e se, invece, vi servisse essere più piccoli in alcuni momenti?»

«Basterà pensare di volerlo essere. E accadrà.»

La riunione proseguì per ore. Vennero proposte centinaia di idee, e alla fine la decisione fu presa: la mattina successiva l'esercito si sarebbe schierato secondo gli schemi fissi di qualsiasi altra battaglia.

A quel punto, Fheall, Baelkers ed Aeltiàfisar sarebbero entrati in connessione mentale con i regnanti nemici e avrebbero dichiarato ufficialmente guerra.

La luna, alta nel cielo, illuminava una notte senza stelle.

Nell'accampamento tutti erano nelle proprie tende, in attesa dell'imminente battaglia.

C'era chi lucidava l'armatura per scaricare la tensione, chi affilava la lama della spada, chi si lasciava assalire dai ricordi o dalla paura di morire, chi tentava di addormentarsi con pessimi risultati.

Dorcha, nel tendone che divideva con il fidato Grogher, era coricato sulla branda con gli occhi aperti nel buio.

Il respiro ritmico e pesante dell'amico, questa volta, non riusciva a conciliargli il sonno.

I suoi pensieri erano tutti concentrati su Aileen.

Si chiedeva se si sarebbe ripresa e se lui sarebbe riuscito a sopravvivere per vederla di nuovo almeno una volta.

Gli Orchi non sarebbero stati teneri con lui: li aveva traditi.

Guardò Grogher.

Anche lui li aveva traditi... e lo aveva fatto per proteggerlo. Se gli fosse successo qualcosa, non se lo sarebbe mai perdonato.

Portò una mano al collo e toccò la piccola acquamarina che non si toglieva più.

Gli venne in mente il volto di Aileen e immaginò quello che gli avrebbe detto: *«Coraggio, Dorcha, ce la faremo. Andrà tutto bene, vedrai.»*

Quel pensiero lo fece sentire invincibile, per un istante. Per lei avrebbe affrontato qualsiasi cosa.

Orga, Airgead e Ceatha erano accoccolati in una zona a parte, insieme ai due dilofosauri Baineann e Dineann, al gargoyle Cloch e a molti altri dilofosauri e gargoyles.

Riposavano tutti: un occhio chiuso, l'altro semiaperto.

Un tonfo sordo. Secco.

I draghi alzarono all'unisono i musi e si posero in ascolto.

Anche i dilofosauri e i gargoyles si guardarono attorno, inquieti.

I tonfi erano sempre più frequenti.

Un odore acre e pungente giunse alle loro narici: sangue.

Airgead sentì un movimento d'aria a pochi passi da lui.

Si alzò sulle zampe e lanciò una potente fiammata in quella direzione.

Un urlo straziante si levò dal punto in cui aveva colpito: dal nulla apparve un Troll alto quanto una collina, avvolto dalle fiamme.

Orga e Ceatha rincararono la dose.

Il Troll, una torcia dalle proporzioni immense, si mise a correre gridando disperato nel vano tentativo di spegnerle.

Il terreno sembrava rimbalzare sotto il pulsare dei suoi passi veloci.

Dopo non molto, cadde a terra. Morto.

I draghi, i gargoyles e i dilofosauri si girarono all'unisono verso il campo.

Un secondo dopo, scoppi: ritmati, costanti, ravvicinati. Forti.

Fiamme altissime si levarono da ogni angolo.

I draghi e Cloch lanciarono tonanti ruggiti d'allarme.

I dilofosauri e gli altri gargoyles li imitarono.

In pochi istanti l'accampamento si svegliò.

La guerra era cominciata.

Dalle tende si riversò una fiumana di soldati e cavalieri armati, pronti a combattere.

Ma il nemico da sconfiggere era il fuoco.

Fiamme ovunque, tende che bruciavano, soldati che correvano per domare le fiamme.

Il terrore serpeggiava ovunque.

Grogher e Dorcha saltarono su Sidae ed Hercules e li spronarono verso il cielo per poter vedere meglio la situazione dall'alto.

Aeltiàfisar, Baelkers e Fheall si materializzarono direttamente sui dorsi dei loro draghi, pronti a lottare.

«Prendete posizione come stabilito!!!» urlò Aeltiàfisar all'esercito dall'alto di Orga.

Ma c'era troppa confusione per poterlo fare.

Lin lanciò sull'intero accampamento un *incantesimo della notte*, per rendere visibili i nemici: una miriade di Orchi, Troll e Gnomi di Montagna si palesò.

Il fuoco stava mietendo molte più vittime di quanto Urchoicha e Badney avessero sperato.

Coloro che si erano addormentati e non avevano fatto in tempo ad accorgersi di quanto stava accadendo, caddero, facili vittime delle fiamme.

Ma gli altri soldati non erano rimasti a guardare.

E nemmeno i draghi, i dilofosauri e i gargoyles.

Elfi, Gnomi e Fate avevano mutato dimensione e si erano lanciati contro i nemici scontrandosi senza risparmiarsi.

Ploc e Crill avevano creato vortici d'acqua, e li avevano lanciati sul fuoco per spegnerlo.

Presto compresero che era un fuoco magico, difficile da far svanire.

Fheall si era messa al comando insieme a Ceansì. In poco tempo, avevano creato una formazione tattica compatta e indomita, composta da Elfi, Gnomi, Fate e Folletti.

Sotto il mare la situazione era altrettanto burrascosa.

Enormi torpedini si erano inoltrate silenziose tra le schiere dell'esercito marino a riposo, e con le loro scosse, avevano tramortito e ucciso moltissimi combattenti.

Schiere di Sirene e Tritoni armati nuotavano adesso veloci da una parte all'altra delle acque, combattendo strenuamente contro quelle torpedini e contro smisurati e feroci granchi.

Nugoli di squali erano accorsi in protezione dell'esercito marino, ma scosse e chele non facevano sconti a nessuno.

I granchi avevano fame.

Da troppo non mangiavano.

Quella battaglia era l'occasione perfetta per rifocillarsi.

Le balene avevano creato spesse e robuste barriere per difendersi.

Ma non erano violente, e la loro forza poco poteva contro quella delle cugine orche.

Adalgisa, inoltre, era stata ferita in modo serio quasi subito e Rocchino, interessato solo a lei, si rifiutava di continuare a combattere e di guidare il suo popolo, che si sentiva disorientato e abbandonato.

Anche i Tritoni erano in seria difficoltà.

«Varsos! Ci stanno decimando!» urlò la Regina Desideria al Generale.

«Sono troppi! Abbiamo bisogno di aiuto! Non ce la faremo mai da soli!» ribatté lui, senza smettere di tirare colpi di tridente contro una gigantesca e feroce orca che aveva appena ucciso uno squalo.

Re Aisling nuotò disperatamente in suo soccorso.

Altri commilitoni gli si affiancarono.

Un giovane Tritone, vedendo il Re in difficoltà, si lanciò contro il cetaceo e, approfittando dello spaesamento di quest'ultimo, gli trafisse il palato con la punta della propria spada.

L'orca emise un fischio lancinante, poi si abbatté sul fondale marino. Senza vita.

Il Tritone, dall'interno, urlò disperato.

Rimasto gravemente ferito dai taglienti denti dell'orca, non riusciva a uscirne.

I compagni cercarono l'aiuto degli squali bianchi e degli squali tigre più vicini.

Nessuno di loro rispose al richiamo.

Sembravano confusi; alcuni avevano persino iniziato a rigirarsi contro il proprio stesso branco.

Era come se una forza invisibile impedisse loro di distinguere contro chi stavano combattendo.

I Tritoni, così, si lanciarono ad aiutare il compagno da soli.

Con estrema fatica, riuscirono infine ad aprire le fauci e a liberarlo, ma per lui non c'era più niente da fare.

Manovrata da una magia sconosciuta ai Sovrani del mare, a poco a poco la guerra sottomarina divenne un epico combattimento tra alleati, in cui i nemici si godevano lo spettacolo senza alzare più nemmeno una pinna.

Urchoicha, dall'antro di Badney, rideva compiaciuta.

«Guarda Badney, li hai visti? Non sono ridicoli?»

L'Orchessa si divertiva a creare impedimenti col solo movimento delle mani, in una complessa coreografia tracciata verso una sfera di vetro che mostrava l'intero mondo marino.

«Non malhe chollegah» si complimentò con un ghigno ammirato la Regina dei Troll. «Siamoh decisamhenteh brhaveh. Guardah quih...»

Urchoicha si sporse a guardare nella sfera di Badney e rimase deliziata.

Sul campo, Elfi, Fate e Gnomi cadevano come birilli squassati da urla di sofferenza, mentre venivano coperti da ferite mortali causate da armi invisibili e avvelenate.

«Che succede?! I nostri vengono feriti senza capire da cosa!!!» urlò sopraggiungendo Inmus al Generale Ceansì, mentre questi menava feroci fendenti contro Meannach e il suo orribile Mountcur.

«È magia oscura, non sappiamo come combatterla!» urlò di rimando Ceansì.

«Lo so io! Ci provo!!!» si intromise Fhcall.

«No! Il Rivelium ti prosciugherà!»

«Non succederà! E comunque non ho scelta, Generale! O io, o i nostri popoli!»

Fheall diede un comando impercettibile al suo drago e, insieme, si innalzarono sopra a tutti.

Ceatha spiegò le sue ampie ali e rimase immobile, sospeso nell'aria, lasciandosi trasportare dalle correnti ventose senza muovere all'apparenza un solo muscolo.

Era una mossa che richiedeva una forza smisurata, ma era l'unico modo perché la Gnoma potesse agire senza incontrare altri ostacoli.

Fheall alzò le braccia al cielo, chiuse gli occhi e portò i pugni lentamente verso il petto.

Poi iniziò a intonare una lenta litania.

«*O cielo, terra, aria e fuoco... che scenda su di me la vostr'intera magia! O aria, fuoco, cielo e terra... per rivelare e annientare il male... così sia!*»

La ripeté più volte, prima a bassa voce, poi più forte, sempre di più, finché tra le mani le apparve una luce celeste, vibrante.

Fheall spalancò allora le braccia con un gesto secco.

La luce si riversò come un'immensa cascata sull'intero campo di battaglia.

Quando lo aveva ormai rivestito, le squame iridescenti di Ceatha la accrebbero a dismisura, spandendo il bagliore magico per miglia e miglia.

Fheall amplificò il potere.

E il *Rivelium* si dispiegò in ogni dove, spezzando ogni sortilegio d'inganno e riportando alla luce ciò che era stato nascosto o modificato.

Anche la Magia della Natura perpetrata da Crill si dissolse: le dimensioni degli Elfi, degli Gnomi, delle Fate e dei Folletti che stavano lottando ad armi pari contro Orchi e Troll tornarono quelle originarie, mandando nel panico tutti.

Fheall se ne avvide.

Sapeva che sarebbe successo, ma era un prezzo da pagare per indebolire i nemici.

Il suo corpo iniziò a cedere; le braccia faticavano a rimanere aperte. La stanchezza sembrava volerla vincere.

La Gnoma non si fermò e intensificò ancora la potenza dell'incantesimo: arrendersi non era mai stato nei suoi piani.

«Quell'orribileh Gnomah!» urlò furiosa Badney. «Sehnza piùh imbrohglih sahrà moltoh più difficileh! Accidehntih a leih!»

Urchoicha si girò, catturata dall'ansia non comune di Badney.

«Che c'è?»

«Cheh c'èh? C'èh… che è troppoh forteh pehr meh! Pehr tuhtti i trohll dih mohntahgnah! Cih sehrvonoh glih altrih maghih deih nhostrih regnih! Orah. Suhbitoh!»

Urchoicha, calma, spostò lo sguardo alla sfera dell'amica.

«Sarebbe un inutile spreco di tempo» valutò. «Non serve che ti preoccupi tanto. Guarda com'è sudata e pallida. Ha persino le labbra viola. Non resisterà a lungo.»

42

SOTTO IL MARE, SOTTO IL CIELO

Sotto il mare non c'era tregua.

L'acqua aveva perso il consueto colore per tingersi di un rosso cupo intriso di sofferenza.

Adalberto nuotava come impazzito, voltandosi in ogni direzione, vedendo gli amici più cari morire senza poterlo evitare.

Mai si era sentito così impotente.

La sua era una razza forte, molto portata per la battaglia... tuttavia, dopo millenni senza combattere, gli altri narvali elfici erano arrugginiti e diventavano, così, facili prede.

A peggiorare la situazione, le sue magie andavano tutte a vuoto.

Non riusciva a capire come fosse possibile, ma era come se avesse perso ogni potere.

«Chiederò aiuto in superficie!» decise risoluto.

Raccolse le poche forze che gli erano rimaste e, spinto dalla disperazione, nuotò verso l'alto.

Un vortice gli apparve improvviso di fronte.

Provò a frenarsi, ma non ci riuscì e vi finì dentro.

La potenza del gorgo era inarrestabile!

Il corpo di Adalberto iniziò a girare così veloce da fargli perdere ogni orientamento.

Si sentiva male.

Provò a trovare qualche appiglio esterno a cui attaccarsi con il suo corno, ma era impossibile anche solo coordinare la direzione: da solo non sarebbe mai riuscito a uscire da lì.

Sentendosi inghiottire dal suo stesso elemento vitale, urlò.

«Aiutooooo!»

Era un grido disperato, ma dentro di sé dubitava che qualcuno sarebbe potuto accorrere.

«È poco proficuo concentrarsi tutti nello stesso punto», disse il Capo dei Granchi Giganti al Capo dei Coccodrilli Marini. «Torpedini e orche se la cavano benissimo anche senza di noi.»

«Cosa proponi allora?» grugnì l'alleato.

«Respiriamo tutti senza fatica anche fuori da qui. Andiamo su!»

Gli occhietti liquidi del coccodrillo sembravano già pregustare qualche ottimo pasto.

«Mi piace questa idea. Andiamo», rispose.

Bastò che il granchio e il feroce coccodrillo facessero un unico, impercettibile gesto, perché tutti i granchi e i coccodrilli marini dei profondi abissi li seguissero.

Certi che il loro ausilio sarebbe stato fondamentale per i loro alleati, si portarono rapidamente sulla terraferma.

Fuori dall'acqua, la battaglia era crudele e incontenibile.

Gli Orchi, i Troll e gli Gnomi di Montagna non avevano solo una forza smisurata; erano anche cattivi, portatori di una malvagità e di una bassezza gratuite che nessuno degli altri popoli avrebbe mai potuto neanche ipotizzare.

Cresciuto al fianco di Bàistec e Urchoicha, il solo in grado di intuire le loro mosse era Dorcha.

I Troll erano un problema.

Non seguivano nessun piano.

La pozione di Urchoicha li aveva aiutati a

riconoscere i nemici dagli alleati, ma per il resto erano rimasti istintivi, feroci, spietati.

Gli Gnomi di Montagna, invece, si muovevano come gli Orchi; con tutta probabilità avevano deciso una strategia comune.

«Dietro di te, Dorrrcha!» urlò Grogher agitato da lontano.

Troppo tardi.

Il ragazzo sentì la sua spalla cedere sotto il peso di una martellata arrivata inaspettata da dietro.

Il colpo, secco e potente, gli intontì i sensi.

Sbarellando, cadde per terra.

Lo Gnomo di Montagna ne approfittò e gli si lanciò di nuovo contro, mulinando senza pietà la sua arma.

Dietro di lui, Grogher arrivò correndo.

«Togliti dai piedi!» gli gridò contro afferrandolo. Poi lo lanciò lontano.

Un urlo mozzato e, dello Gnomo, si perse ogni traccia.

Grogher si girò in tempo per vedere un Troll, che proprio in quel momento stava saltando addosso a Dorcha per schiacciarlo come un insetto.

L'amico era ancora stordito, incapace di difendersi.

Grogher prese la rincorsa e si buttò fulmineo sul Troll, facendolo cadere a terra e sbattere la testa.

Il bestione rimase stordito.

«Stai bene?» chiese Grogher a Dorcha correndo da lui.

«Sì, tutto a posto. Grazie» rispose, alzandosi.

Aveva un sorriso tirato e sentiva bruciare la pelle come fuoco sotto la spessa armatura, ma non voleva farlo preoccupare.

Si girò verso le montagne; impallidì.

«Cosa stanno facendo? Non erano questi i piani!» urlò.

Ma era tardi per fermare i compagni.

Frotte di Gnomi Arcobaleno e di Elfi capeggiati da Baelnes stavano salendo su per i sentieri dell'enorme complesso montuoso, lanciandosi contro nugoli di Gnomi di Montagna.

Questi uscivano a migliaia da ogni più piccolo anfratto armati fino ai denti, attaccando senza pietà.

Era una scena che ghiacciava il sangue nelle vene.

Le orecchie del ragazzo iniziarono a pulsare forte. Si sentiva come paralizzato.

Il cozzare sempre più forte delle armature, le grida di dolore e morte, rimbombavano dentro la sua testa come una terribile cacofonia.

Proprio lui che aveva sempre pensato di amare la guerra e il sangue, ora se ne sentiva disgustato.

Desiderava con tutto se stesso che quello scempio finisse.

Adalberto continuava a girare in tondo come una trottola.

Un cavalluccio marino in fuga se ne accorse e gli si fermò davanti.

Poi iniziò a nuotare in ogni direzione, pensando febbrilmente.

«Come faccio ad aiutarti? Sono... troppo piccolo!» esclamò poi con una vocina preoccupata e ansiosa, fermandosi davanti al vortice.

Adalberto era stordito al punto da avere difficoltà a sentirlo.

«Chiama... Varsos!» tentò di scandire, con le poche forze che ancora gli restavano.

Il cavalluccio si girò alla ricerca di Varsos e lo vide: solo, contro tre squali e due orche.

Di sicuro non avrebbe potuto aiutarlo.

«Varsos non può. Aspetta, ho un'idea! Arrivo!»

Il piccolo cavalluccio marino scappò via e tornò poco dopo, accompagnato da un gran numero di Sirenette e

Tritoncini.

«Fate come abbiamo stabilito: intrecciate forte tra voi le code e le mani!» ordinò. Poi si rivolse ad Adalberto. «Narvalo, ascoltami! Nuota controcorrente, d'accordo?»

«E poi?»

«E poi noi ti prenderemo tirandoti fuori da lì. Ragazzi, avete capito allora? Legatevi tra di voi e... ecco, voi dieci fate da àncora, sigillandovi a quell'enorme masso marino! Tutti gli altri faranno da fune. Chiaro, no?!»

«Non ce la faranno mai!»

«Zitto, narvalo! Nuota piuttosto! Forza ragazzi! Attaccatevi al corno! Forzaaa!»

I piccoli Tritoni e le Sirenette eseguirono gli ordini.

Non fu semplice, perché coloro che entrarono dentro al vortice dovettero usare una forza incredibile per rimanere controcorrente ma, a dispetto di ogni previsione negativa, dopo pochi minuti Adalberto uscì dalla trappola.

«Non ci credo! Sono fuori! Grazie! Grazie, grazie, grazie bambini! Grazie cavalluccio, grazie!»

Il cetaceo era fuori di sé dalla gioia.

Diede una pinnata piena di gratitudine al suo nuovo piccolo amico, fece un rispettoso inchino ai giovani Sirenidi e si lanciò verso la terraferma in cerca di aiuto.

I feroci gargoyles degli Gnomi di Montagna portavano sul dorso condottieri spietati e senza paura, armati di martelli, mazze ferrate e una spregiudicatezza unica.

Nalar e il figlio Inmus stavano lottando con grande coraggio contro di loro, ma si trovavano in seria difficoltà; stanchi, non riuscivano in alcun modo ad avere la meglio.

«Attento! Vola in alto, presto!» urlò Nalar a Inmus sbracciandosi esagitata dal suo dilofosauro.

Una zolla di terra gli stava arrivando addosso come un proiettile.

Inmus la evitò per un soffio.

E se ne vide arrivare addosso un'altra.

Dieci, cento, mille!

Su di lui e sulla madre. Ma non solo.

Sembrava un gioco al bersaglio, in cui l'obiettivo era chiunque finisse nella traiettoria delle zolle.

Svariati Gnomi di Montagna finirono disarcionati dai loro gargoyles, precipitando a terra.

«Cosa succede?» urlò Inmus stremato, evitandone un'altra.

«È il contrrro incanto di Fheall! La terrrra si ribella! Ci sono troppe forrrze opposte che si scontrano! Prrresto, salite tutti verso le montagne!»

La voce di Grogher era apparsa all'improvviso sopra di loro.

Sidae, in volo, lanciò un potente ruggito.

Dineann e Baineann accolsero il suo ordine e deviarono verso i monti.

Dorcha, in groppa ad Hercules, sentiva le vene sulla fronte pulsare.

Si sentiva come se stesse portando avanti una battaglia solitaria e inutile.

In campo era una vera macchina da guerra, ma non riusciva a non pensare che quello scontro stesse solo portando via a tutti loro del tempo prezioso.

Trovare i Segreti degli Orchi e dei Troll e riunirli al bracciale era la sola cosa davvero importante.

Dopo aver fatto saltare senza alcuna emozione l'ennesima testa di un Orco inferocito, prese un po' di fiato e si guardò intorno.

La guerra era spaventosa: teste che cadevano rotolando sul terreno, elfi e Gnomi che precipitavano dal cielo sulla terra impietosa.

Urla di morte.

Grida di dolore e terrore.

Orchi e Troll erano atroci nell'efferatezza delle loro azioni, e lui lo sapeva bene.

Conosceva la loro crudeltà per averla sperimentata davanti ai suoi occhi, spesso sulla sua stessa pelle.

La disumanità che Bàistec aveva esercitato su di lui si stava rivelando il suo vantaggio più grande.

Si sentiva immune da tutto, al sicuro, spettatore di qualcosa che, decise, da quel momento in poi non lo avrebbe più riguardato.

Pensò ad Aileen, alla fatica che avevano fatto, al suo corpo inerme.

Si sentì come se l'aria fosse diventata di vetro.

Non poteva continuare a tergiversare: i nuovi Segreti lo stavano aspettando.

«Ci sono quasi...» disse Gamy.

Lei e Gaithy, rifugiate in un piccolo anfratto di roccia, erano impegnate a scoprire dove fossero custoditi il Segreto dei Troll e quello degli Orchi.

«Guarda!»

Gaithy osservò le due scodelle d'acqua davanti a loro: mostravano una spada e una corona.

«Sono questi i loro Segreti?» chiese, stupita.

Gamy, stanca e sudata ma fiera, annuì.

«Sì.»

Gaithy si mostrò molto meno entusiasta.

«Fantastico...» disse con una vocina amareggiata. «Quindi non li troveremo mai.»

La fata più grande la guardò senza capire.

«Perché?»

«Come perché? Siamo nel bel mezzo di una battaglia! Ci sono centinaia di spade come questa là fuori! Per quanto riguarda la corona... è senz'altro quella di una delle due regine. Non ci voglio nemmeno pensare ad avvicinarmi a una di loro!»

Gamy la guardò accondiscendente.

«Non è così. Guarda meglio la spada... è particolare, vedi? Ha una pietra sull'elsa, non può appartenere a un semplice guerriero.»

«Quindi? I cavalieri sono migliaia!»

«Certo. Ma noi dobbiamo solo considerare Orchi, Troll e, forse, ma giusto per precauzione, gli Gnomi di Montagna. Anche se... no, loro no. Troppo avidi. Se avessero quella spada non la restituirebbero mai. Perciò ci restano solo Orchi e Troll. Il campo si restringe un bel po', no?»

«Uhm... e per la corona?»

«Sono pronta a giurare che sia dell'Orchessa. La Regina dei Troll non è mai stata raffigurata in nessun dipinto con una corona.»

Gaithy era pallida.

«Cosa c'è? Hai paura?»

«No, pensavo alla puzza.»

Le due Fate si guardarono e scoppiarono a ridere.

Ora dovevano solo capire come avrebbero potuto fare per arrivare al loro scopo.

«Scansatevi, presto!!!» urlò Fhcall apparendo all'improvviso davanti all'apertura della grotta, in groppa a Orga.

Le scaraventò di lato rotolando all'interno, bloccando un fiotto di luce verdognola che era sul punto di prenderle in pieno.

La Gnoma aveva dovuto passare di mano l'antica magia a Baelkers o non gli sarebbe più rimasta energia sufficiente per fare nient'altro.

Fheall si era alzata di scatto e, sotto gli occhi sconcertati delle Fate, aveva continuato la sua lotta senza esclusione di colpi contro uno Gnomo brutto e gobbo: Marvon, il Sacerdote Supremo degli Gnomi di Montagna.

Dagli occhi gialli, volteggiava nell'aria come un

uccello.

Fheall lo raggiunse.

Le due spade si incrociarono in volo, facendo strenua resistenza l'una contro l'altra.

Visti vicini, i due Gnomi erano incredibilmente simili: lineamenti pressoché uguali, stesso sguardo determinato, identica luce negli occhi.

«Passa oltre! Sono due ragazzine! Cosa vuoi da loro?» gli gridò Fheall contro.

«Ucciderle» rispose l'altro con un sorriso sarcastico sul volto.

«Gnomo traditore! Non sei degno della nostra specie!»

Marvon scoppiò in una grassa e inquietante risata.

«Trovi, sorellina?»

Erano passati secoli da quando aveva tradito il proprio popolo e la sua famiglia per seguire quel pazzo di Iarrthòir; ed era da allora che i due gemelli non si incontravano.

Gaithy e Gamy li fissavano a bocca aperta, quasi dimentiche del pericolo che stavano correndo.

«Gemelli?» sussurrò Gamy.

In effetti avevano molto in comune, oltre all'aspetto: entrambi volevano trionfare sull'altro.

In Marvon, però, c'era qualcosa che Fheall non possedeva: un odio atavico, profondo.

Lui non voleva solo vincere; voleva sterminare chiunque e qualunque cosa si trovasse sulla sua strada.

Fheall si fermò un istante di troppo a guardarlo, le sembrava impossibile che fosse diventato così.

Da piccolo era dolce, talentuoso con la magia, altruista, gentile, bello.

Fuori e dentro.

Da giovani avevano combattuto più volte fianco a fianco, c'era sempre stata una sintonia perfetta tra loro.

"Che cosa è cambiato? Cosa ti ha fatto diventare così? Possibile che sia..." pensò Fheall.

Quella distrazione durò più del dovuto.

Marvon le lanciò contro una maledizione letale.

Un bagliore viola scuro esplose nella grotta.

Gamy e Gaithy reagirono appena in tempo.

La luce viola cozzò contro una luce rosata e una arancione: il boato fu tremendo.

La grotta tremò paurosamente.

Piccoli sassolini si staccarono dalla volta della roccia e caddero sulla superficie.

Fheall tornò in sé.

«Grazie ragazze!»

Non era tempo di sentimentalismi e domande.

Marvon non era più il fratello che ricordava, era diventato irrecuperabile.

Adesso non era che un nemico.

E non uno qualunque: era uno dei nodi centrali di quella guerra.

Doveva essere eliminato.

Al più presto.

Fheall smise di esitare, e intonò una formula.

Marvon la guardò atterrito.

«Gemella! Non oserai... no!»

Lei non lo ascoltò.

Non si fece impietosire e continuò.

Fino alla fine, con sempre più intensità.

Marvon spalancò gli occhi. Il corpo si irrigidì e cadde all'indietro, piombando nel vuoto come un sacco.

Fheall sentì il cuore spezzarsi, il petto stringersi in un'oppressione violenta.

«Prendiamolo, Ceatha!» ordinò, con gli occhi lucidi e il magone trattenuto, saltandogli sul dorso.

Il drago si buttò in picchiata e afferrò con le fauci il corpo di Marvon, per poi deporlo delicatamente a terra in un posto appartato e sicuro.

Fheall scese dal drago, si avvicinò e gli inchinò al fianco.

«Perdonami, se puoi» gli sussurrò.

Poi gli accarezzò il volto e gli abbassò le palpebre.

Le lacrime le salirono agli occhi.

Senza che potesse fermarle, le bagnarono il viso.

«Addio, fratello mio.»

Si fermò a osservarlo. Ogni cicatrice, ogni segno della pelle... Poi quella voglia a forma d'uva che entrambi avevano sul collo.

Il petto le si squassò.

Le immagini di loro che, piccoli, giocavano insieme e ridevano felici; che da ragazzini si raccontavano i primi amori divorando i dolci della nonna; che da adulti combattevano fianco a fianco, in guerra e nella vita... quei ricordi cancellarono tutti quelli brutti, stringendole la gola.

Comprese che in lei non ci sarebbe mai stata pace per quella scelta fatta.

Si volse a cercare una buona terra: voleva dargli almeno la giusta sepoltura.

«*Dissolviti!*» urlò Adalberto d'istinto.

Era emerso a riva giusto in tempo per salvare il piccolo Ploc da un enorme granchio che stava per tranciargli di netto le ali.

Il crostaceo gigante esplose in mille pezzi.

«Ma come... sulla terraferma la magia funziona, sotto il mare no? Che assurdità è mai questa...» si chiese quasi stupito che la sua formula avesse funzionato.

«Grazie» lo raggiunse ansimando il folletto.

«Ti pare? Vieni con me, piuttosto. Te ne prego. Ho bisogno del tuo aiuto!»

«Cosa devo fare?»

«Voi Folletti riuscite a respirare sott'acqua, giusto?»

«Giusto.»

«Bene. Allora avrei bisogno che venissi giù e provassi a fare qualche magia da noi.»

«D'accordo! Andiamo» rispose Ploc.

Si immersero.

Si trovarono di fronte a un'orca che stava attaccando una balena e i suoi undici figlioletti appena nati!

Ploc si concentrò e, senza alcun suono, spostò l'orca col pensiero e le tirò addosso una grossa roccia sottomarina.

L'orca, stordita, rimase del tutto inoffensiva.

«Avevo ragione io allora!» esclamò eccitato Adalberto.

«Vuoi spiegarmi, per favore?» chiese perplesso il folletto. «Perché non hai agito? Sulla terra lo hai fatto, mi hai salvato!»

«Dev'esserci una maledizione attiva contro gli abitanti del mare. Qua sotto, la mia magia... guarda tu stesso...»

Adalberto tentò di spostare una stella marina con un incanto elementare. Non accadde nulla.

«Ma questo è un danno enorme!» esclamò sconvolto Ploc.

«Ora che ho scoperto che voi Folletti non avete questo problema, non più. Puoi chiedere agli altri di combattere quaggiù? Siete la nostra unica speranza!»

«Certo!»

Ploc mandò un richiamo mentale al suo popolo.

Un attimo dopo tutti i Folletti presenti nell'esercito apparvero al loro fianco, pronti a combattere per il popolo marino.

43.
GUERRA E SACRIFICIO

In groppa a Hercules, Dorcha stava percorrendo il sentiero roccioso che costeggiava a strapiombo la parete nord della montagna più alta.

Procedevano già da un bel po', a passo lento, facendo attenzione a ogni più piccola breccia o entrata.

Il ragazzo non sapeva con precisione dove, ma era certo che gli alloggi dei Sovrani si trovassero in quella zona.

"Il loro Segreto non può che essere qui" pensò. *"Devo trovarlo al più presto."*

Era una via tutt'altro che riparata; la sua presenza poteva essere scorta con facilità.

Era pericoloso, ma anche il solo modo per raggiungere l'obiettivo.

«Tu dovresti essere Dorcha...» lo apostrofò una voce roca e profonda.

Il ragazzo si voltò fulmineo.

Davanti a lui c'erano due pilastri spessi come palazzi e irti di aghi acuminati.

Alzò la testa e rimase sbalordito.

Erano le gambe di Fathach, il Vicecapo Guerriero dei Troll, fedele braccio destro del Grande Meannach.

Il Troll gigante delle leggende, di cui aveva sentito narrare lungo il corso degli anni, esisteva per davvero ed era lì, stagliato davanti a lui come un gigantesco monolite.

Era spaventoso.

Così alto da sembrare egli stesso una montagna, dal corpo maestoso e possente, aveva temibili zanne arcuate che svettavano fuori dalla bocca.

Gli occhi, grigi e striati di rosso, in parte coperti da una folta lanugine, erano dominati da un'assoluta ferocia.

Non aveva unghie, ma artigli concavi lunghi come tre scimitarre unite tra loro.

Dorcha fissò una delle sue mani: in una salda presa, stringeva una clava piena di spuntoni di ferro, grossa quanto metà del suo corpo.

La vista di Fathach non intimidì affatto il Cavaliere Nero.

Al suo cospetto, il giovane sentì l'antica furia tornare, e scorrere nelle vene con la potenza di un'esondazione; persino la spalla smise di dolergli.

Lo fissò, i nervi e i muscoli tesi, pronto.

Il Troll lo guardava divertito.

«Una pulce combattiva...» rise, aspro.

Alzò la clava come una mazza da golf e si preparò a colpire.

Lo fece. Fulmineo. Preciso.

Hercules diede una sgroppata.

Dorcha la usò come spinta e, con un salto mortale, riuscì a schivare la bastonata.

Poi, svelto come un lampo, si infilò in un minuscolo anfratto.

Sapeva che lì avrebbe avuto un considerevole vantaggio; Fathach non sarebbe riuscito a vederlo.

Hercules galoppò in volo fin davanti ai suoi enormi occhi.

Quando lui fu sul punto di afferrarlo, scartò e si buttò giù in picchiata, sparendo dallo sguardo del nemico.

Dorcha si accorse che la corsa rapida e imprevedibile del destriero aveva fatto fare al bestione dei movimenti confusi.

Sembrava quasi stordito.

D'improvviso, un'idea.

"La magia che ho usato contro il Cavaliere Rosso... ma certo!"

Si concentrò.

Davanti alla creatura apparvero migliaia di Cavalieri Neri, che balenavano e svanivano di continuo intorno a lui.

Non bastava. Era il momento di deriderlo per farlo imbestialire e deconcentrarlo.

Dorcha ovattò e modificò la propria voce.

«Ehi! Sono qui! Davanti a te, mi vedi?» chiese, facendogli apparire una sua immagine proprio sul naso. Lui allungò una mano, chiudendola sulla figura e stringendo.

Quando aprì il pugno, però, si accorse che era vuoto.

Dorcha non demorse...

«Non mi hai preso! Da questa parte, avanti leggenda! Alla tua destra, forza! Non mi vedi? Sono qui, guarda su!... Ehi! Qua sotto! Dai che ci sei! A destra! No, a sinistra!!! Quassù! Quaggiù!»

Dorcha andò avanti, senza mai fermarsi. Nemmeno per un istante.

La coordinazione e l'acume non erano tra le capacità migliori di Fathach...

Dopo un po', iniziò a dare di matto.

Abituato a lanciarsi sopra agli avversari e a distruggerli con la sua sola, brutale forza, si girava compulsivamente in tutte le direzioni alla ricerca del Cavaliere.

Il suo testone si alzava, abbassava e girava senza tregua ogni singola volta che sentiva una nuova indicazione... ma ogni sua mossa cadeva nel vuoto.

Quel piccolo essere non faceva che apparire e svanire in ogni dove, e lui sentiva montare dentro di sé una grande nausea.

«Ehi...!» rantolò senza fiato e ormai quasi del tutto stordito. «Dove... dove sei?»

In risposta, Dorcha fece apparire la sua ultima immagine: al centro della conca montana, lontana da Fathach, sospesa per aria.

Il Troll si spinse fuori dal sentiero, e si lanciò su Dorcha.

Questa volta era convinto che lo avrebbe distrutto.

Invece cadde nel vuoto, sfracellandosi al suolo e uccidendo, suo malgrado, decine e decine di alleati sotto il suo peso.

Iarrthòir riuscì a scansarsi solo grazie a Batty che, percependo l'ombra in arrivo, aveva dato l'allarme.

Ancora tremante per lo spavento, lo Gnomo guardò dapprima il corpo devastato dalla caduta, poi alzò lo sguardo verso l'alto.

«Come diamine...?»

Fathach era un guerriero abile, grandioso, temuto da tutti... possibile che fosse scivolato in una terra che conosceva alla perfezione? Era assurdo.

Iarrthòir decise di fare chiarezza.

Fece segno a Batty di accomodarsi sulla spalla, saltò sul suo Mountcur e lo spronò verso l'alto.

«Sali!» ordinò.

Ma quando arrivarono in cima, non trovarono nulla: Dorcha era già lontano.

Gaithy stava perdendo la calma.

«Allora, hai capito dove si trova?» chiese.

Gamy alzò lo sguardo su di lei.

«Devi avere ancora un poco di pazienza, è la prima volta che provo questa magia.»

«Va bene, capisco. Ma non facciamo altro che materializzarci e smaterializzarci di continuo. Com'è possibile che non lo abbiamo ancora raggiunto?»

«Se fai un po' di silenzio, magari ci riesco! Sì? Oh! Stringi le mie mani e concentrati sul suo volto, proviamo così, avanti.»

Davanti alle Fate sbucò il viso di Dorcha: finalmente erano giunte nel posto giusto.

Dorcha le guardò, stralunato.

«E voi cosa ci fate qui? È pericoloso!» le apostrofò.

«Perché, per te non lo è?» replicò piccata Gaithy.

«Dovevamo incontrarti a ogni costo» disse con urgenza Gamy. «Abbiamo scoperto quali sono i due segreti mancanti.»

«Davvero?»

«Sì, guarda. *Svela!*» sussurrò la Fata, accarezzando l'aria.

Davanti a loro comparvero le immagini della corona e della spada.

Dorcha le fissò incredulo.

«Ma quella... è la daga del mio patrigno!»

«Cosa? Pensavo che la corona fosse di Urchoicha...» chiese stupita Gaithy.

«No. La sua non è molto diversa, in effetti. Il simbolo in cui è incastonata la pietra, però, rappresenta queste montagne, vedi?»

«Uhm. Perfetto. E adesso che abbiamo capito di chi è cosa...?» chiese, già pronta a combattere, Gaithy.

Dorcha le fissò fingendo di non capire.

«Veniamo con te, giusto?» chiesero in coro le Fate.

«Ma proprio no! Grazie per il vostro aiuto, ma adesso tornate al campo. Senza discorsi.»

Lo guardarono deluse.

«Ma... ma come... perché?» chiesero.

«Perché è troppo pericoloso. E poi... perché questa è una promessa che *io* ho fatto ad Aileen. Non voi.»

Dorcha mosse una mano verso di loro.

Un secondo dopo si trovarono nella tenda adibita all'infermeria del grande accampamento generale.

I Folletti erano riusciti a riportare equilibrio nelle profondità marine.

Annullato l'incanto di Urchoicha, che aveva portato gli alleati a combattere gli uni contro gli altri, le orche avevano iniziato ad avere la peggio.

Il sangue che adesso colorava l'acqua era il loro.

Dopo aver ucciso l'ennesima per salvare la vita a un compagno, Varsos si rivolse serio a Khlijòr, la Regina delle Orche.

«Vostra Maestà, non riesco a capire. Apparteniamo tutti al Mare; siamo un unico, grande popolo. In nome di cosa è questo scempio?»

«Abbiamo degli ordini da eseguire» rispose lei, secca.

«Da parte di chi? Ad agio di chi? Per dei Sovrani tiranni ed egoisti del piano di sopra, che non concederanno mai nulla né al nostro popolo né a Voi?»

La Regina, abituata a venir sempre magnificata e mai contraddetta, era fuori di sé.

«Uccidetelo!» gridò ai soldati.

Ma Ceannà, il Comandante delle Orche, per la prima volta da quando la battaglia era cominciata non diede seguito al suo ordine.

«Fermatevi!» ordinò ai suoi. Poi si rivolse alla sovrana. «Vostra Maestà, il Generale Varsos ha ragione. Siamo decimati. Questo massacro è ridicolo! È ora di mettervi fine.»

Lo sguardo di Khlijòr divenne gelido.

«Che cosa?» sibilò minacciosa.

Ceannà abbandonò allora la veste da comandante per parlare da orca a orca.

«Guardati intorno, Khlijòr, te ne prego. Eravamo migliaia solo poche ore fa. Siamo rimasti in poche decine. A cosa è servito? Dimmi, a cosa? Cosa ti hanno promesso gli Orchi? Uh? Che avremo un territorio più ampio, delle ricchezze maggiori? E dimmi... cosa ce ne facciamo di più spazio, senza nessuno che lo occupi? Cosa delle ricchezze, senza nessuno per cui investirle? Se hai una motivazione valida sono pronto a seguirti con i miei soldati fino alla morte, Khlijòr. In caso contrario, non farò più muovere alle mie orche una sola pinna!»

Per la prima volta, la Regina si fermò e si guardò davvero intorno.

Per la prima volta, si accorse degli sguardi smarriti dei suoi soldati e del suo popolo.

Per la prima volta, si chiese sul serio quale fosse il vero motivo per cui aveva accettato di combattere.

E rimase scioccata nell'accorgersi che, per quanti sforzi facesse nel trovarlo... non c'era.

Faceva male, ma doveva ammettere la verità: era stata manipolata.

Ceannà e Varsos avevano ragione.

Doveva rimediare. Al più presto.

Amareggiata, si rivolse a Ploc e Brick, i Folletti più vicini.

«Folletti...» li chiamò.

Loro si girarono.

Stupiti e un po' diffidenti, si avvicinarono.

«Comando che nelle nostre profondità non si alzi più né pinna né tridente» stabilì solenne. «Potete aiutarci a comunicarlo a tutti? Io avviserò i Granchi e i Coccodrilli Marini.»

Sui piccoli volti si accese un sorriso luminoso.

«Ma certo, Vostra Maestà!» risposero con un inchino.

Senza esitare Brick e Ploc chiamarono a raccolta tutti gli amici: avrebbero comunicato la resa e aiutato i feriti a riprendersi.

Urchoicha osservava la propria sfera con gli occhi fuori dalle orbite. Aveva perso il controllo!

«Che malvagità è mai questa?!» sbraitò. «Perché mai

quelle stupide orche e quegli altri idioti non combattono più?»

«La Gnomah ha uccisoh il Grahn Sacerdoteh Mharvon» rispose laconica Badney.

«Eh? E me lo dici così?!»

Badney alzò il volto su di lei.

«E cohmeh dovrei dirteloh!» esplose.

L'orchessa si inviperì ancora di più.

«Sembra che non te ne importi nulla della battaglia, Badney! Nulla!»

«Cohmeh tih pareh. Piuhttostoh è un'altrah la quehstioneh: il tuoh figliastroh sta venehndoh quih.»

Iarrthòir si lanciò contro Aeltiàfisar.

L'Elfo scattò di lato, ma non fu abbastanza veloce, e la spada dello Gnomo lo ferì in pieno petto.

Aeltiàfisar sentì una fitta lancinante.

La ferita era profonda.

Il sangue iniziò a sgorgare copioso.

Provò a controbattere la furia dell'avversario con la magia, ma ebbe un'amara sorpresa: in quella gola, non funzionava.

Il Cavaliere della Luce Dorata iniziò a sudare copiosamente.

Senza magia, gravemente ferito, perdeva potenza a ogni passo.

Si sentiva debole. Molto debole.

«Troppo stanco per combattere, vecchio?!» lo canzonò Iarrthòir.

«Taci, vergogna degli Gnomi! Il Grande Cavaliere della Luce Dorata non è vecchio!»

«Resisti fratello!»

Le voci di Fheall e di Baelkers esplosero nella gola.

Ora che gli incanti delle Regine e di Marvon erano stati debellati, lo storico trio poteva essere di nuovo compatto.

L'entrata a sorpresa dei due Cavalieri sui loro draghi era riuscita a sorprendere abbastanza Iarrthòir, perché Orga potesse virare e portarsi fuori dalla gola montuosa.

«Non scappare, maledetto! Torna qui!»

Iarrthòir spronò con decisione il suo Mountcur e si lanciò alla rincorsa dell'imponente drago dorato.

Ceatha e Airgead, con prontezza, affiancarono ai lati Orga.

I tre draghi, in una complicità perfetta, fecero un'improvvisa virata e, arrivando alle spalle del Mountcur, gli lanciarono contro una potente fiammata.

La cavalcatura alata gemette sfrigolando.

Iarrthòir, in svantaggio, la abbandonò e si lanciò su un spiazzo che aveva adocchiato dall'alto.

Ma l'altezza si rivelò molto più ampia di quella che aveva calcolato.

«Aiuto! No! Aiutooo!» urlò disperato mentre precipitava.

Il piccolo Batty, agitatissimo, stridette impotente.

Scrios, sul proprio Mountcur, lo vide.

Pronto, si lanciò verso di lui e lo prese al volo.

«Grazie», bofonchiò lo Gnomo al Re dei Troll.

Baelnes era sdraiato nel lettino dell'infermeria.

Alla fine, era riuscito a uccidere anche l'ultimo gargoyle nemico che lo aveva attaccato, ma le ferite che gli aveva inferto erano troppe... e gravi.

Guardò l'estesa bruciatura che gli ricopriva una gamba...era sicuro che l'avrebbe persa.

«Alla fine tutto torna» disse debolmente. «Da giovane ho reso zoppo un mio compagno, mi merito lo stesso destino.»

«Cosa dici?» gli disse Gaithy asciugandogli il sudore sulla fronte. «Presto la pozione sarà pronta. Fayrin mi ha assicurato che non perderai la gamba. E se lo dice lei, è vero per forza! Piuttosto, vado a vedere a che punto è.»

La guardò uscire, grato di essere rimasto da solo.

Quello che era successo gli aveva fatto capire una cosa importante: se fosse morto per mano di un nemico, ogni speranza sarebbe andata perduta.

Non poteva più aspettare.

Più Dorcha procedeva in mezzo a quelle gole, meno si sentiva a suo agio.

Gli alloggi dei Sovrani dei Troll sembravano introvabili e la ricerca risultava ancor più difficoltosa a causa delle continue imboscate dei nemici.

Ogni volta che Dorcha si illudeva di essere al sicuro, ne spuntava un altro, da solo o in gruppo.

Era stanco, ferito... ed era certo di essersi perso.

Di nuovo, un attacco.

Un Orco gli si parò davanti.

Lo conosceva, avevano combattuto insieme più di una volta, al campo d'allenamento e in missione.

«Càdhaj! Ben trovato...» lo salutò Dorcha.

«Ben trovato, traditore!»

Càdhaj non perse tempo e si avventò su di lui, mulinando la spada in un modo che Dorcha conosceva fin troppo bene.

Dorcha si lanciò addosso un incantesimo per aumentare le proporzioni del corpo e, ad armi pari, lo fronteggiò.

Un colpo fu sufficiente per disarmarlo, e obbligarlo a indietreggiare fino alla parete di roccia.

Stava per sferrare l'ultimo attacco, quando la testa iniziò a rimbombargli.

Una voce che ben conosceva chiamava il suo nome.

Dorcha si gettò sul suo avversario e gli trapassò il cuore di netto, senza emozione.

Poi alzò lo sguardo.

Il suo patrigno svettava su di lui, in groppa al proprio Mountcur.

«Noto con piacere che non sei cambiato.»

Dorcha sentì un furore cieco esplodergli nel petto.

«Dammi il vostro Segreto!» gli urlò.

Re Bàistec gli rivolse uno sguardo beffardo e insieme compassionevole.

«I tuoi occhi... Si sono schiariti» rise. «Sei passato al Bene? Non mi dire... proprio tu?!»

«Non ti riguarda!»

Dorcha regalò a Hercules le dimensioni di un Mountcur, gli saltò sopra e lo spronò in aria lanciandosi contro il patrigno.

«Come sarebbe a dire che non mi riguarda, sciocco ingrato! Sei mio figlio! Si vede anche da come combatti, come puoi negarlo?» lo provocò lui, parando i suoi assalti irosi con calma. «Guarda. Questo sei tu!»

Bàistec perse i contorni e, davanti a Dorcha, apparve l'immagine di un Cavaliere vigoroso e minaccioso. Indossava un'armatura nera e aveva crudeli occhi scuri.

Il ragazzo si immobilizzò a mezz'aria.

«Dorcha, figlio del Re degli Orchi, mio figlio! Questo, e solo questo sei tu; smetti di raccontarti altro. Guardati. Il corpo possente, lo sguardo pieno d'ardore, una voglia irresistibile di vincere sul nemico, la smania di uccidere. Non hai niente a che vedere con i perdenti che difendi. Tu... sei come me.»

Dorcha era come ipnotizzato.

Quella vista, quelle parole... lo intontivano come una nenia incantatoria, inibendo la sua volontà.

«Perché non reagisci? Forza, ragazzo, dai! Torna in te, figlio!»

La testa di Dorcha sembrò scoppiare.

Sono io... quello?... No, non voglio essere così, io non sono così. Io... o forse... e se invece lo sono?... Cosa devo fare? Qual è la cosa giusta, per cosa sto combattendo? Oh... non me lo ricordo più..."

Sull'elsa della spada di Bàistec, il rubino rosso fuoco incastonato al centro sembrava brillare sempre di più.

"Quante persone ha ucciso con quella spada..."

Un brivido lo percorse attraversandogli il corpo e Dorcha si trovò a tremare convulsamente.

Baelnes si era trascinato fuori dalla tenda dell'infermeria e, facendo attenzione a non essere visto, si era infilato in quella dell'armeria.

Lì aveva cercato una spada dalla lama impietosa.

L'aveva trovata.

Appoggiato senza forze a una cassa, la guardò.

«È arrivato il mio momento. Yemy, bambini miei... vi chiedo perdono. Vi amerò sempre.»

Guardò la lama un'ultima volta.

Fece un profondo respiro.

«Per Glàre. Torna, Glàre!»

Si puntò la spada alla gola e se la recise di netto.

Crollò sulla fredda terra.

Mentre una pallina di pulviscolo dorato usciva dal suo cuore, un fiotto di impietoso sangue scuro si allargava vicino a lui.

«Non scappare, vigliacco!» urlò Baelkers.

Mentre Aeltiàfisar giaceva ormai quasi del tutto incosciente su Orga, lui e Fheall saltarono giù dai loro draghi atterrando sul pianoro.

Come due saette, si scagliarono contro Iarrthòir e Re Scrios.

In aria, il Mountcur di Iarrthòir, indifferente al dolore che gli provocavano le bruciature subite, continuava a incalzare Orga nel punto in cui si trovava Aeltiàfisar.

Il possente drago volava veloce lanciando fiammate

contro il nemico, ma da solo non riusciva a evitare che l'elfo venisse colpito.

Ceatha corse in loro aiuto.

Si pose in direzione dei raggi del sole basso e iniziò a ruotare su se stesso.

Da lì a poco, dalle sue squame si sprigionò un arcobaleno di luce sfavillante che accecò l'alato avversario.

Questi lanciò uno stridio acuto e perse la forza del volo.

Airgead ne approfittò e liberò un vortice di fiamme contro le ali del nemico, incenerendole.

La bestia precipitò nel vuoto.

Sulla piana la situazione era tesa.

Fheall e Baelkers non riuscivano ad avere la meglio sullo Gnomo e sul sovrano dei Troll.

Scrios, privo di qualsiasi tecnica di combattimento, era imprevedibile come tutti i Troll; Iarrthòir era più preciso, ma era velocissimo e scattante al pari di Fheall.

Quando ormai sembrava non accadere più nulla che scuotesse lo stallo, Fheall e Baelkers si scambiarono un cenno d'intesa.

Un istante dopo, una pioggia di frecce di varie dimensioni cadde su Scrios e Iarrthòir: precise, taglienti, veloci, capaci di anticipare qualunque tipo di mossa.

Una delle frecce perforò impietosa il cuore dello Gnomo, lacerandolo.

Lo Gnomo boccheggiò e, ancora incredulo, rovesciò gli occhi all'indietro.

Scrios lo prese al volo tra le braccia, riparandosi dalle frecce con uno scudo magico.

«Amiko... no!» urlò, appoggiandolo con inusuale delicatezza a terra.

Batty emise un fischio acuto e volò sul viso di

Iarrthòir. Con le zampette e le piccole ali, tentò in ogni modo di rianimarlo. Ma non ci riuscì.

Quando infine comprese che non c'era più niente da fare, si lanciò contro una freccia lasciandosi trapassare e cadde sul corpo inerte del suo caro amico.

Scrios, ancora intontito dalla scena, si accorse che una colonna di frecce lo stava circondando e bloccando come in una prigione.

Si girò, provò a distruggerle.

Ma erano più resistenti di quanto pensasse.

«Ben fatto, Baelkers» gli disse Fheall con una luce ammirata negli occhi.

«Non c'è di che» si schernì lui, arrossendo.

«Baelnes... Baelnes...» rantolò Aeltiàfisar prima di svenire.

Fheall e Baelkers lo afferrarono e si smaterializzarono.

Urla, clangore di spade, ruggiti, stridii, passi concitati.

I rumori della battaglia continuavano senza sosta, ma risuonavano distanti nella testa di Dorcha.

Li sentiva lontani, come se appartenessero a un luogo che gli era estraneo.

Non riusciva più a mettere a fuoco nient'altro se non l'immagine del suo vecchio sé.

Strinse gli occhi con forza.

Li riaprì.

Non era servito.

La vista di quel Cavaliere dall'armatura color ebano era ancora lì.

La testa gli pulsava talmente forte da far male. Sentiva un gran freddo. Una fitta lancinante lo trapassò. Il dolore fu così acuto da farlo piegare su se stesso.

Una voce delicata gli attraversò la mente.

«*Non lo ascoltare. Tu non sei più così, forse non lo sei mai stato. Dorcha, guardami... Guardami.*»

Un tuffo al cuore.

Tra lui e l'immagine del Cavaliere si frappose un bagliore: Aileen, forte e piena di vita come la ricordava.

Lo guardava sicura, con amore infinito.

«*Non importa da dove vieni, solo tu puoi scegliere chi essere davvero. È il momento di farlo, Dorcha. Fai la tua scelta. Falla ora. Ora puoi.*»

Quelle parole lo colpirono nel profondo.

"*Posso scegliere... chi essere davvero*", si ripeté.

Voleva essere l'uomo di cui lei si era innamorata, voleva poterla amare teneramente per sempre.

Quasi senza accorgersene annuì.

La ragazza sorrise e gli porse un cofanetto.

«Cos'è?» le chiese. Ma lei non rispose.

Lo aprì.

Una pallina di pulviscolo d'oro gli brillò davanti ed entrò repentina dentro di lui.

Dorcha si sentì avvolgere da una piacevole sensazione di calore, il freddo scomparve, la testa si quietò.

«*Bentornato, Glàre...*» gli disse Aileen sorridendo, guardandolo commossa.

Svanì, e con lei si dissolse anche l'immagine del Cavaliere Nero.

Si guardò sorpreso le braccia: l'armatura che indossava era diventata bianca come il ghiaccio, le parti scoperte del suo corpo mandavano lo stesso bagliore luminescente che aveva sempre mandato Aileen.

Bàistec era disperato.

«No, no, no! Perché hai scelto la tua vera essenza, e non me? Perché?» urlò, in lacrime, Bàistec.

Sembrava devastato nell'intimo, ma Dorcha era fiero della decisione presa.

Gli si avvicinò.

«Padre, non è più tempo di combattere. Dammi la tua spada.»

Bàistec la strinse forte e la nascose dietro la schiena, come un bambino che teme gli venga portato via un giocattolo.

«Perché mai? Non sei più un Orco...»

Dorcha lo guardava calmo, in apparenza senza alcuna emozione.

«Dammela. O dovrò prenderla da solo.»

Bàistec lo guardò stupito; non aveva mai osato dargli un ordine.

Per la prima volta lo vide davvero.

"Non sei mai stato davvero mio. Vero, figlio?" pensò addolorato, le lacrime che premevano per uscire.

Il Re Orco aveva ragione.

Dorcha... o Glàre, questo il suo vero nome, era sempre stato un Nuvolano e, nel profondo del cuore, lo aveva sempre saputo.

Intorno a lui rifulgeva una luce bianca e brillante.

Alzò una mano. La spada di Bàistec si staccò dalla presa dell'orco e volò verso di lui.

«Questa guerra è durata fin troppo a lungo, Padre.»

Il corpo di Baelnes giaceva sul lettino della sua tenda.

Era pallido e freddo. La ferita alla giugulare, sporca di sangue raggrumato e terra.

Gaithy lo guardava affranta.

«Perché lo ha fatto?» chiese smarrita a Baelkers.

Lui, incapace di sostenerne lo sguardo, volse il capo.

«Ha scelto di sacrificarsi per Dorcha e per la salvezza del nostro mondo.»

«Perché? In che modo suicidarsi salverebbe il nostro mondo e Dorcha?! Dorcha è un guerriero fortissimo, non ha bisogno di essere salvato!»

Baelkers non rispose; sarebbe stato troppo difficile da spiegare.

Prese la spada e uscì dalla tenda.

«Non si sono neanche visti!» gli urlò dietro Gaithy, la voce spezzata.

Glàre ruotò in alto la spada del Re.

Il rubino incuneato nell'elsa emanò una luce così forte che l'arma si frantumò.

Rimase solo la pietra: il segreto degli Orchi.

Una melodia si innalzò nell'aria e una scritta apparve su un frammento di pergamena antica:

«Quando di ogni più piccola cosa meraviglia avrai,
la Vita più pura troverai.
Sol il vero Amore può scaldare
un cuore duro da plasmare.»

Bàistec non riusciva a darsi pace.

Aveva perso il figlio che amava, la sua spada preferita e persino il Segreto che aveva custodito con tanta cura.

«No... non può finire così...» mormorò.

Poi si alzò in piedi e saltò sul suo Mountcur.

«Non è ancora finita!» urlò.

Spronò la cavalcatura alata e volò lontano.

Glàre lo guardò andar via, prima di osservare la pietra che aveva tra le mani.

«Ancora un po'... e sarà tutto finito.»

44.
ITHACAM

Fayrin entrò di corsa nella tenda dove si trovavano Gamy e Gaithy.

Era stravolta, sudata, ansimante e ferita.

«Presto, serve tutto l'aiuto possibile!» urlò concitata. «I Troll sono diventati del tutto scoordinati e sono ancora più pericolosi di prima! Orchi e Gnomi di Montagna sono sempre più feroci e crudeli! Fheall, Baelkers e Grogher non ce la fanno da soli, hanno bisogno di aiuto! Sono tra i pochi Cavalieri ancora in piedi, è una carneficina!»

«Manderemo subito altri rinforzi» la rassicurò Gamy. «Serve altro?»

«Sì, bisogna portare aiuto ai feriti. Ve la sentite?»

«Sono molti?» chiese Gaithy.

«Troppi. E ci sono cadaveri ovunque. Di ogni popolo. Anche quello sottomarino è stato decimato... Adalgisa è morta.»

Gli occhi delle due fate si fecero più risoluti che mai.

Si presero per mano e si smaterializzarono in direzione del campo.

Fayrin si concentrò e le raggiunse.

Si trovarono nel bel mezzo della battaglia.

Nonostante stesse quasi calando la sera, la guerra era nel vivo.

Le montagne e la distesa desertica pullulavano di soldati: alleati e avversari impegnati a combattere strenuamente mentre schivavano i cadaveri dei compagni.

L'agilità degli Gnomi Arcobaleno contrastava la forza smodata dei Troll; la magia delle Fate e degli Elfi riusciva a ostacolare quella ormai indebolita della Regina Badney.

Il cozzare di incanti, mazze, martelli, mazzafrusti, spade e daghe riempiva la zona di un frastuono costante e assordante che non riusciva a coprire in nessun modo le grida di guerra, le urla di dolore, i lamenti strazianti di chi stava per morire, i ruggiti dei draghi e dei Gargoyles e gli stridii acuti dei Mountcur.

Fayrin, da lontano, si avvide di due smisurati Troll.

Erano impegnati in una lotta all'ultimo sangue contro il Generale Ceansì e contro Nalar e Inmus.

I due elfi, gravemente feriti, stavano diminuendo di dimensione e si trovavano in seria difficoltà.

Cloch il Gargoyle volava in uno strano modo caracollante; Ceansì, da solo, non poteva farcela.

Stavano avendo la peggio.

«Presto!!! Venite qui!» urlò Fayrin a uno Gnomo e a un Elfo.

Questi, sui loro Gargoyles, virarono verso la fata.

«Ingranditevi! Dobbiamo aiutare il Generale Ceansì e gli altri. Andiamo laggiù!» ordinò.

Mentre volavano nella direzione richiesta diventando a poco a poco sempre più giganteschi, Fayrin esplose una formula di guarigione verso Cloch.

D'improvviso, il Gargoyle si riprese e il Generale Ceansì poté di nuovo approfittare del suo aiuto.

La creatura alata si lanciò in una strana sequenza di movimenti aerei che ipnotizzò i due Troll.

Gli altri due Gargoyles lo affiancarono.

I tre sembravano danzare mentre intrecciavano ali e lingue di fuoco.

Presto i Troll persero i propri riferimenti visivi.

«Non li guardate!» urlò loro Meannach vedendoli da lontano.

Il suo avvertimento arrivò troppo tardi.

I soldati, completamente storditi, precipitarono dai Mountcur.

I Gargoyles giganti dell'Elfo e dello Gnomo gli si lanciarono contro e li incenerirono, con getti di fuoco potenziati dalla magia.

Infine, si allontanarono.

Ceansì e Cloch, rimasti soli, puntarono a Meannach e al suo Mountcur.

«Stai meglio, amico? Dobbiamo eliminarli! O questo sterminio non finirà!»

Rinvigorito dalla cura magica della Fata, Cloch lanciò uno stridio acuto.

Se quello era il desiderio del suo Generale, lo avrebbe accontentato!

Come una saetta, si lanciò in picchiata sui nemici, raggiungendoli e ferendoli senza requie.

Ceansì non dovette quasi fare nulla, tanta era la furia di Cloch.

Il gargoyle sembrava impazzito, non era prevedibile né gestibile. Solo assetato di sangue e vittoria. Nessuna delle mosse disperate del Troll e del Mountcur servì ad avere la meglio.

Quando Cloch si accorse che gli avversari erano ormai troppo deboli per fare qualsiasi mossa, sferrò il colpo finale e li avvolse con la sua fiamma.

Meannach e il Mountcur, impotenti, precipitarono da centinaia di metri.

«Bene, qui parrebbe finita» disse Fayrin a Inmus e Nalar vedendoli cadere. «Voi due andate al campo a farvi rimettere in sesto, noi continueremo a combattere.»

Badney e Urchoicha stavano cercando in tutti i modi

di rimediare alle potenti contro magie dei tre Cavalieri della Luce Dorata.

Per quanti sforzi facessero, tuttavia, persino insieme non erano abbastanza potenti per eguagliarli.

Ormai sudate e paonazze, erano stanche e sfiduciate.

Bàistec entrò agitato e le trovò intente a mescolare freneticamente una brodaglia marroncina e puzzolente in un pentolone di rame, girando ognuna nel verso opposto dell'altra.

«Chiamate Iarrthòir, subito! È urgente!»

Lo fissarono allucinate ma lui era talmente nel panico che non ci fece caso.

«Dov'è Scrios? Deve esserci anche lui, è fondamentale!»

Scrios entrò zoppicante e pieno di ferite, ansimando per via della corsa fatta.

«Ekkomi! Ti ho visto korrere qui e ti ho seguito. Ke succede?»

Il Troll ascoltò gli ultimi avvenimenti, impallidendo a ogni parola.

«Dov'è Iarrthòir?» chiese Urchoicha stranita, al termine del racconto di suo marito. «Non riesco a rintracciarlo.»

Il volto del Troll si contrasse.

«Morto» sospirò.

Urchoicha rimase esterrefatta.

«Ma dai, è impossibile!» esclamò.

Scrios abbassò la testa.

«Eppure... è kosì. E anke Battino. Ho già dato sepoltura a tutti e due. Insieme.»

Scrios tirò leggermente su con il naso, tentando di mascherare le emozioni che stavano di nuovo rischiando di travolgerlo.

Non c'era tempo per quello.

Scese un silenzio immobile, cupo.

Badney lo ruppe quasi subito.

«Allhorah l'unicah armah che adessoh ci restah è spruzzahreh questah pozioneh carbohnizzanteh suih nemicih...», rispose angosciata Badney.

«...non è ancora pronta, accidenti! Non ora...»

Gli occhi di Urchoicha si velarono.

Per non farsi vedere si piegò sul tavolo, fingendo di rimestare tra le ampolle.

«Quello sciocco di Iarrthòir... non doveva morire così!» commentò inquieta Urchoicha.

«Giàh... e senzah questah pohzioneh phossiamoh ahncheh dichiahrareh la rehsah!» concluse Badney.

«Cosa?»

«Non fare finta di non saperlo, Bàistec! Sotto il mare abbiamo perso, sulla terraferma è un disastro! Quei tre vecchi maledetti sembrano invincibili! E come se non bastasse, Dorcha è tornato a essere un inutile nuvolano e ci ha anche rubato il nostro segreto!» urlò Urchoicha sul punto di crollare.

«E adesso allora...?» chiese smarrito Bàistec.

«Adehsso dohbbiamoh protehggere ihl nohstroh sehgrehto! Cosìh lih pohssiahmo ricahttareh!... Hoh un'ideah! Perchéh non ricorriamoh a Ithacam?»

La Regina Badney si rivolse speranzosa al marito, che quasi la abbracciò.

«È vero! Può essere di krande aiuto!» approvò, gioioso.

I due Orchi erano perplessi.

«Chi sarebbe questo... Ithacam?» chiese Urchoicha con un filo di speranza.

«Il Folletto Solitario!» rispose Scrios come se fosse la cosa più scontata del mondo.

Ma i Sovrani degli Orchi non lo avevano mai sentito nominare. I Troll li guardarono sconcertati.

«Kome fate a non konoscerlo? Ogni sekolo si pone al servizio di un popolo diverso e realizza uno dei desideri ke gli viene rikiesto. È un esserino un po' ... strano direi... ma kuesto è il nostro tempo e non ci siamo ankora rivolti a lui.»

«Chiamiamolo subito, allora, no?» propose impaziente Urchoicha.

Bàistec era invece dubbioso.

«Uhm... i Folletti sanno essere molto dispettosi se vogliono, è vero, ma la loro natura è fastidiosamente buona. Non penso accetterà di aiutarci per un fine come il nostro» rifletté.

«Ah, stai zitto, marito! Cosa vuoi saperne, tu? Un ordine è un ordine! Chiamatelo!» decise perentoria Urchoicha.

Scrios e Badney schioccarono le dita in contemporanea.

Davanti a loro si palesò un esserino buffissimo.

Molto piccolo come tutti i Folletti, aveva due grandi occhi neri e luminosi, due guanciotte rosse e un gran sorriso.

Sulla testolina riccioluta portava un buffo cappello con tante punte che lo faceva sembrare una pianta d'aloe.

Indossava una tutina a strisce oblique tutta colorata e scarpe di morbida stoffa, a punta come il cappello.

Non faceva che saltare e far capriole battendo tutto eccitato le manine, mentre un'allegra e dolce sinfonia si librava nell'aria.

«Evviva evviva, mi avete chiamato!
Il desiderio a voi destinato
presto verrà realizzato!»

«Sì. Ithacahm... ti pregoh, staih fermoh un attimoh! Ci staih facendoh vehnire il mhal di mareh!» gli disse la Regina Badney.

«Va bene, Regina mia.
Cosa posso fare per Vossignoria?»

«Ascoltaci bene, piccoletto» lo apostrofò Urchoicha, prendendo la parola.
L'esserino si voltò verso l'Orchessa e iniziò a saltellarle intorno studiandola.
Poi si rivolse a Re Scrios.

«Chi è costei
che parla al posto di Lei?»

«Trankuillo Ithacam, è una kara amica di famiglia. Puoi parlare kon lei e kon suo marito, Re Bàistek, kome se parlassi kon noi» lo rassicurò Scrios.
Il folletto annuì e appollaiandosi su uno spuntone di roccia si pose in ascolto.
Urchoicha continuò.
«I fatti stanno così, pulcetto: il nostro figliastro Dorcha è pericoloso. Molto. E vuole mettere le mani sull'intero Grande Regno Universale. Ha già raccolto quasi tutti i Segreti Magici, e per ottenere i nostri ha persino scatenato una guerra! Purtroppo... ha già sottratto il nostro Segreto, ma... gli manca ancora quello dei Troll. Tu devi impedirgli di ottenerlo. A ogni costo!»
Il folletto rimase a lungo in silenzio scrutando attentamente il volto dell'Orchessa, poi parlò.

«Il tuo cuore è mentitore
e io non sono un traditore.
Il nostro Mondo è da salvare...
Quel che chiedi, io non posso fare.»

Bàistec guardò gli altri con uno sguardo eloquente...
Scrios, temendo di perdere la faccia con gli Orchi, si

agitò e si rivolse al folletto sgarbatamente.

«Kome non puoi farlo? Tu devi farlo! È il tuo dovere!» si oppose Re Scrios.

«Non proprio mio Sovrano.
Il mio dovere è realizzare un desiderio sano.
Ma con voi un patto posso fare...
Certo, *se* lo vorrete accettare...»

«Di che si tratta?! Parla, avanti!» gli sbraitò in faccia Urchoicha che aveva già perso la pazienza.

Il folletto ci pensò un attimo su, poi iniziò a cantare e ballare:

«Tre difficili prove creerò
e al giovane Glàre le sottoporrò.
Se egli le supererà,
l'ultimo segreto e il potere stesso otterrà;
se non vi riuscirà,
il Grande Regno Universale nelle vostre mani finirà.»

I quattro Sovrani si guardarono tra loro.
Altre soluzioni parevano non essercene, perciò...
«Le prove non devono essere solo difficili. Devono essere proibitive!» commentò Re Bàistec.

«Così sia.
Parola mia.»

Il folletto diede uno sguardo alla Regina Badney aspettando un suo cenno.

Non appena lei annuì, l'esserino roteò in giro per la stanza spargendo una polverina scintillante, fece una capriola in aria e svanì.

I quattro Sovrani caddero in un sonno profondo.

In quel modo Ithacam si assicurò che non potessero

interferire, in alcun modo, con le prove.

45.
LA CORONA

In groppa al fidato Hercules, Glàre si era inoltrato in una gola stretta e buia.

C'era silenzio. Tanto. Forse troppo.

Il fatto che non ci fossero nemici che si profilassero all'orizzonte rendeva l'atmosfera inquietante.

Un suono.

Hercules si fermò. Glàre, con lui.

Sembrava l'arpeggio di una cetra.

Glàre diede un leggero colpetto alla pancia di Hercules e, a passi brevi e lenti, il cavallo si mosse in direzione della scia musicale.

Un centinaio di metri dopo, giunsero di fronte all'apertura di una caverna.

Da dentro proveniva una luce fievole, come di candela.

«Cosa ne pensi, Hercules? Entriamo?»

Il cavallo nitrì nervoso, e fece un paio di passi indietro.

Fosse stato per lui, non sarebbe mai entrato.

Glàre non era della stessa opinione.

«Andiamo» gli disse dolcemente, dandogli un'altra leggera toccata.

Pur se controvoglia, Hercules entrò.

L'ingresso della caverna, non molto grande, era rischiarato dalla luce di numerose candele sistemate su vari spuntoni di roccia.

Seduto a gambe incrociate su una pietra più piatta

delle altre, un Folletto buffo e riccioluto era intento a suonare con grande concentrazione una cetra.

Hercules si fermò a pochi passi e Glàre scese.

«Sei dei nostri?» gli chiese. «Non ti ho mai visto... perché sei qui a suonare e non al campo a combattere?»

Ithacam alzò lo sguardo su di lui e lo guardò.

Aveva un gran sorriso.

Non rispose; si alzò in piedi invece e, continuando a suonare, disse cantando:

«Infin siete arrivati!
Glàre, tre prove dovrà affrontare
affinché l'ultimo segreto possa trovare.»

Glàre lo guardò con sospetto. Sapeva chi era...
«Tre prove? Di che si tratta?»

«Che curiosità, mio prode Cavaliere!
Ahimè, troppo non posso dire...
Tosto è giunto il momento di agire!»

Il Folletto scomparve.

Glàre ed Hercules si trovarono in cima a un'immensa rupe che dava su uno strapiombo.

Il ragazzo si sporse: non se ne vedeva la fine.

Sentendo un leggero moto di vertigine, si ritrasse.

Poi la vide: una fanciulla addormentata; legata a un palo di legno che pareva veleggiare nell'aria nel bel mezzo dello strapiombo.

Al palo era legata una fune, arpionata a uno spesso spuntone di roccia.

Glàre cercò con lo sguardo il Folletto, ma non si vedeva da nessuna parte.

Una voce echeggiò nell'aria.

Glàre si sentì stringere lo stomaco.

Da quel poco che sapeva, gli abitanti della Terra si nascondevano dietro carte, intrugli, erbe, candele e improbabili rituali ma, della sua vera essenza, sapevano e capivano poco o nulla.

Nessuno di loro era in grado di volare o di slegare qualcuno da lontano con la semplice forza del pensiero.

Come un terrestre, quindi, significava senza magia.

Si soffermò a guardare di nuovo nel vuoto.

Era spaventoso!

Cercò di prendere tempo.

«Chi è quella fanciulla?» domandò ancora.

Glàre rimase perplesso da quella risposta. Significava che la conosceva o che, in qualche modo, in almeno un momento della sua vita, aveva avuto a che fare con lei.

Voleva saperne di più.

«Che cosa vuoi dire?»

Questa volta il folletto non rispose; avrebbe dovuto scoprire da solo di chi si trattasse.

La guardò meglio.

In effetti, quel volto non gli era nuovo.

Si accorse che la fune che la stava tenendo legata al palo stava cedendo.

Se si fosse spezzata del tutto, la ragazza sarebbe piombata nel grembo dell'abisso e sarebbe morta.

Non poteva permetterlo!

Osservò di nuovo la fune: era l'unico appiglio di cui disponeva.

«Va bene, non importa. Ce la posso fare lo stesso» si disse.

Allargò le braccia, respirò profondamente e mise il piede sulla corda.

Uno sciame di pipistrelli gli volò addosso.

«Toglietevi di mezzo! Mi fate cadere!»

Era esattamente quello che volevano.

Divennero spietati.

Sordi alle urla di Glàre, continuarono a svolazzargli addosso e a graffiarlo con i piccoli artigli!

Senza tregua, gli fecero ben presto perdere ogni riferimento.

Glàre comprese presto che non lo avrebbero mai lasciato stare; per superare la prova avrebbe dovuto continuare in quelle condizioni.

Tentando in ogni modo di rimanere in equilibrio, fece qualche passo finché il pipistrello che guidava lo sciame, gli passò fulmineo sotto al piede libero proprio mentre stava per riappoggiarlo sulla fune.

Glàre cadde, gridando per lo spavento.

In un ultimo, pauroso istante afferrò la corda.

Un sospiro di sollievo. Poi guardò il palo: era ancora lontano.

Si diede uno slancio e riuscì a sedersi in equilibrio sulla fune.

Allontanò con foga i pipistrelli sbracciando, poi cercò di osservare meglio la prigioniera.

"Eppure, quel volto..." pensò.

E poi la vide. Nitida nella sua mente come solo la realtà poteva essere: abbracciata a un Nuvolano, teneva in braccio un bimbo dai capelli biondi inanellati e gli occhi splendenti come la carezza trasparente dell'acqua sulla riva.

Tutti e tre emettevano i riflessi dorati tipici dei nuvolani.

Glàre iniziò a sudare copiosamente.

"Va bene... non potrò usare la magia, ma le mie conoscenze sì."

Un colpo di reni e, con un movimento preciso, si rimise in piedi sulla fune.

Chiuse gli occhi.

Immaginò di essere solo, e che i pipistrelli che continuavano ad attaccarlo non fossero che una tempesta di vento e grandine.

Fece un passo. Poi un altro e un altro ancora.

Fissò nella mente l'immagine della giovane donna, e vide altri frammenti della sua vita.

Lei che lanciava in aria il suo bimbo ridendo felice mentre lui gioiva. Un passo.

Lei che se lo portava al seno per allattarlo. Un altro passo.

Lei che lo difendeva con tutte le forze che aveva... il marito che tentava di aiutarla... gli Orchi che li separavano... che li uccidevano... che prendevano il bambino!

Per poco Glàre non barcollò.

«Mamma!» gridò, spalancando gli occhi.

Il pipistrello gli sbatté freneticamente le piccole ali sul viso.

Glàre richiuse gli occhi.

"Concentrato, devo rimanere concentrato. A ogni costo."

Sentiva la gola serrata, lo stomaco bloccato.

Fece un respiro profondo e riprese il suo cammino, un piede davanti all'altro.

Lentamente, ma ora con grande sicurezza.

Ed eccolo all'altezza del palo.

«Mamma...» la chiamò, sentendo la propria voce incrinarsi.

Solaisga aprì gli occhi.

Erano luminosi, ma lui sapeva che non appartenevano più a quella dimensione.

Quelli di Glàre divennero acquei.

Avrebbe voluto correre da lei, abbracciarla forte, inebriarsi del suo profumo, quello che solo una madre ha.

L'istinto lo spronava a parlarle, a dirle che adesso che si erano ritrovati non si sarebbero lasciati mai più; la ragione gli diceva di non farlo, sarebbe stato un errore.

Si fece forza e pronunciò l'unica frase che mai avrebbe voluto.

«Mamma... è stato un Dono poterti rivedere. Un giorno ci incontreremo di nuovo. Ma oggi non è tempo. Il Regno della Grande Luce ti aspetta.»

Solaisga si dissolse come fumo. La fune e lo strapiombo scomparvero.

Glàre si ritrovò di nuovo nella caverna accanto a Hercules, che sembrava volerlo consolare con affettuosi buffetti sulla spalla.

Il Folletto li guardava compiaciuto.

Saltò sul dorso di Hercules, fece una giravolta, poi si esibì in un nuovo, breve ritornello.

«La prima prova hai superato.
Or ora un nuov'ostacolo ti verrà dato.»

Glàre lo fissò, le emozioni ancora sottosopra.

Non riuscì a dire nulla, che il Folletto svanì di nuovo.

Questa volta, il ragazzo ed Hercules erano rimasti dentro alla caverna, ma sembrava diventata cento volte più grande.

Davanti a loro c'erano sette giovani Fate.

Eteree, graziose, con la pelle lattea, accomunate da acconciature decisamente stravaganti, erano vestite con alti stivaloni e originali abiti blu notte ricoperti di strass che sbrilluccicavano a ogni più piccolo movimento.

Era un tipo di abbigliamento che, nel Grande Regno Universale, nessuno aveva mai indossato, ma Glàre capì subito a chi potesse appartenere.

«Le *Sette Fate delle Stelle*! Allora non siete solo una leggenda!» esclamò, incredulo.

No, non lo erano.

Alyntha, Jashmynji, Roseij, Markeryte, Dyfian, Viplytte e Astley camminarono verso di loro sinuose e sorrisero.

Glàre rimase incantato a osservarle.

Erano davvero inusuali.

Alyntha, dai capelli lunghissimi e luminescenti, sembrava avere fili di luce tra le dita.

Dalle labbra leggermente dischiuse della riccissima Jashmynji uscivano scintille azzurrine.

Roseij era circondata da una polvere stellare rosata che le regalava un'aura ipnotica.

Markeryte sembrava una roccia: stabile, sicura, con uno sguardo che ricordava la forza dei fulmini durante una tempesta.

Dyfian, i capelli cortissimi, aveva brillanti sulle punte;

Viplytte si muoveva veloce, scattosa eppure elegante lasciando dietro di sé lampi lattescenti. Infine Astley, dalla bellezza semplice, trasmetteva la delicatezza di un fiore e l'apparente quiete del mare.

Dal nulla fecero apparire ognuna uno strumento musicale; strumenti che Glàre non aveva mai visto in vita sua.

Le fate si sistemarono come una vera e propria band: sei di loro agli strumenti, una di fronte alle altre.

Glàre ed Hercules erano ammutoliti.

Le musiciste si lanciarono nel suono di un motivo sfrenato.

Aveva vibrazioni armoniche così particolari da

sembrare fatto di pura luce stellare.

Il cielo si oscurò e iniziò a brillare al ritmo della musica.

Allora Astley iniziò a cantare:

Per la seconda prova superare
la tua mente vedrai scontrare.
Un amico o un dono,
per poter chieder perdono.
Una corona ricca e luccicante
renderà la via più brillante;
una vita salvata
saprà d'un'amicizia mai oscurata.

Quando la musica finì, Glàre rimase pensieroso per un po'.

"Un amico o un dono" continuava a ripetersi.

Che fosse la chiave di quella prova? Ancora non capiva.

Le sette fate ripresero a suonare.

Questa volta era una melodia delicata, senza parole.

Davanti al Cavaliere e al suo destriero si aprirono due strade.

Nella prima, sulla sinistra, un viale alberato brillava di luce su un soffice tappeto erboso.

Tutto intorno, degli uccellini intonavano dolci melodie perfettamente miscelate con la musica della band.

In fondo al viale si vedeva una teca di cristallo.

Dentro c'era il segreto dei Troll: un'enorme corona d'oro ornata di preziosi intarsi, con al centro lo stemma del Regno della Catena Montuosa di Sliabh incastonato in un diamante viola.

Glàre si girò verso la strada alla sua destra, lastricata di pietre e avvolta dalla nebbia.

Nel punto più lontano si scorgeva la figura di qualcuno, ma era in prospettiva troppo piccolo e avvolto dall'oscurità per poterne individuare le fattezze.

Glàre continuò per diversi minuti a guardare entrambe le strade.

Intuiva di dover scegliere tra le due, ma era indeciso.

Se avesse imboccato il sentiero di sinistra, sarebbe andato dritto a prendere la corona dei Troll.

"Sarebbe troppo semplice, che prova sarebbe? E poi... il folletto ha detto che le prove sono tre. Se la prendessi finirebbe tutto, no? No, non è credibile. È una trappola. Che cosa devo fare?"

Chiuse gli occhi.

Pochi istanti dopo lo sentì: un fruscio!

Da destra.

Aprì gli occhi e osservò con maggiore attenzione.

Una piccola coda bianca ricoperta di anelli... un serpente a sonagli si stava dirigendo verso la figura nascosta nell'oscurità!

Di chiunque si trattasse era in pericolo.

«Rimani qui!» raccomandò a Hercules.

Senza più porsi domande, si addentrò nel sentiero di destra.

Non appena mise il primo piede sul selciato, l'intero percorso si coprì di fronde minacciose cariche di serpenti.

Sibilanti e minacciosi, apparivano da ogni dove per sbarrargli la strada.

Glàre sguainò la spada e menò fendenti in tutte le direzioni, tagliando le teste delle serpi prima che lo mordessero.

A ogni testa mozzata se ne formavano altre due, poi tre e quattro.

Sembrava una lotta senza fine.

Glàre si trovava in seria difficoltà.

Da lontano gli arrivava il suono del nitrire di

Hercules.

Sembrava terrorizzato mentre sgroppava senza riuscire a raggiungerlo.

Una pioggia improvvisa iniziò a scrosciare, coprendo il fruscio mortale del serpente a sonagli.

Glàre si guardò intorno per tentare di avvistarlo. Niente. Non riusciva più a individuarlo da nessuna parte.

Se voleva salvare la persona in fondo al sentiero, doveva sbrigarsi.

Tagliò un'altra testa.

Esitò un attimo, era stanco.

Quella minuscola esitazione gli diede il tempo di accorgersi di un dettaglio: ogni volta che ne mozzava una, gli rimaneva una piccola frazione di secondo per avanzare prima che ricrescessero le altre.

Ora sapeva come fare!

Aumentò la velocità dei suoi fendenti.

E, finalmente, riuscì ad addentrarsi nel profondo della selva.

Più avanzava, più i serpenti diventavano velenosi e spietati.

I loro denti si conficcavano crudelmente nel metallo.

L'armatura, crepata, rovinata, stava cedendo.

"I serpenti strisciano sui rami..." notò mentre continuava a girare la spada da una parte all'altra. *"Se li usassi come scalini per saltare dall'altra parte?"*

Non si soffermò a chiedersi se avrebbe funzionato. Lo fece.

Quando un ramo più basso lo raggiunse, approfittò della protezione che l'armatura ancora gli dava per saltare direttamente sulla testa del serpente.

Non smise di decapitare teste nemmeno per un attimo, ma adesso, mentre lo faceva, saltava da un ramo a un altro.

Continuò finché riuscì a slanciarsi oltre il muro

creato dai rami e a mettersi il pericolo alle spalle.

Davanti a lui, il serpente a sonagli aveva alzato il capo e la coda ed era pronto ad attaccare la sua preda: Grogher.

Legato su una tavola che dondolava nell'aria, era la preda perfetta per il serpente.

L'Orcotroll, impossibilitato a muoversi, era pallido, fradicio di sudore e terrorizzato.

Glàre sapeva di avere solo pochi istanti per agire prima che fosse troppo tardi.

Ma doveva essere prudente, o il suo amico non avrebbe avuto scampo.

Attese. In silenzio.

Il serpente si avventò su Grogher, le fauci spalancate.

L'Orcotroll urlò.

Poco prima che le fauci del serpente si chiudessero sul collo dell'amico, Glàre saltò addosso alla bestia e gli tranciò di netto il collo con la spada.

Di nuovo, ogni cosa svanì come una nuvola di fumo.

Glàre riapparve sfranto e in un bagno di sudore, vicino a Hercules.

Un'altra illusione!

Glàre sentì montare la rabbia dentro di sé.

«A che gioco stai giocando, folletto?!» urlò fuori di sé dalla rabbia.

Ithacam gli andò davanti e gli si rivolse senza scomporsi.

«Ancora una prova dovrai sostenere
se la vittoria vorrai ottenere.
Ma prima, alla tua attenzione,
devo presentar ben altra situazione...»

Glàre era provato dalla stanchezza e dalla frustrazione ma il volto del Folletto, adesso, non era

più giocoso. Era diventato solenne.
Il ragazzo si pose in ascolto.

«Mi spiace arrecarti tanto dolore,
ma un annuncio devo farti. Di cuore.
La Principessa Aileen di Nuvolandia ci ha lasciato.
Pochi istanti fa, anche il suo corpo se n'è andato.»

Glàre sentì le gambe cedere, la mente offuscarsi.
Iniziò a tremare forte.
Le lacrime gli inondarono il volto.
«No, non è possibile... non può essere.»
Cadde in ginocchio, disperato.
Il folletto gli si avvicinò.

«Non è bello vederti soffrire,
forse un aiuto ti posso offrire.»

Glàre lo fissò di scatto.
«Di che si tratta? Sono disposto a qualunque cosa!»

«Lieto di sentirtelo dire.
Allora... ecco... è tempo di agire.»

Tra le braccia di Glàre, comparve il corpo senza vita di Aileen.
Incredulo ne sfiorò il viso, rigido come quello di una statua marmorea.
Era ancora più pallida dell'ultima volta che l'aveva vista... senza il più piccolo accenno di bagliore dorato.
«Aileen... No. No, non è vero... Aileeen!»
Glàre la strinse al petto, urlando senza ritegno, piangendo senza freni.
Dentro, sembrava essersi spezzato tutto.
«Dovevi guarire. Aspettarmi... Non andartene! Amore, come farò adesso senza di te?»

Non riusciva a smettere di guardarla, di accarezzarla.

Aveva la sensazione di non respirare più.

Senza di lei niente, nessuna battaglia, nessun segreto o sigillo aveva più significato.

L'unica cosa che voleva era stare con lei.

Ithacam gli si avvicinò di nuovo, lo sguardo contrito.

«Il tuo potere ti posso restituire,
per farti smettere di soffrire.»

Glàre non lo sentì.

Non voleva sentirlo.

Era talmente immerso nel dolore da non captare più nulla di quello che aveva intorno.

Il Folletto lo toccò con una manina e ripeté la sua offerta.

Questa volta, Glàre lo guardò.

Era annientato.

«Non c'è potere al mondo che possa farmi smettere di soffrire...» sussurrò. «Ti prego, lasciami da solo.»

«C'è una magia molto potente, tuttavia,
che potrebbe ridisegnar la via.»

Glàre lo guardò, una piccola scintilla di speranza nell'anima.

«Non capisco. Cosa vuoi dire, spiegati meglio.», rispose con rinnovata attenzione.

«Può far tornare la vita,
in color da cui,
essa, se n'è ita.»

Glàre gli rivolse un sorriso molto triste.

«Non è concesso a nessuno fare una magia del

genere.»

«Se tu ottenessi il Potere del Grande Sovrano,
nulla sarebbe vano.
La fanciulla rivivrebbe,
la vostra missione riprenderebbe,
e il nostro Mondo,
infin risorgerebbe.»

«Con... *il potere del Grande Sovrano* intendi... il Sovrano del Regno della Luce...il Grande Saggio Universale?»

Ithacam annuì.

Glàre rifletté.

Il Folletto aveva ragione, non sarebbe stato impossibile.

Esisteva una magia capace di farlo, e lui sapeva qual era.

Anche quella l'aveva letta da bambino in uno dei libri di Urchoicha.

Quella magia gli avrebbe dato lo stesso potere del Grande Saggio, lo avrebbe reso invincibile e gli avrebbe concesso di riportare in vita Aileen... ma il prezzo da pagare era altissimo: la sua anima sarebbe stata maledetta per sempre.

E lui non voleva.

Perché Aileen, se lo avesse saputo, non avrebbe mai approvato, e lui, senza il suo Amore non era niente.

Ricordò le parole che una volta gli aveva detto Aeltiàfisar: *«...la vita deve seguire l'ordine naturale delle cose, ricordalo sempre.»*

Aveva ragione.

Glàre guardò Aileen ancora una volta e la sdraiò con delicatezza per terra.

Le unì le mani sul petto e le pose un ultimo, tenero bacio sulle labbra.

Infine, con dolore e immensa fatica, si distaccò da lei e guardò Ithacam.

«No, Folletto. Ti ringrazio, ma non posso accettare. Se lo vuoi, puoi prenderti anche il mio potere. Senza di lei... non so più che cosa farmene.»

Gli occhi del Folletto si illuminarono.

Schioccò le dita e l'immagine di Aileen, così come era apparsa, sparì.

Una capriola in aria e, con un fischio fece apparire di nuovo il gruppo delle *Fate delle Stelle*, che si esibirono in una trascinante melodia.

Glàre era allibito mentre Ithacam saltava raggiante da una parte all'altra, balzando e roteando in mille evoluzioni diverse che, invero, parevano avere una loro logica precisa.

Glàre respirò forte, tentando di dare un contegno alle sue emozioni.

"Ma allora... Aileen è ancora viva!" realizzò.

Ithacam si fermò di fronte a lui, gli prese le braccia e gliele aprì.

Tra di esse apparve l'enorme corona della Regina Badney.

Glàre guardò prima il Folletto, poi il segreto, poi ancora sconvolto alzò gli occhi.

Davanti a lui c'erano i due Sovrani degli Orchi e i due Sovrani dei Troll.

«Quel che è giusto è giusto...» grugnì l'Orchessa tra i denti. «Il sigillo ti spetta di diritto.»

«Madre...» disse Glàre fronteggiandola.

Urchoicha lo guardò.

"Quanto è diventato bello il nostro Principino..." pensò con un raro moto d'orgoglio.

Lo aveva lasciato che era un ragazzino avventato e piuttosto inetto; ora era un giovane nuvolano, dagli occhi verdi come l'acqua e un potere fulgente.

La sua pelle aveva gli stessi bagliori dorati del suo

popolo e la guardava con un misto di compassione e tenerezza.

Per la prima volta in vita sua, Urchoicha non riuscì a reggere lo sguardo di qualcuno; per la prima volta si sentì impura, infetta, quasi sbagliata.

«No...» le disse lui leggendole nel pensiero. «Non sei sbagliata, Madre. Sei come sei, e va bene così. Mi hai cresciuto, mi hai insegnato tanto. E, anche se in un modo tutto tuo, mi hai persino voluto bene. Grazie.»

Glàre assunse le dimensioni dei genitori e mosse un passo verso di lei.

Poi l'abbracciò con uno slancio di profondo Amore.

Un Amore che lei aveva sempre disprezzato perché, in fondo, non lo aveva mai conosciuto né provato.

Si sentì inerme, con lo stomaco stretto e la gola serrata.

Le sue braccia rimasero distese lungo i fianchi, a godere di quell'abbraccio così nuovo per lei; il primo della sua vita.

Prima di staccarsi da lei, Glàre le posò un bacio sulla fronte.

Urchoicha sentì che i suoi occhi si stavano inumidendo.

Non riusciva a capire bene cosa le stesse succedendo ma non le importava, andava bene così.

Piena di imbarazzo, cercò di riprendere un po' di compostezza.

«Andiamo, Bàistec» disse. «Non abbiamo altro da fare qui.»

Bàistec la osservava fermo, immobile, basito per quello che aveva visto accadere proprio lì, sotto i suoi occhi.

Era come se il tempo si fosse fermato.

L'Orco le si mise a fianco.

«Padre...» disse Glàre facendoglisi innanzi.

Poi strinse forte a sé anche lui.

Quando Glàre sciolse il suo abbraccio, Bàistec gli trattenne forte la mano.

Aveva preso una decisione importante, avrebbe rinunciato ai suoi sogni di gloria.

«Buona fortuna, figlio mio. Adesso... fai quello che devi.»

Anche i Sovrani dei Troll diedero un affettuoso buffetto a quel piccolo nuvolano che avevano visto in fasce.

Era chiaro che la guerra era finita.

Ithacam strizzò un occhio a Glàre e, intorno a lui e a Hercules, tutto si dissolse.

46

NELLA BOLLA

Grogher, appena lo vide, gli corse incontro e lo abbracciò con trasporto.

«Dorrrcha!» urlò.

«Grogher!» gli rispose Glàre contraccambiando l'abbraccio con foga cameratesca. «È finita, Grog! La guerra è finita, amico mio!»

Quando si staccò dall'abbraccio, guardò il campo di battaglia: feriti e morti ovunque.

Distruzione, ovunque.

Il sangue rosso e blu, in alcuni punti fresco, in altri già secco, dipingeva tristemente il terreno.

Il suo odore pungente impregnava l'aria.

I sopravvissuti correvano avanti e indietro cercando di soccorrere i pochi ancora vivi.

I morti venivano sistemati con cura gli uni accanto agli altri, in attesa di un comune rito funebre che potesse accompagnare degnamente le loro anime nel Regno della Grande Luce.

Tranne quelle dell'infermeria e dell'armeria, più discostate rispetto alle altre, non una delle tende dell'accampamento era rimasta in piedi.

La piana era disseminata di cadaveri.

C'era commozione e silenzio.

I soli rumori che si sentivano erano quelli dei passi, stanchi o concitati; delle ruote dei carretti che conducevano i feriti; dei sospiri che a tratti sembravano togliere il fiato a chi era rimasto.

Non c'era differenza alcuna tra Elfi, Folletti, Troll, Orchi o Fate: tutti erano riuniti nello stesso, comune, dolore.

Glàre sentì lo stomaco contrarsi.

«Noi... ci siamo tutti?» chiese in un sussurro, lanciando lo sguardo in ogni piega di terra in cerca di risposte.

«Adalgisa non ce l'ha fatta...» gli rispose il piccolo Brick con sguardo triste.

«Mio fratello è ferito, ma sta già molto meglio. Si rimetterà presto» commentò Baelkers.

Fheall gli si avvicinò solenne e gli passò una mano sulla fronte perché il ragazzo potesse capire senza chiedere oltre.

«Baelnes non è più tra noi», disse.

Glàre rimase impietrito dalla spiegazione mentale della Gnoma, ma non fece commenti.

«E... tutti gli altri?»

«Quelli che conosci di persona... beh, diciamo che, ferita più ferita meno, stiamo tutti bene, sì. Ma...» disse Fayrin, lo sguardo affranto.

«Ma?»

«Tra fanti, cavalieri e civili, abbiamo perso più della metà dell'esercito.»

Glàre, il respiro corto, guardò smarrito Grogher.

«È così, purtroppo. Ed è terrribile» disse lui. «Ma siamo arrivati fino a qui. E dobbiamo concluderrre la missione. Porrrta i Segreti che hai recuperrrato ad Aileen, non è rimasto molto tempo.»

Glàre si preparò con cura.

Lavò tutte le ferite, si ravviò i capelli, riparò e tirò a lucido l'armatura color ghiaccio.

Voleva che fosse tutto perfetto per quando Aileen si sarebbe risvegliata.

Perché sarebbe successo, lui ne era sicuro.

Quando era in difficoltà di fronte a Bàistec, era stata lei ad apparirgli per aiutarlo, incoraggiarlo, indurlo ad accogliere la sua vera essenza...

"Se siamo riusciti ad avere un contatto mentale così potente, dovrà voler dire qualcosa!" si diceva.

Glàre, le guance arrossate per l'emozione dell'attesa, era impaziente di rivederla.

Il cuore gli batteva forte.

Avvolse il rubino degli Orchi e la corona dei Troll, che aveva rimpicciolito, in un panno, poi uscì dalla tenda portandoli con sé.

Mancava poco all'alba.

I sopravvissuti riposavano ancora.

Sarebbe andato da solo.

Fheall gli aveva dato in prestito il sacchetto delle rune e gli aveva spiegato come procedere.

Al confine tra la piana dei Troll e il mare, Glàre si fermò, prese il sacchetto e scosse le rune per mescolarne il contenuto.

Infine, come gli aveva detto la Gnoma, si concentrò sull'immagine del salice in cui riposava Aileen.

Chiuse gli occhi ed estrasse una delle pietre magiche.

«Oh rune potenti ed eterne, aprite il magico portale. Da Aileen fatemi arrivare.»

Un fascio di luce intensa lo illuminò.

Quando riaprì gli occhi, si trovava davanti al possente albero.

Ai suoi piedi, riposava Raertha. Era sereno.

Glàre, divorato dall'ansia, sfiorò il tronco.

Raertha si svegliò.

Lo osservò per un attimo, poi si inchinò al suo cospetto e, dal suo corno, fece uscire una potente scia color arcobaleno, che diresse verso la grande bolla magica in cui era custodita Aileen.

Si aprì e Glàre vi entrò.

Non fece in tempo a muovere un passo che il rubino degli Orchi si mise a premere per uscire dall'involto di stoffa.

Glàre lo aprì e la pietra levitò verso il braccialetto di Aileen, incastrandosi al suo posto in modo perfetto.

Il ragazzo sorrise tristemente, poi si avvicinò alla fanciulla.

«Aileen...» mormorò.

La guardò con tenerezza: com'era bella.

La pelle vellutata, le gote rosee e le palpebre dalle lunghe ciglia nere, delicate come petali, le labbra socchiuse e vermiglie come le ciliegie... Il suo aspetto era fragile e delicato, ma tutto in lei rivelava una potente energia sopita.

Glàre, con delicatezza, aprì l'involto in cui custodiva la corona e gliela pose sul capo.

Il monile sfolgorò di luce.

Dal diamante in cui era incastonato lo stemma dei Troll, scaturì un bagliore violaceo.

All'interno, in oro, apparve scritto in lettere antiche:

Se oltre l'apparenza saprai andare
la pura essenza di ogni cosa riuscirai a trovare.

Poi la scritta svanì.

La corona si sollevò dalla testa della ragazza e si dissolse lasciando solo il piccolo diamante viola.

Anch'esso si unì al braccialetto di Aileen.

Mancava un ultimo segreto: quello di Nuvolandia.

Recuperato quello, se fossero riusciti a fare in tempo il Sigillum Maximum avrebbe infine ripreso a esistere.

Mentre guardava Aileen, nulla di tutto quello era importante per Glàre.

Si sedette vicino a lei e le strinse le mani.

Erano tiepide.

Questo lo rincuorò.

Le spostò il capo sul suo grembo e la strinse a sé, in attesa che si svegliasse.

Fheall entrò agitata nella tenda delle Fate, e si rivolse a Fayrin.

«Glàre non è ancora tornato?!»

«No... temo che Aileen non si sia ancora risvegliata.»

«Non importa. Dobbiamo prenderla con noi e raggiungere Nuvolandia. Il tempo sta scadendo!»

«È partito solo stamattina per andare da lei. Aspettiamo fino a domani.»

Fheall, pur se preoccupata, annuì.

«Offrimi un po' di tè. Ho portato dei magnifici pasticcini. Gamy, Gaithy, venite. Ce ne sono anche per voi!»

Glàre aveva vegliato Aileen per l'intero giorno, ma la ragazza non si era svegliata.

Negli ultimi istanti qualcosa era mutato in modo preoccupante.

Le mani erano diventate gelide, il colorito roseo aveva abbandonato il viso.

Solo l'espressione serena era rimasta intatta.

Sembrava una statua, come nella prova di Ithacam. E Glàre si era spento con lei.

Aveva provato a scuoterla, a scaldarla col suo corpo, a sussurrarle parole d'amore.

Non era servito a nulla.

Ora, la testa nuovamente poggiata sul grembo di lei, era inerte e sconfitto.

Una risata cristallina lo scosse.

Era forte, argentina... e lo chiamava.

Glàre alzò piano lo sguardo.

Di fronte a lui era apparsa una figura eterea, fatta di

luce, che lo guardava: la Regina della Luce.

Gli tendeva le braccia.

«Porgimi la Principessa...» lo incoraggiò.

Glàre la fissò devastato, poi tornò a guardare Aileen.

Non sarebbe più tornata. Ora lo sapeva.

Eppure, doveva lasciarla andare.

Con solennità, la prese in braccio e la consegnò alla Sovrana.

Una lacrima gli rotolò sulla guancia, cadendo ai suoi piedi.

Non si disperse nella bolla, ma divenne solida, e a poco a poco, crebbe.

La Regina, tenendo in braccio Aileen, vi salì.

«Vieni con noi...» gli propose.

Il ragazzo fu sul punto di accettare.

Tuttavia, qualcosa lo trattenne.

Non poteva.

Doveva portare a termine quella missione, finire quello che Aileen con tanto coraggio aveva cominciato.

Scosse la testa, sfiorò per un'ultima volta le labbra della ragazza che amava, e si allontanò da lei.

Consapevole che sarebbe stato per sempre.

La Sovrana gli sorrise con affetto.

Poi soffiò sul volto della fanciulla.

«Per voi due non è ancora giunto il momento di venire nel mio Regno. Ecco, questo è il Segreto mancante: l'ultimo. Fate quello che dovete!»

La Regina legò una luminosissima perla bianca al collo della Principessa e svanì.

Glàre si soffermò a osservare il punto in cui era scomparsa, poi si volse verso Aileen. Adagio.

Con gli occhi chiusi.

Aveva paura di credere che potesse essere vero.

Li aprì... lentamente...

La ragazza aveva ripreso colore, la pelle era tornata a brillare come di consueto.

Era viva!

Si accovacciò al suo fianco e la toccò.

«Aileen...» la chiamò, con voce strozzata.

Lei aprì gli occhi. Piano. E allungò il braccio verso di lui.

«Sei qui...» gli disse gioiosa.

«Sempre. Sempre, amore mio! E, te lo giuro, per te ci sarò per sempre!»

Glàre non riuscì più a trattenersi.

L'abbracciò stretta, il cuore che gli scoppiava dalla gioia, le lacrime che inondavano entrambi i visi.

Aileen e Glàre rientrarono all'accampamento in groppa a Raertha.

Era l'alba.

I loro amici erano tutti schierati in febbrile attesa del loro ritorno.

Quando Grogher li vide, corse loro incontro sbracciando e urlando felice.

Sollevò Aileen da Raertha e la fece volteggiare in aria, per poi abbracciarla forte.

«Grogher...» bofonchiò lei. «Anch'io sono felice di vederti ma mettimi giù, mi strozzi...»

L'Orcotroll rise.

«Scusa, piccola, ma sono trrroppo felice!»

La ragazza rise a sua volta.

La abbracciarono tutti, con profondo affetto e grande commozione.

Poi Aeltiàfisar le si avvicinò.

«Ora che siamo di nuovo tutti insieme, dobbiamo capire come ridare vita alla Pergamena. Tieni stretti i Segreti Magici e andiamo al tuo castello.»

47.
ANGELI DI LUCE

Il tempo di organizzare le cavalcature e partirono.

Il cielo, ormai quasi del tutto privo della luce del sole, si faceva sempre più cupo.

Enormi banchi di nubi nere si addensavano in modo preoccupante, lasciando di tanto in tanto impercettibili spazi.

Dran e Lin si guardarono in piena sintonia.

Unirono le mani e invocarono i loro poteri.

«Oh, sfolgorante luce del Sole!»
«Oh, romantica luce della Luna!»
«Unite il vostro scintillio
e il nostro cammino allontanate dall'oblio!»

In mezzo alle nubi scure, spuntò un leggerissimo spicchio di sole.

Non tanto grande, ma quel poco che bastava per illuminare la strada.

Un vento impetuoso si alzò all'improvviso.

«Che cosa succede?» urlò Aileen per sovrastare gli ululati dell'aria.

«Dobbiamo sbrigarci!» urlò di rimando Fayrin. «Il tempo concesso dalla profezia sta scadendo!»

«Non è possibile! Quanto manca?!» chiese Glàre.

«Sono passati sei mesi e ventinove giorni magici! Abbiamo ancora oggi e domani!» rispose Aeltiàfisar facendo un rapido conto.

«Presto allora! Forza!»

Le cavalcature vennero spronate all'inverosimile.

I draghi e i dilofosauri le seguivano, a media quota per non perdere il controllo dell'aria.

«Sta arrivando un tornado!» urlò il piccolo Crill. «Dobbiamo ripararci, o verremo spazzati via e sarà tutto inutile!»

«Ploc!» si intromise Gaithy. «Non puoi far nulla per evitarlo?!»

«No, questo non è un normale tornado! Ha una forza superiore all'unione di cento! Posso rallentarlo, ma ci riuscirò solo per poco.»

«Se non ricordo male, dovrebbe esserci un tunnel che collega direttamente il Regno dei Troll con quello degli Orchi e che porta a Nuvolandia. Lo avevamo usato nell'ultima battaglia, ricordate?», chiese Fheall a Baelkers e Aeltiàfisar.

I due annuirono.

«Sì», disse Baelkers, «non dovremmo essere lontani!»

«Andate avanti voi, allora! Io cercherò di distruggere il tornado!» decise Norc.

«Non dire sciocchezze, Norc!» lo redarguì Aeltiàfisar. «Moriresti e basta!»

Fheall scese al volo da Ceatha. «Non ce ne sarà bisogno, Norc» dichiarò. «Sono sicura che il tunnel è in fondo a quella gola! Seguitemi!»

La Gnoma aveva un ricordo nitido di quel Regno. Quando, secoli prima, era stata uno dei più grandi Generali del suo mondo, ne aveva usato ogni anfratto per proteggere il suo esercito.

Corse verso un punto preciso della montagna; Baelkers e Aeltiàfisar si lanciarono dai loro draghi e la seguirono.

All'imboccatura della gola, Fheall si volse a tutte le creature alate.

«Draghi della Luce!!! Baineann, Dineann! Hercules,

Sidae, Raertha! Non potete continuare con noi. Volate alla grande conca sotterranea! Ci vediamo a Nuvolandia!»

Gli animali la guardarono poco propensi a seguire l'ordine, ma i loro cavalieri li guardarono rassicuranti.

«Forza!» disse Aileen. «Possiamo farcela. Prendetevi cura di voi, piuttosto. Andate, veloci!»

Le creature alate emisero ognuna il proprio verso di consenso, poi presero il volo nella direzione indicata da Fheall.

Gli altri la seguirono senza fare domande.

Il vento diventò minaccioso.

«Presto, correte!» urlò Glàre.

Afferrò la mano di Aileen e, insieme, corsero all'impazzata seguiti dall'intero gruppo.

Entrarono nel tunnel appena in tempo.

Il tornado era arrivato e stava spazzando via ogni cosa.

Un secondo di troppo, e nessuno di loro sarebbe sopravvissuto.

«Ma... Fheall... questo non è un tunnel» commentò Gamy non appena furono dentro alla montagna.

La Fata aveva ragione.

Davanti a loro c'era un infinito intrico di cunicoli, alcuni più stretti, altri più larghi.

I sette Folletti si fecero avanti.

«Questo non è un problema. Ci pensiamo noi» dissero in coro.

Si misero in cerchio e si diedero la mano, poi iniziarono a intonare danzando:

«Acqua, terra, fuoco e vento,
non lasciateci nel tormento.
Per la strada giusta trovare
un pratico aiuto potete dare?»

Trasportati dalle note delle parole, i corpi formarono una freccia.

Davanti, apparve un uccellino cinguettante: la loro guida.

«Da questa parte! Seguiamolo!» disse Brick, convinto.

Il fiero uccellino gonfiò il petto, intonò una dolce melodia e si inoltrò in uno dei cunicoli.

Era velocissimo, privo della minima esitazione. Conosceva quel posto come il suo nido.

Rinfrancato da questo, il gruppo lo seguì deciso.

Le ore si susseguivano veloci e impietose, senza nessuna novità.

Quell'ultima tappa era così faticosa da sembrare infinita.

Avevano tutti fame, sete, i piedi doloranti per tutto quel camminare, ma sapevano di non potersi concedere nemmeno la più piccola pausa.

La montagna procedeva alienante, sempre uguale a se stessa, senza alcuna indicazione di cambiamento, finché...

«Guardate!» esclamò Aileen. «Questa è la polvere dorata che ricopre il mio Regno!»

«Vuol dire che siamo arrrivati?» le chiese Grogher speranzoso.

«Sì!» urlò lei.

Trepidante, si mise in testa e fece da guida, subito dietro all'uccellino.

Non vedeva l'ora di tornare a casa.

Una luce fievole indicò loro l'uscita.

Aileen corse, seguita dagli altri.

Fuori, rimascro tutti disorientati.

«Questa... questa non può essere Nuvolandia»

sussurrò sgomenta Fheall.

Non c'era più traccia del luogo meraviglioso che tutti loro conoscevano; quel luogo fatto di bagliori dorati e di splendide nuvole luminescenti a cui chiedere di predire il futuro o di realizzare i desideri.

Tutto era pura desolazione.

L'ossidiana aveva ricoperto ogni cosa.

Il cielo era ancor più plumbeo di quello che si erano lasciati alle spalle.

Ogni segno di vita era scomparso.

Il Regno di Nuvolandia era diventato un'enorme statua nera e opaca, senza forma.

Glàre percepì una fitta dolorosa al petto.

"È tutta colpa mia. Solo... colpa mia" pensò.

Aileen si accorse del suo spaesamento e lo prese per mano.

«Speravo di farti vedere un regno diverso da questo. Se riusciremo a ricostruire il Sigillum, forse potrò farlo. Andiamo.»

Lo sguardo di Aileen diceva molto di lei.
Aveva abbandonato le spoglie della Principessa.
Ormai era una Regina; pronta a combattere, a lottare, persino a morire per il bene di chi amava e del suo popolo.

Gli sorrise colma di fiducia e determinazione e lui si sentì sommergere da un insostenibile senso di colpa.

I tre draghi, i dilofosauri, Raertha, Hercules e Sidae, si avvicinarono al gruppo.

Erano nervosi.

Sidae ruggì.

«Che succede?» chiese Aeltiàfisar a Gren.

«Dice che ci restano solo un paio d'ore, il terreno sta per sgretolarsi!»

Il folletto non fece in tempo a finire la frase che la terra iniziò a tremare.
Un rombo cupo di distruzione.

L'ossidiana iniziò a spaccarsi, il suolo a sollevarsi e ad abbassarsi in modo innaturale.

«Moriremo tutti!» esclamò terrorizzata Gaithy, mentre saltavano da una parte all'altra per non precipitare in qualche crepa.

«Non morirà nessuno!» disse Aileen, prendendo il comando della situazione. «Saliamo tutti sulle cavalcature alate. In aria, svelti! Portateci più in alto che potete!»

«Al castello!» ordinò Glàre una volta spiccato il volo.

Aileen, in groppa a Raertha, si avvicinò a Aeltiàfisar.

«Come faremo a entrare? Anche il castello sarà soggetto al terremoto!»

«Il castello contiene i frammenti della vecchia Pergamena. Sarà l'ultimo a distruggersi! Sidae lo ha detto: abbiamo quasi un paio d'ore!»

«Se non dovessimo farcela?»

«Allora, giovane Aileen, tutto sarà perduto.»

Arrivati nel parco che circondava il castello, atterrarono: lì il terremoto non era ancora arrivato.

Glàre e Aileen divennero preda dei ricordi pesanti e poco piacevoli di quel giorno di distruzione ormai lontano, ma entrambi li scacciarono con forza.

Aileen fece cenno agli altri di seguirla.

Il portone era aperto.

Lo varcarono.

Dentro, regnava un silenzio innaturale.

I loro passi rimbombavano nella pietra, mentre percorrevano i lunghi corridoi.

Sparsi in più punti di quanti Aileen avesse voluto ricordare, c'erano i cadaveri pietrificati di tutti i soldati uccisi da quel nemico che lei non aveva mai visto.

Le Fate, nonostante la recente guerra, erano scioccate da quella vista, e si ritrovarono ben presto con gli occhi colmi di lacrime.

Aileen avanzava fiera, sicura.

Aveva già visto e sofferto, non intendeva farlo di nuovo.

Glàre, nel suo intimo, era paralizzato: guardava lo sterminio che aveva fatto, incredulo della crudeltà che gli era appartenuta.

I tre Cavalieri della Luce Dorata, Grogher e i Folletti avevano visto così tanta efferatezza in vita loro, ed erano talmente concentrati, che non si fecero distrarre.

«Siamo arrivati» annunciò loro Aileen davanti alla Sala del Tesoro. «Questa era la stanza dove custodivamo la Pergamena d'Oro.»

Con un senso di riverenza e rispetto, vi entrarono.

Su un piedistallo c'erano ancora i resti della teca distrutta.

Per terra, miriadi di schegge di roccia nera: la Pergamena.

«Quanto manca?» chiese Aileen.

«Un'ora e quindici minuti» le rispose Baelkers.

«Sbrighiamoci allora! Mettiamoci in cerchio intorno ai resti del vecchio Sigillum! Aileen, togliti il bracciale» le ordinò bonariamente Aeltiàfisar.

Aileen se lo levò, poi si sfilò dal collo la perla bianca.

Colta da un'improvvisa ispirazione si volse verso Glàre.

«Vieni», disse. «Apriamola insieme.»

Glàre pose le sue mani sotto quelle di Aileen, e lei vi pose il bracciale e la perla.

Nulla sembrò accadere.

I minuti passavano lenti, pericolosamente lenti.

«Ragazzi, sbrigatevi!» disse loro Baelkers. «Mancano solo 50 minuti!»

Aileen e Glàre decisero di provare una cosa nuova, che non avevano mai tentato: unire le loro menti come se fossero una sola.

Chiusero gli occhi e lo fecero.

Un forte bagliore iridescente avvolse le loro mani.

La perla si alzò, volteggiò nell'aria ed emise una dolcissima melodia. Erano le parole del nuovo sigillo.

«Come solenne preghiera è il vero Amore
se rivolta al Cielo con anima e cuore.»

Poi si incastonò nel bracciale unendosi alle altre.

Glàre e Aileen aprirono gli occhi all'unisono e si guardarono.

Quell'ultimo Segreto sembrava rivolto a loro.

Solo Glàre sapeva quante preghiere avesse rivolto al Cielo perché Aileen guarisse; solo Aileen, quante ne aveva fatte con la mente per poter riabbracciare Glàre.

«40 minuti!» li scosse Fayrin.

Il rombo del terremoto si stava avvicinando.

«Presto! Dobbiamo fare presto!» urlò Fheall.

Dall'esterno delle mura proveniva un rumore sordo, inquietante.

Il segno che fuori qualcosa di spaventoso stava accadendo.

«Adesso che abbiamo aperto tutti i sette Segreti Magici che cosa facciamo?» chiese Aileen ai tre Antichi Cavalieri.

«Dobbiamo provare con la Magia della Distruzione e della Rinascita, non c'è altro modo» intervenne Norc.

«Sì, è la cosa migliore» approvò Aeltiàfisar.

«Come si fa?» chiesero in coro Aileen e Glàre.

«Dobbiamo fondere il bracciale e le pietre che contiene» spiegò Fheall.

«Ma non ha senso!» si oppose Aileen.

«Ce l'ha invece, fidati di noi» la rassicurò Baelkers.

«Aileen... posiziona le pietre in una forma che ricordi il Grande Regno Universale» disse Aeltiàfisar facendo levitare al di fuori del bracciale tutte le pietre in esso incastonate.

Il palazzo iniziò a tremare minaccioso.

Presi alla sprovvista, rischiarono di cadere tutti a terra.

«Presto Aileen, fai presto!» le urlò Aeltiàfisar. «Il tempo è quasi scaduto!»

La ragazza lo guardò, prese le sette pietre e annuì.

Col cuore in gola ma tentando di rimanere calma, avanzò verso il centro della stanza e posizionò la prima pietra, poi le altre. Le sistemò tutte a raggiera partendo da destra: quella degli Elfi, degli Gnomi, delle Sirene, dei Folletti e delle Fate, dei Troll, degli Orchi e, infine, dei Nuvolani.

«Bene. Adesso circondiamole e diamoci la mano» continuò Baelkers.

Poi guardò Fheall, che guidò l'incanto:

«Chi di voi non conosce questa magia deve pensare al fuoco, alla sua potenza, alla sua energia... tutti gli altri, in coro con me...

O elementi del mondo fatato,
parte del mondo da noi tanto amato,
un'onda di fuoco fate apparire,
che i Segreti possa demolire,
e il Sigillum Maximum ricostruire!
La forza del fuoco regni sovrana.
Che questa magia non sia vana!»

Pronunciata l'ultima parola, tutti aprirono gli occhi continuando a visualizzare il fuoco.

I Segreti sfavillarono di luce.

Forte. Abbagliante. Sempre di più.

Fino a divampare in un falò che esplose al centro del cerchio.

Le fiamme, controllate ma alte e dirompenti, contenevano mille colori diversi.

Dopo aver lanciato la vampata più alta, il fuoco si

spense.

Al suo posto rimase solo un mucchietto di oro colato e cenere.

Aileen si avvicinò al centro del grande cerchio e raccolse la cenere.

Vi soffiò sopra e la sparse nei punti in cui prima aveva posizionato i singoli Segreti.

Un uccello possente apparve dal nulla.

Era una creatura mitica, che nessuno aveva mai visto.

Dal corpo tanto splendente da apparire metallico, le ali e la coda color dell'oro e del rame, volò sopra il mucchietto di oro colato, e lo succhiò.

Quando lo ebbe bevuto tutto, aprì la bocca e lanciò un verso potente.

Sul pavimento apparve una lastra dorata, scolpita a pergamena e incisa: il nuovo *Sigillum Maximum*!

Poi intonò una melodia dolcissima, avvolgente.

Aileen raccolse la delicata lastra e, sulle sue note, cantò:

Non stancarti mai di abbracciare quella verità,
che permette di vedere la vita
nella sua profonda realtà.

Paura non avere a tender la mano.
Per quanto il sentier possa apparirti arcano,
dare agli altri con cuor sincero
mai sarà vano.

Se troppo in te stesso dimorerai,
sol ombra e catene troverai.
Allor, il mondo che t'attenderà,
la tua essenza per sempre cancellerà.

La vera saggezza

è contenuta nel profondo del Cuore.
Prenditene cura
e rendila il tuo più grande Valore.

Quando di ogni più piccola cosa meraviglia avrai,
la Vita più pura troverai.
Sol il vero Amore può scaldare
un cuore duro da plasmare.

Se oltre l'apparenza saprai andare
la pura essenza di ogni cosa riuscirai a trovare.

Come solenne preghiera è il vero Amore,
se rivolta al Cielo con anima e cuore.»

Sull'ultima nota, il terreno tremò forte.

«È scaduto il tempo! Tenetevi a qualcosa, presto!» urlò Fheall.

«Aileen, attenta!» urlò Glàre, correndo ad afferrarla prima che perdesse l'equilibrio.

Brick iniziò a saltare gioioso per la stanza.

«State calmi, non è niente! Ha funzionato, guardate!»

Diceva il vero.

L'ossidiana stava scomparendo.

Al suo posto, gli antichi e sfarzosi colori della reggia stavano riaffiorando.

Aileen era fuori di sé dalla gioia.

Era impaziente di scoprire se l'ossidiana le avrebbe restituito, sani e in salute, anche i genitori e i suoi sudditi.

Corse fuori dalla Sala, nel punto in cui si trovava la statua di suo padre inginocchiato.

La pietra lo aveva abbandonato e adesso giaceva sul pavimento.

Le mani ancora legate, sembrava privo di vita.

Aileen sciolse i lacci, poi lo mise supino.

«Papà...» disse accarezzandogli il volto, mentre le speranze la stavano abbandonando.

Non sembrava ci fosse nulla da fare.

Glàre le si inginocchiò vicino.

«Aileen...» disse, sporgendosi ad abbracciarla.

Lei lo scansò, guardando il vuoto.

«Sei stato tu, vero? Il Cavaliere Nero. L'arma programmata per uccidere. Non può essere altrimenti, dico bene?»

Si girò di scatto a guardarlo, trafiggendolo con il disprezzo più pieno.

Per Glàre fu come ricevere una pugnalata.

«Sì», ammise tremante. «È colpa mia.»

Lei lo colpì con uno schiaffo improvviso, dura.

Poi, tremante di rabbia e disperazione, tornò a guardare il padre.

«Vattene.»

Glàre si alzò. Piano. Annichilito, devastato.

E si allontanò.

Aeltiàfisar aveva visto e sentito tutto.

Si avvicinò al ragazzo e gli pose una mano sulla spalla.

Nessuno più di lui poteva capire il suo dolore.

Glàre era smarrito, incapace di pensare a qualunque soluzione.

L'Antico Cavaliere lo fissò, serio.

«C'è un modo. E lo sai. Vuoi?»

Glàre non rifletté nemmeno un istante, per Aileen era disposto a fare tutto.

«Sì.»

L'elfo si girò per tornare verso la Sala del Tesoro, lui lo seguì.

Gli altri li stavano aspettando.

Non appena entrarono, compresero subito le loro intenzioni.

Questa volta fu Glàre a prendere in mano la Pergamena.

«Ci hai pensato bene? Sei sicuro?» gli chiese Fheall. «Riportare in vita tutti questi uomini può significare perdere la tua.»

«Se Aileen è felice, va bene così. In fondo, è colpa mia. Procediamo.»

I presenti si guardarono, poi annuirono.

Era una magia rischiosa, forse la più rischiosa.

Nessuno di loro si era mai azzardato a compierla, ma tutti la conoscevano.

Al confine tra bene e male, si trattava della più antica preghiera ai Sovrani del Regno della Grande Luce.

Glàre, deciso, assunse la posizione di un albero.

Baelkers gli posizionò il Sigillum Maximum sul capo, come una corona.

Infine, Fayrin schioccò le dita.

Nella sala tornarono a fare la loro apparizione le Fate della Notte.

Si sparsero per la stanza munite di delicati strumenti a corda.

Emisero una melodia eterea, che sembrava appartenere a un tempo sconosciuto.

Senza smettere di suonare volarono intorno a Glàre e versarono una polvere luminescente sopra alla Pergamena.

Questa parve raddoppiare di volume e rifulgere di luce propria.

Anche l'uccello mitologico si unì a loro, esibendosi in un canto soave.

Dopo le prime note, una laminatura d'oro iniziò a coprire il corpo di Glàre.

Aileen entrò di corsa nella stanza.

«Dorcha!... Glàre! Cosa fai? No!» urlò, scioccata.

Provò a raccogliere il suo potere e a fermare quella

follia, ma il gruppo era schermato da una bolla energetica creata con la magia di tutti.

Era impenetrabile.

La sola cosa che la ragazza poteva fare era entrare nel rito.

«Luce dorata del Grande Regno, inondami!» urlò allora.

Poi corse verso Glàre.

Lo abbracciò stretto, e la patina dorata andò a ricoprire anche lei.

Le loro menti entrarono di nuovo in contatto.

"Che cosa stai facendo?" gli chiese Aileen con la mente.

"Ti restituisco il sorriso."

"Che sorriso vuoi che ci sia nella vita senza di te?... Scusami, non volevo. Non volevo ferirti. Non lasciarmi, ti prego... Ti amo."

La lastra d'oro terminò di ricoprirli.

La stanza fu invasa da un bagliore abbacinante che sprigionò dai loro corpi.

Il gruppo venne separato dalla forza della luce.

Aileen e Glàre, ancora abbracciati, vennero sollevati da una forza potentissima.

Volarono sopra i corridoi del castello e uscirono, trasvolando il parco, le valli, l'intero Regno.

Mentre volavano, la lamina d'oro si scioglieva spandendosi per le strade, per i prati, sulle case, sopra gli alberi.

Da ogni angolo del Regno iniziarono a provenire segnali di vita.

La vita che rinasceva, intatta.

I feriti si ritrovarono guariti e tornarono a risplendere del loro antico fulgore dorato.

Coloro che erano stati uccisi, risorsero.

Persino il piccolo Helbert si risvegliò.

Famiglie che si abbracciavano, bambini che

ridevano, l'esistenza che tornava a scorrere normale come se nulla fosse accaduto, come se nemmeno un minuto fosse passato.

Molti alzavano curiosi lo sguardo al cielo, a osservare i due giovani che volteggiavano abbracciati. Si chiedevano chi fossero.

Due Angeli di Luce che salivano e volavano in alto, sempre più in alto... finché entrarono nel Regno in cui nessuno era ancora mai giunto.

A svettare dietro di loro, l'uccello mitologico li accompagnava con la sua dolce melodia.

EPILOGO

Erano tutti fuori dal castello, immersi nella sfolgorante bellezza di Nuvolandia.

Avevano salvato il loro mondo, ma nessuno di loro riusciva a gioirne.

«Dove sono finiti Aileen e Glàre?» chiese Gaithy, con la voce che tremava.

«Oltre...» le rispose Fayrin.

Gaithy la guardò: aveva gli occhi umidi.

Era la prima volta che la vedeva così.

Una profonda tristezza la avvolse.

«Non torneranno più, vero?» chiese.

Grogher sollevò il volto verso il Cielo; un sorriso malinconico gli increspò le labbra.

«No, piccola...»

Fece un respiro lento, profondo.

«Ma non è un addio. Un giorrrno... li rivedremo.»

REGOLAMENTO UFFICIALE PALLAFIOCCO
(Come redatto dal Consiglio Sportivo del Mondo dei Due Arcobaleni)

Cos'è una Pallafiocco

Dicesi Pallafiocco una palla luminosa simile a un palloncino.
Esistono due tipi di Pallefiocco:

1) Pallafiocco leggera: è una palla levitazionale. Ad essa sono legati due lunghi nastri adibiti alla creazione del fiocco. È la palla che permette di ottenere punti attraverso la performance a coppie.

2) Pallafiocco pesante: è una palla in gommapiuma. Ad essa è legato un anello dello stesso materiale, atto alla presa necessaria al lancio. È la palla che permette di ottenere punti attraverso:

- i lanci oltre l'anello della squadra avversaria
- le penalità inflitte agli avversari (vedasi sezione apposita).

Le Pallefiocco si illuminano quando raggiungono l'obiettivo previsto, con i colori dell'arcobaleno di sole nel caso delle Pallefiocco leggere e dell'arcobaleno di luna nel caso delle Pallefiocco pesanti.

Campo da gioco

Il campo di gioco è sospeso su un ampio campo verdeggiante: sei travi, tre per squadra, una ogni due giocatori, sono tenute magicamente in aria.

Al centro tra le travi sono posizionati tre anelli dorati veleggianti e semoventi in imprevedibili modi, che servono a portare a termine l'obiettivo. I due laterali, che possono talvolta parer fermi nell'aere, appartengono alle due squadre in opposizione; quello centrale, costantemente in movimento, è un massimizzatore di punteggio.

Sul lato di ognuno dei gruppi da tre travi, trovasi grosso cestone a forma di arcobaleno rovesciato, pieno di Pallefiocco.
Come sopra indicato, le più leggere hanno un nastro alla base e sono destinate alla realizzazione dei fiocchi; le più pesanti sono invece rivolte a colpire gli avversari.

Esiste un unico punto di caduta, posto sotto le travi: è pieno di morbidi cuscinoni magici che si spostano al ritmo delle cadute al fin di evitare incidenti.

Giocatori

Per le squadre principali o minori: sei per squadra, di età compresa tra i sedici e i duecentosessanta anni d'età.

Per le squadre amatoriali: sei per squadra, di qualunque età a partire dai 4 anni.
La Corona ritiene che *incentivare il talento naturale sia un'importante virtù.*

Regole e Obiettivo del gioco

Il gioco consiste nel lanciare la Pallafiocco a coppie di due giocatori, anche di trave diversa, attraverso uno degli anelli della squadra avversaria e nel formare, tra l'anello laterale della squadra e quello centrale, un grosso fiocco.

Lo si può fare utilizzando i due nastri della Pallafiocco o incrociando i nastri di due Pallefiocco.

Se si hanno a disposizione due Pallefiocco, si possono realizzare due nastri. Il doppio nastro prevede doppio punto.

Bisogna farlo lanciandosi in veloci acrobazie, senza farsi colpire dagli avversari.

La precisione, il virtuosismo delle acrobazie e la bellezza del fiocco sono doti apprezzate e potranno aumentare il valore dell'azione, fino a un massimo di +2 punti, a discrezione del giudice arbitrante.

Se si viene colpiti da una Pallafiocco pesante, si subisce ammonizione fino all'eliminazione (vedesi sezione apposita).

Ogni centro segna il progresso della squadra verso la vittoria.

Non sono ammessi contatti fisici da parte di giocatori avversari se non attraverso le Pallefiocco. Qualunque tipo di contatto prevede ammonizione. Dopo tre ammonizioni si viene eliminati.

Se si riesce a lanciare la Pallafiocco nell'anello centrale, in costante e imprevedibile movimento, e a creare il fiocco entro cinque secondi il punto vale doppio (leggesi sezione apposita).

Le partite sono suddivise in 3 tempi nelle partite di quartiere e 5 tempi in quelle nazionali.

Per ottenere la vittoria della squadra sono necessari, sempre, 12 punti a tempo.

Ogni tempo non può avere una durata superiore ai 30 minuti. Terminato il tempo previsto, vincerà la squadra che avrà ottenuto il maggior punteggio.

Valore dei fiocchi e punti speciali

Di seguito, per facilità di consultazione, la formulazione ufficiale:

Totale massimo per tempo: 12 punti

Fiocco standard (attraverso anello avversario): +1 punto

Doppio nastro (con due Pallefiocco): +2 punti

Fiocco nell'anello centrale entro 5 secondi: +2 punti

Fiocco nell'anello centrale entro 10 secondi: +1 punto

Virtuosismo, grazia e acrobazie (bonus del giudice): fino a +2 punti

Fiocco particolarmente grande e armonioso (bonus del giudice): fino a +2 punti

Schivata di colpo leggero/strisciato: +1 alla squadra

Schivata di colpo diretto: + 2 alla squadra

Colpo diretto (agito): +2 alla squadra

Colpo leggero (agito): +1 alla squadra

Eliminazioni, penalità e vittoria!

Durante la partita è possibile colpire i giocatori avversari solo con la Pallafiocco pesante e *mai* alla testa.

Colpo leggero (schivabile, ma subìto): -1 punto di penalità

Colpo diretto (subìto): -2 punti. Il giocatore colpito viene eliminato all'istante.

Colpo strisciato (subìto): -1 punto di penalità

I colpi leggeri e strisciati, se schivati, danno bonus alla squadra. Se vengono subìti, sottraggono punti al punteggio totale della squadra e vengono registrati nel conteggio delle penalità.
Tre colpi leggeri o tre colpi strisciati subìti provocano l'eliminazione del giocatore colpito.

Fiocco nell'anello centrale oltre i 10 secondi: azione annullata

Vince la squadra che segna più punti entro il tempo stabilito, fino a un massimo di 12, oppure quella che elimina tutti gli avversari rimasti in campo.

Squadre e colori

Ogni Gnomo porta il colore identificativo della Corona o del proprio villaggio.

Le due squadre principali della Corona riconosciute dal Consiglio sono l'Arcobaleno di Sole e l'Arcobaleno di Luna.

Sono previste, per ogni villaggio, squadre minori professioniste e squadre amatoriali.

Durante il campionato annuale, le squadre minori si sfideranno tra loro fino ad arrivare all'ultima sfida contro le due squadre principali.

Qualora una squadra minore riuscisse a battere una delle due squadre principali, ne assumerebbe a pieno titolo nome e ruolo all'interno della Corona.

<u>*Partite e Campionati*</u>

Regole analoghe sono previste per le Partite Generali del Grande Regno Universale (da ora in poi leggesi G.R.U.):

Ogni due anni le squadre nazionali del G.R.U. potranno gareggiare contro le squadre principali dei seguenti regni:

_ Regno dei Due Arcobaleni
_ Regno di Nuvolandia
_ Regno delle Verdi Foreste
_ Regno delle Ali Magiche Interno
_ Regno delle Ali Magiche Esterno
_ Regno dell'Acqua
_ Regno delle Catene Montuose di Sliabh
_ Regno della Tempesta

Date le particolari dimensioni, fattezze e caratteristiche dei Popoli del G.R.U., prima di ogni partita un Alto Maestro incaricato (il *Sovrano* del luogo dello scontro o, in vece sua, *uno dei Cavalieri della Luce Dorata*) avrà il compito di armonizzare le caratteristiche fisiche e le abilità delle squadre, così da garantire partite ad armi pari.

Benché definita "pesante", la Pallafiocco è composta da una gommapiuma compatta ed elastica che assorbe completamente l'impatto. I colpi non provocano pertanto dolore né possono arrecare alcun danno fisico: hanno valore esclusivamente ai fini delle penalità e delle eliminazioni previste dal seguente regolamento.

Qualunque azione volta a ferire o a danneggiare fisicamente gli avversari per il solo gusto di farlo verrà severamente punita con l'esclusione della squadra dai giochi (professionali e amatoriali) per una durata di dieci anni e con l'eliminazione a vita del giocatore responsabile del danno.

Così è scritto, approvato e stabilito dal _Consiglio Sportivo del Mondo dei Due Arcobaleni, che questo sport ha creato e regolamentato._

RINGRAZIAMENTI

Cari lettori,

prima di lasciarvi vorrei raccontarvi la genesi di questo libro, il mio primo fantasy in assoluto.

Mio padre era morto da poco, dopo un lungo calvario durato due anni per un glioblastoma multiforme al quarto stadio.

Ho vissuto la malattia al suo fianco.

Giorno dopo giorno ho respirato i suoi silenzi, abbracciato il suo dolore.

Quando se n'è andato mi sono sentita sprofondare nel vuoto.

Il mio tutto era scomparso.

Non avevo più voglia di niente.

Ed è successa una cosa strana.

Sotto Natalc ho iniziato a pensare costantemente a una scena che avevo visto in autostrada all'uscita di una galleria.

Era un punto dove non c'erano mai state nuvole, eppure quel giorno ce n'erano così tante... L'autostrada era immersa e circondata di nuvole di ogni colore... le villette sulle montagne sembravano appoggiate su soffici fiocchi di panna montata... Fuori dal finestrino... era come essere su un aereo!

Incredibile, no?

Era il giorno prima del funerale.

E questa visione – che visione non era, perché era reale come lo sono io, come lo siete voi – ha iniziato a prendere vita nella mia mente.

Il 7 gennaio 2015, giorno della Befana, ho iniziato a scrivere.

Erano passati quasi due mesi... e io avevo bisogno di sfogarmi... a modo mio.

È nata così questa storia, grazie al correre sfrenato del cuore che ha bisogno di tirare fuori tutto quello che sente.

Oggi, sono felice di donarla a voi nella versione definitiva e completa, in cui le emozioni hanno incontrato la maturità, e il cuore, più calmo, ha potuto fermarsi a riflettere.

Il *Sigillum Maximum* non è un diario, e forse neppure un romanzo: è piuttosto un'avventura straordinaria, in cui ho conosciuto personaggi con cui ho amato, sofferto e combattuto ogni giorno per ben sette mesi magici!

Ci tengo a ringraziare chi è stato parte attiva di questo percorso.

Un ringraziamento speciale, il primo, va alla più grande Artista e alla più grande Donna che io abbia mai conosciuto: *Gisella Farinini*, mia madre; non una semplice mamma, ma una sorella.

A qualunque ora del giorno e della notte, sei e sei sempre stata disposta ad ascoltare le mie idee nonostante i tuoi mille impegni. Sei tu ad avermi insegnato cos'è l'Amore. Grazie, Mamma.

Roberto Calvo, il mio editore: grazie per avermi scelta come autrice di punta della tua produzione editoriale; grazie per la fiducia costante nelle mie storie.

Lavorare con una persona come te non è solo un onore ma anche un sincero piacere.

Sei raro.

Vincent Riotta, attore e coach dirompente e poliedrico. Non posso dimenticare che, in quel bar, sei stato proprio tu a spingermi a seguire le mie pulsioni e a scrivere questo mio primo romanzo.

Sofia Polignone, la mia prima, primissima lettrice. Ogni volta che le corde dei miei testi toccano quelle del tuo cuore, sento che sono sulla strada giusta. Grazie.

Nino Renda, l'amico saggio.

Oggi non sei più con noi, ma ci tengo a dirti *grazie* per ogni volta che mi hai dato forza chiedendomi col sorriso: «Allora? A che pagina sei arrivata? Mille?»

Mi hai spronata e mi hai dato fiducia.

Grazie di esserci stato fino a quando hai potuto.

Aver seguito i tuoi consigli mi ha reso migliore e mi ha permesso di trovare la mia strada più vera. Grazie.

Sergio Valastro, coach e attore eccezionale... anche tu, purtroppo, sei tra coloro che non ci sono più.

Vorrei che fossi qui, che potessi leggere questa nuova e, al contempo, antica versione. Vorrei poterne parlare e riderne insieme, come facevamo sempre... e sentire il tuo parere sulla *"parte nera"*.

Mi manchi tanto.

Infine... grazie, *Papà.* Ogni volta che ci penso, mi convinco che quelle nuvole siano state il tuo invito a prendere in mano la mia passione più pura e a farla brillare. Grazie, grazie davvero.

Il Grande Regno Universale non sarebbe mai nato senza di te.

Un ultimo ringraziamento, non meno importante degli altri, voglio rivolgerlo a tutti voi che leggerete questa storia.

Sarà un piacere e una vera gioia poter condividere le vostre emozioni e sensazioni.

Con affetto,

Eleanor Lian.

NOTE SULL'OPERA

Oltre la realtà che conosciamo, esiste un luogo che solo pochi prescelti possono vedere: il Grande Regno Universale.

Lì, Nuvolani, Elfi, Gnomi, Fate, Folletti, Sirene, Tritoni, Orchi e Troll convivono in un equilibrio reso perfetto secoli fa dal *Sigillum Maximum*.

Per errore, l'antico sigillo viene distrutto e una crepa attraversa il Grande Regno Universale.

La profezia è chiara: sette mesi magici sono dati per ricomporlo o il mondo intero verrà inghiottito dall'Universo.

Mentre antiche ombre si risvegliano e la magia si assottiglia, una sola prescelta può evitare questo tragico destino: Aileen, la Principessa di Nuvolandia, capace di vedere speranza dove altri vedono solo rovine.

Non è da sola. Al suo fianco, due valorosi Cavalieri pieni di macchie: Dorcha, Principe degli Orchi forgiato nell'ombra e segnato da un passato oscuro, e Grogher, un Orcotroll che nel cuore ha l'arma più grande.

Tra profezie dimenticate, prove, nemici, creature spaventose e verità che possono spezzare molto più di qualsiasi guerra, inizia un viaggio che metterà alla prova chi sono, dando vita a una storia di identità, legami, amore e scelte impossibili.

Un fantasy epico ed emozionale, per chi ama le storie in cui i protagonisti crescono, cadono, si sfiorano, si sfidano e scelgono di essere qualcosa di più grande di quanto avrebbero mai sognato di immaginare.

NOTE SULL'AUTORE

Eleonora Baliani, in arte Eleanor Lian, è un'autrice e sceneggiatrice italiana, con la testa tra le storie e il cuore sospeso tra le nuvole.
Nata a Genova nel 1980, si forma tra teatro, cinema e scrittura, studiando con grandi maestri come Giancarlo Giannini, Pupi Avati e Romano Scavolini. Per anni insegna recitazione e scrittura creativa, mentre avvia la sua attività di sceneggiatrice per produzioni italiane e internazionali.
Tra i suoi lavori figura *E poi... tutti giù per terra*, proiettato al TLC Chinese Theatre di Los Angeles. Nel 2019 debutta nella narrativa con *La Sfida di Aileen*, seguito dal fantasy *Maira e il Lago di Cera*.
Il 2024 segna il suo ingresso come autrice internazionale nella "Roberto Calvo Productions" di Londra, con cui adotta lo pseudonimo **Eleanor Lian**.
Con la stessa casa editrice pubblica *Il Pagliaccio e il Castello di Ghiaccio*, uscito in italiano e inglese e proposto al Premio Strega 2025 e al Booker Prize.
Nel 2025 arrivano *Bein e il Mondo dei Colori*, più volte primo in classifica Amazon tra i libri più regalati, e *Sigillum Maximum – Il Sigillo dei Sette Segreti*, destinato anche al formato webnovel.

INDICE

Prefazione .... PAG. 9

1. La nube nera .... PAG. 11
2. L'errore di Dorcha .... PAG. 22
3. Adalberto, il narvàlo elfico .... PAG. 32
4. Bacche d'Abro .... PAG. 40
5. Il Regno delle Verdi Foreste .... PAG. 46
6. Potere nel sangue .... PAG. 57
7. Nella quercia di cristallo .... PAG. 65
8. Inaccettabile rivelazione .... PAG. 72
9. Dove si rompe il destino .... PAG. 83
10. Due anni in due mesi .... PAG. 95
11. La prima grande prova .... PAG. 100
12. La Nuvolana senza patria .... PAG. 114
13. Partenza! .... PAG. 131
14. Il segreto della dinastia .... PAG. 139
15. Un patto per una nuova sfida .... PAG. 150
16. Fheall, la strega .... PAG. 163
17. La decisione .... PAG. 179
18. Promessa mantenuta .... PAG. 191
19. «Venuti per mangiare, verrete mangiati» PAG. 198
20. I Sovrani delle Sirene .... PAG. 206
21. Torture e inganno .... PAG. 216
22. L'evanescenza dei ricordi .... PAG. 220
23. Alisea .... PAG. 228
24. L'inizio del riscatto .... PAG. 236
25. Follia d'incanto .... PAG. 246
26. Aileen allo specchio .... PAG. 254
27. La rinascita dell'abisso .... PAG. 265
28. Battiti .... PAG. 275
29. Tensione .... PAG. 282
30. Il Custode del Cuore di Glàre .... PAG. 295
31. Insegnamenti e rivelazione .... PAG. 303
32. Il ritorno del Cavaliere Nero .... PAG. 316
33. Le oscure Fate bambine .... PAG. 327
34. All'alba della guerra .... PAG. 335

35. Tra ombra e luce .... PAG. 346
36. Alleanze .... PAG. 353
37. Attese forzate .... PAG. 361
38. Una ferita mortale .... PAG. 372
39. L'Orchidea delle Fate .... PAG. 385
40. Un Regno guarito per un cuore annientato PAG. 392
41. Fiamme a Sliabh .... PAG. 399
42. Sotto il mare, sotto il cielo .... PAG. 412
43. Guerra e sacrificio .... PAG. 424
44. Ithacam .... PAG. 502
45. La corona .... PAG. 450
46. Nella bolla .... PAG. 467
47. Angeli di Luce .... PAG. 474
      Epilogo .... PAG. 489
      Regolamento Ufficiale Pallafiocco ...... PAG. 491
      Ringraziamenti .... PAG. 499
      Note sull'Opera .... PAG. 503
      Note sull'Autore .... PAG. 505
      Indice .... PAG. 507